Dennis L. McKiernan

Die schwarze Flut

Weltbild

Originaltitel: The Dark Tide
Originalverlag: ROC, a division of
Penguin Putnam, New York

Besuchen Sie uns im Internet:
www.weltbild.de

Der Autor

Dennis L. McKiernan, geboren 1932 in Missouri, lebt mit seiner Familie in Ohio. Mit seiner Trilogie *Die Legende vom Eisernen Turm* legte er den Grundstein für einen Romanzyklus um die magische Welt Mithgar, der ihn international berühmt machte.

Für meine eigene Merrili
(Martha Lee)

Und für Laurelin
(Tina)

Mein besonderer Dank gilt
Ursula K. Le Guin

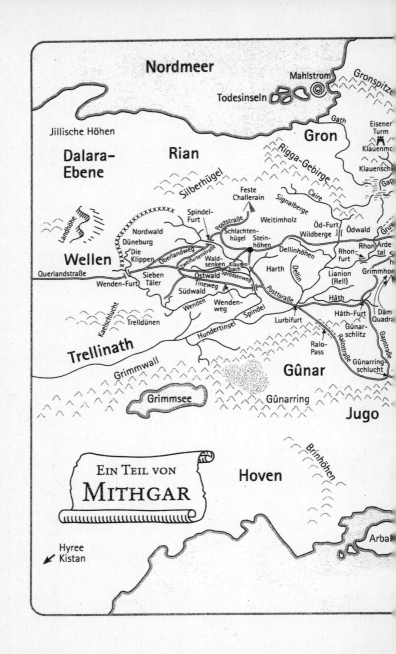

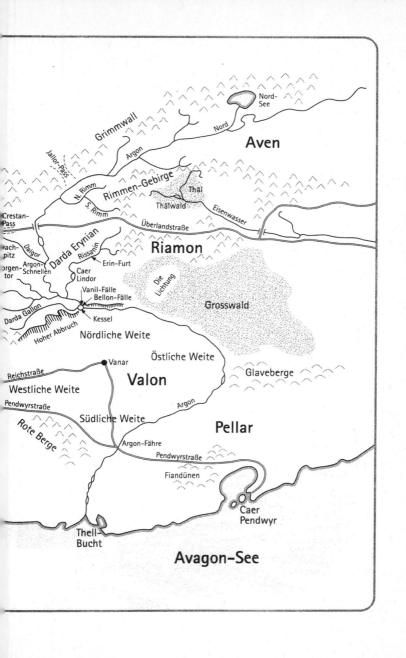

Dies nämlich bewirkt das Böse:
Es zwingt uns alle auf dunkle Wege, die wir andernfalls
nicht beschritten hätten.

Rael von Arden
10. Januar 4E2019

ERSTES KAPITEL

Der große Abschied

Ein letztes Mal beschleunigte der junge Wurrling und stürmte durch den knöcheltiefen Schnee, das schwarze Haar wehend im Nacken. Mit einem Bogen in der Hand, an dessen Sehne er bereits einen Pfeil gelegt hatte, spurtete er zu einem umgestürzten Baumstamm, wobei der Schnee in Klumpen von seinen Stiefeln stob. Dabei verursachte er so gut wie kein Geräusch, denn er war einer vom Kleinen Volk.

Im Nu hatte er den Baumstamm erreicht, wo er lautlos auf ein Knie sank, den Bogen bis zum Anschlag spannte und den Pfeil mit einem kurzen, surrenden Ton der Sehne losließ. Noch bevor das Geschoss an seinem Ziel angelangt war, flog ein zweiter Pfeil, dann noch einer und noch einer – insgesamt fünf Pfeile wurden in rascher Folge abgeschossen, sausten zischend durch die Luft und fanden mit tödlicher Genauigkeit ihr Ziel.

»Donnerwetter! Genau in die Mitte, Tuck«, rief der alte Barlo, als der letzte Pfeil mit einem dumpfen Laut einschlug. »Das sind vier von fünf, und den letzten hättst du auch geschafft, wenn du nur ein bisschen gewartet hättest.« Der alte Barlo, ein *Greiser*, erhob sich zu seiner vollen Größe von drei Fuß und zwei Zoll, drehte sich um und sah die übrigen *Jungbokker* auf dem schneebedeckten Hang aus seinen smaragdgrünen Augen schräg an. »Jetzt sag ich euch Hohlköpfen mal was: Spannt schnell und lasst rasch los, aber erst, wenn die Richtung stimmt. Denn die Pfeile, die sich verirrn, kannst du genauso gut verliern. Die nützen dir nichts.« Barlo drehte sich wieder zu Tuck um. »Klaub deine Pfeile zusammen, Bursche, und dann setz dich hin und verschnauf. Wer ist als Nächster dran? Na, dann mal rauf hier, Tarpi, du alter Langweiler.«

Tuck Sunderbank steckte seine kalten Hände wieder in die Fäustlinge und zog rasch seine fünf Pfeile aus der ramponierten schwarzen Wolfsattrappe auf dem Heuschober. Sein Atem dampfte in der kalten Luft, als er durch den Schnee zu der Gruppe von Bogenschützen zurückstapfte, die das Geschehen vom Rand der Wiese aus verfolgten. Dort setzte er sich auf einen umgestürzten Baumstamm und lehnte seinen Bogen an einen kahlen Baum daneben. Während Tuck zusah, wie der kleine Tarpi in Richtung Ziel spurtete, um seine Pfeile auf das mit Schnüren markierte Ziel abzuschießen, beugte sich Danner Brombeerdorn, der Jungbokker neben ihm, zu ihm hinüber. »Vier von fünf, also ehrlich, Tuck«, sagte Danner. »Dabei hat dein erster Pfeil doch den Ring noch gestreift, aber Barlo rechnet ihn dir nicht an, das kann ich dir garantieren.«

»Ach, weißt du, der alte Barlo hat schon recht«, entgegnete Tuck. »Ich habe überhastet geschossen. Der Pfeil war außerhalb, er hat richtig entschieden. Du müsstest eigentlich wissen, dass er gerecht ist, Danner. Du bist der beste Schütze von uns, und genau das sagt er auch. Du bist zu streng mit ihm. Er ist nicht knickrig, er erwartet nur, dass wir es richtig machen – und zwar jedes Mal.«

»Hm«, brummte Danner und sah nicht sehr überzeugt aus.

Tuck und Danner verstummten; sie schauten zu, wie der alte Barlo Tarpi Anweisungen erteilte, und sie lauschten aufmerksam jedem seiner Worte. Es war wichtig, dass sie und alle anderen tapferen Jugendlichen von Waldsenken meisterhafte Bogenschützen wurden. Seit von den weit entfernten Grenzen des Nordtals die Nachricht eingetroffen war, dass Wölfe herumstreunten – und noch dazu im Herbst –, befanden sich viele oder praktisch alle Jungbokker (das ist bei männlichen Wurrlingen die Zeit zwischen dem Ende der Kindheit mit zwanzig und der Volljährigkeit mit dreißig) der Sieben Täler in Ausbildung oder würden sie demnächst beginnen.

Noch vor Einbruch des Winters, der dieses Jahr früh und heftig zugeschlagen und einen Großteil der späten Ernte vernichtet hatte, waren oben im Norden wilde Wölfe gesehen worden, die in großen Rudeln umherstreiften; und auch seltsame Männer hatte man in den Weiten jenseits des Dornwalls beobachtet. Es gab Gerüchte, dass gelegentlich ein, zwei Wurrlinge – oder sogar ganze Familien – auf geheimnisvolle Weise verschwanden; wohin sie aber verschwanden oder was genau aus ihnen wurde, schien niemand zu wissen. Und manche Leute behaupteten, sie hätten gehört, dass sich etwas schrecklich Böses weit im Norden, in der Wüste von Gron, ausbreite. Jedenfalls hatte es nicht mehr so schlimm gestanden, seit der flammende Drachenstern mit seinem lodernden Schweif lautlos über den Himmel gezogen war und in seiner Folge Missernten, Viehsterben und Seuchen auftraten. Aber das war fünf Jahre her und Vergangenheit. Der diesjährige Winter, die Wölfe und die seltsamen Vorkommnisse jedoch waren Gegenwart.

Und unten im Gasthaus zur *Einäugigen Krähe* war nicht nur von den Schwierigkeiten im Nordtal die Rede, sondern auch von den Großen Leuten hoch oben in der Feste Challerain, die zum Krieg rüsteten, wie es schien. Gerade ließ sich Will Langzeh, der zweite Hilfswachtmeister von Osttal, vor einer höchst aufmerksamen Zuhörerschaft aus, denn Will versprach, aufgrund seines Verkehrs mit der »Obrigkeit« – nämlich verschiedenen Bürgermeistern im Osttal und dem Oberwachtmeister von Mittental –, mehr über die merkwürdigen Geschehnisse in der Fremde zu wissen als die meisten andern.

»Also, soviel ich von dem jungen Tobi Holder weiß, der

es in Steinhöhen aufgeschnappt hat – die Holders treiben mit den Leuten von Steinhöhen Handel, seit die Sieben Täler gegründet wurden, sie kamen als Erste da hinauf in die Gegend von Weitimholz, heißt es –, jedenfalls ist in Steinhöhen der Befehl ergangen, Wagen zu sammeln, Hunderte von Wagen, und sie hinauf zur Feste zu schicken.«

Hunderte von Wagen? Hinauf zur Feste? Die Wurrlinge sahen einander erstaunt an. »Aber wofür denn, Will?«, fragte jemand aus der Menge. »Was wollen sie denn mit Hunderten von Wagen?«

»Leute nach Süden schaffen, möchte ich meinen, wo sie in Sicherheit sind«, antwortete Will.

Wie? Nach Süden schaffen? Jetzt, wo wilde Wölfe umherstreunen und alles?

Will hob beide Hände, und das Geplapper verstummte. »Tobi sagt, Gerüchten zufolge versammelt König Aurion oben in der Feste seine Männer zum Krieg. Es heißt, sagt Tobi, dass die Großen Leute ihre Frauen, Kinder und Alten in Richtung Westen nach Wellen und in Richtung Süden nach Gûnar und Valon, ja sogar bis hinunter nach Pellar schicken.« Während Will einen tiefen Schluck aus seinem Bierkrug trank, nickten viele seiner Zuhörer, denn seine Aussagen schienen mit anderen übereinzustimmen, die sie schon früher gehört hatten.

»Aber was ist mit den Wölfen, Will?«, fragte Ted Kleeheu aus Weidental, der gerade in Waldsenken war, um eine Wagenladung Getreide auszuliefern. »Ich meine, ha'm die Großen Leute nich' Angst, dass die Wölfe ihre Reisegruppen anfallen, wo doch Winter ist und alles und die Rudel durchs Land streifen?« In der Zuhörermenge erhob sich allgemein zustimmendes Gemurmel, und Ted wiederholte seine Frage. »Was is' mit den Wölfen?«

»Da mögen wohl Wölfe sein, Ted«, antwortete Will, »aber Tobi sagt, die Großen Leute rüsten zum Krieg, und das bedeutet, sie werden einige Anverwandte an sichere Zufluchtsorte schicken, Wölfe hin oder her.« Will trank erneut einen kräftigen Schluck von seinem Bier. »Überhaupt schätze ich, dass die Wölfe eine große Reisegruppe nicht angreifen, denn es liegt in der Natur des Wolfs, dass er Jagd auf Schwache und Wehrlose macht.«

»Na ja«, erwiderte Ted, »aber wer ist schon schwächer und wehrloser als Kinder, irgendwelche alten Opas oder selbst Frauen. Ich kann mir nicht recht vorstellen, dass sie solche Leute nach Süden und Westen schicken, wo sie sich gegen Wölfe verteidigen müssen.«

Erneut gab es ringsum zustimmendes Murmeln, und Finius Handstolz, der Stellmacher, ergriff das Wort. »Ted hat glasklar recht. Man schickt seine Verwandtschaft einfach nicht zu den Wölfen raus; nicht mal die Großen Leute tun so was. Wenn du mich fragst, hört sich das wie 'ne *Nachricht von Jenseits* an.«

Viele der Gäste in der *Einäugigen Krähe* pflichteten mit einem Kopfnicken bei, denn die Leute in den Sieben Tälern neigen zu Misstrauen hinsichtlich aller Nachrichten, die sie von jenseits des Spindeldorns, aus fremden Weltgegenden, erreichen. Deshalb bedeutete der Ausdruck *Nachricht von Jenseits*, dass sämtliche Informationen von jenseits der Grenzen, von *Draußen*, in hohem Maße verdächtig waren und dass man sie erst glaubte, wenn sie Bestätigung fanden; keineswegs galt eine solche Nachricht als *siebentalsicher*. In diesem Fall war die *Nachricht von Jenseits* ja tatsächlich von außerhalb des Dornwalls gekommen – aus Steinhöhen, um genau zu sein.

»Wie dem auch sei, Finius«, erwiderte Will und fixierte den Stellmacher mit einem bohrenden Blick, »die Holders sind vertrauenswürdig, und wenn der kleine Tobi sagt, er hat gesehen, wie sie in Steinhöhen Wagen sammeln, um sie zur Feste hinaufzuschicken, und wie sie sich auf einen Strom von Großen Leuten vorbereiten, die auf der Poststraße in Richtung Süden unterwegs sind, dann glaube ich für meinen Teil ihm das.«

»Er hat sie *gesehen*?«, fragte Finius. »Das ist natürlich was anderes. Wenn Tobi sagt, er hat sie tatsächlich *gesehen*, dann glaub ich es auch.« Finius trank einen Schluck aus seinem Krug, bevor er hinzufügte: »Dann haben wir es wohl mit dem Bösen zu tun, da oben im Norden.«

»So sagt man«, meldete sich Nob Heuwald, ein Kaufmann aus dem Ort. »Allerdings hab ich ebenfalls mit Tobi gesprochen, und er will gehört haben, dass die Großen Leute behaupten, das sei alles das Werk von Modru.«

Uuuhh!, ging es durch die Menge, denn Modru von Gron tauchte in so mancher Legende auf, und stets wurde er in den schwärzesten Farben des Bösen gezeichnet.

»Es heißt, er sei zu seiner kalten eisernen Festung hoch oben im Norden zurückgekehrt«, fuhr Nob fort. »Was er dort allerdings treibt, das weiß ich beim besten Willen nicht.«

»Oje, dann ist das also die Erklärung für den Winter, die Wölfe und alles«, rief Greiser Tom aus und hämmerte mit der Eisenspitze seines knorrigen Gehstocks auf den Boden. »In den alten Geschichten heißt es, er ist der Herr der Kälte, und die Wölfe gehorchen ihm ebenfalls. Wie wir alle wissen, hat es dies Jahr schon im September zu schneien begonnen, noch vor der Mahd und erst recht vor der Apfelernte. Und seitdem ist der Schnee liegen geblieben, und es kommt immer mehr dazu. Ich sag euch, und ihr wisst es eh, das ist alles nicht natürlich. Abgesehen davon, sind diese Wolfsrudel schon vor der weißen Kälte aufgetaucht, vorerst nur oben im Nordtal, aber höchstwahrscheinlich werden sie auch bald in der Nähe von Waldsenken sein. Ach, ach, das ist alles das Werk des bösen Modru, denkt an meine Worte. Wir wissen alle Bescheid über ihn und dass er der Beherrscher der Kälte und der Wölfe ist.«

Ein Gewirr aus überraschten und ängstlichen Stimmen

erhob sich im Gastraum, denn mit diesen Worten hatte Greiser Tom sie alle an die Wiegengeschichten ihrer Kindheit erinnert. Und der Alte hatte ihre tiefsten Ängste zum Ausdruck gebracht, denn wenn Modru tatsächlich zurückgekehrt war, dann stand ganz Mithgar Grauenhaftes bevor.

»Nicht der Wölfe«, meldete sich Bingo Prachtl, ein angesehener Jäger, der mit dem Rücken zur Wand in einer dunklen Ecke saß. »Modru beherrscht keine wilden Wölfe. Die beherrscht niemand. Sicher, man hört vielleicht hin und wieder, dass Wölfe den Elfen geholfen hätten, aber selbst die Elfen *befehlen* den Wölfen nicht, was sie tun sollen, sondern sie *bitten* sie um Hilfe. Gefährlich sind sie, die Wölfe, du machst am besten einen weiten Bogen um sie, dann halten sie es bei dir genauso, es sei denn, sie sind hungrig – dann sieh dich vor. Ich bezweifle natürlich nicht, dass Modru hinter all dem kalten Wetter steckt, und das hat ehrbare Wölfe in den Süden getrieben, wohin ihre Nahrung gezogen ist oder wo sie in den Herden von hart arbeitenden Bauern räubern können, aber das bedeutet nicht, dass Modru den Wölfen Befehle erteilt. Wilde Wölfe sind zu freiheitsliebend, die beugen sich niemandem, nicht mal Modru. O nein, Opa, die Wölfe sind's nicht, die Modru beherrscht; es sind die *Vulgs!*«

Vulgs?, vernahm man hier und dort überraschte Stimmen, und die meisten Zuhörer wurden kreidebleich beim Gedanken an diese bösartigen Kreaturen. Vulgs: wolfsähnlich in ihrem Aussehen, aber größer; schändliche Diener dunkler Mächte; grausame Unholde der Nacht, unfähig, das helle Licht der Sonne zu ertragen; üble Räuber, die aus keinem anderen Grund morden als um des Mordens willen. Bittere Furcht machte sich unter den Gästen der Einäugigen Krähe breit.

»Nun aber!«, rief Will Langzeh in scharfem Ton. »Es besteht kein Grund, diese alten Ammenmärchen zu glauben. Das sind nur Geschichten, die man Kindern erzählt, damit

sie sich anständig benehmen. Außerdem, selbst wenn sie stimmen würden – ihr alle wisst, dass Modru und Vulgs das Tageslicht nicht ertragen –, sie stehen unter dem *Bann!* Und Adons Bann hat vom Ende der Zweiten Epoche bis jetzt gehalten – *mehr als viertausend Jahre!* Deshalb hört auf mit diesem Geschwätz, dass Modru kommt, um uns zu holen.«
Will hatte so viel Zuversicht wie nur möglich zur Schau getragen, aber weder sah der zweite Hilfswachtmeister von Osttal so aus, als sei er sich seiner Sache sicher, noch hörte er sich so an, denn die Worte von Greiser Tom und Bingo hatten auch ihn erschüttert. Viele Male hatte er in seinen Jugendjahren gehört, dass Modru und seine Vulgs ihn holen würden, wenn er sich nicht anständig benehme; auch erinnerte er sich an den ängstlichen Spruch: *Der schwarze Biss des Vulgs, der mordet nachts.*

»Glaub, was du willst«, erwiderte Greiser Tom und zeigte mit seinem Stock auf Will, »aber so manches Ammenmärchen wächst aus der Wurzel der Wahrheit. Wahrscheinlich hat wirklich der frühe Winter die Wölfe in die Sieben Täler getrieben und vielleicht sogar ein paar Vulgs dazu. Und höchstwahrscheinlich sind sie der Grund für das Verschwinden von Leuten. Aber wer wollte sagen, das sei *nicht* das Werk Modrus?«

Während Greiser Tom erneut mit seinem Gehstock auf den Boden klopfte, um seine Worte zu unterstreichen, nickten fast alle Anwesenden zustimmend, denn was der Alte sagte, klang einleuchtend.

»Früher Winter oder nicht«, erwiderte Will eigensinnig, »ich glaube nur nicht, dass du herumlaufen und die Leute erschrecken solltest, mit deinen Kamingeschichten von einem schwarzen Mann oder Vulgs. Und was die Wölfe angeht, wir wissen alle, dass der Oheim angefangen hat, oben im Nordtal Wolfspatrouillen zu organisieren, weil sie dort die Ersten sind, die sich mit ihnen herumschlagen müssen. Und der Oheim hat Hauptmann Alver herunter nach

Schilfdorf gebeten, damit er für ihn die Führung der Dorngänger übernimmt. Außerdem werden Bogenschützen ausgebildet und Jenseitswachen aufgestellt. Ich kann nur sagen, Wölfe und was uns sonst noch bedroht, werden schnell lernen, die Wurrlinge zu fürchten, keine Frage.«

Die Menge murmelte beifällig, was Wills Aussage über Oheim Erlbusch betraf, den früheren Hauptmann der Dorngänger. Viele hatten den vom Oheim selbst ausgewählten Nachfolger, Hauptmann Alver aus Schilfdorf, gelobt, und alle hatten großes Zutrauen in die Fähigkeiten der Dorngänger, denn viele der Gäste in der Krähe waren in ihrer Zeit als Jungbokker selbst Dorngänger gewesen. Und obwohl die Tatsachen über die Dorngänger überall in den Sieben Tälern wohl bekannt waren, hatten die Leute in der Einäugigen Krähe so aufmerksam zugehört, als würden sie diese zum ersten Mal hören, denn Wurrlinge denken gern gründlich über alles nach und bilden sich ihre Meinung in aller Ruhe.

Was die Dorngänger betraf, so handelte es sich bei ihnen normalerweise nur um eine Handvoll Wurrlinge, die gelegentlich entlang der Grenzen der Sieben Täler auf Patrouille gingen. Wie die Wachtmeister und Postboten dienten sie in Friedenszeiten weniger als Amtspersonen denn als Berichterstatter und Klatschverbreiter, welche die Bewohner der entlegenen Siedlungen über die Neuigkeiten in den Sieben Tälern auf dem Laufenden hielten. In unruhigen Zeiten wie diesen jedoch verstärkte man die Truppe, und für die »Gänger« wurde es ernst. Denn wenngleich eine Furcht einflößende Barriere aus Dornen – Spindeldornbüschen, die überall in den Flusstälern wuchsen – das Land vor Eindringlingen schützte, so vermochte sich doch jeder, der entschlossen genug war oder in ausreichend böser Absicht kam, langsam einen Weg durch den Dornwall zu bahnen. Deshalb hielten die Patrouillen aufmerksam Wacht an den

Grenzen der Sieben Täler. Sie taten eben Dienst als »Dorngänger«, wie man sagte, oder standen »Jenseitswache«, um sicherzustellen, dass nur solche Außenstehende die Sieben Täler betraten, die dort etwas verloren hatten. Und deshalb waren die Spindeldornpatrouillen oder Dorngänger besonders jetzt wichtig, da Wölfe ins Land eindrangen und seltsame Leute herumschlichen. Das war auch der Grund dafür, dass der alte Barlo eine Gruppe von Bogenschützen ausbildete: Sie sollten die Mannschaften der Dorngänger verstärken.

»Ich kann jedenfalls nur sagen«, schloss Greiser Tom an seinem Stammplatz in der Einäugigen Krähe, »dass die Gänger sich auf einen Kampf gefasst machen können, wenn wir es tatsächlich mit Modrus Vulgs zu tun haben. Diese Bogenschützen sollten zusehen, dass sie genau zu treffen lernen.«

Und in der Tat trafen sie genau, denn nicht nur war der alte Barlo ein guter Lehrer, sondern Wurrlinge lernen auch rasch, wenn sie es sich in den Kopf gesetzt haben. Im Laufe der vergangenen sechs Wochen hatte der alte Barlo sie im hellen Tageslicht und im Dunkel der Nacht schießen lassen, bei Windstille und in heftigen Böen, durch trübes Schneegestöber und über gleißendem Weiß, von fern und nah, auf ruhende Ziele und auf bewegte, auf ebenem Untergrund und die Hänge hinauf und hinunter, in offenem Gelände und in Brombeerdickichten. Nun lernten sie gerade, sicher zu schießen, wenn sie außer Atem waren und keuchten, nachdem sie eine gute Strecke im lautlosen Spurt zurückgelegt hatten. Und die jungen Wurrlinge hatten viel gelernt, denn ihre Pfeile sausten mit großer Genauigkeit dem Ziel entgegen, und die meisten schlugen in oder nahe dem kleinen Kreis ein. Von allen Schülern Barlos ragten zwei jedoch heraus: Danner war der Beste, ihm folgte Tuck in knappem Abstand.

»So, Freunde, nun kommt mal alle her«, rief der alte Barlo, als Hob Banderle, der letzte Schütze, schnaufend seine Pfeile eingesammelt hatte. »Ich hab euch was zu sagen.« Sobald sich die Schüler um ihn versammelt hatten, fuhr Barlo fort: »Es gibt Leute, die behaupten, dass oben im Norden seltsame Dinge vor sich gehen, und andere, die meinen, dass uns Ärger ins Haus steht. Ich will nicht so tun, als wüsste ich, was los ist, aber wie allgemein bekannt, hat mich Hauptmann Alver gebeten, eine möglichst tüchtige Gruppe von Bogenschützen auszubilden, und euch hat man als meine erste Klasse ausgewählt.« Leises Gemurmel erhob sich unter den Schülern. »Ruhe, ihr Plappermäuler!« Als wieder Stille eingekehrt war, fuhr Barlo fort: »Ihr wisst alle, dass noch mehr Dorngänger für die Wolfspatrouillen und als Jenseitswachen gebraucht werden, und zwar solche, die flink und genau schießen können. Nun, und die seid ihr!« Barlo blickte ringsum in verständnislose Mienen. »Was ich damit sagen will, ist: Ihr seid fertig. Das war's. Mehr kann ich euch nicht beibringen. Ihr habt alles gelernt, was ich euch zeigen kann. Kein Unterricht mehr! Die Klasse ist entlassen! Ihr habt alle bestanden!«

Ein großes Freudengeschrei brach unter den Jungbokkern aus, einige warfen ihre Hüte in die Luft, während andere ausgelassen die Wolfsattrappe mit Pfeilsalven durchsiebten.

»Hast du das gehört, Danner?«, sprudelte Tuck hervor, der ganz zappelig vor Aufregung war. »Wir sind fertig. Kein Unterricht mehr. Wir sind jetzt Dorngänger – na ja, jedenfalls beinah.«

»Natürlich hab ich's gehört«, brummte Danner. »Ich bin ja nicht taub. Und ich kann nur sagen, es wurde auch langsam Zeit.«

»Moment noch!«, rief der alte Barlo über den Tumult hinweg; dann holte er eine Schriftrolle aus seinem Köcher und begann, das grüne Band darum aufzuwickeln. »Ich habe noch mehr zu sagen!« Langsam legte sich der Aufruhr, und alle Augen richteten sich erneut auf den Lehrer. »Tratschmäuler!«, schnaubte er, lächelte aber dabei. »Hauptmann Alver hat eine Nachricht geschickt.« Der alte Barlo wedelte mit dem Pergament, sodass es alle sehen konnten. »Und zwar sollen Führer der Dorngänger kommen und jeden Einzelnen von euch zu seiner Kompanie bringen. Ihr habt noch eine Woche zu Hause, dann heißt es ab mit euch an die Grenze, zu eurem Dienst als Dorngänger.«

An die Grenze? Nur noch eine Woche, und dann geht's los? Wie ein Bahrtuch legte sich dichtes Schweigen auf alle Schüler, und Tuck war, als hätte er einen heftigen Schlag in die Magengrube bekommen. *Noch eine Woche? Weg von zu Hause? Weg von Waldsenken? Aber ist ja wohl klar, du Dummkopf,* dachte er, *natürlich musst du von zu Hause weggehen, wenn du Dorngänger wirst.* Aber es kam einfach so plötzlich – eine kurze Woche. Abgesehen davon, hatte er immer nur darüber nachgedacht, wie es *wäre*, ein Dorngänger zu werden, und sich nie wirklich ausgemalt, was es letzten Endes bedeutete, nämlich sein gemütliches Zuhause und alles andere aufzugeben. Tucks Mut kehrte jedoch langsam zurück, als er sich klarmachte, dass früher oder später jeder junge Bursche sein Nest verlassen musste. Er drehte sich um und blickte auf der Suche nach Ermunterung Danner an, aber alles, was er sah, war ein weiteres bedrücktes Wurrlingsgesicht.

Tuck wurde gewahr, dass der alte Barlo Anweisungen ausrief und die Wurrlinge in die Erste und Zweite Osttal-Kompanie sowie weitere Einheiten der Dorngänger einteilte. Und dann wurde sein Name gerufen. »Wie ... was?«, fragte er und fuhr hoch, während das Gefühl der Betäubung ein wenig aus seinem Kopf wich. »Was hast du gesagt?«

»Ich sagte«, knurrte der alte Barlo und stieß mit dem Zeigefinger auf das Pergament, »dass du, Danner, Tarpi und

Hob auf Befehl von Hauptmann Alver in die Vierte Osttal abkommandiert werdet. Das sind die oben im Norden, zwischen den Schlachtenhügeln und dem Nordwald, am Spindelfluss, oben bei der Spindelfurt. Die Vierte Osttal. Hast du das kapiert?«

Tuck nickte benommen und rückte näher zu Danner, während der alte Barlo fortfuhr, die übrigen Wurrlinge einzuteilen. »Die Vierte Osttal, Danner«, sagte Tuck. »Spindelfurt. Das ist an der Straße zur Feste Challerain, König Aurions Sommerresidenz.«

»Höchstwahrscheinlich werden wir keinen einzigen König in irgendeiner Residenz zu Gesicht bekommen, schon gar nicht den Hochkönig persönlich. Und wir werden auch nicht viel auf Wolfstreife gehen, wenn wir an der Furt festsitzen«, murrte Danner enttäuscht. »Dabei hatte ich mich schon darauf gefreut, ein paar von den Bestien zu federn.«

Während sich Tuck und Danner unterhielten, bahnten sich zwei andere Wurrlinge einen Weg durch die Menge und gesellten sich zu ihnen: Hob Banderle und Tarpi Wicklein. Von diesem Quartett war Danner mit seinen drei Fuß und sieben Zoll der größte; Hob und Tuck waren einen Zoll kleiner, und Tarpi maß nur drei Fuß und einen Zoll. Von ihrer Größe abgesehen, bestand ihre auffallendste Eigenschaft in den großen, seltsam funkelnden Augen, die ähnlich wie bei Elfen schräg standen, aber jeweils einen edelsteinartigen Farbton besaßen – saphirblau die von Tuck, ein blasses Smaragdgrün bei Tarpi und Hob und Danners mit der dritten und letzten Augenfarbe, die bei Wurrlingen vorkommt – bernsteingolden. Ebenfalls wie bei Elfen waren ihre Ohren spitz, allerdings die meiste Zeit unter Haaren versteckt; denn wie bei Jungbokkern üblich, hatten sie alle Locken, die bis auf die Schultern fielen – und von Tucks Schwarz über Hobs leicht gelblichen Braunton bis zu Danners und Tarpis kastanienbrauner Mähne reichten. Im Gegensatz zu den älteren Wurrlingen waren sie alle schlank, wie Jungbokker eben sind, da sie sich noch nicht häuslich niedergelassen und an vier Mahlzeiten am Tag gewöhnt hatten – beziehungsweise fünf an Feiertagen. (Doch, wie die Älteren zu sagen pflegen, sind »Wurrlinge klein, und kleine Wesen brauchen zu ihrem Fortbestand eine Menge Nahrung. Schaut euch die Vögel und Mäuse an und besonders die Spitzmäuse: Sie alle verbringen den größten Teil ihrer wachen Zeit damit, fleißig Essen in sich hineinzustopfen. Deshalb brauchen wir vom Kleinen Volk mindestens vier Mahlzeiten am Tag, rein um zu überleben!«)

»Na, Tuck«, meinte Hob, »hat es uns also alle in die Vierte Osttal verschlagen.«

»Vier war schon immer meine Glückszahl«, fiel Tarpi ein. »Aller guten Dinge sind vier, heißt es.«

»Nein, Tarpi, aller guten Dinge sind *drei*«, korrigierte Danner. »Das vierte Mal bringt *Pech*.«

»Bestimmt?«, fragte der kleine Wurrling nervös. »Oje, hoffentlich ist das kein schlechtes Vorzeichen.«

»Lass dich nicht verrückt machen, Tarpi«, sagte Tuck und sah Danner stirnrunzelnd an. »Das ist nur ein altes Sprichwort. Ich bin sicher, die Vierte Kompanie Osttal wird uns allen Glück bringen.«

»Ich glaube, das wird die beste Dorngänger-Kompanie von allen werden«, sagte Hob und lächelte. »Jetzt, wo wir dabei sind, meine ich.«

In diesem Augenblick bat der alte Barlo mit lauter Stimme erneut um Ruhe und unterbrach so das Geplapper der jungen Leute. »Ihr steht im Begriff, eine bedeutungsvolle Pflicht zu übernehmen, Freunde. Heute in einer Woche werdet ihr bereits unterwegs sein, und ich wünschte, ich könnte mit euch gehen, aber ich muss hier bleiben und eine neue Gruppe vorbereiten. Abgesehen davon, brauchen sie bei den Dorngängern flinke Kerle, und so einer bin ich nicht mehr. Drum liegt es an euch, meine Dorngänger, und ich habe nie einen prächtigeren Haufen gesehen!«

Jubel brach aus, und vereinzelt hörte man Rufe: *Ein Hurra auf unsern alten Barlo!*

»Ein paar Dinge hab ich aber noch zu sagen«, fuhr Barlo fort, als wieder Ruhe eingekehrt war. »Wir treffen uns nächsten Mittwoch bei Sonnenaufgang auf der Dorfwiese, und dann geht's ab mit euch. Packt eure Tornister richtig; nehmt die Sachen mit, über die wir gesprochen haben: eure Bogen, ausreichend Pfeile, warme Stiefel und trockene Strümpfe, Unterwäsche, eure grauen Dorngängermäntel und so weiter. Die Führer bringen Ponys mit, die braucht ihr für die weite Reise.« Der alte Barlo hielt inne und überblickte seine Schutzbefohlenen, und er schien vor ihren Augen älter und trauriger zu werden. »Nutzt die kommende Woche aus, um euch von euren Freunden und Angehörigen zu verabschieden und von jeder Mamme, die ihr vielleicht habt«, sagte er leise, »denn wahrscheinlich werdet ihr erst nächstes Frühjahr oder noch später wieder nach Hause kommen.«

Erneut schien es Tuck, als habe ihn ein Schlag in den Magen getroffen. *Nächstes Frühjahr? Dann würde er ja nicht einmal zum Julfest oder zum Jahresende daheim sein... oder...*

»Aber nun Kopf hoch, Freunde«, sagte Barlo herzlich, »denn jetzt ist es Zeit für euer Abschlussgeschenk. Wir marschieren zur Einäugigen Krähe, und dort spendiere ich euch allen ein Bier!«

Erneut brach Jubel aus, und diesmal ließen alle Jungbokker den alten Barlo dreimal hochleben. Dann stapften sie los in Richtung Einäugige Krähe und sangen unterwegs Verse von *Der fröhliche Wurrling*.

Die Woche war für Tuck von quälender Traurigkeit geprägt; wie viele seiner Kameraden verwandte er sie darauf, Abschied zu nehmen. Es war nicht nur ein Abschied von seinen Freunden und Bekannten, sondern auch von den vertrauten Orten, die er während seines noch jungen Lebens in und um Waldsenken häufig aufgesucht hatte: der Klausenbach, der nun von Eis gesäumt war; Bringos Stall mit seinen munteren Ponys; Dossis Obstgarten, wo so mancher herrenlose Apfel in Tucks Besitz gelangt war; Klatschheims Lebensmittelladen, in dem es nach Käse und Brot roch, nach offenen Obstkisten und geräucherten Schinken, die von den Deckenbalken hingen; Gorburgs Mühle mit dem Knarren der Achsen, dem Schnarren der hölzernen Zahnräder und dem schwerfälligen Mahlen der sich langsam drehenden, wassergetriebenen Mühlsteine; die Bachbrücke, unter der einer der besten Angelplätze in den Sieben Tälern lag; der Süßbach-Wasserfall, wo Tucks Vettern ihm das Schwimmen beigebracht hatten; und die Anhöhe auf dem Westpfad, von wo man ganz Waldsenken überblicken konnte. Diese und noch weitere Orte besuchte Tuck, er wanderte still durch den Schnee, machte an allen Plätzen Halt und nahm ihr Wesen in sich auf, und nachdem er Lebewohl gesagt hatte, trottete er traurig weiter.

Doch der Ort, an den es Tuck am meisten zog, war die *Wurzel*, sein Zuhause, mit den warmen, behaglichen Höhlenräumen, den Gerüchen, wenn seine Mutter kochte, und all den vertrauten Gegenständen, die er bisher nie richtig angesehen hatte, wie ihm nun schien. Zur Überraschung seiner Mutter räumte er tatsächlich sein Kämmerchen auf, und ohne Aufforderung seines Vaters hackte er ein, zwei Klafter Holz und legte einen hübschen Vorrat vor der Tür der Höhlenküche an, bevor er aufbrechen musste. Jeden Abend saß er vor dem Kamin und rauchte eine Pfeife mit seinem Vater Bert, einem Steinhauer und Maurer, während Tulpe, seine Mutter, nähte. Und sie sprachen leise über die Zeit, die hinter ihnen lag, über die jetzige Zeit und über die Tage, die noch kommen sollten.

Tuck verbrachte auch einige Zeit mit Merrili Holt, einer Wurrlingsmaid, Tochter von Bringo Holt, dem Hufschmied, und seiner Frau Bessie, die vier Höhlen weiter östlich wohnten. Merrili und Tuck waren seit ihrer Kindheit dicke Freunde, obwohl sie tatsächlich vier Jahre jünger war. In diesen letzten Tagen jedoch sah Tuck zum ersten Mal, wie schwarz ihr Haar eigentlich war und wie blau ihre Augen und wie anmutig sie sich bewegte; und er staunte, denn es schien ihm, als hätte er diese Dinge schon früher bemerken müssen. Schon damals, als er mit der Ausbildung als Bogenschütze für die Dorngänger begonnen hatte und als sie unbedingt wollte, dass er ihr ebenfalls das Schießen beibrachte, hätte ihm all dies an ihr auffallen müssen – aber es war ihm nicht aufgefallen. Stattdessen hatten sie über ihre mühsamen Versuche gelacht, den Bogen ganz zu spannen. Doch selbst, als sie sich mithilfe von Tucks Kinderbogen einiges Geschick aneignete, selbst da noch hatte er nur ihre Treffsicherheit wahrgenommen und nicht ihre Anmut. Und wie kam es, dass er erst in dieser letzten Woche erkannte, dass sie allein ihn wirklich verstand?

»Du weißt, dass ich zu deinem Geburtstag, mit dem du ein neues Lebensalter beginnst, nicht hier sein werde«, sagte Tuck am letzten winterlichen Vormittag, als sie über die verschneite Dorfwiese in Richtung Bachbrücke stapften. »Ich bin enttäuscht, dass ich deinen Festtag verpasse, an dem du offiziell eine Jungmamme wirst.«

»Ich werde dich auch vermissen, Tuck«, antwortete Merrili traurig.

»Aber wie dem auch sei«, fuhr Tuck fort, »hier ist ein Geschenk für dich. Ich bin zu früh dran, aber wahrscheinlich werde ich noch an der Spindelfurt sein, wenn deine Maidenzeit zu Ende geht.« Tuck überreichte ihr ein kleines Päckchen, und in diesem befand sich ein vergoldeter Kamm.

»Oh, Tuck, was für ein wundervolles Geschenk!«, strahlte Merrili. »Damit werde ich jeden Tag an dich denken – jedes Mal, wenn ich mich kämme.« Merrili verstaute das Geschenk sorgsam in einer großen Manteltasche und bewahrte auch das Papier und die Schleife auf. Die beiden blieben stehen und beugten sich über das Geländer der Bachbrücke, lauschten dem Mahlen des Mühlgerinnes und sahen den Luftblasen zu, die unter dem Eis dahinschossen und einen Ausweg suchten, aber von der schnellen Strömung davongetragen wurden.

»Woran denkst du, Tuck?«, fragte Merrili, während unter ihnen die Blasen vorbeiwirbelten.

»Ach nur, dass manche Leute durchs Leben gehen wie diese Luftblasen da unten; sie sind in einem Strom von Ereignissen gefangen, der sie hierhin und dorthin treibt, und es gelingt ihnen nie, sich freizumachen und selbst zu entscheiden, was sie wollen. Außerdem habe ich gedacht, dass viele von uns blind sind, bis ihnen nur noch wenig Zeit zu sehen bleibt.« Tuck blickte auf und sah, dass Merrilis Augen sich verschleiert hatten, doch sie lächelte ihn an.

Die Woche verflog schnell, und nun waren die letzten Stunden des letzten Tages angebrochen. Noch einmal fand sich Tuck zusammen mit seinen Eltern vor dem Kamin in der *Wurzel* ein.

»Merrili und ich waren heute unten bei den Bachstufen«, sagte Tuck, blies einen Rauchkringel in Richtung der Flammen und beobachtete, wie der heiße Luftzug ihn erfasste und in die Höhe wirbelte. »Ich dachte, ich werfe noch einmal einen letzten Blick darauf, bevor ich aufbreche. Danner war auch dort, und wir sprachen über die Zeiten, als wir da unten ›König des Bachstein‹ gespielt haben. Er hat nämlich immer gewonnen. Niemand konnte ihn von diesem Felsen in der Mitte vertreiben. Er hat uns einfach immer schwuppdiwupp mitten in den Klausenbach geschubst und dabei gerufen: ›Der König des Bachsteins! Der König des Bachsteins! Danner ist der König des Bachsteins!‹«

»Sein Vater war genauso«, sagte Tulpe und blickte von

ihrer Stickerei auf. »Wir dachten immer, er klebt regelrecht an diesem Felsen. Dein Vater wurde gar manches Mal von Hanlo Brombeerdorn in den Bach gestoßen.«

»Hmm«, brummte Bert Sunderbank; er hielt in seiner Schnitzerei inne und prüfte die Klinge seines Messers. »Das stimmt, so war er. Wie ein in die Enge getriebener Dachs hat er gekämpft. Gegen jeden, der kam, und wenn es noch so aussichtslos schien. Hat uns alle in unsere Schranken verwiesen. Hielt diesen Felsen wohl für sein persönliches Eigentum, und nicht für einen Teil des öffentlichen Fußwegs über den Klausenbach. Was ich so höre, beherrscht Danner das Spiel sogar noch besser als Hanlo seinerzeit.«

»Warum ist Danner so? Was macht ihn dazu?«, fragte Tuck. »Ich meine, er muss anscheinend bei allem, was er anpackt, der Beste sein. Wie kommt das?«

»Wie der Vater, so der Bokker, sage ich immer«, antwortete Bert.

»Nein, ich meine, was macht die Leute zu dem, was sie sind? Was lässt mich ...«, er zögerte, dann fand er das Wort, nach dem er gesucht hatte, »... unbeschwert sein und Danner so ...« Offenbar fiel Tuck kein passender Ausdruck ein.

»Kämpferisch«, schlug seine Mutter vor.

»Eher streitsüchtig«, meinte sein Vater, »wenn er nach Hanlo geraten ist.«

»Ich weiß jedenfalls nur, dass er bei allem, was er tut, der König des Bachsteins sein will«, sagte Tuck und blies einen weiteren Rauchkringel in Richtung Kamin.

»Ich glaube, so etwas ist Veranlagung«, äußerte Frau Sunderbank.

»Und ich denke, es liegt an der Erziehung«, erwiderte Tucks Vater.

Eine Weile saßen sie nur da und schauten ins Feuer, wo sich die Flammen in die Höhe schlängelten, tanzten und zuckende Schatten durch die Stube der *Wurzel* warfen. Bert legte noch ein Scheit nach. Sie sahen zu, wie die Funken nach oben in den Kamin stoben und das Holz unter Knallen und Knistern aufloderte. Dann beruhigten sich die Flammen, und wieder wurde die Stille nur unterbrochen vom leisen Knarzen von Tucks Schaukelstuhl, dem Schaben von Berts Schnitzmesser und dem Flüstern von Tulpes Nadel, wenn sie das Tuch durchstieß und glänzende Seidenwolle über das straff gespannte Leinen im Stickrahmen zog.

»Ich habe heute noch mal zwei Fremde gesehen«, sagte Bert nach einer Weile. »Ebenfalls Dorngänger, vermute ich. Sind zum Stall hinuntergeritten, beide mit mehreren Ponys. Damit sind es dann sieben, nein acht, bis jetzt.« Bert hörte auf zu schnitzen und beugte sich vor, um seine Pfeife an der Kaminumrandung auszuklopfen. Dann lehnte er sich zurück und steckte das warme Tongerät in eine Tasche seiner offenen Weste. »Hast du alles beisammen, Tuck?«, fragte er zum vielleicht zehnten Mal an diesem Tag und zum fünfzigsten Mal im Lauf der Woche. »Morgen gilt es.«

»Ja. Ich bin fertig«, antwortete Tuck leise.

Das Geräusch von Tulpes Nadel verstummte; sie saß im weichen Licht der gelben Lampe und blickte auf die Handarbeit in ihrem Schoß hinab. Doch sie stickte nicht, denn durch ihre lautlosen Tränen hindurch konnte sie nicht mehr erkennen, was sie tat.

In der Morgendämmerung sah man Tuck mit einem grauen Mantel bekleidet in einer wogenden, schnatternden Menge auf der Gemeindewiese von Waldsenken umhergehen. Es schien, als habe sich die gesamte Bevölkerung des Ortes ungeachtet der Kälte eingefunden, um die Dorngänger zu verabschieden. Viele Leute waren auch von Gerbtal heraufgekommen, denn einige von den dortigen Bokkern hatten die Ausbildung beim alten Barlo mitgemacht und würden heute ebenfalls ihren Dienst als Dorngänger antreten.

Tarpi und Hob war es gelungen, Tuck zu finden, und nun

hielten sie gemeinsam nach Danner Ausschau. Doch bevor sie ihn gefunden hatten, bestieg Geront Kwassel, der Bürgermeister von Waldsenken, das Podium auf der Dorfwiese und schlug den Feuergong, um Ruhe herzustellen. Sobald er dieses Ziel erreicht hatte, setzte er zu einer Rede von unbestimmter Länge an.

»Bei dieser überaus günstigen Gelegenheit, meine Freunde«, fing er an, und ein solcher Beginn hätte die meisten Wurrlinge eigentlich warnen müssen, dass Geront in redseliger Stimmung war. Doch vielleicht, weil es sich hier um die Verabschiedung der Jungbokker und kommenden Dorngänger handelte, dachte die versammelte Bürgerschaft, es würde nur eine »Lebewohl«-Rede folgen, und Wurrlinge lieben Reden – solange sie kurz sind. Deshalb kamen aus der Menge Zurufe wie: *Sag ihnen Bescheid!* oder *Hört! Hört!*, und dergestalt ermutigt gab es für Bürgermeister Kwassel kein Halten mehr. Tuck lauschte eine Weile aufmerksam, doch schließlich begannen seine Gedanken abzuschweifen. Wie es schien, konnte sich der Bürgermeister nicht recht entscheiden, ob dies hier nun ein trauriger und ernster Anlass sei oder eine fröhliche, nach bunten Wimpeln verlangende Feier; er pendelte ständig zwischen beiden Möglichkeiten hin und her und palaverte endlos weiter. Als jedoch aus dem Publikum Rufe wie: *Worauf willst du hinaus, Geront?* oder *Weiter im Text!* ertönten, als andere, weniger feinfühlige Unmutsäußerungen laut wurden – was so weit ging, dass sich der Bürgermeister fast schon ein wenig gehetzt fühlte –, da brachte er seine Rede zornschnaubend und holpernd zu einem unbefriedigenden Abschluss.

Zuletzt stellte er noch den alten Barlo vor, was einen derart lauten und anhaltenden Jubel der Erleichterung auslöste, dass Geront in dem grandiosen Irrglauben vom Podium stieg, seine Rede sei auf wundersame Weise schließlich doch ein überwältigender Erfolg gewesen.

Der alte Barlo trat ans Pult und kam umgehend zur Sache. »Leute, es wird Zeit, dass die tapferen Burschen hier« – *Jawoohl!*, unterbrach ihn ein langer Jubelschrei – »Zeit, dass unsere tapferen Burschen sich auf den Weg machen. Wir sollten sie nicht länger aufhalten, denn die Dorngänger *(Hurra!)*, die Dorngänger müssen Übergänge bewachen *('ra)*, Grenzen schützen *('ra)* und Wölfe verjagen.« *Hip! Hip! Hurra!* Barlo wartete, bis der Jubel verklungen war, und fuhr mit einem bohrenden Blick in Richtung Geront fort. »Und wie soll'n sie ihre Pflicht tun, wenn sie hier herumstehn müssen, um sich Reden und Jubelchöre anzuhören!« *Hurra, Barlo!* Dann zeigte Barlo auf den ersten Wurrling in einer Reihe von acht Fremden, die ruhig am Rande standen und alle die grauen Mäntel der Dorngänger trugen. »Wer für die Erste Kompanie Osttal eingeteilt wurde – hier ist euer Führer.« Der erste Wurrling hob die Hand. Nun zeigte Barlo auf den zweiten Graumantel. »Zweite Osttal«, rief Barlo, und auch dieser Wurrling hob die Hand. »Dritte Osttal«, hieß der nächste Ruf, mit dem Barlo in der Reihe fortfuhr.

Als die Vierte Osttal ausgerufen wurde, deutete der alte Barlo auf einen Wurrling mit smaragdgrünen Augen und blondem Haar, der sieben Ponys bei sich hatte – fünf Reit- und zwei Packtiere, alle mit dichtem Winterfell. Tuck, Hob und Tarpi bahnten sich ihren Weg zu dem Führer, und von der anderen Seite der Dorfwiese kam Danner hinzu. Mit einer tiefen Verbeugung stellte Tuck sich und seine Gefährten vor.

»Patrel Binsenhaar«, sagte der Führer, lächelte ansteckend und verbeugte sich seinerseits schwungvoll. Patrel war klein, sogar kleiner als Tarpi, der zum ersten Mal in seinem Leben das Gefühl hatte, einen Gleichaltrigen schlicht zu *überragen*, obwohl er kaum einen Zoll größer war. Doch irgendwie – vielleicht aufgrund seiner Haltung – wirkte Patrel weder herabgesetzt noch in den Schatten gestellt von den vier größeren Bokkern aus Waldsenken.

»Eure Tornister schnallen wir am besten auf dieses Packpony hier«, kam Patrel ohne Umschweife zur Sache, »dann sucht sich jeder von euch ein Reittier aus. Das mit der weißen Schnauze ist meins. Aber achtet auf Folgendes: Behaltet eure Bogen und Köcher bei euch. Es könnte sein, dass wir sie brauchen, bevor wir zur Spindelfurt kommen«, sagte er in unheilvollem Ton und furchte kurz die Stirn. Doch dann hellte sich seine Miene wieder auf, und das breite Lächeln kehrte zurück. »Falls ihr eine Flöte oder ein anderes Instrument besitzt, dann behaltet es ebenfalls bei euch, damit wir uns unterwegs mit dem einen oder andern Liedchen aufmuntern können.« Nun erst sah Tuck, dass Patrel eine sechssaitige Laute an einem Gurt auf den Rücken geschnallt hatte.

Bald darauf waren sie, wie auch die Dorngänger der anderen Osttal-Kompanien, zum Aufbruch bereit. Alle schickten sich an zu einem letzten Lebewohl an Jungmammen und Maiden, Väter und Mütter, Brüder und Schwestern, Großmütter und -väter, Tanten, Onkel und andere Verwandte, Freunde und Nachbarn und weitere ausgewählte Bokker und Mammen, die zum Abschied gekommen waren und sie in Haufen und Grüppchen umringten, Wurrlinge mit betrübten, sorgenvollen und traurigen Gesichtern, aber auch fröhlich lachende oder solche mit stolzen, ernsten oder grimmigen Mienen.

Bert Sunderbank räusperte sich. »Gib auf dich acht, mein Sohn«, sagte er zu seinem einzigen Bokker, »und pass auf die wilden Wölfe auf. Lass sie den Anblick eines Sunderbank fürchten – ähem! – und den von jedem andern Wurrling.«

»Das werde ich«, antwortete Tuck und umarmte rasch seinen Vater, bevor er sich seiner Mutter zuwandte.

»Trag deine warmen Sachen und sieh zu, dass deine Füße immer trocken sind«, sagte Tulpe und drückte Tuck an die Brust. »Iss anständig und, und ...« Aber dann flossen die

Tränen, und sie brachte nichts mehr heraus. Sie hielt Tuck fest in den Armen und weinte leise, bis Bert die Umklammerung sanft löste und Tuck sich geschwind auf den Rücken des gescheckten Grauschimmels schwang, den er sich als Reittier ausgesucht hatte.

Ein Freund schenkte ihm einen Beutel mit Tabakblättern aus dem Untertal (›Der beste von allen‹); ein anderer Freund überreichte ihm eine neue, weiße Tonpfeife (›Rauch sie richtig‹), während er von einem dritten eine kleine Blechdose mit Feuerstein, Feuerstahl und Zunderholz bekam (›Gib acht, dass dein Zunder immer trocken ist‹).

Merrili, die sich schüchtern im Hintergrund gehalten hatte, straffte die Schultern, trat vor und streckte ein altes Silbermedaillon zu Tuck empor. »Würdest du es tragen? Es ist mein Lieblingsstück«, sagte die Wurrlingsmaid. Sprachlos vor Überraschung nickte Tuck nur und beugte sich hinab, damit Merrili ihm das Medaillon um den Hals hängen konnte. Dabei flüsterte sie ihm ins Ohr: »Sei vorsichtig, mein Bokker«, und küsste ihn auf den Mund, was bei einigen umstehenden Jünglingen heiseres Gejohle auslöste. Merrili aber trat einfach in die Menge zurück, und ihre Augen glänzten vor Tränen.

»Hier, Tuck«, sprach nun sein Vetter Willi, trat seitlich neben das Pony und hielt ein neues, unbeschriebenes Tagebuch und einen Stift in die Höhe. »Führ doch ein Tagebuch, ja? Dann kannst du uns alle deine Abenteuer vorlesen, wenn du wieder zurück bist.«

»Geht in Ordnung, Willi«, erwiderte Tuck und steckte das Geschenk zusammen mit dem Tabak, der Pfeife und der Zunderdose in sein Lederwams. »Danke, ich will es versuchen.« Dann lächelte er, hob die Hand und winkte allen zu, die gekommen waren, um sich von ihm zu verabschieden. Schließlich sah er wieder seine Eltern an, die einander umarmt hielten, und zuletzt richtete er seinen Blick auf Merrili, die strahlend zurücklächelte. Auf ein Nicken von

Patrel trieben Tuck und seine Gefährten, die sich inzwischen ebenfalls von allen verabschiedet hatten, ihre Ponys vorwärts. Sie ritten durch die winkende Menge auf der Dorfwiese, hinaus zum Nordpfad und zum Klausenwald, mit Zielrichtung Spindelfurt.

Während sich die Ponys im Trab von der Ortsmitte von Waldsenken entfernten, hörten die fünf Reiter – Tuck, Danner, Hob, Tarpi und Patrel – wie Bürgermeister Geront Kwassel sein Gemeindevolk zu einem stürmischen Jubelchor anstiftete: *Hipp, hipp, hurra! Hipp, hipp, hurra! Hipp, hipp, hurra!* Und irgendjemand begann, den Feuergong zu schlagen.

Die Sonne kroch langsam am Morgenhimmel empor, während die Reiter sich immer weiter von Waldsenken entfernten. Die Geräusche der jubelnden Menge und das Hämmern des Gongs wurden zunehmend schwächer und verstummten schließlich ganz in der schneebedeckten Stille des Klausenwalds, und bald hörte man nur noch das Quietschen der ledernen Sättel und Geschirre, die gedämpften Laute der Ponyhufe im Schnee und gelegentlich ein unterdrücktes Schniefen von einem oder möglicherweise auch von vieren der Reiter.

ZWEITES KAPITEL

Rückzug auf Krähenruh

Das grelle Licht der aufsteigenden Sonne fiel schräg über den weißen, glitzernden Schnee. Winzige, bunt funkelnde Partikel stachen für kurze, vergängliche Augenblicke aus der gleißenden Fläche, als hätten sich kleine Bruchstücke von Edelsteinen zwischen den Flocken eingenistet und reflektierten das Licht. Die kalte, kristallklare Luft stand still, und in dem ganzen weiten Klausenwald schien sich nichts zu regen als eine lärmende Schar Raben, die sich oben zwischen den kahlen Bäumen auf dem Weißdornhügel um ein karges Frühstück zankten. Unten zogen fünf Wurrlinge auf fünf Ponys langsam auf dem Nordpfad ihres Weges; zwei weitere Tiere, die sie mit sich führten, waren mit Ausrüstung beladen.

Patrel, der voranritt, drehte sich im Sattel um und blickte über die Schulter in die niedergeschlagenen Mienen der vier Jungbokker hinter ihm. Die letzten sechs Meilen hatte keiner von ihnen auch nur ein Wort gesprochen – und es will etwas heißen, wenn eine Gruppe von Wurrlingen zwei geschlagene Stunden lang still ist. Patrel kam zu dem Schluss, dass diese traurige Stimmung schon viele zu lange anhielt, deshalb streifte er seine Fausthandschuhe ab und holte seine Laute vom Rücken. Er zupfte ein paar Saiten, schlug eine Art Akkord an und drehte an ein, zwei Stimmwirbeln.

»He!«, sagte Tarpi, und seine Äußerung traf in der Stille auf überraschte Ohren, »spiel ein fröhliches Lied, wir können es gebrauchen.« Dann trieb er sein Pony mit einem Zungenschnalzen vorwärts, bis er neben Patrel ritt. Auf ein Nicken von Patrel hin rief er den anderen zu: »Holla, ihr

Trauerklöße, gebt euren Ponys die Sporen und kommt eiligst zu uns.«

Tuck, der am Ende ritt und die Packponys führte, wurde von Tarpis Ruf aus seinen düsteren Gedanken gerissen. Mit einem Schnalzen trieb er den Grauschimmel an. »Komm, Danner«, sagte er, als er zu diesem aufgeschlossen hatte, »vorwärts.«

»Wozu?«, fragte Danner mürrisch. »Nur weil er ein bisschen auf diesem Kürbis mit Saiten herumklimpern will? Mir ist nicht nach einem Lied zumute.«

»Aber vielleicht ist es genau das, was wir brauchen«, antwortete Tuck. »Auch wenn es nur ein Lied ist, wird es uns trotzdem ein bisschen aufmuntern, darauf wette ich. Und im Augenblick könnte ich eine kleine Aufmunterung vertragen, und du genauso – wir alle.«

»Also gut«, brummte Danner, der mehr einwilligte, damit Tuck Ruhe gab, als aus irgendeinem anderen Grund, und trat seinem Pony in die Flanken. Bald darauf hatten sich Tuck, Danner, Hob und Tarpi rund um Patrel geschart. »Nun denn, Burschen«, sagte der kleine Dorngänger lächelnd, »Zeit, dass ihr erfahrt, womit ihr es bei den Dorngängern zu tun habt.« Er zupfte ein, zwei Akkorde, stimmte ein letztes Mal die Laute nach, und dann flogen seine Finger über die Saiten, während er eine lebhafte und schlichte Wurrlingsmelodie sang:

> *Wir sind Dorngänger,*
> *Dorngänger sind wir.*
> *Marschier'n die Grenzen auf und ab*
> *Der Sieben Täler hier,*
> *Damit uns stört kein Wolf, kein Vulg,*
> *kein andres feindlich Tier.*
> *Wir sind Dorngänger,*
> *Dorngänger sind wir.*

> *Wir sind Dorngänger,*
> *Dorngänger sind wir.*
> *Solang's die Sieben Täler gibt,*
> *Sieht man uns nachts marschiern.*
> *Wir halten Aug und Ohren auf*
> *So kann uns nichts passiern.*
> *Wir sind Dorngänger,*
> *Dorngänger sind wir.*

Patrel begann die dritte Strophe, und diesmal stimmten Tarpi und Hob zaghaft in den Refrain mit ein. Alle drei sangen deutlich:

> *Wir sind Dorngänger,*
> *Dorngänger sind wir.*
> *Die Täler sind uns wohl vertraut,*
> *So gut wie keinem hier,*
> *Von Nord bis Süd, von Ost nach West,*
> *Sie sind unser Revier.*
> *Wir sind Dorngänger,*
> *Dorngänger sind wir.*

»Nun kommt schon, ihr müden Spatzen«, drängte Patrel und unterbrach seinen Gesang. »Ich weiß, ihr könnt lauter zirpen.«

Er lächelte breit und schlug die Laute zu einer neuen Strophe an. Diesmal nahmen die vier anderen Stimmen den Schwung des einfachen Liedes auf, und auch wenn sie nur *Diddeldum* sangen, wo sie die Worte nicht errieten, klangen sie viel kräftiger.

> *Wir sind Dorngänger,*
> *Dorngänger sind wir.*
> *Wir patrouilliern am Spindeldorn,*
> *Wohin er uns auch führt;*

> *Durch Sümpfe, Wiesen, Wald und Feld*
> *Und Flüsse, unberührt.*
> *Wir sind Dorngänger,*
> *Dorngänger sind wir.*

Bei der letzten Strophe lächelten alle Wurrlinge übers ganze Gesicht und sangen lustvoll mit, und zu Tucks Überraschung klang Danners Stimme von allen am kräftigsten.

> *Wir sind Dorngänger,*
> *Dorngänger sind wir.*
> *Und prächtigere Kerle noch*
> *Gibt's weit und breit nicht hier.*
> *Der Sieben Täler Freiheit schreiben*
> *Wir uns aufs Panier.*
> *Wir sind Dorngänger,*
> *Dorngänger sind wir – Jo ho!*
> *Wir sind Dorngänger,*
> *Dorngänger sind wir – ho!*

Und bei diesem letzten *Ho!* schlug Patrel einen lauten, dissonanten Akkord auf seiner Laute an, und alle Wurrlinge brachen in schallendes Gelächter aus. Die düstere Stimmung war verflogen.

»Das treiben wir Dorngänger also, ja?«, fragte Hob fröhlich. »Wir beschützen die Sieben Täler. Klingt, als sollten wir viel zu tun bekommen.«

»Ach was«, brummte Danner. »Nicht, wenn wir an der Spindelfurt festsitzen. Ich gehe davon aus, dass wir die meiste Zeit nur herumhocken und darauf warten, dass etwas passiert, aber es wird nie etwas passieren.«

»Das wäre mir gerade recht«, meldete sich Tarpi zu Wort. »Ich sitze lieber bei einer Pfeife, einem Lied oder einer Geschichte um ein warmes Lagerfeuer, als dass ich draußen in der Kälte nach Wölfen, Vulgs oder großen wilden Hunden Ausschau halte.«

»Und nach dem anderen Feind«, ergänzte Tuck. »Vergiss nicht das *andre feindlich Tier,* von dem in dem Lied die Rede ist – *kein Wolf, kein Vulg, kein andres feindlich Tier.*« Tuck wandte sich an Patrel. »Was bedeutet das? Wo kommt das Lied überhaupt her? Ich habe es noch nie gehört, und ich glaube, ich halte es lieber in meinem neuen Tagebuch fest – meinem Vetter Willi wird es bestimmt gefallen. Außerdem hat es ein so gutes Lied verdient, dass man es verbreitet. Ich finde wirklich, wir hätten es schon früher hören müssen.«

»Oh… also… das«, stotterte Patrel leicht errötend; er fummelte nervös und verlegen an dem Gurt herum, um seine Laute wieder auf dem Rücken zu befestigen. »Es freut mich, dass es euch gefallen hat. Und ihr habt es noch nie gehört, weil es neu ist. Ich meine, na ja, ich hab es selber erfunden, auf dem Hinweg, bevor ich euch vier abgeholt habe.«

»Selber erfunden?«, platzte Tarpi heraus. »Donnerwetter! Ich dachte immer, so etwas tun nur Barden und Harfenspieler. Du bist nicht zufällig ein Barde, oder?«

»Meine Tante Utz hat sich hin und wieder Lieder ausgedacht«, unterbrach Hob. »Meist in der Küche. Lieder übers Essen und Kochen. Ganz nett, aber lange nicht so hübsch wie deins.«

»Erzähl uns etwas über den Text, Patrel«, bat Tuck. »Ich meine, wie du auf dein Lied gekommen bist.«

»Da gibt es nicht viel zu sagen«, antwortete Patrel. »Ihr wisst alle, dass die Dorngänger mithelfen, die Sieben Täler zu beschützen – und das ist auch eine große Verantwortung, denn es ist ein weites Land. Sieben Stück: Nord-, Süd-, Ost- und Westtal, Mittental, Ober- und Untertal. Eingefasst von der großen Spindeldornbarriere. Begrenzt von zwei Flüssen, dem Wenden und dem Spindel, und vom Nordwald und den Oberen Dünen.«

»Was soll das werden?«, brummelte Danner. »Eine Geografiestunde?«

»Nein«, sagte Patrel lachend. »Obwohl – vielleicht ein bisschen Geografie und Geschichte.«

»Geh, Danner, lass Patrel reden«, sagte Tarpi, dessen Wurrlingsnatur erwachte, wenn er Dingen lauschte, die er bereits kannte. »Außerdem wollte ich schon immer wissen, wie Barden auf ihre Lieder kommen.«

Danner gab ein unbestimmtes Knurren von sich, sagte aber nichts weiter.

»Aber, Tarpi, ich weiß doch gar nicht, wie Barden auf ihre Lieder kommen«, protestierte Patrel. »Ich weiß nur, wie ich auf meine komme, und das ist sehr einfach. Der Auftrag der Dorngänger lautet, in den Tälern und entlang des Dornwalls Patrouille zu gehen, vor unangenehmen Jenseitigen zu schützen, die in übler Absicht in die Sieben Täler kommen, und Wölfe oder große wilde Hunde zu verjagen.«

»Und was ist mit den Vulgs?«, fragte Hob.

»Ja doch, und mit dem *andren Feindgetier*«, schnaubte Danner höhnisch. »Hier hast du dein *andres Feindgetier*!« Er beugte sich zu Hob hinüber und schnitt eine Grimasse. »Huh!«

»Danner!«, stieß Tuck gereizt hervor. »Wenn du nicht zuhören willst, dann reit doch einfach voran.«

»Was bildest du dir ein, mich herumzukommandieren!«, brauste Danner zornig auf. »Ich –«

»Halt!«, rief Patrel, dem seinerseits der Kragen zu platzen drohte. Doch schnell hatte er sich wieder in der Gewalt. »Wir sollten uns nicht untereinander zanken.« Er wandte sich an Danner. »Worauf willst du eigentlich hinaus?«

»Na ja«, nörgelte Danner, »eben welcher *andere Feind* eine Bedrohung für die Sieben Täler sein könnte.«

»Wie wär's mit Vulgs«, erwiderte Hob.

»Und Rukhs, Hlöks und Ogrus«, stimmte Tarpi ein.

»Ghule«, fügte Tuck an. Danner schaute angewidert drein. »Ihr habt Kaltdrachen ausgelassen! Modru! Und den verfluchten Gyphon persönlich!«, fauchte er. »Und mir scheint, ihr habt auch Adons Bann vergessen. Genau deshalb gibt es nämlich keinen *anderen Feind* – wegen des Banns!«

Inmitten des aufgeregten Geplappers, das daraufhin ausbrach, ertönte Patrels klare Stimme und gebot Schweigen. »Danner hat nicht ganz unrecht mit dem, was er sagt. Nun seid still und lasst ihn reden.«

Danner sah leicht verlegen aus, als sich alle Augen auf ihn richteten, aber er war durchaus nicht sprachlos. »Ihr wisst alle, wie es in den alten Geschichten heißt.« Danner verfiel in eine leiernde Sprechweise, als würde er eine wohl gelernte Schullektion aufsagen. »Als Gyphon Adon die Herrschaft über die Sphären streitig machte, brach Krieg aus auf den drei Ebenen: auf der unteren, mittleren und oberen. Hier in Mithgar tobte der Kampf gewaltig, denn Modru, Gyphons Diener, war überlegen und seine Horde beinahe ohne Zahl. Doch der Glorreiche Bund trat ihnen entgegen, ohne zu bedenken, dass das Ergebnis hier bei uns in der Mittelwelt auch das Gleichgewicht der Macht in der oberen und der unteren Ebene zerstören würde.

Und so kam es, dass der Glorreiche Bund aus Menschen, Elfen, Zwergen, Utruni, Zauberern und Wurrlingen im Großen Krieg auf der Seite Adons kämpfte, und ihre Gegner waren Gyphon, Modru, Vûlks, Ghule, Hlöks, Ogrus, Rukhs, Vulgs... und einige Drachen.

Hier, in der Mittelebene, siegte der Bund durch einen unerwarteten Streich. Modru verlor. Und so geschah es, dass Adon auf allen drei Ebenen gewann und Gyphon verlor. Zur Buße verbannte Adon bei Todesstrafe alles Volk, das Gyphon im Großen Krieg unterstützt hatte, vom Licht des Tages. Den Drachen, die sich ihm widersetzt hatten, nahm

Adon das Feuer; sie sind nun Kaltdrachen und unterliegen ebenfalls dem Bann.

Und es heißt, dass Adons Bann gelten wird, *solange die Nacht dem Tag folgt und der Tag der Nacht.*

Auch verbannte er Gyphon ›jenseits der Sphären‹, wenngleich niemand, den ich gefragt habe, weiß, wo das ist.

Modru selbst floh durch die Nacht aus der Wüste von Gron in die eisigen Weiten dahinter. Die Geschichten behaupten, er lebt dort, weil im Winter die Nächte lang sind, sehr lang, und die Sonne, sein Verderben, sechs Monate im Jahr keine Kraft besitzt. Doch im Sommer muss sich Modru verstecken, denn dann sind die Tage lang, und die Sonne steht hoch, und stets droht ihm der Tod durch Verdorren.«

An dieser Stelle hielt Danner inne, er musterte seine Begleiter, und seine Stimme nahm einen besserwisserischen Ton an. »Und deshalb, versteht ihr, haben die Sieben Täler wenig zu fürchten von einem anderen Feind. Adons Bann würde ihn töten!« Danner sah die übrigen Wurrlinge herausfordernd an, aber keiner von ihnen widersprach ihm, und die Ponys trabten gemächlich in Richtung Norden.

»Du hast ja recht, Danner«, sagte Patrel nach einer Weile. »Aber bedenke Folgendes: Adons Gelübde tötet nur den, der im Sonnenlicht erwischt wird, es tötet nicht bei Nacht. Und andere Dorngänger haben berichtet, sie hätten aus weiter Ferne flüchtige Blicke auf große schwarze Bestien erhascht, die wie Wölfe aussahen, nur noch schrecklicher, und die durch die Dunkelheit liefen.«

»Vulgs«, hauchte Hob.

»Vielleicht«, sagte Patrel. »Und wenn dem so ist, dann verstecken sie sich offenbar in den Ritzen und Spalten des Landes, wenn die Sonne am Himmel steht, und auf diese Weise trifft der Bann sie nicht. Was Rukhs, Hlöks und Ogrus oder auch Vûlks, Ghule oder Kaltdrachen betrifft, so glaube ich nicht, dass sich welche von ihnen hier in den

Sieben Tälern herumtreiben, obwohl auch sie der Sonne auf die gleiche Weise entgehen könnten. Wir sind jedoch ein gutes Stück entfernt von den Bergen, in denen sie ihr Unwesen treiben, also vom Grimmwall, der Rigga und den Gronspitzen.«

»Aber Vulgs können schnell und weit laufen, heißt es«, sagte Tarpi, »und vielleicht haben sie tatsächlich die ganze Strecke bis zu den Sieben Tälern zurückgelegt.«

»Ja, aber was hat sie veranlasst, gerade jetzt in die Sieben Täler zu kommen?«, wollte Tuck wissen. »Das Ende des Großen Krieges liegt lange zurück. Warum kommen sie jetzt? Und warum in die Sieben Täler?«

»*Wenn*«, verschaffte sich Danner mit einem lauten Ruf Aufmerksamkeit. »*Wenn* es Vulgs waren, und nicht Wölfe. Wer sagt denn, dass es keine Wölfe oder gar wilde Hunde waren, welche die Dorngänger aus der Ferne gesehen haben? Der Bann hat doch nun zwei ganze Epochen gehalten. Warum sollten ausgerechnet jetzt Vulgs auftauchen?«

»Aha! Das ist in der Tat der entscheidende Punkt«, entgegnete Tuck. »Warum ausgerechnet jetzt?«

Die Ponys stapften schwerfällig weiter, und die Wurrlinge schwiegen für eine Weile und dachten über das Rätsel nach. »Das Einzige, was mir dazu einfällt«, fuhr Tuck schließlich fort, »ist, dass Gyphon angeblich genau im Moment seines Verschwindens einen bitteren Schwur vor Adon abgelegt hat, in dem er behauptete, er werde wiederkommen.«

»›*Selbst in dieser Stunde*‹«, zitierte Danner mit Grabesstimme, »›*selbst in dieser Stunde habe ich Geschehnisse in Gang gesetzt, die du nicht aufhalten kannst! Ich werde zurückkehren! Ich werde siegen! Ich werde herrschen!*‹ Das hat Gyphon den alten Geschichten zufolge Adon als Letztes entgegengeschleudert, dann war er verschwunden, verbannt, jenseits der Sphären. Aber er irrte sich, denn er ist nicht zurückgekehrt. Viertausend Jahre ist er nicht zurückgekehrt. So lange ist das angeblich her. Und in diesen viertausend Jahren hat auch kein Rukh, kein Vûlk, nichts, was unter dem Bann steht, die Sieben Täler bedroht! Nichts! Niemals!«

Erneut legte sich Stille über die kleine Gruppe, und alle ritten in Gedanken versunken. Schließlich sagte Patrel: »Mag sein, Danner. Vielleicht hast du recht. Aber angeblich arbeiten sich jetzt Vulgs durch den Spindeldorn. Und niemand weiß, warum.«

Nordwärts zogen sie den ganzen Tag, zeitweise ritten sie, dann wieder führten sie ihre Ponys, manchmal hielten sie, um zu essen oder andere Bedürfnisse zu befriedigen; sie fütterten ihre Tiere mit Getreide oder hackten das Eis eines Waldbaches auf, um ihre Feldflaschen aufzufüllen und die Ponys trinken zu lassen.

Die mächtigen, dicht stehenden Bäume des Klausenwaldes grenzten unmittelbar an den Weg, und ihre graue Rinde und die kahlen Äste hüllten den Nordpfad in Düsternis.

Düsternis schien sich auch auf die Wurrlinge gesenkt zu haben, und während sie durch die Stille des öden Waldes weiterzogen, wurde an diesem Tag nicht mehr viel gesprochen. Die Sonne überquerte langsam den kalten Himmel, und ihre Strahlen trugen wenig dazu bei, die Reisenden zu erwärmen. Als die Himmelskugel hinter den westlichen Horizont sank, kauerten die fünf Jungbokker in der Dunkelheit dicht gedrängt um ein Lagerfeuer am anderen Ende des Klausenwaldes, rund dreißig Meilen nördlich von Waldsenken.

Sie losten, um die Reihenfolge der Wache festzulegen, und Tuck zog die Mitternachtsschicht. Als sich alle außer Hob, der die erste Wache hatte, zum Schlafen niederlegten, sagte Patrel: »Morgen nacht schlafen wir alle auf einem Heuboden – dem Heuboden von Arlo Huck. Ich habe auf dem Weg nach Waldsenken bei ihm Station gemacht. Er hat einen Bauernhof an der Zweifurtenstraße, etwa fünfundzwanzig Meilen nördlich von hier. Arlo meinte, er würde uns gern in seinem Heuboden unterbringen, und seine Frau Willa versprach uns außerdem eine warme Mahlzeit.« Diese letzte Bemerkung löste allgemein schläfrigen Beifall aus, nur Hob begnügte sich mit einem Lächeln, warf noch einen dicken Ast ins Feuer und begann seine Runde.

Es war zur Mitte der Wache, als Tuck durch einen Stoß geweckt wurde. »Du bist an der Reihe«, brummte Danner.
  Tuck legte einige Äste nach und holte weiteres Holz vom Stapel, um es zur Abwehr der Kälte zur Hand zu haben. Danner saß immer noch auf einem Baumstamm am Feuer und stierte verdrossen in die Flammen.
  »Schlaf ein wenig, Danner«, seufzte Tuck. »Vielleicht bist du nicht mehr so missmutig, wenn du ausgeruht bist.«
  »Was soll das heißen – missmutig«, brauste Danner auf und funkelte Tuck zornig an.
  »Du musst zugeben, dass du heute ziemlich miesepetrig warst«, antwortete Tuck und fragte sich, wieso dieses Gespräch schon von Beginn an in die falsche Richtung lief.
  »Hör zu, Tuck«, entgegnete Danner in scharfem Ton, »meine Philosophie lautet folgendermaßen: Ich bin wie ein Spiegel – ich werfe nur zurück, was bei mir ankommt.«
  Sie saßen eine Weile da, ohne zu sprechen, während das Feuer knackte und knisterte. »Ich finde, du solltest dir Folgendes überlegen, Danner: Du kannst wie ein Spiegel sein oder wie ein Fenster. Aber denk dran – von den beiden lässt nur das Fenster Licht herein.« Darauf erhob sich Tuck und begann seine Runde, während Danner mit nachdenklichem Gesichtsausdruck zu seinem Bettzeug griff.
  Nach einer Runde ums Lager kam Tuck zurück und begann beim Licht des Mondes und im Schein des Feuers die Ereignisse des Tages in sein neues Tagebuch zu schreiben. Er bediente sich knapper Sätze und rätselhafter Kürzel, nur

Patrels Lied, das schrieb er in voller Länge auf. Er kritzelte immer ein paar Worte, dann drehte er eine Runde, bevor er zurückkam und weiterschrieb. Und auf diese Weise verbrachte er seine Wache, während der Mond westwärts glitt, wo er von Wolken verdeckt wurde, die nach Osten zogen. Tuck nahm sich vor, dieses Tagebuch im Laufe der nächsten Monate regelmäßig zu führen – als Bericht über seine Reisen.

Als der nächste Morgen dämmerte, fiel Schnee. Nach einem leichten Frühstück aus gedörrtem Wildbret und Brot sowie Getreide für die Ponys brachen die fünf das Lager ab und machten sich erneut in Richtung Norden auf. Ein frischer Wind blies aus Westen und trieb wirbelnde Flocken schräg über ihren Weg, und die Wurrlinge hüllten sich fest in ihre Mäntel und zogen die Kapuzen über den Kopf. Durch den fallenden Schnee ritten sie, und ihre Reise verlief ähnlich wie am Vortag, nur dass sie sich nun über offenes Land bewegten, nachdem sie den Klausenwald hinter sich gelassen hatten. Der Nordpfad führte sie immer weiter auf die Zweifurtenstraße zu, aber es fiel zunehmend schwerer, ihm zu folgen, da der sich türmende Schnee seinen Verlauf undeutlich werden ließ. Solcherart vom Sturm gebremst, stießen sie erst in der Mitte des Nachmittags auf die Hauptroute zur Spindelfurt.

»Ich freue mich schon sehr auf diese warme Mahlzeit und den Heuboden, von denen du gestern Abend gesprochen hast«, sagte Tarpi zu Patrel, während die Wurrlinge durch den mittlerweile knietiefen Schnee stapften und die Ponys führten, um den Tieren eine Atempause zu gewähren.

»O ja, ich auch!«, erwiderte Patrel. »Ich hoffe, Willa macht es nichts aus, dass wir ein wenig zu spät kommen, und sie stellt das Essen warm. Ich schätze, dass wir erst eine ganze Weile nach Einbruch der Dunkelheit bei Arlo sein werden.«

»Verfluchter Sturm«, nörgelte Danner; dann verstummte er, und sie schleppten sich weiter.

Patrels Schätzung erwies sich als zutreffend, denn es war bereits seit drei Stunden dunkel, als sie endlich an die Grenze von Arlos Anwesen kamen. Der Wind hatte aufgefrischt, und sie hörten ein schauriges Heulen, als er durch eine nahe Baumgruppe fuhr. Mit dem Wind im Rücken bogen die fünf Wurrlinge auf die Zufahrt zum Steinhaus der Hucks ein.

»Halt!«, sagte Patrel über das Heulen des Windes hinweg, und seine Stimme war belegt vor ahnungsvoller Furcht. »Hier stimmt etwas nicht.«

»Wieso?«, fragte Hob. »Was ist los?«

»Im Haus brennt kein Licht.« Patrel griff nach seinem Bogen. »Haltet eure Waffen bereit.«

»Wie?«, fragte Danner ungläubig. »Die Bogen?« Dann begriff er, dass Patrel es ernst meinte, und er gehorchte kopfschüttelnd.

»Vielleicht sind sie einfach schon zu Bett gegangen«, warf Tarpi ein, nahm aber gleichwohl seinen Bogen zur Hand.

»Nein. Es müsste Licht brennen. Sie erwarten uns«, antwortete Patrel. »Seid vorsichtig. Und jetzt los.«

Mit angelegten Pfeilen rückten sie zu Fuß auf das dunkle Haus vor; die Ponys führten sie hinter sich her. Seitlich von ihnen ragte die Scheune wie ein riesiges schwarzes Ungeheuer in den Himmel. Nun konnten sie über das Heulen hinweg ein unheilvolles Klappern hören, als würde ein loser Fensterladen im Wind schlagen. Als sie näher kamen, sahen sie, dass die Fenster des Hauses scheinbar offen standen, denn die Vorhänge flatterten hinein und hinaus. Tucks Herz hämmerte, und er atmete in kurzen, keuchenden Stößen. Er hatte das Gefühl, seinen Bogen nicht richtig festhalten zu können. Er musste all seinen Mut zusammennehmen, um einen Fuß vor den anderen zu setzen. Patrel bedeutete Tuck und Danner mit einer Handbewegung, sich rechts zu halten, und schickte Tarpi und Hob nach links; dann trat er auf die Veranda zu. Als er den Fuß auf die oberste Stufe setzte, fuhr die Tür mit einem lauten Knall auf.

Tucks Herz machte einen gewaltigen Satz, es schlug ihm bis zum Hals, und er wurde gewahr, dass er mit einem todbringenden Pfeil mitten in die klaffende Schwärze des Eingangs zielte. Der Bogen war bis zum Anschlag gespannt, Tuck spürte die Federn des Pfeils an seiner rechten Wange; seine Hand war ruhig, bereit, loszulassen. Beim besten Willen konnte er sich jedoch nicht daran erinnern, den Bogen gespannt zu haben. *Und nichts ist durch die Tür gekommen.* So plötzlich, wie sie aufgegangen war, schlug die Tür krachend wieder zu, und *peng!* und *bamm!* riss ein neuer Luftwirbel sie erneut auf, um sie sogleich wieder zufallen zu lassen.

»Großer…!«, sagte Tarpi und lockerte wie die übrigen auch ein wenig den Zug seines Bogens. »Ich dachte…«

»Psst!«, unterbrach ihn Patrel und bedeutete ihnen mit einem Kopfnicken, weiterzugehen.

Tuck und Danner gingen links um das Haus herum, während sich Tarpi und Hob rechts hielten und Patrel durch die Eingangstür trat. Auf ihrem Weg entlang der Hausseite stellte Tuck fest, dass die Vorhänge tatsächlich vom Wind gepeitscht aus den Fenstern flatterten, denn das Glas war zerbrochen. *Peng! Bumm!* Sie hörten die Haustür auf und zu schlagen. Weiter ging es bis zur Küchentür, die zersplittert und schief in den Angeln hing. Sie betraten die Küche genau in dem Augenblick, in dem es Patrel, der sich bereits in ihr befand, gelang, eine Lampe anzuzünden. *Bamm! Rumms!*

Der Schein der Lampe enthüllte ein großes Durcheinander: umgekippte Stühle, ein zertrümmerter Tisch, zerbrochenes Steingut, eine umgestürzte Bank, Glasscherben –

Zerstörung überall. Schnee trieb durch die Reste der Tür und an zerrissenen Vorhängen vorbei über die Simse der eingeschlagenen Fenster. Zuletzt kamen auch Tarpi und Hob in die Küche und blickten sich um, während der Wind ächzend an den Trümmern zerrte. »Wir haben rasch in der Scheune nachgesehen«, berichtete Hob. »Sie ist leer. Kein Vieh. Alles verschwunden.«

»Was ist hier nur geschehen?«, fragte Tarpi, während Danner eine zweite Lampe entzündete.

»Das weiß ich noch nicht«, antwortete Patrel. *Rumms! Bamm!* »Hob, würdest du bitte diese fürchterliche Haustür einhängen? Und du, Tarpi, mach die Fensterläden zu. Auch wenn die Scheiben zerbrochen sind, werden sie zumindest den Schnee größtenteils draußen halten. Danner, nimm dein Licht und hilf Tarpi. Und du, Tuck, zündest noch eine Lampe oder eine Kerze an und kommst mit mir. Wollen mal sehen, ob wir aus alldem hier irgendwie schlau werden können.«

Tuck fand eine weitere Lampe und zündete sie an, während Patrel die Küchentür in ihrem Rahmen festklemmte, was Wind und Schnee zum großen Teil aussperrte. Dann öffneten sie eine Tür, die, wie sich herausstellte, zur Vorratskammer führte. Patrel warf einen raschen Blick hinein. »Nichts«, sagte er. »Niemand. Sehen wir mal –«

»Oje, oje!«, ertönte ein Schrei aus einem anderen Raum, und Patrel und Tuck stürzten hinzu. Sie fanden Danner mit der Lampe in der Hand auf dem Boden kniend vor. Tarpi und Hob spähten im flackernden Licht über seine Schulter.

»Was ist?«, fragte Tuck, und dann sah er es – Blut. Eine Menge Blut. Und in der Mitte der Abdruck einer riesigen Pfote.

»Wölfe«, flüsterte Tarpi.

»Nein«, erwiderte Danner grimmig. »Vulgs!« Und aus weiter Ferne mischte sich ein schreckliches, lang gezogenes, wildes Heulen in das Stöhnen des Windes.

»Die Vulgs sind durch die Fenster und Türen eingedrungen«, stellte Patrel fest, als sich alle nach einer gründlichen Durchsuchung des Hauses wieder in der Küche versammelt hatten. »Seht ihr, die Glasscherben sind nach innen geflogen, als wären die Bestien durch die Scheiben gesprungen.«

»Ja, und die Küchentür«, warf Danner ein und zeigte auf die notdürftig verschlossene Öffnung, »die war ebenfalls von außen aufgebrochen.«

»Was ist mit Bauer Arlo und seiner Frau? Wo sind sie?«, fragte Tarpi, und seine Augen glänzten groß im Schein der Lampe. »Wir haben überall nachgesehen.«

»*Verschwunden,* wie schon andere zuvor«, flüsterte Hob, und Tuck fühlte, wie sich sein Magen verkrampfte.

»Nein, Hob, sag lieber, sie wurden von Vulgs abgeschlachtet«, verbesserte Patrel, und seine Stimme klang grimmig, als er in die bedrückten Mienen seiner Gefährten blickte. Er selbst war aschgrau im Gesicht. »Dieses Mal handelt es sich nicht nur um ein geheimnisvolles Verschwinden. Dieses Mal schreien alle Anzeichen förmlich nach vorsätzlichem Mord, nach einem Gemetzel der Vulgs.«

»Wenn es Mord war«, begann Tarpi, den Tränen nahe, und zeigte mit einer ausholenden Handbewegung über das Chaos, in dem sie standen, »wo ist dann... wo sind...«

»... die Leichen?«, sagte Danner heiser, und seine Lippen waren vor Zorn nur ein schmaler Strich. »Was haben die verfluchten Vulgs mit den Leichen gemacht?«

»Das weiß ich nicht«, antwortete Patrel. »In allen anderen Fällen, von denen ich gehört habe, verschwanden die Leute völlig spurlos. Nur hier nicht. Es ist, als ob...«

»Als ob Bauer Arlo gekämpft hätte und die anderen nicht«, schloss Tuck. »Anscheinend geschah es bei den anderen ohne Vorwarnung. Arlo gelang es noch, die Türen zu verriegeln, aber er konnte die Vulgs nicht aufhalten.«

»Arlo und Willa sind wahrscheinlich irgendwo da draußen«, sagte Danner durch zusammengebissene Zähne,

»vom Schnee zugedeckt.« Tarpis leises Weinen ging im Stöhnen des Windes unter. Tuck starrte, ohne zu sehen, durch die Fensterläden in die dunkle Nacht hinaus.

»Und was machen wir nun?«, fragte Hob nach einem langen Augenblick. »Sollen wir sie suchen? Ich bezweifle allerdings, dass wir sie bei dem Schnee und in der Nacht finden werden.«

»Lasst uns die Vulgs verfolgen«, forderte Danner und reckte seinen Bogen in die Höhe.

»Nein«, sagte Patrel. »Keine Suche und keine Verfolgung. Das Gelände rund ums Haus haben wir bereits ergebnislos abgesucht, und die Vulgs sind inzwischen zu weit weg für einen Vergeltungsschlag. Nein, wir bleiben hier und ruhen uns aus, und morgen eilen wir weiter zur Spindelfurt und warnen unterwegs die Leute auf dem Land.«

»Pah!«, schnaubte Danner und stieß seinen Bogen in die Luft. »Ich sage, holen wir uns die Bestien!«

»Danner!« Patrels Stimme klang zornig. »Bis zur Spindelfurt stehst du unter meinem Befehl, und ich werde dich nicht mitten in der Nacht in einem Schneesturm hinter Vulgs herjagen lassen, die längst über alle Berge sind. Ich sage, wir bleiben hier, und was ich sage, das gilt.«

»O nein«, klagte Tarpi und sah sich verzweifelt um. »Nicht hier. Ich kann nicht hier bleiben, in dieser Ruine. Nicht mit all dem Blut auf dem Boden. Nicht in diesem Haus.«

»Wie wäre es mit dem Heuboden?«, fragte Hob. Er legte Tarpi den Arm um die Schulter und sah ihren Anführer eindringlich an. Patrel nickte. »Ja, dort bleiben wir«, fuhr Hob fort. »Außerdem müssen wir die Ponys irgendwo unterstellen und sie füttern und tränken.« Er nahm eine Lampe. »Kommt. Versorgen wir die Ponys.«

Und so gingen sie alle hinaus, Hob mit dem zitternden Tarpi voran, dann Patrel und Danner, die einander wütend anstarrten, und als Letzter Tuck.

Sie behielten dieselbe Reihenfolge für die Wache bei wie in der Nacht zuvor, und obwohl Tuck nicht glaubte, dass er überhaupt Schlaf finden würde, schien es ihm, als habe er sich eben erst niedergelegt, als Danner ihn wach rüttelte.

»Zeit zum Aufstehen«, sagte Danner. »Nimm deine Decke mit, es ist kalt.« Dann stieg er wieder hinunter ins Erdgeschoss der Scheune.

Tuck mühte sich mit der Decke über der Schulter die Leiter vom Heuboden hinab. Als er von der untersten Sprosse trat, sah er, dass Danner das Öl in einer der Lampen nachfüllte und den Docht mit seinem Messer zurechtstutzte. »Kann ich helfen?«, gähnte er. Auf Danners Kopfschütteln fragte Tuck: »Irgendetwas von Vulgs gehört?«

»Nein«, erwiderte Danner. »Der Wind hat vor rund einer Stunde aufgehört, und es schneit auch nicht mehr. Von Vulgs, Wölfen oder sonst etwas war nichts zu hören da draußen. Verdammt! Ich hab mir den Daumen durchbohrt.« Danner lutschte an seinem Daumen und spuckte, während Tuck den Lampendocht zu Ende stutzte. »Wir sollten da draußen sein und Vulgs jagen«, brummte Danner, als er kurz den Daumen aus dem Mund nahm.

»Nun lass aber gut sein«, entgegnete Tuck, zündete die neue Lampe an und löschte die alte. »Du hast gehört, was Patrel gesagt hat. Wir können nicht nachts im Dunkeln herumstolpern und nach Vulgs suchen.«

»Dann möchte ich dir gern folgenden Gedanken ans Herz legen«, konterte Danner. »Die Nacht ist die einzige Zeit, in der du die geifernden Scheusale *überhaupt* jagen kannst.« Damit verschwand Danner über die Leiter auf den Heuboden.

Na so was, dachte Tuck, *er hat recht! Der Bann! Am Tag sind sie ja nicht unterwegs.*

Später, während der Wache, kritzelte Tuck als letzten Eintrag für diesen Tag in sein Tagebuch: *Wie genau werden wir im Dunkeln treffen?*

Der Morgen sah die Wurrlinge wieder auf der Zweifurtenstraße, wo sie nach Norden in Richtung Spindelfurt ritten. Beim ersten Tageslicht hatten sie ein letztes Mal den Hof der Hucks abgesucht, aber keine Spur von Arlo oder Willa entdeckt. Patrel hatte daraufhin eine Notiz an die Eingangstür geheftet, die jeden, der zu dem Steinhaus kam, vor den Vulgs warnte. Dann waren die Jungbokker aufgesessen und weggeritten.

Zwei Meilen weiter nördlich kamen sie zu einem anderen Hof und sprachen mit dem Kleinbauern dort. Große Angst stand in den Augen der Familie, als sie von den Vulgs und dem Schicksal der Hucks hörten. Harlan, der Pächter, schickte seine Söhne auf Ponys los, damit sie die Besitzer der umliegenden Höfe warnten, und Patrel bat darum, »es weiterzusagen.« Ihm und den anderen widerstrebte es zutiefst, die Familie allein zu lassen, aber Harlan beruhigte sie. »Macht euch keine Sorgen. Nun, da wir gewarnt sind, können ich und meine Bokker sie bis Tagesanbruch abwehren. Dann hält sie die Sonne zurück. Abgesehen davon sind wir nicht die einzige Familie hier in der Gegend, und ihr fünf könnt uns nicht alle beschützen. Ihr müsst diese Nachricht zu den Dorngängern bringen, damit die etwas unternehmen können.« Mit diesen Worten und einem warmen Frühstück im Bauch zogen die fünf jungen Wurrlinge weiter nach Norden, um die Neuigkeiten zur Spindelfurt und zur Vierten Osttal-Kompanie zu tragen.

Den ganzen Tag ritten sie nach Norden und hielten noch dreimal, um die Warnung in Umlauf zu bringen. Bei Anbruch der Dunkelheit befanden sie sich acht Meilen südlich der Furt. »Lasst uns weiterreiten und noch heute zur Furt kommen«, drängte Patrel. »Ich würde nur ungern im Freien kampieren.« Und so zogen sie weiter, während sich die Finsternis herabsenkte und der Mond aufging und schwarze Schatten in die nächtliche Landschaft zeichnete.

Sie ritten über das verdunkelte Land. Eine Meile war zurückgelegt, eine zweite. Plötzlich schnaubte Tucks Pony, es scheute und warf den Kopf hin und her. Tuck spähte angestrengt ins Dunkel, sah jedoch nichts, und die übrigen Ponys wirkten ganz ruhig. Und weiter ging es, aber Tuck war nun mit allen Sinnen auf der Hut. »Was ist das da vorn?«, fragte er und zeigte auf eine hohe Spitze, die aus der Dunkelheit ins Mondlicht ragte.

»Das ist die Krähenruh«, antwortete Patrel, der links von Tuck ritt. »Ein riesiger Felsenturm, der zufällig an der Stelle steht, wo sich die Zweifurtenstraße und der Oberlandweg treffen. Das bedeutet, wenn wir dort sind, haben wir noch genau fünf Meilen bis zum Lager der Dorngänger an der Furt.«

Sie ritten auf die Kreuzung zu. Der Oberlandweg war eine Hauptverbindung, die schräg durch die Sieben Täler verlief und das Land Rian im Norden mit Wellen im Westen verband. Die Zweifurtenstraße verlief in Nord-Süd-Richtung – vom Dorf Ruten bis zur Spindelfurt im Norden. Sie hieß Zweifurtenstraße, weil sie den Klausenbach an der Westfurt überquerte und bei der Spindelfurt nach Rian hineinführte.

Als sie sich der Krähenruh weiter näherten, erkannte Tuck im hellen Mondlicht, dass der Felsen höher war, als er zunächst gedacht hatte. Vielleicht fünfzig Fuß ragte er in den Himmel empor, wir aufeinandergetürmte Felsbrocken, von unbekannter Hand in uralter Zeit in die Nacht gestellt. Während die Ponys langsam darauf zutrotteten, überkam Tuck das Gefühl, als bedeute dieser drohend aufragende Steinhaufen irgendwie Verderben.

Ohne Vorwarnung scheute das graue Pony erneut und brach nach rechts aus. »Ho! Ruhig!«, befahl Tuck und sah zu seinen Begleitern, doch nun waren deren Ponys ebenfalls ungebärdig. *Was geht hier vor?*, fragte sich Tuck, und dann stockte ihm vor Schreck der Atem: Östlich von ihnen schlich eine riesige schwarze Gestalt durchs Dunkel und hielt mit den Wurrlingen Schritt. »Vulg!«, schrie er den anderen zu, heiser vor Angst. »Auf der Wiese rechts von uns! Knapp außer Schussweite.«

»Bleibt zusammen!«, rief Patrel. »Reitet weiter!«

Danner, der mit den verängstigten Packponys im Schlepptau die Nachhut bildete, brüllte: »Hinter uns sind noch zwei! Nein, drei!«

»Links! Schaut nach links!«, ließ sich Tarpis erschrockene Stimme vernehmen. »Cor! Noch einer!«

Die Vulgs trabten mühelos dahin. Ihre bösartigen gelben Augen glühten wie Kohlen, wenn das Mondlicht im richtigen Winkel einfiel, und geifernde rote Zungen hingen über scheußlichen Fangzähnen aus den gewaltigen Kiefern. Unter dem stumpfen schwarzen Fell spielten schreckliche Kräfte, während die Bestien durch die Dunkelheit glitten.

»Cor! Nichts wie weg!«, rief Hob und gab seinem Pony die Sporen. Doch Patrel beugte sich zu ihm hinüber und ergriff den Maulriemen von Hobs Pony.

»Halt! Langsam! Keine Panik. Bleibt zusammen. Wenn ich den Befehl gebe, reiten wir so schnell es geht zur Krähenruh. Solange die Vulgs Abstand halten, traben wir einfach ruhig auf unser Ziel zu. Es ist nicht einmal mehr eine viertel Meile.« Patrel legte einen Pfeil an die Sehne, aber als wäre dies irgendwie ein Zeichen gewesen, flogen die Vulgs nun mit atemberaubender Geschwindigkeit heran. »Flieht!«, schrie Patrel. »Zur Krähenruh! Reitet um euer Leben!«

Schreiend und kreischend stießen die Jungbokker nun die Fersen in die Flanken ihrer Ponys; allerdings benötigten die Tiere keinen Ansporn, denn sie flohen bereits in wilder Hast. Doch die scheußlich großen Vulgs überbrückten die Entfernung entsetzlich schnell. Tuck hätte am liebsten vor Angst losgebrüllt; stattdessen beugte er sich über den Hals des Ponys und trieb den Grauschimmel an. Sie jagten auf die Felsspitze zu, doch noch schneller rannten die Vulgs. Tuck hörte Danner eine Art Kampfansage schreien, während der Boden unter ihm dahinflog. Die Vulgs waren nun auf gleicher Höhe, Tuck hörte kehliges Knurren und sah Fangzähne aufblitzen. Sie waren nur mehr zweihundert Meter von der Krähenruh entfernt und mussten sie bald erreicht haben. Tuck überlegte, ob er einen Pfeil auf die Bestien abschießen sollte, aber ihm war klar, dass er vom Rücken eines galoppierenden Ponys aus nicht besonders gut zielen konnte. *Die Pfeile, die sich verirrn, kannst du genauso gut verliern,* schien er den alten Barlo rufen zu hören, und so wartete er mit seinem Schuss. Doch ein Vulg kam näher und attackierte die Hinterbacken seines Ponys; Tuck schlug mit seinem Bogen auf das Scheusal ein, und es ließ von dem Grauschimmel ab.

Tuck blickte gerade wieder rechtzeitig nach vorn, um Hobs Pony schreiend zu Boden stürzen zu sehen; die Vulgs hatten dem Tier die Sehnen durchgebissen, doch es begrub Hob bei dem Sturz nicht unter sich. Tuck versuchte, sein eigenes Pony zu wenden, doch ehe ihm das gelang, war er schon an dem gefallenen Wurrling vorüber. Er hörte Danner brüllen und sah im Zurückblicken, dass Hob auf den Beinen war; ein Vulg wollte ihn gerade anfallen, als Danner vorbeiritt und einen Arm ausstreckte. Hob packte ihn und schwang sich hinter seinem Kameraden auf das Pony. Aber der Vulg fletschte wütend die Zähne und sprang das Paar an, und Hob schrie entsetzlich auf, als die grausamen Fangzähne Seite und Bein des Wurrlings aufrissen; dennoch gelang es ihm, den Vulg mit einem Tritt abzuschütteln. Obwohl Danners Pony doppelt zu tragen hatte, schoss es noch schneller vorwärts und ließ den Vulg vorübergehend hinter sich zurück. Doch die geifernde Bestie schloss erneut auf und sprang die beiden mit weit aufgerissenem Maul an. *Sssst, pafff!* Ein Pfeil ragte plötzlich aus dem linken Auge des Ungeheuers, und es fiel mit einem dumpfen Aufschlag tot zu Boden. Tarpi hatte den Krähenruhfelsen erreicht und den Schuss seines Lebens abgegeben!

Tuck sprang ab und krabbelte hinter Patrel auf die unterste Lage von Felsen, wo Tarpi bereits wartete; dann drehte er sich um und sah Danner und Hob näher kommen. Es kamen aber auch die grässlichen Vulgs, doch Patrel ließ einen Pfeil von der Sehne schnellen, der einen von ihnen am Vorderbein streifte, und das jaulende Geheul des Scheusals veranlasste die übrigen, den Angriff abzubrechen.

Als ihr Reittier schlitternd zum Stehen kam, sprangen Hob und Danner ab, doch sofort sank Hob mit einem Stöhnen bewusstlos in den Schnee, und ein dunkler Fleck breitete sich unter ihm aus. Die übrigen Wurrlinge eilten sogleich zu Hilfe, aber Danner lud sich Hob auf die Schultern. »Klettert!«, fauchte er und machte sich auf den Weg.

Tarpi rannte herbei und schnappte sich Danners Bogen und Köcher. »Was wird aus den Ponys?«

Mit der freien Hand schob Danner Tarpi auf die Felsen zu. »Hinauf da mit dir, du Narr, sie sind hinter Wurrlingen her, nicht hinter Pferdchen!« Aber Danner hatte nur teilweise recht, denn während sich die Bokker auf allen vieren den Krähenruhfelsen hinaufmühten, jagten die verängstigten Ponys in die Nacht davon. Zwei von ihnen jedoch rannten genau in die Rachen der bösen Vulgs, und ihre schrillen Todesschreie klangen wie das Kreischen von Mammen. Den Wurrlingen gefror das Blut in den Adern.

Es erforderte alle Kraft der übrigen vier, um Hobs leblosen Körper bis zur Spitze der Krähenruh zu hieven, aber schließlich waren sie oben angelangt. Die Vulgs sprangen am Fuß des Steinhaufens hoch, versuchten jedoch nicht, ihn zu besteigen. Und der Mond schien hell auf das Land hinab.

»Er lebt noch«, sagte Tuck, als er den Kopf von Hobs Brust hob. »Wir müssen etwas unternehmen, damit die Blutung aufhört.« Doch in seinen Gedanken raunte es aus der alten Spukgeschichte: *Der schwarze Biss des Vulgs, der mordet nachts.*

»Macht eine Aderpresse für sein Bein«, befahl Patrel, »und drückt ihm eine Binde auf die Seite.« Und so kümmerten sich Tuck und Tarpi um Hob, während Danner hasserfüllt auf die Vulgs hinabstarrte.

»Schaut sie euch an«, fauchte er, »da sitzen sie nun, als würden sie einen hinterhältigen Plan ausbrüten oder darauf warten, dass etwas geschieht... diese drei niederträchtigen Bestien.«

»*Drei?*«, rief Patrel aus. »Es müssten vier sein. Wo ist –« In diesem Moment hörten sie das Scharren von Klauen, die sich auf der abgewandten Seite des Felsens nach oben kämpften. »Achtung!«, rief Patrel und stürzte gerade noch rechtzeitig hinüber, um zu sehen, wie ein großer Vulg zwischen den dunklen Steinen nach oben setzte. Während Patrel einen Pfeil genau auf den Kopf der Kreatur richtete, hörte er Danner schreien: »Hier kommen die anderen!«, denn auch die drei übrigen Bestien sausten den Hügel herauf.

Mit einem bösartigen Blick in den gelben Augen kletterte der einzelne Vulg den Fels empor. Patrel ließ den Pfeil durch die Luft schwirren, doch der Vulg sprang mit einer Körperdrehung seitwärts, und der Schaft landete in dem losen Pelz oberhalb der Schulter. Heulend und nach dem unangenehmen Ding schnappend, purzelte der Vulg den Felsturm hinab, während die übrigen drei erneut den Angriff abbliesen und von den Steinen herab außer Reichweite der Pfeile sprangen.

Patrel und Danner beobachteten, wie sich die vier Vulgs zusammenrotteten. Der fünfte – derjenige, den Tarpis Pfeil getötet hatte – lag wie ein schwarzer Fleck im Schnee. Dort lagen auch die drei getöteten Ponys: Hobs Gaul, ein Packpony und noch ein Reittier – das von Tarpi. Von den vier anderen Ponys war keine Spur zu sehen. »Wir sitzen hier ganz schön in der Klemme«, sagte Patrel mit einem Blick auf die Vulgs. »Ich hoffe, unsere Pfeile reichen bis zum Morgengrauen.« Danner brummte nur vor sich hin.

Tuck und Tarpi waren zu Hob zurückgekehrt, wo sie ihre Bogen beiseitelegten. »Vielleicht stillt das den Blutfluss«, murmelte Tuck, als er die Aderpresse an Hobs Bein anlegte. »Aber wir brauchen noch etwas, das wir an die Seite pressen können.«

»Hier, nimm mein Wams«, sagte Tarpi, zog seine wattierte Jacke aus und streifte sein Hemd ab. »Cor! Ist das kalt!« Er zitterte und legte rasch seine übrige Kleidung wieder an.

Tuck faltete das Wams und drückte es auf die Wunde in Hobs Seite.

Der Jungbokker stöhnte und schlug die Augen auf; Schmerz stand in seinem Gesicht. »Hallo, Tuck«, stieß er mühsam hervor, »ich hab alles verpfuscht, was?«

»O nein, Hob«, antwortete Tuck. »Sicher, du hast einen kleinen Kratzer abbekommen, aber ich würde nicht sagen, dass du deswegen alles verpfuscht hast.«

»Wo sind die Vulgs? Haben wir welche erwischt?« Hob versuchte, sich aufzurichten, er keuchte und hatte die Zähne vor Schmerz zusammengebissen. »Sind alle wohlauf?«

»Ruhig, Hob.« Tuck drückte ihn sanft wieder nach unten. »Bleib liegen, Junge. Alle sind wohlauf. Unser Tarpi hat eins von den Scheusalen gefedert – den, der dich angekratzt hat. Das wäre schon mal ein Vulg, der niemanden mehr belästigt.«

»Tarpi?« Der junge Wurrling kniete an Hobs Seite nieder, und der Verwundete drückte ihm die Hand. »Prächtiger Schuss, Tarpi. Mir war so, als hätte ich einen von ihnen fallen sehen, kurz bevor ich bewusstlos wurde.« Eine neue Welle von Schmerz breitete sich über Hobs Züge aus, und bis auf das stoßweise Atmen war er lange still. »Wo sind wir? Und wo sind die Vulgs?«, fragte er schließlich.

»Wir sind auf der Spitze der Krähenruh«, antwortete Tarpi, »und es war ganz schön schwer, dich hier raufzuschleppen. Wir anderen mussten alle klettern, während du, Bokker, kostenlos befördert wurdest.«

»Tut mir leid, dass ich so ein Faulpelz bin. Aber die Vulgs, was ist mit den Vulgs?«, flüsterte Hob.

»Ach, zerbrich dir wegen denen nicht den Kopf«, antwortete Tuck. »Sie sind unten, und da werden sie auch bleiben.« Hob schloss die Augen und gab keine Antwort.

Tuck drückte die Wange an Hobs Stirn. »Er glüht, Tarpi, als hätte er Fieber.«

»Oder Gift im Leib«, ergänzte Tarpi.

Langsam kroch die Nacht dahin. Eine Stunde verstrich, dann eine zweite, und weder aufseiten der Vulgs noch der Wurrlinge gab es Bewegung. In dem Bemühen, Hobs Bein zu retten, lockerte Tuck dann und wann die Aderpresse, um das Blut in dem Glied zirkulieren zu lassen. Doch jedes Mal, wenn er das tat, schien ein fürchterlicher Blutverlust die Folge zu sein, deshalb widerstrebte es Tuck, die Presse zu lockern, und es widerstrebte ihm ebenso, es nicht zu tun. Er war gerade im Begriff, die Aderpresse erneut zu lockern, als er Danners Schrei hörte. »Sie kommen! Alle vier!«

Tuck packte seinen Bogen und sah an der Seite der drei anderen, wie die Vulgs auf den Hügel zurannten. Und schon sprangen sie nach oben, der Reihe der Bogenschützen entgegen.

»Hier, du Ausgeburt der Nacht!«, knurrte Danner und ließ einen Pfeil von der Sehne schnellen. Er sauste auf den vordersten Vulg zu, der sich den Fels heraufmühte. Der Schaft drang dem Ungeheuer mitten in die Brust und vor bis zum Herzen. Die Bestie sackte tot als schwarzer Haufen zusammen. Die übrigen heulten vor Furcht und Enttäuschung und flohen nach unten.

Tuck sah ihnen nach, bis sie die Felsen der Krähenruh wieder verlassen hatten. Dann drehte er sich um und schrie bestürzt auf. »Hob!« Der verwundete Wurrling stand schwankend auf den Beinen und versuchte, dem Ruf zu den Waffen zu folgen. Tuck sprang auf ihn zu, aber bevor er den Bokker erreicht hatte, stürzte Hob mit einem dumpfen Aufprall zu Boden. »Cor, seine Wunden brechen auf«, schluchzte Tuck, zog die Aderpresse fest und drückte Tarpis Wams wieder auf Hobs Seite.

»Tuck, es ist so kalt... so kalt«, sagte Hob, und seine Zähne klapperten. Tuck legte seinen Mantel ab und breitete ihn über den Verwundeten, aber es schien wenig zu nützen.

Der Silbermond zog lautlos seine Bahn, und die Sterne leuchteten hell am kalten Himmel. Drei Vulgs pirschten um den Fuß des dunklen Felsturms, von dem die Wurrlinge mit grimmigen Mienen herabblickten. Sie konnten nichts tun, um die Wunden zu stillen, die der mörderische Biss gerissen hatte, und zwischen den kalten, dunklen Felsen wich langsam das Leben aus Hob. Nach weniger als einer Stunde war er tot.

Kurz vor Anbruch der Dämmerung ging der Mond unter, und die drei Vulgs flohen in die schwindende Nacht. Beim ersten Tageslicht stieg ein schwarzer, übel riechender Dampf von den zwei toten Vulgs auf, da Adons Fluch selbst die Kadaver der Ungeheuer traf. Nur zwei verdorrte, leere Hüllen blieben von ihnen zurück, die bei der ersten Berührung des Windes zu Staub zerfielen.

Oben auf der Krähenruh weinten Tuck, Danner, Patrel und Tarpi, während sie Steine für Hobs Grabmal zusammentrugen. Sie wuschen den Toten mit Schnee, kämmten ihm das Haar und legten ihm die Hände über die Brust. Dann breiteten sie Hobs Dorngängermantel über ihn und legten den Bogen an seine Seite. Zuletzt schichteten sie langsam und sorgfältig das Grabmal über ihm auf, und als das vollendet war, stieg Patrels klare Gesangsstimme zum Himmel empor.

Es rollt die dunkle Flut
Übers endlos schwarze Meer,
Und silberne Sonnenglut
Lockt ohne Wiederkehr.

Fahr hin im sanften Sog,
Setz deine Segel weit,
Treib mit dem dunklen Strom
Ans Ende aller Zeit.

Du segelst fort allein,
Hinaus aufs düstre Meer,
Einst werd ich bei dir sein,
Der Tag ist nicht mehr fern.

Daraufhin weinten alle vier lange um den jungen Wurrling, mit dem sie nun nie gemeinsam am Dornwall patrouillieren würden. Schließlich jedoch verstummte ihr Weinen, und müde, abgezehrte Gesichter blickten in den bleichen Morgen. Und in Tucks Züge trat langsam ein grimmiger, düster entschlossener Ausdruck, er wischte sich eine letzte Träne aus dem Auge, beugte das Knie und legte eine Hand auf den grauen, harten Stein des Grabmals. »Hob«, sagte er, »bei allem, was ich bin, das Böse, welches das getan hat, wird sich in deinem Namen verantworten müssen.« Und so schworen sie alle.

Zuletzt erhoben sich die Wurrlinge, griffen zu ihren Bogen und warfen einen letzten Blick auf das Grab. Dann stiegen sie hinab von der Krähenruh, die fortan den Namen »Hobs Grabmal« tragen sollte. Nachdem sie ihre Rucksäcke von einem der toten Ponys genommen und sich auf den Rücken geladen hatten, brachen sie zu Fuß in Richtung Norden zur Spindelfurt auf.

DRITTES KAPITEL

Die Spindelfurt

Müde und frierend schleppten sich Tuck, Danner, Tarpi und Patrel kurz vor Mittag ins Lager der Dorngänger, das in den Saum des Spindeldornwalls an der Spindelfurt gebaut war. *Hai roi! Patrel! Hallo! Wo sind eure Ponys? Willkommen daheim!* Diese und andere Ausrufe wurden laut, als die vier zwischen den Zelten und Anbauten auftauchten und dem Hauptquartier zustrebten, einem von nur zwei festen Gebäuden im Lager, das aus behauenen, gekerbten Baumstämmen, Steinen und Grasnarbe errichtet worden war. Das andere Gebäude war ein Lagerhaus von stattlicher Größe. Die Begrüßungsrufe verebbten rasch, als den Lagerinsassen die Erkenntnis dämmerte, dass etwas nicht in Ordnung war, denn Patrel lächelte nicht wie sonst, und die vier schritten voran, ohne auch nur mit einem Kopfnicken zu reagieren. *He! Da ist etwas im Gange!* Als Patrel und die Übrigen durch die roh gezimmerte Tür ins Hauptquartier traten, hatten sie bereits ein ansehnliches Gefolge im Schlepptau.

Das Innere des Gebäudes bestand nur aus einem einzigen Raum, der irgendwie zu groß für die Außenmauern wirkte. Den Boden bedeckten dicke, gesägte Bohlenbretter, und an der gegenüberliegenden Wand gab es einen steinernen Kamin. Dort saßen zwei Wurrlinge in der grauen Uniform der Dorngänger behaglich in Korbstühlen und rauchten zusammen eine Pfeife. Einer schien in seinen frühen Bokkerjahren zu sein, der andere war alt, ein Greiser. Beide blickten von ihrem innigen Gespräch auf, als die vier eintraten. Der Jüngere der beiden sprang auf, als er Patrel erkannte. »Patrel! Schön, dass du wieder hier bist! Und das sind die Rekruten, nehme ich an. Aber warte mal, das sind ja nur drei. Wo ist der vierte?«

»Tot. Von Vulg ermordet.« Patrels Stimme war tonlos und verbittert.

»Was? Vulg?«, entfuhr es dem alten Wurrling; er stieß seinen Rohrstock auf den Boden und stand auf. »Sagtest du Vulg? Weißt du das genau?«

»Ja«, antwortete Patrel. »Wir wurden an der Krähenruh von fünf Vulgs angegriffen, und sie haben unseren Kameraden Hob Banderle getötet. Aber das ist noch nicht alles. Wie es aussieht, haben die Untiere auch Arlo Huck und seine Frau Willa erwischt.«

Bei Patrels Worten machte der ältere Bokker ein trauriges Gesicht und sank auf seinen Stuhl zurück. Seine Stimme klang verbittert. »Dann ist es also wahr. Vulgs streifen durch die Sieben Täler. Was für grausame Neuigkeiten. Ich hatte gehofft, es wäre nicht so.«

Einen Augenblick lang herrschte Schweigen, dann blickte der Ältere auf und gestikulierte mit seiner gichtigen Hand. »Komm, Patrel, setz dich mit deinen drei Freunden zu uns ans Feuer. Erzählt uns eure Geschichte, denn sie ist wichtig. Habt ihr schon gegessen? Und stell sie uns vor. Das hier ist Hauptmann Darby, der Kommandant der Vierten Osttal-Kompanie, und ich bin Oheim Erlbusch, vom Nordtal oben.« Rasch wurden Tuck, Danner und Tarpi vorgestellt.

Als die drei Jungbokker sich verbeugten, betrachteten sie Hauptmann Darby – untersetzt, ein wenig kleiner als Tuck, mit fast ebenso schwarzem Haar wie dieser, und auch seine Augen waren blau. Er hatte etwas von einem Befehlshaber. Doch so fesselnd Hauptmann Darbys Erscheinung auch war, die von Oheim Erlbusch war es noch viel mehr, und die Blicke des Trios wurden unwiderstehlich zu ihm hingezogen. Alt war er, ein Greiser, doch seine bernsteinfarbenen Augen blickten fest und klar unter buschigen Brauen hervor, die ebenso weiß waren wie sein Haar. Er konnte nicht größer als Patrel sein, doch war er noch nicht gebeugt vom Alter, und wenngleich er einen Stock benutzte, machte er einen rüstigen Eindruck. Er hatte als Erster der Wurrlinge gehandelt, hatte die Dorngänger einberufen und die Wolfspatrouillen organisiert, als die Kleinbauern im Nordtal Schafe und anderes Vieh zu verlieren begannen, weil die unnatürliche Winterkälte Wölfe in die Sieben Täler trieb. Zu jener Zeit war er der ehrenamtliche Oberkommandeur der Dorngänger gewesen, aber er war zurückgetreten und hatte erklärt, dies sei eine Aufgabe für einen jüngeren Bokker, Hauptmann Alver aus Schilfdorf im Untertal. Und so war es gekommen, dass nun Hauptmann Alver alle Dorngänger in den Sieben Tälern befehligte.

Auf Geheiß von Hauptmann Darby legten die vier Jungbokker ihre Tornister, Mäntel und Daunenjacken ab und nahmen in Korbstühlen vor dem Kamin Platz. Patrel begann in knappen Worten ihre Geschichte zu erzählen. Er fing mit den Ereignissen auf dem Gehöft der Hucks an und ging weiter zum Angriff der Vulgs an der Krähenruh, wobei er nur ins Stocken geriet, als er von Hobs Tod berichtete. In Tucks Augen stiegen Tränen auf.

Als die Geschichte erzählt war, verstummte Patrel, und eine Weile sprach niemand, während alle über das Gesagte nachsannen. Schließlich brach Hauptmann Darby das Schweigen.

»Als ihr vier durch die Tür kamt« – sein Blick streifte jeden Einzelnen von ihnen –, »dachte ich: *Aha, da kommt Patrel mit den Rekruten.* Aber ich irrte mich, denn ihr seid keine unerfahrenen Rekruten mehr. Stattdessen seid ihr nun Krieger, die ihre Feuertaufe hinter sich haben, Dorngänger durch und durch, die einem gefährlichen Feind begegnet sind und sich gut geschlagen haben, wenn auch um einen hohen Preis – doch ist dies ein Preis, der manchmal zu bezahlen ist, wenn man die Boten der Angst herausfordert. Ich bin stolz auf euch alle.«

»Hört, hört«, sagte der Oheim und hämmerte mit seinem Stock auf den Boden.

In diesem Augenblick wurde warmes Essen gebracht, nach dem Hauptmann Darby zuvor geschickt hatte. Nachdem sie an den Tisch übergesiedelt waren, langten die vier tüchtig und voller Dankbarkeit zu. Es war ihr erstes Mahl seit dem Nachmittag des Vortags, da das Packpony, welches die Vorräte getragen hatte, in der Nacht vor den Vulgs geflohen war. Während der Mahlzeit wurde kaum gesprochen, da Darby sie aufforderte zu essen, solange alles heiß war. Doch als sie schließlich den Tisch verließen und ihre Plätze am Kamin wieder einnahmen, wo sie sich Tonpfeifen mit Tucks Tabak aus dem Untertal stopften, wandte sich die Unterhaltung erneut den Vulgs zu.

»Es war richtig von euch, dass ihr überall auf dem Land Alarm geschlagen habt. Jetzt werden die Scheusale auf vorbereitete Wurrlinge treffen. Und damit sollte das Verschwinden von Leuten ein Ende haben.«

»Morgen setze ich Herolde zu allen nahe gelegenen Kompanien der Dorngänger in Marsch, um die Nachricht zu verbreiten«, sagte Hauptmann Darby. »Es wird nicht lange dauern, dann weiß man überall in den Sieben Tälern Bescheid.«

»Ähm... Hauptmann Darby«, sagte Tuck. »Wäre es möglich, eine Patrouille zu entsenden, die nach den überlebenden Ponys sucht? Mein Grauschimmel scheint davongekommen zu sein, und auch ein Packpony auf dem Patrels Laute festgebunden ist. Außerdem sind noch zwei weitere geflohen.«

»Mein Brauner«, sagte Danner.

»Und mein Schecke«, fügte Patrel hinzu.

Tarpi sagte nichts. Mit einem guten Essen im Bauch und dem Platz am wärmenden Feuer war er, erschöpft vom nächtlichen Kampf mit den Vulgs, eingeschlafen; die Pfeife glitt ihm aus den schlaffen Fingern und fiel auf den Dielenboden.

»Ihr müsst müde sein«, sagte Hauptmann Darby, und seine Augen ruhten freundlich auf dem schlafenden Jungbokker. »Patrel, führ deine Kameraden zu den Zelten eurer Gruppe. Ruht euch aus. Morgen schicken wir die ersten Patrouillen übers Land, die nicht nur nach euren Rössern suchen sollen, sondern auch nach möglichen Verstecken, wo sich die Vulgs tagsüber verkriechen. Ach, hätten wir doch nur Zwerge als Verbündete, dann könnten wir die unterirdischen Schlupfwinkel dieser Bestien aufstöbern. Morgen werden wir außerdem mit nächtlichen Patrouillen und Vulgjagden beginnen, damit nicht noch mehr von den Ungeheuern ins Land kommen.« Hauptmann Darby erhob sich und machte den vier Jungbokkern ein Zeichen, ihre Zelte zu suchen und schlafen zu gehen.

Sie weckten Tarpi, zogen ihre Jacken und Mäntel an und sammelten ihre Rucksäcke und Bogen ein. »Wartet«, sagte der Oheim, »ich habe noch etwas zu sagen.« Der greise Wurrling stand auf. »Als ich die Wolfspatrouillen organisierte, dachte ich, wir hätten es nur damit zu tun, dass diese Biester in die Herden einfielen – und vielleicht traf das zu Beginn ja auch zu. Was dies betrifft, haben wir recht gute Arbeit geleistet: Die meisten Wölfe im Nordtal fürchten inzwischen den Anblick eines Wurrlings. Wir wissen wohl, dass es nur der seltsame Winter ist, der sie dazu getrieben hat, Vieh zu reißen – sie versuchen lediglich zu überleben –, aber so mancher Nordtaler entkam ihnen nur mit knapper Not, und ich gehe davon aus, dass weitere Wölfe durch die Sperre drängen, bevor dieser Winter zu Ende geht, denn es wird bestimmt noch schlimmer. Ehe wir es uns versehen, werden wahrscheinlich auch die anderen Täler den Biss von Wolfskiefern spüren; vielleicht aber auch nicht, denn die Wölfe haben sich rar gemacht, seit die Patrouillen anfingen, und sie scheinen das Vieh nun in Ruhe zu lassen – und in diesem Fall lassen auch wir sie leben.

Keiner von uns glaubte jedoch, dass wir es mit Vulgs zu tun haben würden. Oh, es gab natürlich schon seit zwei, drei Wochen Gerede über Vulgs in den Sieben Tälern, doch waren dies nur Gerüchte, Wirtshausgerede. Ach, aber nun habt ihr vier bewiesen, dass es sich um mehr handelt als die Geschichten von Zechern – es ist eine Tatsache, keine Einbildung.

Dank euch können wir die Bewohner der Täler warnen, und die vier Wurrlingsstämme werden für immer in eurer Schuld stehen, denn um den Schutz des Wurrlingsvolkes und um nichts anderes geht es den Dorngängern. Seht euch um. Selbst dieses Gebäude symbolisiert bereits die vier Stämme. Die Balken repräsentieren die Bäume, wo die Wurrlinge vom Stamm Quiren hausen, mein eigenes Volk, und ich wage zu behaupten die Vorfahren von Tarpi und Patrel; die Steine repräsentieren die Wurrlinge vom Stamm Paren, vielleicht die Sippe von unserem Danner hier, seinem Aussehen nach. Die Korbwaren kommen aus den Sümpfen der Othen-Wurrlinge, wie Hauptmann Alver, unten in Schilfdorf; und die Grasnarbe steht für die Höhlen der Siven-Wurrlinge, Hauptmann Darbys Volk und wie es scheint auch das von Tuck. Doch ob die Bewohner der Sieben Täler in Baumhütten oder steinernen Feldhäusern, in Pfahlbauten in den Sümpfen oder in Höhlen wohnen – sie sind alle nicht sicher, wo der Vulg durchs Land streift, denn Vulgs schleichen heimlich durch die Nacht.

Doch nun ist das Geheimnis gelüftet. Wir wissen, womit wir es zu tun haben, auch wenn wir nicht wissen, weshalb sie in die Sieben Täler gekomen sind. Doch wie dem auch sei, ich danke euch jedenfalls im Namen aller Wurrlingssippen.« Der Oheim verneigte sich vor den vieren und drückte jedem die Hand.

Als der Oheim Tucks Hand nahm, sagte dieser: »Bitte vergesst nicht unseren ermordeten Kameraden Hob Banderle, denn er war ebenfalls dabei.«

»Ich habe ihn nicht vergessen und werde es nie tun«, erwiderte der Oheim feierlich.

»Dank euch, Altbokker«, sagte Tarpi, der als Letzter mit Händeschütteln an der Reihe war.

»Altbokker?«, fragte der Oheim lachend. »Nein, es ist siebzehn Jahre her, dass ich meinen fünfundachtzigsten Geburtstag gefeiert habe. Ehe ich mich's versehe, ziehst du davon noch einmal fünfundzwanzig Jahre ab und nennst mich Bokker. Aber die Uhr läuft nicht in diese Richtung, und ich bin seit siebzehn Jahren Greiser. Doch gleichwohl vielen Dank, Tarpi Wicklein, denn deinetwegen fühle ich mich fast wieder jung und munter.« Unter allgemeinem Schmunzeln brachte der Oheim die vier an die Tür.

Als Patrel die müden Wurrlinge zu den Zelten ihrer Gruppe führte, hörten sie Lebwohlrufe der Dorngänger für Oheim Erlbusch, denn der Greiser bereitete sich darauf vor, ins Nordtal zurückzureiten, von wo er zu seiner Reise in die Stadt Düneburg am Oberlandweg aufbrechen wollte. Auch hörten sie, wie Hauptmann Darby den Befehl erteilte, die Gruppenführer ins Hauptquartier zu rufen, damit er ihnen von den Vulgs in den Sieben Tälern erzählen und Maßnahmen mit ihnen planen konnte.

Spät in der Nacht erwachte Tuck aus tiefem Schlummer, noch immer erschöpft. Doch er blieb lange genug wach, um im flackernden gelben Licht einer Laterne sein Tagebuch auf den neuesten Stand zu bringen. Dann fiel er wieder in einen unruhigen, traumreichen Schlaf – doch was er träumte, daran konnte er sich nicht erinnern.

»Die Pflicht ruft, ihr Schlafmützen.« Patrel rüttelte Tuck wach. »Es ist heller Vormittag. Bewegt eure Knochen, esst etwas, lernt eure Kameraden kennen.« Danner und Tarpi setzten sich auf und rieben sich den Schlaf aus den Augen. »Ich habe unsere Befehle erhalten. Wir übernehmen die erste Nachtwache an der Furt, von Sonnenuntergang bis Mitternacht.«

Während Danner vor sich hin brummte und Tuck und Tarpi aus Leibeskräften gähnten, führte Patrel sie zu einem Gemeinschaftswaschtrog, wo sie die dünne Eisschicht durchbrachen, um sich kaltes Wasser ins Gesicht zu spritzen. »Brrr!«, bibberte Tarpi. »Es muss doch bestimmt eine wärmere Möglichkeit geben, sauber zu werden.«

»O ja«, antwortete Patrel und wies auf eines der Zelte, aus dessen Nähten hier und dort weiße Dampfschwaden entwichen. »Dort ist das Wäscherei- und Badezelt. Unsere Gruppe darf es dienstags benutzen.«

»Dienstags?«, fragte Danner. »Ist das alles? Ich meine, nur einmal in der Woche?«

Ja«, antwortete Patrel lachend. »Aber wenn du erst einmal das Holz zum Einheizen gehackt und das Wasser für die Wannen von der Quelle herbeigeschleppt hast, und wenn all die anderen Arbeiten erledigt sind, die es braucht, um ein Bad nehmen und die Wäsche waschen zu können, dann wird es dir völlig ausreichend erscheinen, diesen Vorzug einmal in der Woche zu genießen.«

»Welche häuslichen Pflichten haben wir noch?«, fragte Tuck, trocknete sich das Gesicht mit dem Gemeinschaftshandtuch ab und reichte es an Danner weiter, der es leicht entsetzt ansah, bevor er es ebenfalls benutzte.

»Alle Gruppen sorgen weitgehend für sich selbst«, antwortete Patrel. »Reihum wird jeder von uns für die anderen Mitglieder der Gruppe kochen und manchmal auch für Hauptmann Darby. Allerdings packen alle täglich mit an, die Töpfe und Pfannen zu reinigen. Und gelegentlich helfen wir mit, die Vorräte im Lagerhaus aufzufüllen. Alle schneiden Brennholz, nicht nur für die Gruppe, sondern auch fürs Hauptquartier.« Patrel fuhr fort, die anderen Hausarbeiten aufzuzählen, die sie leisten würden, und es wurde schnell klar, dass jeder Wurrling in der Hauptsache selbst für seine Bedürfnisse zu sorgen hatte, dass es aber verschiedene Dienste gab, die sich alle teilten.

Patrels Gruppe bestand aus zweiundzwanzig Jungbokkern, einschließlich Tuck, Danner und Tarpi, die beim Frühstück am Lagerfeuer vorgestellt wurden. Die anderen lächelten und nickten den dreien zu, und ein, zwei winkten freundlich. Während des Essens wurde kaum gesprochen, und Tucks Augen wanderten unwillkürlich zum Großen Spindeldornwall, der unweit von ihnen aufragte. Dicht war er; selbst Vögeln fiel es schwer, innerhalb seiner Umarmung zu leben. Mit scharfen Zähnen versehen war er, ein Gewirr aus großen, spitzen Dornen, lang, scharf und eisenhart, lebende Stilette. Hoch war er, dreißig, vierzig, an manchen Stellen fast fünfzig Fuß ragte er über die Flusstäler, aus denen er wuchs. Breit war er, erstreckte sich über ganze Täler, nirgendwo schmaler als eine Meile, an manchen Stellen breiter als zehn. Und lang war er, verlief vollständig um die Sieben Täler herum, vom Nordwald den Spindel hinab und von den Oberdünen den Wenden entlang, bis dorthin, wo sich die beiden Flüsse vereinigten. Doch weiter südlich als bis zu ihrem Zusammenfluss wuchs der Dorn nicht. Es hieß, nur der Boden in diesen beiden Flusstälern nährte den Wall. Dennoch war es den Wurrlingen gelungen, eine lange Strecke vom Nordwall bis zu den Oberdünen zu züchten und so den Dornring zu schließen. Es blieb ein Rätsel, warum er nicht im übrigen Land wuchs und alles andere verdrängte. Zwar sagten die Grumen: *Es ist Adons Wille*, während die Greiser meinten: *Es liegt am Boden*, aber niemand wusste es genau.

Hier an der Spindelfurt, wie auch an der einzigen Brücke und den übrigen Furten, die in die Sieben Täler führten, hatten Wurrlinge lange und hart gearbeitet, um Wege durch die Barriere zu bauen, Wege, die groß genug waren für Handel, für Wagen und Pferde, Ponys und Reisende. Das hieß aber nicht, dass man den Dornwall nicht durchdringen konnte, ohne einen dieser von den Wurrlingen gebauten Wege zu benutzen; man konnte sich durchaus durch den wilden Spindeldorn arbeiten. Es erforderte nur Geduld, festen Willen und Geschick, denn man musste einen Sinn für Labyrinthe haben, um einen Weg zu finden, und meist dauerte es Tage, bis man sich schlängelnd und kriechend durch den unberechenbaren, mit Reißzähnen bewehrten Irrgarten gekämpft hatte. Und nie kam jemand durch, ohne seinen Teil an Wunden davonzutragen. Nein, obwohl Wurrlinge die Sache ganz gut zu beherrschen schienen und Zwerge sie den Legenden zufolge sogar noch besser beherrschten, waren Wege durch den Wall für Handel und Reisen unerlässlich.

Aber die Arbeit war mühsam, denn der Spindeldorn als solcher war hart – so hart, dass man gelegentlich Werkzeuge aus seinem Holz machte, und aus den Dornen wurden Pfeilspitzen und Dolche gefertigt. Das Holz brannte nicht besonders gut und hielt keine Flammen am Leben. Doch immer wieder, über viele Jahre hinweg, schnitten und sägten, hackten und gruben Wurrlinge, bis sie endlich Wege durch die Barriere geschaffen hatten. Und als hätte der Spindeldorn selbst irgendwie ein Gespür für den Handel, blieben die Wege auf den viel benutzten Routen offen; dort jedoch, wo nur selten Reisende durchkamen, schloss der Dorn die von den Wurrlingen geschlagenen Breschen langsam wieder. Manche hatte man sogar absichtlich zuwachsen lassen. Hier an der Spindelfurt aber war der Durchgang offen geblieben und sah wie ein schwarzer Tunnel mit Dornenwänden aus, denn in der Höhe war der Große Wall fest verschlungen.

Das alles und noch mehr spukte Tuck durch den Kopf, während er frühstückte und den vor ihm aufragenden Wall betrachtete. Als er nach dem Frühstück seinen Teil an den Aufräumarbeiten übernahm, wurden seine Überlegungen jedoch unterbrochen. Anschließend erzählte Patrel den anderen von den Ereignissen auf dem Hof der Hucks und dem tödlichen Überfall der Vulgs an der Krähenruh. Als Patrel zum Ende seines Berichts kam, stellte Tuck fest, dass man ihn, Danner, Tarpi und Patrel mit großem Respekt, fast schon mit Ehrfurcht ansah.

Patrel beauftragte ein Mitglied der Gruppe namens Arbin Gräber – einen leicht rundlichen, braunhaarigen, blauäugigen Jungbokker aus Flaumdorf –, die drei Neuen im Lager herumzuführen und ihnen alles zu zeigen, insbesondere die Spindelfurt selbst.

»Dann habt ihr also tatsächlich gegen Vulgs gekämpft und sogar welche getötet«, sagte Arbin, als sie auf das klaffende, tunnelartige Loch im Dornwall zuschritten, das zum Spindelfluss und zur Furt führte. »Bravo. Gilli aus der dritten Gruppe glaubt, dass er vor zwei, drei Wochen eventuell einen gesehen hat, aber er war sich nicht sicher. Also, ich muss euch jetzt mal fragen – sind das wirklich die riesigen Ungeheuer, wie man uns allen erzählt hat?«

»Beinahe so groß wie ein Pony«, antwortete Tarpi. »Ob allerdings jemand auf einem reiten möchte, wage ich zu bezweifeln.«

»Auf einem Vulg reiten zu wollen wäre, wie einen Drachen zu bitten, im Winter dein Haus zu wärmen«, stieß Danner hervor. »Er würde es wärmen, keine Frage – bis es nur noch Asche wäre.«

»Du meinst, die einzige Möglichkeit, einen Vulg zu reiten, ist in seinem Innern?«, fragte Arbin.

»Mag sein, Arbin, mag sein«, erwiderte Danner, »allerdings weiß ich nicht, was sie für gewöhnlich fressen. Diejenigen, die wir getroffen haben, schienen aus purer Lust am Töten zu morden.«

»Na, dann werde ich wohl lieber keinen Vulg um einen Ausritt bitten«, sagte Arbin. »Und auch keinen Drachen, mein Haus zu wärmen.« Er führte sie in den Wall.

Obwohl draußen schönes Wetter herrschte, sickerte nur

spärliches, trübes Licht durch den dicht verschlungenen Spindeldorn in die Durchfahrt, und die Geräusche des Wurrlingslagers wurden schwächer und verstummten schließlich ganz. Nur die gedämpften Schritte waren im Tunnelinnern zu hören, und Tuck hatte die Vorstellung, durch eine von Dolchen gesäumte Höhle zu wandern.

»Im Sommer, wenn die Blätter sprießen, braucht man angeblich Fackeln, wenn man durch den Tunnel geht, gerade so, als wär's Nacht«, sagte Arbin und blickte nach oben zu dem Wirrwarr der Dornenranken. Er hatte ihnen die Holzstäbe gezeigt, die in Reihen am Eingang steckten und an einem Ende mit einem ölgetränkten Tuch umwickelt waren, damit Wandersleute sie nachts als Fackeln für ihren Weg durch die dunkle Röhre benutzen konnten. »Im Herbst, wenn die Blätter fallen, bilden sie an manchen Stellen ein Dach. Auch Schnee kann sich auftürmen und hier und dort eine feste Decke bilden. Doch ob Laub oder Schnee, früher oder später sinkt alles nach unten, und die Straße muss von Zeit zu Zeit geräumt werden.«

Und weiter gingen sie in dem trüben Licht, eine Meile, eine zweite. Normalerweise wären sie mit Ponys zu ihrem Posten geritten, aber Neulinge bei den Dorngängern führte man immer zu Fuß hin, damit sie ein »Gefühl« für den Durchgang bekamen. An einer Stelle wies Arbin auf Teile einer großen, beweglichen Sperre aus Spindeldorn, die nun an die Seite gerückt war. »Das ist eine von den Absperrungen. Ich vermute, wir werden sie demnächst aufbauen und bewachen, nun da es *Jenseits, Draußen* offenbar Ärger gibt. Es ist eine von mehreren Dornsperren, die wir aufstellen können, obwohl im Moment nur zwei – eine auf jeder Seite der Furt – in Betrieb sind.« Arbin deutete nach vorn. »Schaut, das Ende ist in Sicht.«

Vor sich sahen sie einen hellen Bogen, wo das Tageslicht in den Tunnel fiel. Bald darauf kamen sie zur Schranke der Jenseitswache und wurden mit Begrüßungsrufen von zehn

Wurrlingen willkommen geheißen, die dort Wache hielten. Am Straßenrand standen mehrere Ponys, die Getreide aus einem Futterbeutel kauten. Arbin erklärte den Wachen, dass sie hier seien, um sich den Fluss anzusehen, und machte den dreien ein Zeichen, ihm zu folgen, nachdem er durch einen Spalt in der Dornensperre geschlüpft war. »Das hier ist die Hinterwache. Da drüben ist die Vorderwache, dort gibt es eine zweite Sperre wie die hier, gleich auf der anderen Seite des Flusses, nur ein Stück innerhalb des Tunnels«, erklärte er, als er Tuck, Danner und Tarpi blinzelnd ins Tageslicht hinausführte.

Alles in allem waren sie zweieinhalb Meilen marschiert und hatten endlich das Ufer des Flusses erreicht, die seichte Stelle der Spindelfurt. Breit war der Fluss und von Eis bedeckt, auch wenn sich hier und dort dunkle Wirbel drehten, wo er über und um Steine rauschte und sprudelte und die heftige Bewegung das Wasser eisfrei hielt.

Auf dem gegenüberliegenden Ufer konnten sie die Öffnung des Tunnels erkennen, der auf der anderen Flussseite weiter durch die dort wachsenden Dornen führte und wo der Dornwall sich noch einmal zwei Meilen tief erstreckte, bevor das Reich von Rian begann.

Arbin geleitete sie hinaus aufs Eis, und in der Mitte des Flusses blieben sie stehen. Sie blickten die gefrorene Strecke hinauf und hinunter, bis dorthin, wo sie um eine Kurve verschwand, ein weißes Band, das sich zwischen zwei fünfzig Fuß hoch aufragenden und mehrere Meilen breiten Wällen aus Dornen dahinschlängelte. Über ihnen prangte ein strahlend blaues Band Himmel, das aufgespießt auf den langen Dornen den Verlauf des Wasserweges nachzeichnete.

»Ist es nicht ein Wunderwerk?«, fragte Arbin und zeigte mit weit ausgebreiteten Armen in beide Richtungen. »Es läuft mir hier immer kalt über den Rücken.« Tuck musste ihm recht geben, denn eine abschreckendere Verteidigung konnte er sich nur schwer vorstellen. »Kommt, Bokker«, sagte Arbin, »ich zeige euch die Vorderwache.«

Und weiter gingen sie über die Furt und ein kurzes Stück in den Tunnel, wo sie an eine weitere Sperre kamen. Auch an diesem Posten standen zehn Angehörige der Gruppe, und die Schranke war zu bis auf einen winzigen Durchschlupf, der sich mit einer von oben absenkbaren Sperre jederzeit verschließen ließ. Ponys standen in der Nähe.

»Wer ist oben an der Straße?«, fragte Arbin einen der Wächter.

»Willi«, lautete die Antwort.

Arbin wandte sich an die drei Neulinge. »Die Jenseitswache platziert immer einen Vorposten, einen Bokker mit scharfen Augen, gutem Gehör und einem schnellen Pony, draußen am Rand des Spindeldorns, dort wo die Sieben Täler enden und Rian beginnt. Wenn sich jemand nähert, dann kommt er hier hereingestürmt, um uns vorzuwarnen. Falls es nach Ärger aussieht und genügend Zeit ist, dann öffnen wir den Wall, er galoppiert herein, und hinter ihm schließen wir die Sperre wieder. Aber wenn ihm die Eindringlinge auf den Fersen sind, dann schlüpft er durch diesen niedrigen Durchgang, und wir senken den Dornenpfropf darauf, und alles ist dicht. Natürlich geben wir der Hinterwache ein Signal, damit sie sich ebenfalls vorbereiten kann.

Sollte es zum Kampf kommen, klettern wir auf diese Gerüste hier und schießen von oben herab; allerdings mussten wir das bisher noch nie tun. In der Zwischenzeit schickt die Hinterwache einen schnellen Reiter ins Lager, der die anderen warnt und Verstärkung mobilisiert. Falls es dem Feind gelingt, hier durchzubrechen, ziehen wir uns zu der Sperre auf der anderen Seite der Furt zurück. Dahinter gibt es noch eine und schließlich den Tiefen Pfropf unmittelbar beim Lager. Und der Tiefe Pfropf verstöpselt diesen Tunnel, bis Gyphon persönlich zurückkommt.«

Bei der Erwähnung von Gyphons Namen überkam Tuck eine starke Vorahnung, und ein kalter Schauer lief ihm über den Rücken, als würde ein eisiger Wind darüberblasen. Er sagte jedoch nichts von diesem düsteren Zeichen, und bald darauf machten sie kehrt und gingen den Weg zurück, den sie gekommen waren.

An diesem Abend wurden Tuck, Danner und Tarpi mit sieben anderen für die Sperre auf der Lagerseite der Furt eingeteilt. Außerhalb der offenen Schranke zündeten sie ein Feuer an, in dessen Schein sie jeden gesehen hätten, der die Untiefe überquerte, und die Bokker standen abwechselnd Wache und wärmten sich am Feuer. Wenn Tuck an der Reihe war, sich aufzuwärmen, schrieb er im Licht des Lagerfeuers in sein Tagebuch.

Um Mitternacht wurde die Wache ausgewechselt, und Patrels Gruppe ritt zurück zum Lager, wobei er selbst und die drei Neulinge bei anderen Wurrlingen mit aufsaßen.

Am nächsten Vormittag fand eine Patrouille der fünften Gruppe Tucks Grauschimmel und Danners Braunen, von Patrels Schecken oder dem Packpony gab es hingegen bislang keine Spur.

Tuck, Danner und Tarpi hatten den Morgen mit Lernen verbracht und sich einen Abschnitt der Karte eingeprägt. Zur Mittagszeit dann ging die Gruppe auf Dornenstreife; sie ritten etwa fünf Meilen in Richtung Norden, bevor sie kehrtmachten, und suchten gewissenhaft, aber vergebens nach Spalten und Ritzen in der Landschaft, wo sich Vulgs verstecken konnten, wenn die Sonne am Himmel stand. Sie hielten auch nach Wölfen Ausschau, sahen jedoch keine. Und sie überprüften den Dornwall auf Löcher, aber es gab natürlich keine.

Nachts standen sie wiederum Jenseitswache an der Furt, doch es ereignete sich nichts Bemerkenswertes.

Sechs Tage lang änderte sich an diesem Ablauf nichts, außer dass Tarpi zum Kochdienst für die Gruppe eingeteilt wurde. Wie üblich lästerten alle über das Essen, aber da es Tarpis erster Versuch als Koch war, fielen die scherzhaften Schmähungen ein wenig freundlicher aus, als es bei einem Küchenveteran der Fall gewesen wäre.

Patrels geschecktes Pony kam am folgenden Tag allein ins Lager spaziert; es schien die Strapaze unbeschadet überstanden zu haben. Wie es der Zufall wollte, begann Patrels vierte Gruppe an diesem Tag mit den Wolfspatrouillen, bei denen sie weit übers Land streiften und nach Wölfen und nun auch Vulgs Ausschau hielten. Das Trio Danner, Tuck und Tarpi freute sich, denn die drei hatten fleißig gelernt, und die Konturen der Karte waren fest in ihrem Gedächtnis eingebrannt, deshalb gestattete man ihnen, an der ausgedehnten Suche teilzunehmen. Doch Tuck sollte enttäuscht werden, denn er musste zurückbleiben. Er hatte vergessen, dass er der Koch für diesen Tag war, und seine Aufgabe bestand darin, eine warme Mahlzeit für die bei Sonnenuntergang zurückkehrende Gruppe vorzubereiten.

Den ganzen Tag war Tuck nervös und zappelig, machte sich Sorgen um Danner, Tarpi und Patrel sowie alle anderen Kameraden seiner Gruppe, fragte sich, ob sie wohlauf waren und ob sie Spuren von Wölfen oder Vulgs gesehen oder Verstecke der Vulgs gefunden hatten. Der Tag schleppte sich bleischwer dahin. Schließlich brach die Dämmerung an, und Tuck hatte ein warmes Mahl fertig, doch noch immer waren sie – im Gegensatz zu anderen Gruppen – nicht zurückgekehrt.

Eine Stunde verging und noch eine; Tuck war wegen des Essens besorgt und ärgerte sich, dass sie nicht gekommen waren, um es frisch zubereitet zu verzehren. Doch dann überlegte er, wie töricht es war, sich wegen einer Mahlzeit aufzuregen, wo doch jemand verletzt sein konnte oder womöglich gerade ein Kampf gegen Vulgs tobte. Hauptsächlich aber lief er besorgt auf und ab, nahm den Kessel vom

Feuer und stellte ihn sogleich wieder darauf, wenn er ein wenig abgekühlt war.

Schließlich schleppten sich die Dorngänger erschöpft ins Lager. Tarpi war der Erste. Er rutschte von seinem neuen weißen Pony, nahm müde Sattel, Decke und Geschirr ab und schickte das Ross mit einem Schlag aufs Hinterteil in den mit Seilen umgrenzten Pferch, wo Heu auf das Tier wartete. Die anderen kamen der Reihe nach an und taten es Tarpi gleich.

»Wir haben das Packpony gefunden«, sagte Tarpi, als Tuck ihm eine Portion dampfenden, dicken Eintopf ins Essgeschirr löffelte. »Tot. Vom Vulg abgeschlachtet. Patrels Laute völlig zertrümmert. Wir haben stundenlang gesucht, aber keine Vulghöhlen gefunden. O Bokker, bin ich müde.«

Weitere zehn Tage vergingen, und jeden Tag stiegen die Jungbokker in den Sattel und durchkämmten das Land; sie gingen Gerüchten von angeblich irgendwo gesichteten Vulgs nach oder begannen ihre Suche auf Höfen, wo die Bestien Vieh abgeschlachtet hatten, aber alles ohne Erfolg. Weder Vulg noch Wolf ließ sich blicken. Irgendwer kam auf die Idee, dass sich die Vulgs vielleicht im Dornwall selbst versteckten, und wiederholt schwärmten Spezialtrupps in die Dornen aus, um zerkratzt und zerstochen zurückzukehren.

»Ach, das hilft doch nichts«, sagte Tarpi und betupfte einen Stich im Unterarm, während die Gruppe beim Abendessen saß. »Es ist, als wollte man ein endloses Labyrinth durchsuchen. Wenn sie wirklich da drin sind, dann werden wir dieses Rätsel im Leben nicht lösen.«

»Es ist allerdings ein Rätsel«, stimmte Patrel zu, »denn inzwischen müssten wir doch fraglos ein paar von ihnen gesichtet haben. Gut, vielleicht keine Wölfe, weil die klüger geworden sind und wieder ihr übliches Wild in den Wäldern jagen. Aber ein, zwei Vulgs hätten unsere nächtlichen

Streifen mittlerweile doch eigentlich aufstöbern müssen. Und unsere Tagespatrouillen haben bislang nicht eine einzige Höhle gefunden.« Patrel verfiel in nachdenkliches Schweigen.

»Was wir hier brauchen«, sagte Danner, »ist eine Falle, die wir ihnen stellen. Oder wir warten, bis sie zu uns kommen. Wir brauchen eine Art Köder oder so etwas.«

»Was ist mit Hunden?«, fragte Tuck. »Ich wette, Hunde würden die Verstecke finden.«

»Nein, drüben in der Zweiten haben sie es mit Hunden versucht«, antwortete Patrel, »und sie hatten auch nicht mehr Glück als wir. Es ist, als wären die Vulgs mit einer Art Auftrag in die Sieben Täler gekommen, und jetzt, da sie ihn erfüllt haben, sind sie wieder weg. Aber wie dieser Auftrag ausgesehen haben könnte, weiß ich nicht.«

Das wusste natürlich auch keiner der anderen, und wieder spürte Tuck die eisigen Finger eines unbekannten Geschicks über seinen Rücken wandern.

Als sie am folgenden Tag bei Sonnenuntergang von ihrer Patrouille zurückkehrten, fanden sie das Lager in heller Aufregung vor. Eine Wagenkolonne mit Flüchtlingen aus der Feste Challerain war auf dem Oberlandweg durchgekommen; ihr Ziel war das Reich von Wellen im Westen. Danner, der Kochdienst hatte, beschrieb den Zug.

»Lang war er, vielleicht hundert Wagen, beladen mit Essen und Haushaltsgütern, und *Männer* haben die Wagen gelenkt, hauptsächlich Alte, und *Frauen* mit ihrem Nachwuchs waren auch dabei. Groß sind sie, diese Leute, fast zweimal meine Größe, und ich bin kein solcher Winzling wie Tarpi hier.

Und die Eskorte, Soldaten zu Pferde, mit Helmen, Schwertern und Speeren. Cor! Große Pferde, große Männer.« Danner hielt nachdenklich inne, und es war das erste Mal, soweit sich Tuck erinnern konnte, dass er Danner beeindruckt sah. »Es dauerte beinahe zwei Stunden, bis der Zug durch war«, fuhr Danner fort, »und der Hauptmann der Eskorte redete fast die ganze Zeit mit Hauptmann Darby. Dann sprang er einfach auf und ritt davon, als der letzte Wagen durchrollte. Und weg waren sie.« Danner biss von seinem Brot ab und kaute geistesabwesend, und seine bernsteinfarbenen Augen verloren sich in Gedanken aus anderer Zeit.

Ein Durcheinander von Fragen und Anmerkungen brach aus der Gruppe hervor und prasselte auf Danner ein. Tuck ließ sich von der Begeisterung mitreißen, er vergaß sein Abendessen und war nicht wenig neidisch, weil er den Zug versäumt hatte. Doch bevor Danner auf das Geplapper antworten konnte, trat Patrel ans Feuer und bat um Ruhe.

»Hauptmann Darby wird heute Abend zu uns sprechen, in nicht ganz einer Stunde, also esst zu Ende und erledigt rasch eure Küchenarbeiten. Wir sollen uns in Kürze beim Hauptquartier versammeln. Und jetzt an die Arbeit, denn wir haben wenig Zeit, wie es aussieht.«

Eilig schlang Tuck sein Essen hinunter, säuberte sein Essgeschirr und half mit bei den Töpfen und Pfannen. Bald waren alle Hausarbeiten erledigt, und die Gruppe traf sich mit den anderen beim Hauptgebäude. Hauptmann Darby war bereits dort, und eine Laterne, die an einem Pfosten nahe der Tür schaukelte, warf Schatten in sein Gesicht. Er sprach zu einigen Nahestehenden, dann sprang er auf eine Bank und blickte auf die Kompanie hinab. Die Nacht war kalt, leichter Schneefall hatte eingesetzt. Die Wurrlinge stampften mit den Füßen auf, um sich warm zu halten, und ihr Atem stieg als große weiße Wolke auf, wie von einem einzigen riesigen Lebewesen. Alle waren anwesend, bis auf die dritte Gruppe, die Jenseitswache hatte.

»Bokker«, begann Hauptmann Darby und hob die Stimme, damit ihn alle hören konnten, »einige der Gerüchte treffen zu. Im Norden, jenseits der Feste, braut sich tatsächlich Unheil zusammen. Hochkönig Aurion rüstet zum Krieg: *Krieg mit Modru, dem Feind in Gron.*« Ein kollektiver Schreckenslaut erhob sich aus der Mitte der Wurrlinge, denn das war in der Tat eine entsetzliche Nachricht, und viele murmelten bittere Worte und sprachen mit ihren Kameraden. Hauptmann Darby ließ sie eine Weile gewähren, dann hob er die Hand, um Ruhe herzustellen. Als diese eingekehrt war, fuhr er fort.

»Ich hatte ein langes Gespräch mit Hauptmann Hort, dem Anführer der Begleitmannschaft der Wagenkolonne. Er sagt, an die Verbündeten des Hochkönigs sei der Aufruf ergangen, sich zur Unterstützung um ihn zu scharen. Warum dieser Ruf die Sieben Täler noch nicht erreicht hat, wissen weder er noch ich. Aber ich bin überzeugt, er wird sie erreichen, und deshalb müssen wir uns überlegen, ihm zu folgen. Wer es wünscht, mag seinen Abschied nehmen und sich den Verbündeten in der Feste anschließen. Jedoch dürfen die Sieben Täler nicht unbewacht und ungeschützt bleiben, falls der Feind naht, und folglich ist auch dieses zu berücksichtigen.«

Erneut redeten die versammelten Jungbokker aufgeregt durcheinander. *Die Sieben Täler verlassen? Einen Krieg weit im Norden führen? Der Hochkönig ruft?* Auch Tuck fühlte, wie es ihm einen Stich ins Herz versetzte, gerade wie damals, als der alte Barlo ihm eröffnete, er müsse Waldsenken verlassen, aber das hier kam sogar noch unerwarteter. Niemals hätte er sich träumen lassen, dass man ihn auffordern könnte, den Feind in einem fremden Land zu bekämpfen, vor allem, da die Sieben Täler selbst von den Vulgs bedroht wurden. Doch wie konnte er Hob am besten rächen – indem er dem Feind hier entgegentrat oder in einem weit entfernten Land? Denn für Tuck bestand kein Zweifel, dass der Aufruf des Hochkönigs die Sieben Täler erreichen würde, und dann würde er seinem Gewissen folgen müssen, wie immer seine Entscheidung ausfiel. Er steckte in einem Dilemma: Durfte er die Sieben Täler verlassen, um dem Appell des Hochkönigs zu folgen, wenn Modrus Horde hierher marschierte? Doch durfte er sich andererseits dem Ruf des Hochkönigs zur Feste Challerain verweigern? Denn wenn er und genügend andere der Aufforderung Folge leisteten und nach Norden zogen, dann konnten sie den Feind in Gron vielleicht besiegen, ehe der Krieg den Süden erreichte. Was tun? *Ich bin hin- und hergerissen zwischen Heimatliebe und Treue zum König,* dachte Tuck, aber diese Erkenntnis half ihm nicht, das Problem zu lösen.

»*Was ist mit Modru? Woher weiß man, dass er dahintersteckt?*«, unterbrach ein Zuruf an Hauptmann Darby Tucks Gedankengang. Wieder erhob sich ein Gemurmel, das sich aber sofort legte, als der Hauptmann die Hände in die Höhe streckte. »Hauptmann Hort sagt, dass sich eine große, dunkle Wand von Norden her ins Land schiebt. Unheimlich ist sie und beängstigend, wie ein großer schwarzer Schatten. Und im Innern dieses Dunkels herrscht bittere Winterkälte, und die Sonne scheint nicht, obwohl sie über den Tageshimmel zieht. Und es soll grimme Geschöpfe geben in dieser Schwärze, Rukhs und dergleichen, Modrus Speichellecker von alters her, eine Versammlung seiner Horde. Es heißt außerdem, dass es bereits zu vereinzelten Scharmützeln mit den Kräften des Feindes kam.«

Rufe wurden unter den Wurrlingen laut. *Schwarzer Schatten? Rukhs und dergleichen? Modrus Horde? Wie schrecklich! Die Gestalten aus den Sagen werden lebendig!*

Wieder bat Hauptmann Darby energisch um Ruhe, doch es dauerte lange, bis sie einkehrte. Schließlich aber fuhr er fort. »Gemach, denn wir wissen nicht, ob diese Dinge wahr sind oder ob es sich um alltägliche Vorkommnisse handelt, die erst beim Erzählen immer schrecklicher werden. Die schwarze Wand, zum Beispiel, könnte nichts weiter als eine Schicht dunkler Wolken sein. Modru muss nicht unbedingt

seine Hand im Spiel haben. Doch wenn es so ist, konzentrieren wir uns bis zum Aufruf des Hochkönigs auf die Verteidigung der Sieben Täler, indem wir Jenseitswache halten und Vulgs jagen. Wenn aber Aurions Appell ertönt, müsst ihr euch entscheiden. Bis dahin sind wir Dorngänger.«
Hauptmann Darby rief seine Gruppenführer zu sich, sprang von der Bank und verschwand im Hauptquartier.

Tuck, Danner und Tarpi trotteten zu ihrem Zelt zurück, alle tief in Gedanken versunken, und Tucks Tagebucheintrag war an diesem Abend länger als gewöhnlich.

Am nächsten Tag wurde die Gruppe zur Jenseitswache eingeteilt, diesmal für die Schicht von Mitternacht bis Sonnenaufgang. Wie bei dieser Schicht üblich hatten sie am Tag vorher frei, damit sie ausgeruht und wachsam waren, wenn sie ihren späten Dienst antraten. Sie vertrödelten den Tag deshalb mit kleineren Aufgaben und müßigen Gesprächen – Gespräche, die sich unvermeidlich um Modru drehten.

»Warum jetzt?«, fragte Tarpi. »Ich meine, warum droht Modru nach viertausend Jahren ausgerechnet jetzt?«

»Ich wüsste gern, was für Kreaturen zu seiner Horde gehören«, warf Arbin ein, der gerade einen neuen Pfeil mit Federn versah und ihn prüfend in Augenschein nahm. »Ich weiß über Rukhs, Hlöks und Ogrus Bescheid, jedenfalls was in den Geschichten erzählt wird. Sie sind angeblich alle gleich, nur verschieden groß. Der Rukh ist der Kleinste, ein bisschen größer als wir – sagen wir vier Fuß; der Hlök ist so groß wie ein Mensch, heißt es, und der Ogru oder Troll, wie ihn die Zwerge nennen, hat die doppelte Menschengröße.«

Danner, der als Einziger von ihnen in letzter Zeit einen Menschen gesehen hatte und der wusste, wie groß sie tatsächlich waren, schnaubte. »Pah! *Doppelte Menschengröße?* Ich glaube, die alten Legenden übertreiben. Damit wäre der Ogru ja das größte Geschöpf im Land.«

»Außer Drachen«, mischte sich Tuck ein, »aber seit fünfhundert Jahren hat man keinen von ihnen mehr gesehen – heißt es jedenfalls.«

»Du vergisst einen Drachen, der vor Kurzem gesehen wurde«, sagte Arbin lächelnd.

»Wie meinst du das?«, fragte Tarpi verwirrt. »Welcher Drache wurde vor Kurzem gesehen?« Er wandte sich achselzuckend an den Rest der Gruppe.

»Der Drachenstern!«, rief Arbin fröhlich, weil er Tarpi mit seinem Wortspiel hereingelegt hatte. Tarpi verzog das Gesicht, und die Übrigen lächelten mitleidig und schüttelten den Kopf.

»Darüber werden die Leute jedenfalls noch in Jahrhunderten reden«, sagte Delber, ein blonder Jungbokker aus Wigge, »über diesen Drachenstern.«

Delber sprach von dem großen, feurigen Stern mit dem langen, lodernden Schweif, der fünf Jahre zuvor aus den Tiefen des Himmels aufgetaucht war und fast mit der Welt zusammengestoßen wäre.

Schon wochenlang vorher konnte man sein Licht sehen, das bei Sonnenuntergang erschien und die Nacht hindurch brannte. Nacht für Nacht durchpflügte er immer heller und größer den sternenübersäten Himmel. Und der feurige Schweif, den manche den »Atem des Drachen« und andere die »Flamme des Drachen« nannten, wurde länger und länger. Ein schreckliches Vorzeichen stellte er dar, denn die haarigen Sterne hatten seit Anbeginn der Welt von Unheil gekündet. Jeden Abend ging er auf und rückte unausweichlich immer näher. Bald war er so hell, dass er noch in der Morgendämmerung zu sehen war, wenn er unterging, während die Sonne über den Horizont stieg.

Doch sein wahres Reich war die Nacht, denn dann teilte er lautlos den Sternenhimmel und dräute von Mal zu Mal größer und heller. Und schließlich bemerkte man, dass er seinen Kurs zu ändern schien, denn langsam verschwand der Schweif hinter dem Stern, bis man ihn nicht mehr sah, als hätte der Drachenstern gedreht und würde direkt auf Mithgar zurasen!

Manche bereiteten sich auf die Katastrophe vor: Keller wurden gegraben, Essen wurde eingemacht und gelagert. Der Verkauf von Amuletten gegen den Drachenstern florierte, obwohl selbst die Verkäufer zugaben, dass sie nicht genau wüssten, ob der Zauber auch helfen würde. Allgemein hieß es, Mithgar sei dem Untergang geweiht. Und immer näher kam der Stern, mittlerweile ein gewaltiger Feuerschein am Himmel.

Und dann brach die letzte Nacht an, aber trotz des bevorstehenden Todes ihrer Welt hatten sich die meisten Bewohner der Sieben Täler um ihre Felder und ihr Vieh gekümmert und waren ihren Geschäften nachgegangen wie sonst auch, wenngleich es den Anschein hatte, als seien die Schänken nach Sonnenuntergang voller als gewöhnlich.

In jener Nacht brauste der große Drachenstern so hell über den Himmel von Mithgar, dass man in seinem Schein ein Buch lesen konnte. Wie ein Geleitzug schwärmten Myriaden lodernder Lichtpunkte über das Firmament, strahlender als das prächtigste Feuerwerk. Riesige, glühende Trümmer sah man vom Drachenstern abbrechen und auf den Boden zurasen, und mächtige, laute Explosionen hallten bebend über das Land und ließen Fensterscheiben und irdenes Geschirr bersten. Ein großes, flammendes Stück, das Feuer speiend und unter unaufhörlichem Getöse in Süd-Nord-Richtung sengend seine Bahn zog, schien das Schicksal der Sieben Täler besiegeln zu wollen, doch es sauste vorüber, um in ein Gebiet weit jenseits des Nordwaldes zu stürzen, in das Reich von Rian vielleicht oder noch weiter entfernt.

Die Leute weinten und schrien vor Angst, manche fielen in Ohnmacht; während sich andere in den Schänken betranken. Die einen flohen in ihre Höhlen, andere suchten in ihren Kellern Zuflucht. Doch die meisten saßen einfach da, sahen zu und warteten, die Arme um ihre Bokker und Mammen gelegt, um ihre Väter und Mütter, Greiser und Grumen oder um Onkel, Tanten, andere Verwandte oder Freunde, denn sie wussten nicht, was sie anderes tun sollten.

Doch der gewaltige Drachenstern raste nicht in Mithgar hinein, sondern flog vorbei. Sein langer, glühender Schweif allerdings fegte über die Welt – und brachte unermessliches Leid über Mithgar, wie es hieß. Tagelang noch sah man den hellen Schein des Drachensterns am Himmel, tagsüber nunmehr, wie er auf die Sonne zuraste. Und zuletzt schien ihn die Sonne zu verschlingen, aber später spuckte sie ihn auf der anderen Seite wieder aus. Und der Drachenstern jagte zurück in die Weiten des Alls, nun hinter seinem eigenen Schweif, seinem Atem oder seiner Flamme her; er wurde von Tag zu Tag schwächer, bis er schließlich verschwunden war.

Noch Wochen danach verging kein Tag, an dem die Sonne und der Himmel kurz vor der Abenddämmerung nicht ein trübes Rot erkennen ließen – ein blutiges Rot, wie manche behaupteten. Nachts erglühten gewaltige, wehende Vorhänge aus waberndem Licht am Himmel – einige nannten es Mithgars Leichentuch. Ein Schleier senkte sich vor das Antlitz des Mondes und verging wochenlang nicht. Und eine Fieberplage wütete im ganzen Land; viele starben. Milch wurde sauer, Kühe standen trocken, die Ernte missriet; Hühner legten keine Eier mehr, Hunde bellten ohne Grund, und einmal regnete es acht Tage lang ohne Unterlass. Man erzählte sich, es seien Kälber mit zwei Köpfen und Schafe ohne Augen zur Welt gekommen, und manche behaupteten, sie hätten Schlangen gesehen, die sich zu Reifen rollten.

Wo immer Wurrlinge zusammenkamen, brachen mächtige Streitereien aus. Viele vertraten die Ansicht, alle diese merkwürdigen Geschehnisse seien vom Drachenstern verursacht worden. »Unsinn!«, sagten andere. »Es handelt sich größtenteils um ganz gewöhnliche Ereignisse, wie wir sie schon früher beobachtet haben. Und manche von diesen Geschichten sind ohnehin nur wilde Fantastereien. Nur einige wenige Dinge können möglicherweise dem Drachenstern angelastet werden.«

Langsam kehrte das Land zum Normalzustand zurück. Die Fieberplage ebbte ab und verlosch schließlich, Mithgars Leichentuch und die blutroten Sonnenuntergänge verschwanden allmählich, Kühe kalbten, Hühner legten Eier, und die Früchte des Feldes wuchsen wieder. Doch niemand, der den Drachenstern gesehen hatte, würde ihn jemals vergessen; er würde ein Ereignis bleiben, über das Generation auf Generation sprach, bis auch er zu einem Teil der Sagen und Legenden wurde, die man sich am Kamin erzählte, so wie die Dorngänger nun an ihrem Lagerfeuer über ihn sprachen.

»Ja, ich hab ihn gesehen«, sagte Dilbi Helk und blickte in die Runde, »aber wer hat ihn nicht gesehen? Ich weiß noch, wie ich mit meiner Grume auf dem Hügel bei unserem Bauernhof gesessen habe, und sie sagte: ›Da kommt nichts Gutes bei raus, Junge, denk an meine Worte. Das bedeutet, dass der Hochkönig stirbt oder etwas Ähnliches, wenn nicht sogar schlimmer.‹ Und ich sagte: ›Was könnte noch schlimmer sein, Großmutter?‹ Da wurde sie aschgrau im Gesicht, und ihre Stimme klang ganz hohl, als sie sagte: ›Der Untergang von Mithgar.‹ Ich kann euch sagen, ich hatte vielleicht Angst!« Dilbis Augen wurden groß, und er blickte gedankenverloren ins Leere, dann erschauderte er und sah mit einem nervösen Lachen zu den anderen auf. »Na, aber der Hochkönig lebt, und Mithgar ist auch noch da, also dürfte sie sich wohl geirrt haben.«

Zuerst sprach niemand; dann sagte Tarpi: »Vielleicht hatte sie aber doch recht, wo sich jetzt Modru im Norden wieder rührt. Vielleicht sollte uns der Drachenstern davor warnen.«

»Und wenn er ein Sendbote von Adon war?«, spekulierte Arbin. »Möglicherweise wollte er uns von diesem bevorstehenden Krieg erzählen, aber wir haben seine Botschaft einfach nicht verstanden.«

»Ach was, Sendbote!«, platzte Danner angewidert heraus. »Genauso gut kannst du sagen, Modru hat ihn geschickt. Oder gar der verfluchte Gyphon persönlich! Pah! Der Untergang Mithgars, dass ich nicht lache.«

»Jawohl, Danner, du alter Besserwisser! Ein Sendbote!«, schrie Arbin, rot im Gesicht vor Wut. »Tu bloß nicht so überheblich! Jeder weiß über Omen und Sendboten Bescheid. Seuchen, zum Beispiel, werden von Gyphon geschickt, dem Großen Bösen. Und wenn nicht von Gyphon, dann kommen sie von seinem Diener Modru, dem Feind in Gron. Und was Omen angeht, schau einfach mal hin, wenn du das nächste Mal einen Vogelschwarm siehst, denn sie sagen Glück und Unglück voraus. Und deshalb, mein lieber siebengescheiter Danner, könnte der Drachenstern durchaus ein Sendbote Adons gewesen sein.«

Nun wallte auch in Danner Zorn auf. »Stell dir einmal folgende Frage, Arbin: Wenn ich einen Stein nach einem Vogel auf einem Ast schleudere, und irgendwo anders siehst du ihn angstvoll fliegen, was prophezeit er dir, welches große Glück oder Unglück verheißt er dir? Wäre er ein Sendbote Modrus oder Gyphons? Oder des großen Adon? Und erkläre mir auch dies: Wenn Adon etwas sagen wollte, wieso zeigt er sich nicht einfach und sagt es ohne Umschweife? Warum sollte er es in Rätseln ausdrücken, die niemand deuten kann? Sendboten! Omen! Lachhaft!«

Arbin sprang mit geballten Fäusten auf, ebenso Danner. Und es wäre wohl zu Handgreiflichkeiten gekommen, wenn Tuck nicht dazwischengegangen wäre und Arbin mit sanfter Gewalt zurückgedrängt hätte. »Nur die Ruhe«, sagte er. »Heb dir deine Kampfeslust für Modru auf.« Er wandte sich an Danner und legte ihm die Hand auf den Unterarm. »Rauf dich mit Vulgs, nicht mit Wurrlingen.« Danner befreite sich aus Tucks Griff, starrte Arbin wütend an und setzte sich wieder. Das Gespräch erstarb.

Schließlich brach Tarpi das angespannte Schweigen. »Schaut, wir haben nichts davon, wenn ihr beiden Bokker euch bis in alle Ewigkeit anstarrt wie zwei Hunde, die einander umkreisen. Lassen wir es einfach dabei: Manchmal wirken Ereignisse wie gesandt, als seien sie Omen, und manchmal nicht, und wer kann schon wissen, was es jeweils ist? Vielleicht sind manche Dinge tatsächlich Zeichen, andere dagegen sind keine, vielleicht sogar der Flug von Vögeln – es könnte sein, dass er manchmal etwas bedeutet, und dann wieder bedeutet er nichts. Ich glaube aber, dass keiner von uns hier je eine gefiederte Weissagung richtig deuten wird. Doch eines sage ich: Solange wir die Wahrheit über Omen, Zeichen oder was immer nicht kennen, sollte Platz für verschiedene Überzeugungen sein, und wir sollten das Recht auf eine abweichende Meinung respektieren.« Der kleine Tarpi funkelte Danner und Arbin zornig an, die ihn beide deutlich überragten. »Habt ihr das verstanden? Dann legt euren Streit in aller Form bei.« Sowohl Danner als auch Arbin erhoben sich, wenn auch etwas widerwillig, und verbeugten sich, begleitet vom Lächeln der übrigen Gruppenmitglieder, steif voreinander.

Tuck, Tarpi und acht andere wurden für die vordere Sperre eingeteilt, während Danner zu denen zählte, die das hintere Tor bewachen sollten. Kurz vor Mitternacht ritten sie durch den langen, finsteren Dornentunnel zu ihren Posten und begrüßten die Gruppe dort mit *Hallos* und *Hai-rois*, mit *Habt ihr in letzter Zeit einen Vulg gebissen? Was gibt es Neues von Modru?* und ähnlichem Geplänkel. Die abgelöste Gruppe stieg auf ihre Ponys und ritt zurück zum Lager, während Patrels Gruppe das Feuer schürte und sich auf die lange Wache vorbereitete. Die vordere Sperre wurde geöffnet, und Dilbi ritt hinaus, um den Vorposten am Ende des Dornwalls abzulösen. Nach einiger Zeit bemerkten sie, wie die Fackel des betreffenden Jungbokkers näher kam, und als er die Sperre erreichte, wurde sie gerade so lange aufgemacht, dass er auf seinem Weg zurück zum Lager passieren konnte. Tuck sah ihm nach, wie er über den zugefrorenen Fluss ritt und an der hinteren Sperre durchgelassen wurde.

Eine Stunde verging schleppend und dann eine zweite; man wechselte nur wenige Worte. Das Gurgeln von schnell fließendem Wasser unter dem Eis und das Platzen von Kiefernzapfen im Feuer waren die vorherrschenden Geräusche der Nacht. Sämtliche Ponys und die Hälfte der Jungbokker dösten, während die andere Hälfte heißen Tee trank und aufmerksam Wache hielt. Eine weitere Stunde verging, und Tuck, der Ruhepause hatte, nickte gerade ein, als Tarpi ihn wach rüttelte. »Tuck! Schau schnell! Da kommt Dilbi, und er hat es eilig!«

Tuck rappelte sich hoch, andere Wurrlinge legten Pfeile an die Sehnen und standen schussbereit da. Arbin huschte aus dem Kriechgang und schürte das Feuer vor der Sperre, damit sie besser sehen konnten. Dann flitzte er wieder zurück und bereitete sich darauf vor, den Spindeldornpfropf falls nötig in den Kriechgang zu versenken. Der Posten auf der anderen Seite der Furt erhielt das Signal, die hintere Sperre zu schließen. Sie sahen Dilbis Fackel auf und ab hüpfen und immer näher kommen, und schließlich hörten sie auch den Hufschlag seines Ponys, das auf die Sperre zuraste. Patrel kam über den Fluss gerannt und traf genau in dem Moment ein, als auch Dilbi heransprengte.

»Ein Reiter kommt!«, rief Dilbi. »In vollem Tempo. Hört sich nach einem Pferd an, nicht nach einem Pony. Lasst mich hinein!« Sie öffneten rasch die Schranke und schlossen sie ebenso schnell wieder, sobald Dilbi hindurchgeschlüpft war. Er schwang sich vom Pony und erstattete Patrel Bericht, während die Übrigen ihre Posten an der Brustwehr der Sperre einnahmen. »Ich war am Vorposten, da dachte ich, ich hörte etwas die Straße entlangkommen, noch weit entfernt. Ich legte das Ohr auf den eisigen Boden, fast hätt' ich es mir abgefroren, und lauschte. Schließlich hörte ich es deutlich – ein Pferd, glaube ich, das in hohem Tempo über die Straße auf die Furt zurennt.«

»Oi! Ein Licht!«, rief Delber, und alle spähten hinter die Sperre, wo sie das Licht einer Fackel sahen, das rasch größer wurde. Nun hörten sie auch das Trommeln von Hufen, und es handelte sich diesmal tatsächlich eher um ein Pferd als um ein Pony. Immer näher kam es und klang immer lauter, bis ein schwarzes Ross, das von einem wild aussehenden *Menschen* geritten wurde, in den Feuerschein donnerte und vor der Sperre zum Stehen kam.

»Macht auf, im Namen des Hochkönigs, denn ich bin sein Herold, und Krieg ist im Gange!«, rief der Mann und hielt seine Fackel in die Höhe, damit alle sehen konnten, dass er in der Tat in einen rot-goldenen Wappenrock, die Farben von Hochkönig Aurion, gekleidet war.

»Was ist dein Auftrag?«, rief Patrel hinab.

»Ai! Modru sammelt seine Horde, um über die Feste Challerain herzufallen«, schrie der Bote, und sein Pferd tänzelte, »und ich wurde gesandt, um in diesem Land Truppen auszuheben, denn alle müssen dem Ruf folgen, wenn das Reich dem bevorstehenden Sturm trotzen soll. Und ich habe Befehl, euch dies hier zu zeigen, wenngleich ich nicht weiß, was es bedeutet.« Er hielt einen Lederriemen hoch, der durch das Loch in einer Münze gefädelt war.

Die Augen aller Wurrlinge weiteten sich erschrocken, denn die Münze war ein Dschinischer Pfennig, das billigste Geldstück im Reich, ein Symbol, das auf die Wurrlinge Tipper Distelwoll und Bo Darby und den Großen Bannkrieg zurückging. In der Stadt Ruten im Mittental gab es die gleiche Münze, und sie sollte dem König geschickt werden, falls sich die Sieben Täler in einer verzweifelten Lage befanden. Niemand an der Sperre hätte je gedacht, ein so fürchterliches Zeichen zu Gesicht zu bekommen.

»Öffnet die Sperre«, befahl Patrel, und Tuck, Tarpi sowie zwei andere sprangen herab, um den Befehl auszuführen. »Was gibt es Neues?«, rief Patrel, während die vier ihre Bogen beiseitelegten, um die Sperre wegzurücken.

»Die Dunkelheit schiebt sich in den Norden. Prinz Galen kämpft innerhalb des Dusterschlunds. Der junge Prinz Igon hat welche vom Gezücht der Winternacht getötet. Und Aurion Rotaug verstärkt die Feste«, antwortete der Herold.

Endlich war die Schranke offen, und der Bote des Königs ritt hindurch, aber beim Anblick des schwarzen Schlunds des Dornentunnels auf der anderen Seite der Furt hielt er seufzend inne. »Ach, kleiner Mann«, rief er Patrel zu, »durch diesen großen Dornwall zu reiten ist, als passierte man die Tore von Hél selbst.«

»Möchtest du eine Tasse Tee, bevor du in diesen klaffenden Schlund reitest?«, fragte Tuck und staunte, wie groß sowohl das Pferd als auch der Mann waren.

»Ich wünschte, ich hätte die Zeit«, antwortete der Mann und lächelte zu Tuck hinab, »aber ich muss weiter. Und schließt dieses Dornentor schnell wieder« – er deutete auf die Sperre hinter ihm –, »denn mir dünkt, ich werde verfolgt.«

Nach einer leichten Sporenberührung an den Flanken trabte das schwarze Ross hinaus auf den zugefrorenen Fluss, wo es vorsichtig im Schritt auf das andere Ufer zuging. Der Klang der eisenbeschlagenen Hufe hallte über das Eis. Die Wurrlinge sahen ihm nach auf seinem Weg über die Furt und gaben der Wache am inneren Tor ein Zeichen, den Mann durchzulassen.

Und so geschah es, dass, während alle Augen auf den Mann geheftet waren, eine große, schwarze, zähnefletschende Gestalt durch die offene Vordersperre raste und hinter dem Herold herjagte. »*Vulg!*«, schrie Tarpi und griff rasch zu seinem Bogen. Doch ehe er einen Pfeil abschießen konnte, war die schwarze Bestie außer Reichweite; Tarpi setzte ihr nach.

»Schließt die Sperre! Da kommen noch mehr!«, rief Patrel, und mehrere Wurrlinge sprangen herab, während andere sich umdrehten und drei weitere grässliche Vulgs auf die Sperre zueilen sahen. *Hsss! Ssss!* Pfeile zischten den Ungeheuern entgegen, während das Dornentor krachend zufiel und ihnen den Zugang verwehrte.

Auch Tuck hatte seinen Bogen an sich gerissen und rannte, nach einem Pfeil tastend, hinter Tarpi her. Der Vulg war schnell und kam dem Königsboten in atemberaubendem Tempo näher.

»Achtung!«, schrie Tuck und hämmerte aufs Eis, fünf Laufschritte hinter Tarpi.

Der Herold drehte sich im Sattel um, um zu sehen, was es gab, als der große, schwarze Vulg gerade zum Sprung auf seine Kehle ansetzte, und ohne Tucks Warnung wäre der Mann im selben Augenblick tot gewesen. So aber konnte er noch den Arm hochreißen, um die Bestie abzuwehren, und der Vulg sprang ihn an und warf ihn aus dem Sattel, wobei sich sein linker Fuß im Steigbügel verfing. Der Vulg rollte aufs Eis, er kratzte und scharrte mit den Klauen, um wieder auf die Beine zu kommen, und seine gelben Augen blitzten bösartig. Das Pferd schrie in Todesangst, es bäumte sich auf und wich zurück und schleifte den Boten mit. Tarpi hatte das Ross erreicht und griff nach den Zügeln, und Tuck kam schlitternd über dem Mann zum Stehen, als der Vulg fauchend und geifernd zum Sprung auf Tarpi ansetzte. *Ssstt!* Tucks Pfeil drang tief in die Brust des Vulgs, die Bestie prallte im Sterben gegen das Pferd und schlug diesem die

Beine unter dem Körper weg. Mit einem schrillen Wiehern krachte das Ross aufs Eis. Tiefe Risse breiteten sich über die Oberfläche aus und brachen auf, dann hob sich eine große, gezackte Scheibe und kippte über. Tuck, Tarpi und der Mensch – ein jeder verzweifelt um Halt auf dem sich neigenden Eis bemüht –, das kreischende, strampelnde Pferd und der tote Vulg, sie alle rutschten ins Wasser und wurden von der schnellen Strömung unter das Eis gespült. *Und die Scholle schnellte hinter ihnen wie eine große Falltür zurück.*

Der Schock des eisigen Wassers ließ Tuck beinahe das Bewusstsein verlieren; es war so kalt, dass es *brannte*. Doch ehe er ohnmächtig werden konnte, schleuderte ihn die reißende Strömung an einen großen Felsen, und der Schlag brachte ihn zu sich. Er schwamm hektisch nach oben, um gegen die Unterseite des Eises zu stoßen, und fast wollte er schreien vor Angst. Seine Finger kratzten panisch an der harten Fläche entlang, während der unbarmherzige Strom ihn weiterriss. Er musste atmen, aber er konnte nicht, denn überall war das bitterkalte Wasser, und dabei flog Atemluft nur wenige Zoll entfernt vorbei. Langsam wurde er gefühllos, und er wusste, er musste sterben, aber er hielt durch, bis er nicht mehr konnte. Doch urplötzlich geriet sein Gesicht in eine kleine Luftblase, die zwischen dem harten Eis und dem rauschenden Wasser eingeschlossen war, und er schnappte hastig nach Luft, die Wange ans Eis gepresst, den eigenen keuchenden Atem rau im Ohr. Er klammerte sich hilflos an die glatte gefrorene Fläche und versuchte zu bleiben, wo er war, doch es gab nichts zum Festhalten, und seine Finger gehorchten ihm nicht mehr.

Erneut wurde er unters Eis gespült und vom Gewicht seiner vollgesogenen Kleidung weiter in die Tiefe gerissen. Wieder zwang ihn die kalte Strömung gegen einen Felsen, und er wurde seitlich in einen Spalt geschleudert, hineingequetscht von der Wellengewalt im Flussbett, weit unterhalb der Oberfläche. Er langte nach unten, ertastete mit tauben Fingern einen Flussstein und zwang sich, ihn aufzuheben, dann arbeitete er sich aus der Spalte nach oben. Er wollte versuchen, das Eis zu durchschlagen, wenngleich er wenig Hoffnung hatte, dass ihm dies gelingen würde.

Stück für Stück kroch er nach oben, durchgerüttelt von der Gewalt der Wogen, in die Spalte des großen Felsens gepresst, förmlich festgenagelt von der Kraft des Wassers. Immer weiter kämpfte er sich hinauf, jeder Nerv, jede Sehne angespannt, und seine Lungen schrien nach Luft. Aufwärts, und sein Griff versagte, der Stein entglitt ihm und entfernte sich wirbelnd von seiner gefühllosen Hand, aber der wütende Kampf nach oben ging weiter. Gegen seinen Willen hoben sich seine Lungen und versuchten zu atmen, wollten Luft suchen und sie durch die zusammengepressten Lippen saugen. Er wusste, er konnte nicht länger durchhalten. *Nein!*, befahl er sich wütend, und mit aller Macht, mit aller Energie, stieß er sich ein letztes Mal verzweifelt nach oben. Er kam in die liebliche Nachtluft, und seine Lungen pumpten wie ein Blasebalg, denn er war in einem jener dunklen Strudel herausgekommen, wo sich noch kein Eis gebildet hatte.

Unter gewaltiger Anstrengung kroch er auf den Felsen und schmiegte sich, nach Luft schnappend, an den kalten Stein. Er spürte seine Hände nicht mehr, und sein Körper wurde von einem unkontrollierbaren Zittern geschüttelt. Er fror... er fror bitterlich, und er wusste, dass er im Begriff war, zu sterben. Dennoch wollte er sich mit aller Macht dazu zwingen, aufzustehen, aber es gelang ihm nur, sich auf die Seite zu wälzen. So lag er dann, keuchend, die Wange an den harten, kalten Stein gepresst, und konnte nur die Augen so bewegen, wie er es wollte.

Vielleicht hundert Meter entfernt, an der Furt, sah er zwischen den düster aufragenden Dornwänden einen Kreis von Fackeln. Eine weitere Fackel jedoch war viel näher, und sie schoss hin und her. Nun kam sie näher und wurde in die Höhe gereckt. Es war Danner! Er suchte die Strudel ab. Tuck versuchte zu sprechen, zu rufen, aber seine Stimme war nur ein mattes Krächzen, das im Rauschen des Flusses unterging. Noch einmal schrie Tuck, lauter diesmal, wenngleich immer noch schwach. Danner fuhr herum und hielt seine Fackel empor, und nun sah er den Wurrling bewegungslos auf dem Felsen liegen; er rannte auf den Strudel zu und hielt an der Kante des Eises.

»Tuck!«, rief er. »Ich habe dich gefunden! Du lebst!« Seine Stimme klang, als würde er weinen. »He, ho!«, schrie er in Richtung der anderen, und sein Schrei hallte laut zwischen den Dornwänden. »Hierher! Schnell! Bringt ein Seil mit.« Er drehte sich wieder zu Tuck um. »Wir werfen dir ein Seil hinüber und ziehen dich raus.«

»Ich kann meine Hände nicht benutzen«, brachte Tuck heraus. »Sie gehorchen mir nicht mehr. Ich kann mich nicht einmal aufsetzen.« Und Tuck stellte fest, dass er weinte.

»Keine Sorge, Freund«, sagte Danner. »Ich komme und hol dich.« Er begann, seine Kleidung abzulegen, wobei er zornig vor sich hin murmelte. »Hirnlose Bande! Versuchen diese Scholle wieder umzudrehen.« Andere Jungbokker eilten nun herbei und schauten erstaunt, als sie Tuck erblickten. »Ich hab's euch doch gesagt!«, fauchte Danner. »Sucht die Strudel ab! Ein paar bleiben jetzt bei mir. Die Übrigen suchen nach Tarpi... und dem Mann. Wer hat das Seil?« Sie standen eine Weile mit offenem Mund da, bis Patrel Befehle zu brüllen begann. Vier Wurrlinge blieben bei Danner und Patrel, während die anderen mit der Suche anfingen.

Danner band sich das Tau um den Leib, während Patrel und die übrigen vier es fest in die Hand nahmen. Dann sprang der Jungbokker ins Wasser, wobei er vor Schock und Kälteschmerz aufschrie, aber rasch hatte ihn die Strömung zu Tucks Felsen getragen. Er kletterte auf den Stein, zähneklappernd und unkontrolliert zitternd. Er zog ein wenig Seil nach, setzte Tuck aufrecht und schlang es mithilfe eines großen Laufknotens um ihn. »So, Bokker.« Er bibberte vor Kälte. »Jetzt gehen wir rein. Die Strömung wird uns dann hinaustragen.«

Tuck war keine Hilfe, aber es gelang Danner, sie beide in den bitterkalten Strom zu bugsieren, und Tuck verlor das Bewusstsein. Während Patrel und zwei seiner Helfer das Seil festhielten und zugleich mehr Leine gaben, hielt Danner Tuck über Wasser, und die schnelle Strömung trug sie flussabwärts zum unteren Rand der kalten Wanne, wo Argo und Delber warteten und zuerst Tuck und danach Danner aufs Eis zogen. Halb trugen, halb schleiften sie ihn sodann eiligst zurück zum Feuer, wo sie ihm die Kleidung vom Leib zogen, ihn wärmten und in zwei Decken wickelten, die sie vom Bettzeug hinter den Sätteln der Ponys holten. Auch Danner kam humpelnd und vor Kälte stöhnend ans Feuer, Arbin half ihm dabei. Er wurde ebenfalls erst gewärmt und dann in Decken gehüllt. Tuck kam teilweise zu sich, man verabreichte beiden heißen Tee, wobei Patrel die Tasse an Tucks Mund hielt und dem Jungbokker das Gebräu einflößte.

Einige Zeit verging, und Tuck saß inzwischen aufrecht. Seine Hände begannen, wie von Nadeln gepiekst zu jucken, als schließlich die anderen Bokker von ihrer Suche zurückkehrten. Tuck blickte auf, als Dilbi ans Feuer trat. »Tarpi?«, fragte er und brach in Tränen aus, als Dilbi nur den Kopf schüttelte.

Als Hauptmann Darby und die Heiler kamen, nach denen Patrel geschickt hatte, brachte man Tuck und Danner auf einem Ponykarren zurück ins Lager der Dorngänger. Keiner der beiden sprach viel auf der Fahrt, im Zelt bekam Tuck einen Schlaftrunk wegen seiner schmerzhaft pochenden Hände, und er fiel in einen traumlosen Zustand. Doch als Danner nach einigen Stunden unruhigen Schlafes aufwachte, sah er, wie Tuck unbeholfen einen Stift umklammert hielt und entschlossen in sein Tagebuch schrieb. *Er schreibt wohl alles nieder, um es aus dem Kopf zu bekommen,* murmelte Danner vor sich hin und fiel erneut in einen ruhelosen Schlummer.

Tuck erwachte, weil Danner ihn am Arm rüttelte. »Auf, Bokker. Sie sind ohne uns aufgebrochen, als wären wir krank oder dergleichen. Wir werden ihnen beweisen müssen, dass wir zäher sind, als sie denken. Wie geht es deinen Händen? Bei mir waren es die Füße, die mir fast den Dienst versagt hätten.«

Tuck bewegte die Finger. »Sie fühlen sich nur noch ein bisschen seltsam an, so als wären sie geschwollen. Aber das ist alles.« Er sah zu Danner hinauf, ihre Blicke trafen sich, und Tuck begann zu weinen.

»Komm, Bokker«, sagte Danner mit ebenfalls erstickter Stimme. »Fang jetzt nicht damit an.«

»Es tut mir leid, Danner, aber ich kann einfach nicht anders.« Aus Tucks Stimme klang tiefes Elend, und die tränennassen Augen starrten blind auf ein ganz persönliches Schreckensbild. »Ich sehe es pausenlos vor mir – der Mensch, das Pferd, Tarpi, alle unter dem Eis eingeschlossen, wie sie verzweifelt um Luft kämpfen und an die gefrorene Oberfläche hämmern. O Götter! Tarpi, Tarpi. Ich schließe die Augen und sehe sein Gesicht unter dem Eis, seine greifenden Hände, aber er kann nicht hinaus.« Tucks Körper wurde von heftigem Schluchzen geschüttelt, und Danner, der ebenfalls weinte, legte ihm den Arm um die Schultern. »Hätte ich nur nicht genau in diesem Moment auf den Vulg geschossen«, schluchzte Tuck, »dann wäre er nicht gegen das Pferd geprallt, das Eis wäre nicht gebrochen und... und...« Tuck konnte nicht weitersprechen.

»Genug jetzt!«, rief Danner und sprang auf. Er stand Tuck gegenüber, und seine Trauer hatte sich in blanken Zorn verwandelt. »Das ist lächerlich! Wenn du die Bestie nicht gefedert hättest, dann hätte sie Tarpi den Kopf abgebissen! Sei nicht so töricht und gib dir die Schuld an einem unglücklichen Zusammentreffen. Du hast richtig gehandelt, und zwar ohne Wenn und Aber. Anstelle von Tarpi und dem Mann hättest genauso gut du unter dem Eis ertrinken können. Allein der Zufall hat unseren Kameraden getötet, und allein der Zufall hat dich gerettet, wenn du also irgendwem oder irgendwas die Schuld geben willst, dann gib sie dem Zufall!«

Danners wütende Worte rissen Tuck aus Trauer, Schuldgefühlen und Selbstmitleid. Er sah seinen Freund an, und eine Weile war nichts anderes zu hören als Danners rauer Atem. Dann sagte Tuck mit Bitterkeit in der Stimme: »Nein, Danner, dem Zufall werde ich nicht die Schuld geben. Es war nicht der Zufall, der den Vulg hinter dem Herold hergeschickt hat. Modru war es.«

Hauptmann Darby rief die Vierte Dorngängerkompanie an der Furt zusammen, wo eine Trauerfeier für Tarpi und den namenlosen Herold abgehalten wurde. Und die ganze Zeit über blieben Tucks Augen trocken, obwohl viele andere weinten.

Danach hielt Hauptmann Darby eine Ansprache an die Kompanie.

»Bokker, wir haben zwar einen Kameraden verloren, aber das Leben geht weiter. Der Hochkönig hat dazu aufgerufen, sich in der Feste Challerain zu sammeln, und die Pflicht verlangt, dass auch Bewohner der Sieben Täler seinem Aufruf folgen. Ich werde Kuriere aussenden, damit sie die Nachricht verbreiten, und dann werden andere dem Appell nachkommen. Einige jedoch müssen sofort nach Norden aufbrechen. Es ist uns zugefallen, als Erste eine

Wahl zu treffen, und das sind unsere Möglichkeiten: bleiben und die Sieben Täler verteidigen oder dem Aufruf des Königs folgen. Ich fordere nunmehr jeden Einzelnen von euch auf, gut und gründlich zu überlegen und dann eine Antwort zu geben. Werdet ihr in den Sieben Tälern am Dornwall Patrouille gehen oder auf den Wällen der Feste Challerain?«

Stille senkte sich über die Dorngänger, während ein jeder seine Antwort erwog – bis auf einen, der sich bereits entschieden hatte.

Tuck trat bestimmte fünf Schritte vor, bis er völlig allein auf dem Eis stand. »Hauptmann Darby«, rief er, und alle hörten ihn, »ich werde zum Hochkönig gehen, denn der Bösewicht Modru hat sich für ein großes Unrecht zu verantworten. Nein, für zwei – eins liegt auf der Krähenruh begraben, das andere schläft unter diesem gefrorenen Fluss.«

Danner trat vor und stellte sich neben Tuck, und Patrel tat es ihm gleich. Arbin, Dilbi, Delber und Argo schlossen sich ihnen an – und schließlich Patrels gesamte Gruppe. Andere kamen hinzu, bis sich eine zweite Gruppe gebildet hatte.

Immer weitere traten vor, bis Hauptmann Darby rief: »Halt! Niemand mehr jetzt! Wir dürfen die Furt nicht unbewacht lassen. Beachtet jedoch dies: Wenn sich neue Bokker unserer Kompanie anschließen, werde ich euch erneut wählen lassen. Bis dahin aber werden diese beiden Gruppen unsere ersten sein, und der Hochkönig hätte es sich nicht besser wünschen können.

Hört mir nun genau zu, denn folgendermaßen soll es gemacht werden: Patrel Binsenhaar, ich ernenne dich zum Hauptmann dieser Kompanie des Königs, und deine Gruppenführer sollen sein Danner Brombeerdorn für die erste Gruppe und Tuck Sunderbank für die zweite. Neu gebildete Gruppen werden ebenfalls deinem Kommando unterstellt werden. Und das ist meine letzte Order an dich: Sei ein guter Befehlshaber. Und der Kompanie des Königs sage ich dies: Legt Ehre für uns ein.«

Am nächsten Morgen ließen dreiundvierzig Wurrlinge aus den Sieben Tälern mit grimmigen Mienen den Großen Spindeldornwall hinter sich und ritten in das Land Rian. Sie kamen an der Straße jenseits der Spindelfurt heraus, alle bewaffnet mit Pfeil und Bogen und gekleidet in die graue Uniform der Dorngänger.
Ihr Bestimmungsort war die Feste Challerain, denn dorthin hatte man sie gerufen.

VIERTES KAPITEL

Die Feste Challerain

Zuerst in nördlicher, dann in östlicher Richtung ritten die Jungbokker, die Wurrlingskompanie des Königs, auf dem Oberlandweg nach Rian hinein. Sie schlugen den Weg zur Poststraße ein, die noch rund fünfundzwanzig Meilen entfernt lag und die wichtigste Mautroute zur Feste Challerain war. Tuck ritt die meiste Zeit zwischen den Mitgliedern seiner neuen Gruppe und schloss Bekanntschaften. Manche kannte er noch von früher, andere dagegen überhaupt nicht. Rasch hatte er herausgefunden, dass sie aus allen Teilen des Osttals kamen – aus den Dörfern Moos und Ostend, Daumstadt, Mittwald, Bastheim, Grünwies, Lauch und anderen, oder von Bauernhöfen in dieser Gegend. Außer Tuck kam niemand aus Waldsenken, nicht einmal aus dem Nachbarort Lammdorf, aber ein Jungbokker stammte aus Farnburg. Doch bald plauderten sie alle freundlich miteinander und schienen sich nicht mehr fremd zu sein. Finn Wick aus Ostend kannte sogar Tucks Verwandte, die Bendels.

Sie ritten durch ein schneebedecktes Gebiet, das langsam aus dem Spindeltal heraus anstieg und in flaches Grasland mit nur wenigen markanten Punkten überging. Hinter sich erkannten sie noch die gewaltige, das Land gleichsam umklammernde Dornbarriere, die saftlos und eisenhart im Winterschlaf aufragte und auf die zärtliche Berührung des Frühlings wartete, damit dieser die Lebenssäfte durch das große Gewirr strömen, einen grünen Baldachin von Licht einfangenden Blättern der Sonne entgegenwachsen und die großen, blinden Wurzeln unerbittlich zurück in die dunkle Erde streben ließ. Unermesslich war er, verankert von Horizont zu Horizont und darüber hinaus, ein mächtiger Wall aus Dornen. Doch je weiter die Wurrlinge ritten, desto kleiner ließ ihn die Entfernung erscheinen, bis er das Aussehen einer ausgedehnten, fernen Hügelkette annahm, die sich bis hinter den Horizont erstreckte. Zuletzt verschwand er ganz aus dem Blickfeld, und obwohl Tuck in der Gesellschaft von Freunden unterwegs war, fühlte er sich dennoch ein wenig verloren. Doch ob es daran lag, dass er mit dem Dornwall auch die Sieben Täler endgültig hinter sich gelassen hatte, oder ob er sich ungeschützt und verwundbar fühlte, weil er nun über offenes Gelände ritt, das wusste er nicht zu sagen.

Vor ihnen tauchte hier und da ein einsamer, dürrer Baum auf oder ein winterkahles Dickicht, aber auch diese ließen sie auf dem schneegepeitschten Grasland bald hinter sich. Ein feiner, kalter Wind kam auf und piesackte sie von hinten, und bald hatten alle die Kapuzen hochgeschlagen, und die Gespräche ebbten zu gelegentlichen kurzen Bemerkungen oder einem Brummen ab. Einmal hielten sie kurz an, um den Ponys Getreide zu geben und selbst ein karges Mahl einzunehmen. Hin und wieder gingen sie zu Fuß und führten die Rösser, um den Tieren eine Ruhepause zu gönnen.

Bei einem dieser »Spaziergänge im Schnee«, wie Finn sie nannte, stapfte Tuck zufällig zwischen Danner und Patrel dahin. »Ich hoffe, dieser verfluchte kalte Wind, der mir durch den Mantel pfeift, legt sich, bis wir unser Lager aufschlagen«, schimpfte Danner. »Ich habe keine Lust, bei dem Wind in offenem Gelände zu schlafen.«

»Ich glaube nicht, dass wir auf freiem Gelände lagern werden«, sagte Patrel, »falls wir, wie geplant, die Stelle erreichen, wo sich der Oberlandweg und die Poststraße treffen, denn das ist am westlichen Rand der Schlachtenhügel. Dort sollten wir eine windgeschützte Hangseite finden, wo wir eben das Beste aus unserer Lage machen müssen.«

Tuck nickte. »Das hoffe ich auch, aber falls wir nicht so

weit kommen und sich der Wind nicht legt, dann lässt sich aus unserer Lage wohl nicht viel Gutes machen.«

Patrel schüttelte den Kopf, und Danner blickte zum Himmel empor. Der Wind strich um ihre Kapuzen, und die Ponys trotteten geduldig neben ihnen her. »Sag an«, wollte Danner wissen, »wie lange werden wir brauchen, bis wir die Feste erreichen?«

»Mal sehen«, antwortete Patrel. »Ein Tag bis zu den Schlachtenhügeln und dann noch mal sechs auf der Poststraße nach Norden bis Challerain. Wenn das Wetter hält – und damit meine ich, wenn es nicht schneit –, werden wir sieben Tage unterwegs sein. Aber bei Schneefall ... könnte es länger dauern.«

»Sieben Tage«, überlegte Tuck. »Vielleicht habe ich bis dahin genügend Geschick mit meinem neuen Bogen entwickelt – wenn ich jeden Morgen übe, bevor wir aufbrechen, und jeden Abend vor dem Schlafengehen.« Tucks Bogen war weggeschwemmt worden, verloren gegangen unter dem Eis des Flusses Spindel, als das Pferd des Königsboten einbrach und der reißende Strom Tuck hinabzog. Man hatte ihm einen neuen Bogen aus dem Lager besorgt, der in Länge und Zug fast wie der alte war. Doch Tuck würde noch Übung brauchen, um ein Gefühl für ihn zu bekommen und seine alte Treffsicherheit wiederzuerlangen.

»Hör zu, Tuck«, sagte Patrel, »ich will dir schon die ganze Zeit etwas sagen, aber ich habe bisher einfach nicht den Mut dazu aufgebracht. Es ist nur Folgendes: Mir tut Tarpis Tod schrecklich leid, und ich weiß, wie nahe er dir stand. Er war ein helles Licht in dieser Düsternis, ein Licht, das wir in den dunklen Tagen, die uns bevorstehen, bitter vermissen werden. Aber du sollst wissen, dass ich mit aller Kraft versuchen werde, den furchtbaren Fehler wiedergutzumachen, der Tarpi das Leben gekostet hat.«

»Wie?«, rief Tuck völlig verdutzt. »Was redest du da? Wenn jemand daran Schuld trägt, dann bin ich es. Ich habe auf den Vulg geschossen. Andernfalls wäre das Pferd nicht gestürzt. Hätte ich doch nur schneller gehandelt, der Vulg wäre tot gewesen, bevor er springen konnte.«

»Ach, aber du vergisst eins«, erwiderte Patrel. »Wenn ich das Tor, sofort nachdem der Königsbote durchgeritten war, wieder hätte schließen lassen, wäre dieser Vulg außerhalb der Sperre getötet worden, so wie die drei anderen, die ihm dicht auf den Fersen waren.«

»Nein!«, protestierte Tuck, »Es war nicht deine Schuld. Wenn ich...«

»Genug!«, unterbrach Danner mit rauer Stimme und blickte finster drein. »Wenn dies und wenn das und wer trägt die Schuld. Wenn ich nur das Tor hätte schließen lassen, wenn ich auf die Warnung des Mannes gehört hätte, wenn ich die Straße beobachtet hätte und nicht den Mann, wenn ich die Vulgs früher gesehen hätte, wenn ich früher geschossen hätte. Wenn, wenn, wenn! Das sind nur ein paar von den Wenns, die ich gehört habe, und dort, von wo sie herkommen, gibt es ohne jeden Zweifel noch mehr davon. Du hast es gestern richtig erfasst, Tuck, aber offenbar ist dir die Erkenntnis bereits wieder abhandengekommen, deshalb darf ich dich daran erinnern: Niemand anderer als Modru ist schuld! Denkt daran, ihr beiden! Es war Modrus Hand, die Tarpi ermordet hat, und keine andere, so wie er auch Hob getötet hat.« Mit diesen Worten sprang Danner auf sein Pony, sprengte vor an die Spitze der Kolonne und rief dabei: »Steigt auf! Wir haben noch ein gutes Stück vor uns und wenig Zeit!« Und so ritt die gesamte Kompanie auf dem Oberlandweg weiter in Richtung Osten.

Die Sonne hatte bereits den Horizont geküsst, als die Wurrlinge die Ausläufer des Gebiets erreichten, das man die Schlachtenhügel nannte, ein Name aus der Zeit des Großen Krieges. Sie schlugen im Windschatten eines Hügels in einem Kiefernwäldchen ihr Lager auf und verspeisten ein

Abendmahl aus getrocknetem Wildbret und Hirse, eine geschmacklose, aber nahrhafte Wegzehrung; dazu tranken sie kräftigen, heißen Tee. Nach dem Abendessen schnitt Tuck einige Kiefernzweige ab und band sie zu einer großen Zielscheibe zusammen, und bis tief in die Nacht hinein mischten sich die Geräusche von Pfeil und Bogen in das Knistern des Feuers und das Seufzen des Windes.

Bei Sonnenaufgang wurden viele durch den dumpfen Einschlag von Tucks Pfeilen geweckt, und sie staunten über seine Hingabe, denn wie sie sahen, traf er genau. »Cor«, keuchte Sandor Pendler aus Mittwald und half ihm, die Schäfte einzusammeln, »du bist aber ein guter Schütze. Vielleicht sogar ein besserer als Hauptmann Patrel.«

»Du solltest erst mal Danner schießen sehen«, erwiderte Tuck. »Der stellt uns alle in den Schatten.« Und damit nahm er seine unbarmherzige Übungstätigkeit wieder auf und zielte von nah und fern, den Hügel hinauf, den Hügel hinab. Er unterbrach für eine Frühstückspause, während sein Pony etwas Getreide bekam, dann ging es weiter. Doch schließlich wurde es Zeit zum Aufbruch, die Wurrlinge saßen auf und trieben ihre Ponys aus dem Gehölz hinaus, und sie setzten ihre Reise nunmehr auf der Poststraße in nördlicher Richtung fort.

Zur Mitte des Vormittags begann es zu schneien, es ging jedoch kein Wind, und der Horizont verschwand hinter einer dichten Flockenwand. Die Wurrlingskolonne kämpfte sich verbissen weiter, die Ausläufer der Schlachtenhügel nun zur Rechten und das sanft abfallende, flache Land bis hin zum fernen Spindelfluss zu ihrer Linken. Ein düsteres graues Schweigen begleitete sie auf ihrem Weg.

Während sich der trübe Tag in den Nachmittag hineinschleppte, fiel noch immer Schnee. Tuck ritt an der Spitze der Kolonne, als er aufschaute und Pferde und einen Wagen schemenhaft durch den Flockenwirbel auftauchen sah.

Es war die Vorhut eines Flüchtlingstrecks, und der Jungbokker wich zur Seite aus und ließ die Pferde und knarrenden Wagen in südlicher Richtung passieren. Menschen wie Wurrlinge beäugten einander, und Patrel sprach kurz mit dem Hauptmann der Eskorte. Der Flüchtlingszug war annähernd zwei Meilen lang, und es dauerte fast eine Stunde, bis die beiden Kolonnen einander passiert hatten und der letzte Wagen in südlicher und der letzte Wurrling in nördlicher Richtung entschwand.

»Sie sind auf dem Weg nach Trellinath«, erklärte Patrel. »Alte Männer, Frauen und Kinder. Quer durch die Sieben Täler, dann nach Süden durch Wellen und die Kaelschlucht. Du meine Güte, was für eine anstrengende Reise.« Tuck sagte nichts, und sie ritten weiter nach Norden.

Vier Tage später schlugen sie ihr Nachtlager in den letzten nördlichen Ausläufern der Schlachtenhügel auf. Sie waren zwei Tage lang nach Norden geritten, hatten sich zwei weitere in östlicher Richtung bewegt, und nun wandte sich die Straße allmählich wieder nach Norden. Sie richteten sich in einem Zedernwäldchen ein, vielleicht eine Achtelmeile von der Straße entfernt. Die Sonne war bereits untergegangen, und der Vollmond stand am Nachthimmel. Tuck hatte seine Schießübungen beendet, er saß am Lagerfeuer und schrieb in sein Tagebuch.

»Noch zwei Tage, vielleicht drei, dann sind wir da, hab ich recht, Patrel?«, fragte er und hielt in seiner Niederschrift inne. Als Patrel nickte, machte er noch einen Vermerk in sein Journal, dann klappte er es zu und steckte es in seine Jackentasche.

Bald darauf hatten sich außer den Wächtern alle zur Ruhe gelegt. Doch kaum schien Tuck die Augen geschlossen zu haben, wachte er, von Delber geschüttelt, in dem unbeleuchteten Lager wieder auf. »Psst!«, ermahnte ihn derjunge Wurrling. »Es ist Mitternacht, und auf der Straße nähert sich etwas.«

Tuck schlich lautlos durchs Lager und weckte andere, die sogleich zu ihren Bogen griffen. Nun hörten alle das Klirren von Rüstungen und das Klappern von Waffen inmitten des dumpfen Trampelns zahlreicher Hufe. Unterhalb von ihnen galoppierte ein Zug berittener Soldaten im hellen Mondschein nach Norden. Die Wurrlingskompanie ließ sie vorüberreiten, ohne auf sich aufmerksam zu machen. Als die Soldaten außer Sicht waren, zündeten die Jungbokker ein neues Feuer an und legten sich wieder schlafen.

Den ganzen folgenden Tag saßen sie im Sattel und spekulierten dabei viel über die nächtlichen Reiter. »Nein, ich glaube nicht, dass das Truppen von Modru waren, auch wenn sie nachts geritten sind«, meinte Danner. »Das waren Menschen, und sie waren unterwegs zur Feste.«

»Jawohl, sie sind bestimmt dem Ruf des Königs gefolgt, genau wie wir«, sagte Finn. »Abgesehen davon, hätten wir es wahrscheinlich gespürt, wenn es Modrus Leute gewesen wären. Es heißt, Ghule lösen Angst aus.«

»Nein, das sind nicht die Ghule, die Angst auslösen«, widersprach Sandor, »sondern die Gargonen. Die verwandeln einen angeblich sogar in Stein.« Bei dem Wort Gargonen gefror Tuck schier das Blut, denn es handelte sich bei diesen um grausame Sagengestalten.

»Aber wenn die Gargonen Angst auslösen, was machen dann die Ghule?«, wollte Finn wissen. »Ich habe gehört, die sind äußerst furchterregend.«

»Wilde Räuber zu Pferde sind sie«, antwortete Sandor, »im Grunde nicht umzubringen, denn sie sollen mit dem Tod selbst im Bunde stehen.«

»Ach ja, richtig«, sagte Finn, »jetzt weiß ich es wieder. Ich glaube mich allerdings zu erinnern, dass sie keine richtigen Pferde reiten, sondern Tiere, die so ähnlich sind. Und muss man Ghule nicht mehr oder weniger in Stücke hacken, bevor sie sterben?«

»Ein Holz durchs Herz oder eine Klinge aus reinem Silber«, murmelte Tuck in Erinnerung an alte Sagen.

Und weiter ritten sie, den ganzen Tag über mit nur kurzen Ruhepausen. Die Sonne zog ihren Bogen über den blauen Himmel, aber das Land darunter war kalt. Der Schnee knirschte unter den Hufen der Ponys, und die Wurrlinge zogen ihre Kapuzen über den Kopf und blinzelten in die gleißende Winterlandschaft, doch alles, was sie sahen, war endlose Eintönigkeit.

Langsam versank die Sonne, und als es Nacht wurde, kampierten sie in einem schmalen Geländeeinschnitt der ansonsten konturenlosen Ebene von Rian.

Am folgenden Tag änderte sich das Land allmählich, und die Wurrlingskolonne kam in sanft gewelltes Grasland. Gelegentlich passierten sie ein einsames Gehöft, aber nur bei einem, das rund eine Meile östlich der Straße lag, stieg Rauch aus dem Kamin. Sie ritten weiter, ohne sich dort umzusehen.

Am Abend lagerten sie im südlichen Windschatten eines niedrigen Hügels, in einem kleinen Wäldchen aus Walnussbäumen. Die Jungbokker hatten sich seit ein, zwei Stunden niedergelassen, als trommelnder Hufschlag in nördlicher Richtung erklang und ein einsamer Reiter auf der nahen Straße vorübersprengte. Wiederum grüßten sie nicht. Doch sie schickten Finn zum Kamm des Hügels hinauf, damit er den Weg des Reiters im hellen Mondlicht verfolgte.

»Ai-oi!«, schrie Finn kurz darauf von oben herab. »Hierher, Bokker. Wir sind am Ziel!«

Die gesamte Kompanie kämpfte sich den Hang hinauf zu Finn, der nach Norden deutete. »Da ist sie.« Darauf schwieg er ehrfurchtsvoll.

Vor ihnen fiel das Land im Mondlicht sanft ab. Auf der Straße raste der Reiter dahin, der jetzt nur noch ein flüchtiger dunkler Fleck auf einer silberweißen Decke war. Doch alle Blicke zog es nach Norden, denn dort, etwa zehn Meilen entfernt, funkelte in Myriaden von Lichtern, wie eine Sternenkrone auf einem schneebedeckten Felsturm, der sich aus der silbrigen Ebene erhob, ihr Ziel – die Feste Challerain.

»Ist die aber groß. Seht nur die vielen Lichter«, flüsterte Dilbi, als die Wurrlinge schweigend und staunend auf die erste Stadt blickten, die sie alle jemals gesehen hatten. »Das müssen ja Hunderte sein, ach was, Tausende.«

»Vielleicht sehen wir nicht nur die Hausbeleuchtung einer Stadt vor uns, sondern auch die Lagerfeuer einer Armee«, mutmaßte Patrel.

»Sieht mir eher nach mehreren Armeen aus«, sagte Danner. »Schau, dort rechts scheinen drei Sammelpunkte zu sein, und links noch einmal zwei. Ich halte es für fünf Armeen plus eine Stadt.«

»Na, morgen werden wir es ja erfahren, wenn wir in die Feste reiten«, erwiderte Patrel. »Aber wenn wir vor dem König einen guten Eindruck machen wollen, dann wird es jetzt Zeit zum Schlafen.« Widerstrebend machte Tuck kehrt und trabte mit den übrigen Wurrlingen hinunter zu ihrem Lager im Walnusswäldchen. Er war von wilder Aufregung erfüllt; die fernen Feuerstätten ließen ihn über die Leute fantasieren, die um sie herum versammelt sein mochten. In seinem Kopf überschlugen sich die Gedanken, und er nahm sich die Zeit, in sein Tagebuch zu kritzeln. Doch als er es beiseitelegte und in seine Decken kroch, dauerte es noch lange, bis er Schlaf fand.

Am nächsten Morgen konnten es die Jungbokker kaum erwarten, bis sie aufbrachen, um die Feste Challerain zu sehen und durch ihre Straßen zu wandeln. »Cor, eine richtige

Stadt«, sagte Argo, nachdem sie das Lager aufgelöst hatten und über den Kamm des Hügels ritten, wo sie in der Ferne die terrassenförmig angelegten Gebäude sahen, die zum Hauptturm in der Mitte anstiegen. »Was wird ein Bauerntölpel wie ich, aus einem Dorf mit einer einzigen Straße, in einem so großen Ort anfangen? Wo du hinschaust, sind wahrscheinlich Straßen, die in alle möglichen Richtungen führen. Und Läden und Häuser und alles. Bestimmt ist es so verwirrend wie das Innere des Dornwalls, und höchstwahrscheinlich haben wir uns verirrt, bevor wir richtig da sind.«

Tuck schien es, als habe Argo die unausgesprochenen Gedanken sämtlicher Wurrlinge geäußert. »Du hast recht, Argo, es wird für uns alle verwirrend sein, aber auch aufregend. Ho! Lasst uns ein wenig Tempo zulegen!« Die Jungbokker gaben ihren Ponys die Sporen und galoppierten unter erwartungsfrohem Schreien und Lachen die weißen Hänge hinab. Der Pulverschnee stob zu fedrigen Wolken auf, als sie durch tiefe Verwehungen auf die lang gestreckte Ebene zustürmten, die zu der fernen Stadt führte. Sobald sie die Poststraße wieder erreicht hatten, verringerten sie die Geschwindigkeit und ritten in gleichmäßigem Tempo nach Norden. Langsam, viel zu langsam, verringerte sich die Entfernung, ihre Aufregung hingegen nahm zu.

Früher, in uralten Zeiten, hatte es keine Stadt Challerain gegeben; der Name bezeichnete lediglich einen zerklüfteten Berg, der sich hoch aus einem dichten Ring niedriger Vorberge im sanft gewellten Grasland von Rian erhob. Dann brachen die kriegerischen Unruhen aus, und auf dem Berg Challerain wurde ein Wachturm errichtet. Man entzündete alle möglichen Arten von Signalfeuern, um vor anrückenden Armeen zu warnen, um die allgemeine Mobilmachung anzuzeigen, einen Sieg zu feiern oder Botschaften an ferne

Reiche zu senden. Diese Nachrichten verschickte man über eine Reihe von Signalfeuern auf einer alten Hügelkette, die deshalb den Namen »Signalberge« trug, und von dort nach Süden über die Dellinhöhen nach Harth und das Land dahinter. Der Krieg kam, und viele jener Signaltürme wurden zerstört, nicht jedoch der auf dem Berg Challerain.

Nach dem Krieg wurde aus diesem weit nördlich gelegenen Vorposten eine Festung – die Feste Challerain. Und mit deren Errichtung wuchs am Fuß des Berges Challerain ein Dorf heran. Dieses wäre jedoch ein kleiner Weiler geblieben, hätte nicht der Hochkönig persönlich die Festung im hohen Norden besucht, um sich im Waffenkampf zu üben. Er baute schließlich seine Sommerresidenz dort, wo er die Zugänge zu den Bergen der Rigga und ins Land Gron überschauen konnte.

Jahr für Jahr kam der König wieder, und schließlich wurde eine große Burg errichtet, welche die ursprüngliche Festung mit einschloss. Damals wuchs das Dorf zur kleinen Stadt heran und diese zur Großstadt. Die Stadt gedieh prächtig, und auch sie erhielt den Namen Feste Challerain. Und so standen die Dinge seit Tausenden von Jahren.

Je näher die Kolonne der Wurrlinge der Stadt kam, desto mehr Einzelheiten konnten sie erkennen. Der Berg stieg breit aus sanft gewellten Hügeln und erhob sich rund acht- bis neunhundert Fuß über die Ebene. Auf seiner Spitze stand eine Burg; schroff sah sie aus, nicht im Mindesten wie die luftigen Schlösser der Sagen, sondern eher wie eine Trutzburg: mit Zinnen versehene Brustwehren aus Granit, die sich starr um klobige Türme erhoben. Das sanft abfallende Gelände rund um die graue Burg endete in schroffen Steilwänden, die am Fuß des Felsturms in weiteren massiven Schutzwällen ausliefen, welche den gesamten Berg umgaben. Auf diesem Krongrund gab es viele Wäldchen, Kiefern wuchsen in den Felsspalten, und mehrere einsame

Baumriesen standen auf den Wiesen, viele im Winterkleid. Es gab auch einige Gebäude, vielleicht Ställe oder Lager – das konnten die Wurrlinge nicht feststellen –, und natürlich die Zitadelle selbst.

Unterhalb des Krongrunds begann die eigentliche Stadt. Dort standen Reihe auf Reihe Gebäude in allen nur erdenklichen Farben, Formen und Größen: rote, blaue, grüne, weiße, gelbe; rechteckige, runde, große, kleine, aus Stein gebaut, aus Ziegeln oder Holz, ein Labyrinth, das sich in terrassenförmigen Ringen die Hänge hinabzog. Zwischen den Wohnhäusern, Läden, Lagern, Ställen und anderen Bauten verliefen drei massive Verteidigungswälle, horizontal in den Hang des Berges gesetzt, der unterste beinahe schon auf Höhe der Ebene. Nur wenige feste Gebäude lagen außerhalb des ersten Walls.

Auf den Kämmen der Hügel im Osten und Westen breiteten sich die Lager der Armeen aus; es schien jedoch weniger Betriebsamkeit zu herrschen, als nach dem Umfang des Biwaks zu erwarten gewesen wäre – zu wenige Menschen und Pferde für die Anzahl der Zelte.

All das und noch mehr sahen die Wurrlinge, als sie sich langsam den Hügeln und der Stadt näherten. Am späten Vormittag dann erreichte die Kompanie die ersten vereinzelten Gebäude, welche die Poststraße säumten, um schließlich ans offene Stadttor zu gelangen, das mit hochgezogenem Fallgitter in den vordersten Wall eingelassen war. Soldaten aus den nahen Lagern, in Pelz und Wolle gekleidet und mit Eisenhelmen auf dem Kopf, strömten hinein und hinaus. Auf dem Vorwerk standen mehrere *Männer* in Rot und Gold – die Torwache – und einer stützte sich auf die Brüstung und sah mit Staunen im Blick auf die Wurrlinge hinab. Er rief seine Gefährten herbei, und sie alle betrachteten überrascht die Winzlinge da unten.

»Ho!«, rief Patrel hinauf. »Wo geht es denn zur Burg?« Sofort kam er sich sehr dumm vor, denn die Burg lag natürlich ganz oben auf dem Berg. Doch der Wächter lächelte und rief zurück, sie müssten nur immer auf der Poststraße bleiben, die würde sie schon hinführen.

Und sie ritten auf dem Kopfsteinpflasterbelag unter der Stadtmauer hindurch und sahen hinauf zu den Pechnasen, aus denen die Verteidiger der Feste heißes Öl oder Geschosse auf einen möglichen Feind regnen lassen konnten. Am anderen Ende der Durchfahrt stand ein weiteres Fallgitter offen, und hinter diesem ritten die Wurrlinge in die unteren Ebenen der eigentlichen Stadt, deren Gerüche, Geräusche und Anblicke auf sie einstürmten und ihre Sinne überwältigten, denn sie waren mitten in einen riesigen Basar geritten, den großen offenen Markt von Rian in der Feste Challerain.

Auf dem Platz wimmelte es von Leuten, Käufern wie Verkäufern; Bauern von nahe gelegenen Höfen verkauften Schinken, Rindfleisch, Würste, Speck, Gänse, Enten und anderes Geflügel. Sie boten Karotten, Rüben, Kartoffeln und weitere Waren feil. Und viele Kunden drängten sich um die Stände und erwarben die Produkte. Straßenhändler gingen durch die Menge und verkauften Körbe, Handschuhe, Mützen, Besen, Töpferwaren und dergleichen. Ein Obsthändler ging mit getrockneten Äpfeln und Pfirsichen hausieren, dazu mit einer seltsam gelbroten Frucht, die angeblich aus dem tiefen Süden kam, aus Sarain, Thyra oder noch weiter. Der Duft frisch gebackenen Brotes wehte über den ganzen Platz und vermischte sich mit dem von heißen Pasteten und anderem Gebäck. Gaukler stolzierten umher, sie spielten Flöten, Harfen, Lauten oder Tamburine, und einige jonglierten wunderbar. Hier und dort wärmten sich Soldaten und Stadtbewohner an Holzkohlefeuern in offenen Kohlepfannen, sie unterhielten sich, manche lachten, andere blickten ernst drein, manche nickten still, andere fuchtelten mit den Armen.

Durch die wogende Menge ritten dreiundvierzig Wurrlinge auf Ponys, deren Hufe auf dem Kopfsteinpflaster klapperten. In den Augen der Jungbokker spiegelte sich die ganze Pracht und das Staunen darüber – das hier war ja womöglich noch aufregender als der Jahrmarkt in den Sieben Tälern –, und sie schauten hingerissen dahin und dorthin und bemühten sich, alles zu sehen. Überwältigt, wie sie waren, bemerkten sie nicht, dass Soldaten und Stadtleute ihrerseits die Wurrlinge verwundert anstarrten, war hier doch tatsächlich das sagenumwobene Kleine Volk mit den edelsteinartigen Augen unter sie gekommen.

Schließlich ließ die Kolonne den Markplatz hinter sich. Nun ritten sie zwischen den Läden von Handwerkern hindurch – eine Flickschusterei, eine Goldschmiede, Mühlen, Holzhandlungen und Zimmereien, Wirtshäuser und Herbergen, Hufschmiede, Eisenwerke und Waffenmeistereien, Brennereien, Steinmetze und dergleichen. Häufig lagen über den Läden und Geschäften die Wohnungen der Inhaber und Arbeiter. Die gepflasterte Poststraße schlängelte sich durch diese Betriebsamkeit, immer höher in einer Spirale um den Berg herum und aufwärts zum höchsten Punkt. Schmale Gässchen zweigten zwischen farbigen Gebäuden ab, und steile Querstraßen kreuzten ihren Weg. Ohne die Schilder an jeder Ecke hätten sich die Wurrlinge leicht im Labyrinth der Stadt verirren können. Der gut gekennzeichneten Poststraße folgend, ritten sie zwischen den Läden, Lagern und Werkstätten hindurch, wobei ihnen nicht entging, dass viele dieser Geschäfte verlassen waren.

Wieder stießen sie an einen mächtigen Wall und folgten der Straße entlang des Bollwerks. Schließlich kamen sie zu einem Tor, und auch dieses war bewacht, stand aber offen. Sie ritten hindurch und weiter nach oben, nunmehr vorbei an farbenfrohen Reihenhäusern mit unerwarteten Winkeln und Stiegen, mit Balkonen und Türmchen, alle Dächer nun von Schnee bedeckt, durch den da und dort helle Fliesen zu sehen waren. Doch auch hier standen Gebäude leer. Wo es aber Leute gab, blieben sie auf der Straße stehen oder lehnten sich aus Fenstern, um das Kleine Volk vorüberreiten zu sehen.

Hier gab es nur noch vereinzelt Straßenhändler: einen Messerschleifer, einen Holzkohleverkäufer; ein von Pferden gezogener Wagen schleppte Wasser von den Brunnen der Ebene zu den Haushalten auf dem Berg.

Ein weiteres Mal kamen sie unter einem großen Schutzwall hindurch – die dritte Mauer –, und wieder ritten sie zwischen Häusern, die nun größer und stattlicher waren als die weiter unten, aber immer noch dicht aneinandergebaut. Auch hier herrschte eine Atmosphäre der Verlassenheit, denn es gab nur wenige Leute und viele unbewohnte Häuser.

»Hast du all die leeren Gebäude gesehen?«, wandte sich Argo an Tuck. Als dieser nickte, fuhr Argo fort: »Dann frage ich dich, wie kann auf dem Markt unten beim ersten Tor so ein lebhafter Handel stattfinden, wenn die Stadt nahezu verlassen ist?« Darauf wusste Tuck natürlich keine Antwort, und sie ritten weiter.

Schließlich erreichten sie den vierten Wall, der den Krongrund umgab. Als sie ans Tor kamen, war das Fallgitter herabgelassen, die Flügel des massiven Eisenportals jedoch standen offen. Die Wurrlinge ritten vors Tor, das Klappern der Ponyhufe auf dem Kopfsteinpflaster endete, und in der luftigen Stille grüßte Patrel die Wachleute auf dem Vorwerk. »Holla! Wächter!«

»Nennt euer Begehr«, rief einer der Männer herab.

»Wir sind die Kompanie des Königs«, entgegnete Patrel, und alle Wurrlinge saßen stolz im Sattel, »und wir sind aus den Sieben Tälern seinem Ruf gefolgt.«

Wenngleich durchaus beeindruckt durch die bloße Tatsache, Angehörige des Kleinen Volks vor sich zu haben, musste der Mann auf dem Wall innerlich dennoch lächeln darüber, dass sich so ein kleiner, bunter Haufen hochtrabend »Kompanie des Königs« nannte. Doch aus der Legende wusste er, dass eine andere kleine Gruppe des Kleinen Volks, dieser Wurrlinge, eine entscheidende Rolle im Großen Krieg gespielt hatte, deshalb fiel es ihm nicht im Mindesten ein, sie zu verspotten. »Einen Augenblick«, rief er. »Ich hole meinen Hauptmann.«

Der Mann verschwand hinter den Mauerzacken, und die Wurrlinge warteten geduldig. Bald darauf erschien ein anderer Mann und rief nach unten: »Seid ihr Krieger, die in dieser Stunde der Not dem König dienen wollen?«

»Ja«, rief Patrel zum Turm hinauf, doch leise sagte er zu Tuck und Danner: »Auch wenn Krieger vielleicht ein zu starker Ausdruck ist.« Dann rief er wieder nach oben: »Wir sind die Kompanie des Königs, Dorngänger aus den Sieben Tälern, dem Land der Großen Barriere. Wir folgen dem Ruf des Königs, der Herold aber, der uns diese Nachricht überbrachte, ist tot, vom Vulg ermordet.«

»Tot? Vom Vulg ermordet?«, schrie der Turmkommandant. »Kommt herein. Ich werde euch empfangen.« Er wandte sich mit dem Befehl »Öffnet das Gitter« an die Wachmannschaft und verschwand aus dem Blickfeld, während einige Männer an die Winden eilten. Unter dem Klappern von Zahnrädern wurde das Fallgitter langsam nach oben gezogen.

Die Kolonne ritt in den Durchgang unter der Mauer und hielt inne, bis das zweite Fallgitter ebenfalls hochgezogen war, und schließlich ritt sie hinaus in den Krongrund, wo der Hauptmann der Wache sie schon erwartete. »Ich bringe euch zu Rossmarschall Vidron, königlicher Generalfeldmarschall. Er muss vom Tod des Herolds erfahren. Ihr müsst ihn ohnehin aufsuchen, denn er ist derjenige, der die Verbündeten befehligt, wenn der König selbst nicht ins Feld ziehen kann. Nun folgt mir, wir reiten zur alten Festung.« Der Mann sprang auf ein braunes Pferd, und wieder ritten sie über das Pflaster der Poststraße; gelegentlich ging es steile Felsklippen hinauf, immer näher zur Burg.

Nun war die Festung in all ihrer Mächtigkeit zu sehen. Grau war sie und massig, große, klobige Granitbauten mit hohen Fenstern und ausladenden Türmen. Zinnen und Mauerzacken krönten die Brustwehren; steinerne Vorhänge schützten versteckte Wallbänke, auf denen bei einem Angriff Verteidiger stehen würden. Ehrfurchtsvoll staunten die Wurrlinge ob dieser nie gesehenen Macht, und Tuck fragte sich, was sein Vater, der Steinmetz, wohl sagen würde, wenn er hier wäre.

Schließlich kamen sie zur fünften und letzten Mauer, dem letzten Schutzwall vor der Burg selbst, und das gewaltige Haupttor war geschlossen. Sie ritten jedoch nicht zu diesem Portal, sondern stattdessen in nördlicher Richtung an dem Bollwerk entlang, denn dort befand sich die alte Festung, die mittlerweile dem nördlichen Schutzwall einverleibt war.

Als die Kompanie langsam um eine Bastion an der nordwestlichen Ecke herumritt, kam ein schneidender Wind auf, und die Jungbokker schlugen ihre Kapuzen hoch. Doch sie hörten trommelnden Hufschlag, und auf dem Hang unterhalb von ihnen sahen sie einen jungen Mann auf einem galoppierenden Schlachtross, der einen Speer führte. Er stürmte auf ein schwenkbares Ziel in Menschengestalt zu, mit einem hölzernen Schild auf einer Seite und einem ausgestreckten Arm mit Streitkolben auf der anderen. *Zonk!* Die Lanze wurde mit der vollen Wucht des rennenden Schlachtrosses in den Schild getrieben, und die Zielattrappe wirbelte unter dem Aufschlag herum und ließ den hölzernen Kolben auf den Kopf des vorbeireitenden Kriegers zusausen. Doch der junge Mann duckte sich, sein Pferd trug ihn geschwind davon, und zurück blieb die wirbelnde Attrappe, deren Keulenkopf nichts als leere Luft durchschnitt. Schließlich hörte das Kreiseln der Zielfigur auf, der

Drehzapfen rastete in eine flache Rille ein, und die Silhouette stand wieder im rechten Winkel zur Kampfbahn. Erneut stürmten Ross und Reiter auf donnernden Hufen darauf zu. *Plonk!* Der Speer krachte in den Schild, der Kolben rotierte und schlug ins Nichts.

Ein kleines Stück weiter oben am Hang stand ein Pavillon, wo mehrere Männer um einen Tisch saßen; gelegentlich schauten sie gestikulierend nach Norden, deuteten und stritten. *Zonk!* Das Pferd und der Krieger rasten über den Hang. Die Wurrlingskolonne war inzwischen unter den winterkahlen Ästen einer uralten Eiche angelangt, und ihr Führer sagte: »Halt, steigt hier ab. Wer von euch ist der Hauptmann? Gut! Komm mit mir.«

Patrel saß ab und gab Tuck und Danner ein Zeichen, ihn zu begleiten. Die drei bogenbewehrten Wurrlinge folgten dem Mann zum Pavillon, während die beiden Gruppen zurückblieben, die riesigen Brustwehren des gewaltigen Nordwalls bestaunten und gedämpft miteinander sprachen. *Zonk!* Der Speer sauste ins Ziel.

Als sie sich dem Zelt näherten, sah Tuck, dass der Tisch, um den die Männer saßen, mit Karten und Schriftrollen übersät war. Manche lagen flach gestrichen und mit Dingen beschwert da, die gerade zur Hand gewesen waren – ein Helm, ein Dolch, ein kleines, silbernes Horn, eine Tasse. Wieder zeigten einige Männer auf die Karten, während andere nach Norden blickten, und sie schienen sich über irgendetwas uneins zu sein. Tuck sah ebenfalls nach Norden. Von hier, hoch oben auf dem Berg, konnte er eine endlos weite Schneefläche auf der Ebene unter sich überschauen; weit hinten am Horizont hing eine niedrige, dunkle Wolkenbank.

Die Jungbokker waren unbemerkt an die Gruppe herangetreten und blieben auf ein Zeichen des Wachmannes stehen. Darauf begab sich der Führer zu dem Krieger am Kopfende des Tisches, einem großen, kräftigen Mann, dessen schwarzes Haar mit Grau durchsetzt war und der einen kurz geschnittenen Silberbart trug. Der Hauptmann der Wache sprach ein, zwei Worte, worauf Marschall Vidrons Blick kurz über die drei Kapuzenträger huschte und dann hinüber zu den vierzig übrigen unter der Eiche. *Plonk!* Die Attrappe kreiselte wild unter dem Aufprall, und die Keule hieb in die Luft.

»Pfui!«, brummte Vidron nach einem neuerlichen Blick auf das kleine Trio. »Hals mir doch keine Kinder auf!«

»*Kinder? Kinder?*«, schrie Patrel mit zornbebender Stimme. »Danner! Tuck! Pfeile heraus!« Und im Handumdrehen hatten die drei Pfeile an ihre Sehnen gelegt.

»Halt!«, rief einer der Männer, zog sein Schwert und trat zwischen Vidron und die Jungbokker.

Patrel aber sah sich verärgert um und kommandierte: »Die kreisende Keule!« Dann fuhr er herum und schoss auf das sich drehende Ziel. *Zack!* Sein Pfeil fing die rasende Holzkugel im Flug ab! Sie wirbelte nun noch wilder, aber jetzt folgten Tucks und Danners Geschosse, und schon steckten drei Pfeile in der rotierenden Kugel. Die Männer waren sprachlos vor Staunen, als die Wurrlinge sich wutentbrannt zu ihnen umdrehten.

»Ai-oi!«, rief Vidron verblüfft. »Diese Kinder haben ja Fangzähne!« Dann brach er in lautes, anhaltendes Gelächter aus, und die Wurrlinge mussten gegen ihren Willen lächeln. »Hai!«, rief der Feldmarschall, »ich, Rossmarschall Vidron von Valon, ernenne dich zum Hauptmann der Kinderbrigade!« Er hob das kleine Silberhorn vom Kartentisch auf, trat vor Patrel und präsentierte es ihm als Zeichen seines neu verliehenen Ranges. Wurrlinge wie Menschen lachten herzhaft, als Vidron das Horn mit dem grün-weißen Gehenk an Patrels Schulter festmachte. »Eines Tages erzähle ich dir die Geschichte dieser Trompete, mein Freund«, sagte Vidron. »Sie ist vornehmer Herkunft, denn mein Vorfahre Elgo hat sie dem Hort von Schlomp, dem Wurm entrissen.«

»Jawohl, wir kennen diese Sage, Herr, denn sie ist berühmt und wird am Kamin erzählt«, antwortete Patrel. »Elgo hat Schlomp mit einer List ans Sonnenlicht gelockt, und damit war der Kaltdrache erledigt.«

Aufgeregt untersuchte Patrel das Jagdhorn. Er sah, dass Reiter auf Pferden darauf eingraviert waren, rund um den Flansch des Bechers, zwischen den mystischen Kraftrunen. Dann setzte er das Horn an die Lippen und blies einen Weckruf, der glockengleich in alle Richtungen klang, Lebensgeister sich regen und Herzen vor Hoffnung schneller schlagen ließ. Die Wurrlingskompanie unter der Eiche sprang auf und wäre herbeigerannt, wenn Danner sie nicht zurückgewunken hätte. Patrel betrachtete die Trompete staunend. »Ja, hoi! Das ist aber ein hübsches Dienstabzeichen!«, rief er und strahlte zu Marschall Vidron hinauf.

Patrel hatte einen Mann mittleren Alters vor sich, mit schwarzen Augen und einem stechenden, durchdringenden Blick. Er war mit dunklen, ledernen Reithosen bekleidet, während weiche braune Stiefel seine Füße umschlossen. Ein wollenes Wams bedeckte seinen Oberkörper über dem Kettenhemd, und das silberne und schwarze Haar war schulterlang und wurde von einem Lederband auf der breiten Stirn zurückgehalten. Weiße Zähne leuchteten durch den Silberbart. Ein rostbrauner Umhang reichte bis zum Boden, und an einer Seite baumelte an einem Lederriemen über Schulter und Brust ein schwarzes Ochsenhorn.

»Woher kommt ihr, Burschen?«, fragte Vidron und erhielt eine unerwartete Antwort.

»Aus den Sieben Tälern, Herr«, antwortete Patrel und schlug sein Kapuze zurück.

»*Waldfolck!*«, rief Vidron erstaunt. Nun betrachtete er die drei und ihre Begleiter genauer und sah die Tönung und schräge Stellung der edelsteinartigen Augen und die spitze Form der Ohren, und jetzt erst erkannte er das Kleine Volk als das, was es war.

»Ha, zwar wusst ich, dass das Land der Waldana nicht fern ist, doch dacht ich kaum, Euer Volk hier zu sehen. Ich hielt euch lediglich für Burschen eines abgelegenen Dorfes, nicht für Waldana aus den Sieben Tälern, nicht einmal aus dem näheren Weitimholz. Aber heutzutage, scheint es, beherrschen Legenden diesen Berg. Unser Lehnsherr wird Euch sehen wollen und ebenso sein jüngster Sohn, dessen Zielgenauigkeit ihr soeben übertroffen habt. Doch wartet! Er bringt eure Pfeile.«

Der Lanzenreiter galoppierte auf sie zu, und er hatte die drei Pfeile dabei, die er aus der hölzernen Keule der Zielscheibe gezogen hatte. Im letzten Moment zügelte der Herandonnernde sein großes, rotbraunes Pferd mit dem Ruf: »Ho, Rost!« Und das Ross kam rutschend zum Stillstand, während in ein und derselben Bewegung der junge Mann von vielleicht fünfzehn Sommern absprang. »Wer hat diese Pfeile abgeschossen?«, fragte er. Dann senkte sich sein Blick auf die drei Jungbokker mit ihren Bogen in der Hand. »*Waerlinga!*«, hob er überrascht die Stimme. »Habt Ihr diese Pfeile abgeschossen?« Er hielt die Pfeile in der geballten Faust hoch. »Hei! Welch glänzende Treffsicherheit! Ich wünschte, ich könnte so gut schießen. Ei, aber was führt Waerlinga hierher?«

»Herr«, sprach der Hauptmann der Torwache, »sie stammen aus den Sieben Tälern und bringen schlimme Nachricht. Ihre Namen kenne ich nicht.«

»Hauptmann Patrel Binsenhaar von der Kompanie des Königs, zu Euren Diensten, Herr«, sagte Patrel und verbeugte sich in aller Form. »Und dies sind meine Kameraden und Leutnants, Tuck Sunderbank und Danner Brombeerdorn, Vulgtöter, Feinde Modrus. Meine Dorngängerkompanie steht dort drüben auf dem Hang und erwartet die Befehle des Königs.«

»Oi! Krieger des Dornwalls, Vulgtöter, seid gegrüßt und herzlich willkommen.« Der junge Mann hob den Speer zum

Gruß und sah sie der Reihe nach bewundernd an. »Hier, nehmt Eure tödlichen Blitze zurück. Verwendet sie für das Gezücht der Nacht, statt meinen armseligen hölzernen Gegner zu durchsieben. Und wenn Ihr gegen Modru aufsteht, befindet Ihr euch nun mitten in der Unwetterfront, denn seine Horde wirbelt und braut sich zusammen wie ein Schneesturm im Winter, kurz bevor er losschlägt. Aber halt, wo bleiben meine Manieren: Ich bin Igon, der jüngste Sohn von König Aurion.«

Prinz Igon! Tuck schwirrte benommen der Kopf, als er sich vor dem jungen Mann verbeugte. Prinz Igon stand hochgewachsen und aufrecht da und betrachtete die drei aus klaren grauen Augen. Sein Haar war dunkelbraun und fiel bis auf die Schultern. Er war schlank, wie man es in seinem zarten Alter zu sein pflegt, doch hinter seiner Gestalt schien sich eine gewisse Kraft zu verbergen. Auf seinen Schultern lag ein scharlachroter Umhang, und ein leichter Kettenpanzer glänzte auf seiner Brust. Hose und Stiefel waren rostrot, und in der Hand hielt er den Speer. Auf seinem Kopf saß ein Helm aus Leder und Stahl, verziert mit schwarzen Beschlägen. Er hatte ein hübsches Gesicht.

Tucks Gedanken wurden von Vidrons kräftiger Stimme unterbrochen. »Wie lautet diese schlimme Nachricht, die Ihr bringt, Hauptmann Patrel?«

»Marschall Vidron, der Herold, den man zu uns geschickt hat, wurde von Vulgs verfolgt und genau am Eingang zu den Sieben Tälern getötet. Seine Botschaft kam an, jedoch mit knapper Not«, antwortete Patrel.

»Wann war das?«, fragte Prinz Igon und warf Vidron einen bedeutungsvollen Blick zu.

»Nun, lasst mich nachdenken.« Patrel überlegte. »Das müsste vor zehn Tagen gewesen sein.« Er wandte sich zu Tuck und Danner um, die zur Bestätigung nickten.

»Und das war der erste Aufruf, der an Euer Land erging?«, fragte Vidron stirnrunzelnd.

»Ja, freilich«, entgegnete Patrel, verwirrt über die Richtung, die diese Fragen einschlugen. »Niemand kam vor ihm.«

»Ha! Dann ist es also wahr!«, sagte Prinz Igon zähneknirschend und schlug mit der Faust auf den Tisch, dass die Schriftrollen durcheinanderflogen. »Modru schickt sein Gezücht aus, unsere Herolde abzufangen und zu töten. Das war der zweite Bote, den wir in Euer Land gesandt haben, Hauptmann Patrel. Ich fürchte, unsere Gesandten an andere Reiche wurden ebenfalls abgefangen, denn erst wenige sind dem Ruf gefolgt, und die Lager am Fuß des Hügels stehen halb leer.«

»Einen Augenblick«, unterbrach Danner. »Letzte Nacht haben wir die Lagerfeuer von fünf Armeen gesehen. Eine solche Streitmacht sollte doch gewiss ausreichen, um einem Vorstoß Modrus standzuhalten.«

»Ach, Ihr habt nur eine List im Dunkeln gesehen, um die nächtlichen Spione des Feindes zu täuschen«, knurrte Vidron. »Nachts sehen wir aus wie fünf Armeen, aber wir haben nur Männer für weniger als drei. Und selbst fünf Armeen reichen nicht aus, um *dem* zu widerstehen.« Vidron zeigte auf den Horizont.

Tuck schaute ebenfalls, diesmal genauer, und stellte fest, dass das, was er für eine tief hängende Wolkenbank weit im Norden gehalten hatte, gar keine Wolken waren. Es wirkte eher... es sah aus wie... eine unverrückbare, massive schwarze Wand, die eine Meile oder höher aufragte und den Himmel verschlang; an der Grenze ihres pechschwarzen Zugriffs hellte die Finsternis sich wieder auf.

»Was... was ist das?«, fragte Tuck, der vor dem unnatürlichen Anblick zurückschreckte und sich vor der Antwort fürchtete...

»Nun, das wissen wir eben nicht«, antwortete Prinz Igon, »auch wenn es manche den Dusterschlund nennen. Modru hat ihn geschickt, und das Land darunter liegt in ewiger Nacht – in kalter, kalter Winternacht. Ich habe schon tagsüber, wenn die Sonne hoch am Himmel steht, mein Pferd in den Dusterschlund geritten, und es ist, als wechselte man vom hellen Tag über Dämmerlicht in die Winternacht. Dort, von diesem gespenstischen Dunkel aus, sieht man das Land ringsum wie in einem seltsamen Zwielicht. Doch die Sonne darüber ist kraftlos, blass und trüb, ach so trüb. Nur schwach lässt sich die Scheibe des Gestirns erkennen. Und nachts funkeln keine Sterne, und der Mond ist nicht zu sehen, doch das Zwielicht leuchtet. Und in dieser glühenden Winternacht sammelt sich Modrus Gezücht und streift ungehindert umher – Rukha, Lokha, Ogrus, Ghola, Vulgs und womöglich noch andere, bisher unbekannte Wesen, denn dort wirkt Adons Bann nicht.«

»Halt, einen Augenblick«, unterbrach Danner. »Das kann nicht sein, denn Adons Bann herrscht, solange die Nacht dem Tag folgt und der Tag der Nacht; so lautet sein Versprechen.«

»Mein vertrauensvoller Waldan«, sagte Vidron, »du vergisst eins: Im Dusterschlund herrscht ewiges Zwielicht. Deshalb folgt dort weder Tag auf Nacht noch Nacht auf Tag. Dort ist der Bann gebrochen.«

Gebrochen? Der ewige Bann? Tuck schien es, als würde sein Herz stehen bleiben, da Modru nun selbst Adon trotzte. Wie konnten eine dürftige Zahl von Menschen und eine Handvoll Wurrlinge hoffen, einer solchen Macht zu widerstehen?

»Ach, aber schiebt die Gedanken an Winternacht und Dusterschlund erst einmal beiseite, und vergesst auch Modrus Horde«, schlug Prinz Igon vor, »denn im Augenblick können wir ohnehin nicht das Geringste daran ändern. Holt lieber die Waerlinga, die euch begleiten. Ihr müsst hungrig sein. Ich bringe Euch auf ein Mahl zur alten Festung, während Marschall Vidron über eure Verwendung nachdenkt. Und ich führe Euch auch zu meinem Vater, denn der Hochkönig möchte die Waerlinga sicherlich kennenlernen und die Geschichte von der Ermordung des Herolds durch die Vulgs hören.«

Igon nickte General Vidron und seinem Stab zu und begab sich mit Tuck, Danner, Patrel und dem Hauptmann der Torwache zur Eiche, wo der Prinz zur Freude der Jungbokker allen vorgestellt wurde. Stürmischer Jubel brandete auf, als verkündet wurde, dass sie zu einer warmen Mahlzeit aufbrachen, und sie bestiegen unter fröhlichem Geplapper ihre Ponys, um Igon zu folgen. Nachdem die Wurrlingskompanie dem Hauptmann zum Abschied zugewunken hatte, der sich wieder auf den Weg zum Tor machte, ritten sie hinter dem Prinzen auf seinem Pferd Rost zu einer Stelle in der Mitte der nördlichen Mauer. Dort führte sie Igon durch ein Seitentor und über den gepflasterten Innenhof der alten Festung, bis sie schließlich einige Stallungen erreichten.

Nachdem sie ihre Reittiere versorgt hatten, brachte Igon die Jungbokker in eine leere Kaserne, wo sie ihre Habseligkeiten von den Packponys verstauten. Anschließend geleitete sie der Prinz in einen Speisesaal zu der versprochenen Mahlzeit und brach das Brot mit ihnen. Igon staunte über ihren Appetit, denn sie waren ein so kleines Volk – ihre Füße baumelten frei von den nach menschlichen Maßen gebauten Bänken, und sie konnten gerade noch über den Tischrand blicken – doch sie schlangen Essen in sich hinein wie hungrige Vögel, und in der Tat schnatterten sie dabei wie Elstern bei einem Festschmaus. Ringsum hielten Männer inne, um ihnen lächelnd zuzusehen. Doch die Wurrlinge achteten nur auf das Essen, denn für sie war es tatsächlich ein Festschmaus, die erste warme Mahlzeit seit acht Tagen, und die ließen sie sich glückselig schmecken.

»Hier in diesem Saal werdet Ihr alle Eure Mahlzeiten einnehmen, solange Ihr in der Feste seid«, verkündete Igon, und die Kompanie antwortete mit herzlichem Einverständnis. Der Prinz wandte sich an Patrel. »Und nun, Hauptmann Patrel, werde ich mit Euch und Euren Leutnants meinen Vater aufsuchen, denn er wird, genau wie ich selbst, Eure vollständige Geschichte hören wollen. Was Eure Kompanie angeht, so kann ich einen Führer kommen lassen, der ihnen die Festung zeigt, oder aber sie ruhen sich in der Kaserne aus.«

»Cor!«, rief Argo aus. »Mit meinem vollen Bauch könnte ich ein Nickerchen auf diesem weichen Feldbett da hinten in der Kaserne vertragen. Und es wird eine willkommene Abwechslung zu dem harten Boden und dem kalten Schnee sein.«

»Ha! Ich auch«, meldete sich Arvin. »Seit mein Blick auf diese wunderhübsche Matratze fiel, freue ich mich schon darauf, meine müden Knochen auszuruhen.« Allgemein erhob sich zustimmendes Gemurmel. »Aber in einem Raum da hinten habe ich auch ein, zwei Badewannen entdeckt, und ein heißes Bad vorher, das wär etwas für mich.«

Ein Bad!, schrien mehrere Stimmen auf einmal, und es gab ein wildes Gebalge, als die Wurrlinge Hals über Kopf aus dem Speisesaal stürmten, um als Erste in den Wannen zu sein. Tuck wünschte sich, er könnte mit ihnen gehen.

Prinz Igon erhob sich lachend, um sich mit Patrel, Tuck und Danner auf die Suche nach dem König zu machen.

Durch labyrinthartige Korridore aus behauenen Granitblöcken führte der junge Prinz die drei Wurrlinge. Die langen Gänge wurden von schlitzförmigen Öffnungen ins Freie schwach beleuchtet. Sie schritten unter wuchtigen Bogengängen hindurch und an mächtigen Säulen vorbei, und den Jungbokkern blieb der Mund offen stehen, als sie zu den riesigen, im Halbdunkel liegenden Gesimsen hinaufblickten, von denen gemeißelte Wasserspeier steinern herabstarrten. Lange Treppenfluchten stiegen sie hinauf und hinunter. Tuck verlor jegliche Orientierung und stellte im Nachhinein fest, er hätte mehr auf den Weg achten sollen und weniger in dunkle Ecken spähen, um in Stein gehauene Schnitzereien zu betrachten. Schließlich bogen sie um eine Ecke und kamen in einen kurzen Gang, der auf eine massive, eisenbeschlagene Eichentür zuführte. Zu beiden Seiten des Flurs standen mit Piken bewehrte Königswachen in Scharlachrot und Gold; sie schlugen die geballte rechte Faust ans Herz, als Prinz Igon in Sicht kam. Der Prinz erwiderte den Salut und schritt mit den Jungbokkern im Schlepptau an ihnen vorbei auf das Eichenportal zu. Er packte die beiden Türringe und zog; die großen Türflügel öffneten sich trotz ihres wuchtigen Aussehens leicht und geräuschlos, bis sie an die Steinwände des Korridors stießen. Durch diesen Eingang führte Prinz Igon die staunenden Wurrlinge.

Sie sahen einen großen, lang gestreckten Saal vor sich, der rechts und links von Säulen gesäumt war. Es gab auch riesige Kamine, die meisten ohne Feuer. Aus den mit Teppichen geschmückten Wänden ragten Stäbe, an denen die Flaggen vieler verschiedener Königreiche hingen. An der Decke spannten sich mächtige Holzbalken von einer Wand zur anderen, sie trugen an Ketten Bügel mit Kandelabern, die im Augenblick nicht brannten, da das Tageslicht durch die hohen Fenster strömte. Drei breite Stufen führten hinab zur großen Mittelfläche mit ihrem glatt polierten Steinbelag; sie war gesäumt von erhöhten Ebenen mit Banketttischen. Dieses Amphitheater endete auf der Stirnseite des Saals an vier Stufen, die zu einem Thronpodest führten. Auf der obersten Stufe saß ein flachshaariges Mädchen und lauschte dem innigen Gespräch zwischen einem Fremden mit goldenem Haar und König Arion selbst.

Während der junge Prinz darauf wartete, dass man ihn bemerkte und nach vorne rief, murmelte er den Wurrlingen zu: »Auf dem Thron sitzt mein Vater, doch der, mit dem er spricht, den kenne ich nicht. Die Dame ist Prinzessin Laurelin von Riamon, die Verlobte meines Bruders, Prinz Galen. Die anderen Maiden sind ihre Hofdamen.« Tuck sah erst jetzt drei junge Frauen auf einer Bank sitzen, die teilweise von einer Säule verdeckt wurde.

Der Hochkönig wirkte, wenngleich er saß, aus der Ferne wie ein Mann von mittlerer Größe. Eines seiner Augen verdeckte eine scharlachrote Klappe, da er in seiner Jugend bei einem Feldzug gegen die Piraten von Kistan eine Verletzung erlitten hatte, die ihn auf diesem Auge erblinden ließ. Wegen dieser Augenklappe nannten ihn viele Dorfbewohner Aurion Rotaug, und er war sehr beliebt, denn er war von kühnem Geist, aber sanfter Hand. Auch wenn bereits silberne Locken sein Haupt rahmten, hieß es, sein Griff sei noch kräftiger als bei den meisten Männern. Er war ganz ähnlich wie Igon in Scharlachrot gekleidet, jedoch mit goldenen Borten. Sein Anblick ließ Tuck an Eisen denken.

Prinzessin Laurelin dagegen schien ein ausgesprochen schmächtiges Mädchen zu sein. In ihrem blauen Gewand saß sie auf der Stufe, die Arme um die Knie geschlungen, das Gesicht dem König zugewandt, sodass Tuck ihre Züge nicht sehen konnte. Doch ihr weizenfarbenes Haar war wunderschön anzuschauen, denn es fiel ihr bis zur Taille.

Schließlich der Fremde: Er hatte etwas Besonderes an sich, denn da der Tag durch ein hohes Portal auf das Thronpodest fiel, wirkte er wie von einem Lichtkranz geschmückt, als sammelte sein goldenes Haar die Sonnenstrahlen ein. Graugrün war sein Mantel, wie aus einer flüchtigen Verbindung von Laub, Moos und Stein gewoben – und Stiefel, Hose und Wams hatten denselben Ton.

Der König blickte auf, und ein Lächeln trat auf sein Gesicht. »Igon, mein Sohn!«, rief er und winkte den jungen Mann zu sich.

»Kommt«, sagte der Prinz und führte die Wurrlinge über die Mittelfläche des Saals zum Fuß des Thronpodestes, wo er stehen blieb und sich verbeugte. »Vater«, sagte er, »ich stelle Euch Hauptmann Patrel Binsenhaar und seine Leutnants Danner Brombeerdorn und Tuck Sunderbank vor, Waerlinga aus dem Land des Dorns.«

»*Waerlinga!*«, stieß König Aurion hervor und erhob sich, während die Wurrlinge sich tief verneigten. »Willkommen, wenngleich ich wünschte, die Zeiten wären besser.« Seine Stimme war fest, und sein Auge leuchtete blau und klar.

Igon wandte sich der Prinzessin zu, die sich anmutig aufrichtete. Schlank war sie und klein. »Prinzessin Laurelin«, sagte er und senkte den Kopf. Sie machte einen Knicks, wie es sich schickte, während die Wurrlinge sich vor ihr verbeugten. Tuck sah auf und hielt vor Staunen den Atem an, denn sie war äußerst schön – hohe Wangenknochen, große graue Augen, ein wunderbarer Mund. Ihre Blicke trafen sich, und sie lächelte. Tuck errötete verlegen und schaute auf seine Füße hinab.

König Aurion stellte den Fremden mit dem goldenen Haar vor. »Fürst Gildor, einst aus Darda Galion, dem Lärchenwald jenseits des Grimmwalls, nun ein Landwächter, der uns Nachrichten aus dem Ardental und Weitimholz bringt. Bittere Nachrichten.«

Tuck hielt erneut den Atem an, diesmal vor Überraschung, denn der strahlende Fürst Gildor war ein *Elf*, mit grünen, schräg stehenden Augen und spitzen Ohren unter den gelben Locken. Was die Form dieser beiden Merkmale, Augen und Ohren, betrifft, sind sich Elfen und Wurrlinge sehr ähnlich. Doch anders als das Kleine Volk sind Elfen groß, nur eine Handspanne kleiner als die Menschen. In diesem Fall stand der schlanke, hoch aufgerichtete Gildor auf einer Höhe mit Prinz Igon.

König Aurion trat zu den Wurrlingen herab. »Doch kommt, lasst uns Platz nehmen und reden. Ihr müsst müde sein von Eurer Reise.« Damit führte er sie alle in eine Nische neben dem Thron, wo sie es sich bequem machten.

»Bittere Nachrichten?«, wandte sich Prinz Igon an den

Elfen. »Dies scheint ein Tag schlimmer Kunde zu sein, denn auch die Neuigkeiten der Waerlinga sind grausam. Wie lautet Eure düstere Botschaft, Fürst Gildor?«

Auf ein Nicken von König Aurion hin sagte Gildor: »Der Dusterschlund bewegt sich die Grimmwallberge hinab, jenem Wohnsitz uralter Feinde, die er damit von Adons Bann befreit. Das Ardental liegt schon in diesem Augenblick in tiefer Winternacht, und der Schlund schiebt sich südwärts, in das Land namens Rell, und auf der anderen Seite des Grimwalls streicht er an den Rändern von Riamon entlang. Ich fürchte, Modru beabsichtigt, in Darda Galion zuzuschlagen, denn das muss er tun, ehe er in Valon einfällt und von dort in Pellar. Doch obwohl mich mein Herz drängt, Darda Galion zu Hilfe zu eilen, bin ich stattdessen hierher gekommen, denn hier, an Aurions Seite, kann ich Mithgar am besten dienen.« Gildor verstummte, und während eine kleine Weile nichts gesprochen wurde, stellte Tuck fest, dass sich auch andere zwischen Heimatliebe und der Pflicht gegenüber dem Reich hatten entscheiden müssen.

»Ihr wisst, Ihr habt meine Erlaubnis, zu gehen«, sagte Aurion, aber Gildor schüttelte nur leicht den Kopf.

»Verzeiht, Fürst Gildor«, meldete sich Patrel, »aber es hieß, Ihr bringt Nachricht aus dem Weitimholz, der Heimat unserer fern lebenden Verwandten.« Das Weitimholz lag östlich der Schlachtenhügel, rund neunzig Meilen südlich der Feste Challerain.

»Ach ja«, antwortete Gildor. »Euer Volk im Weitimholz hat sich mit den Menschen von Steinhöhen und einer kleinen Gruppe von Landwächtern aus Arden verbündet. In diesem Augenblick werden Verstecke in Gehölzen vorbereitet und Pläne für eine Schlacht ausgearbeitet, falls Modrus Horde kommen sollte.«

»Wer führt die Wurrlinge?«, fragte Danner.

»Arbagon Morast«, sagte Gildor lächelnd, »ein munterer Waerling fürwahr.« Doch die Jungbokker schüttelten nur den Kopf, denn keiner von ihnen kannte ihn. »Die Menschen werden von Bockelmann Bräuer geführt, dem Inhaber des Gasthofs *Zum Weißen Einhorn* in Steinhöhen. Und der junge Inarion steht an der Spitze der Elfen.«

Der König fragte den Prinzen: »Und deine schlimme Kunde, Igon; welche bittere Nachricht bringst du?«

Auf ein Zeichen von Igon hin sagte Patrel zum König: »Vor zehn Nächten traf Euer Herold in den Sieben Tälern ein und brachte die Nachricht vom Ruf hierher zur Feste Challerain. Dem Herold waren Verfolger auf der Spur, und während er die Spindelfurt durchquerte, griff der Vulg an. Zwar wurde die niederträchtige Bestie von Tuck hier getötet, doch das Pferd Eures Mannes stürzte aufs Eis und brach ein, und Herold, Pferd, toter Vulg, Tuck und einer unserer Kameraden namens Tarpi wurden von der raschen Strömung unters Eis gespült. Nur Tuck überlebte, weil Danner in diesem verzweifelten Moment einen klaren Kopf behielt.« Patrel hielt inne, und Tuck fühlte Prinzessin Laurelins sanften, teilnahmsvollen Blick auf sich gerichtet. »Auch wenn Euer Herold tot ist, wird die Nachricht von den Dorngängern weiter durch die Sieben Täler verbreitet«, fuhr Patrel fort. »Deshalb ist es Modru also nicht gelungen, Euren Ruf zu unterbinden. Vier Vulgs hatte er ausgesandt, Euren Boten zu jagen; wir haben sie alle getötet. Doch wie ich von Prinz Igon erfuhr, war dies bereits der zweite Herold, den man in die Sieben Täler geschickt hat, und der erste muss folglich Modru in die Hände gefallen sein. Das erklärt, warum uns die Nachricht so spät erreichte; die Wurrlinge in den Sieben Tälern hatten sich nämlich schon gewundert, warum kein Aufruf kam, obwohl in jeder Schänke von Krieg gemunkelt wurde. Ich frage mich, ob etwa auch andere Boten in andere Länder nicht an ihr Ziel gelangten, sondern von Modrus schändlichen Ungeheuern, wie den von uns getöteten Vulgs, abgefangen und gemeuchelt wurden.«

»Ja«, sagte König Aurion, und trotz seiner düsteren Stimmung blickte er bewundernd auf diese Waerlinga im Dorngängergrau, die so beiläufig Vulgs töteten. »Gar manchen Herold haben wir ausgesandt, doch nur wenige Völker erhielten unsere ersten Aufrufe, auch wenn hier und dort nun die Musterung beginnt. Wir sehen uns gezwungen, ein nächtliches Täuschungsmanöver zu veranstalten, um unsere Truppen größer aussehen zu lassen, als sie sind; ob sich der Feind aber irreführen lässt oder nicht, vermag ich nicht zu sagen. Wir werden wissen, dass wir erfolgreich waren, wenn unsere Armeen die Zeit hatten, zur Feste zu kommen, bevor der Sturm losbricht.

Doch sind es nicht nur Armeen, die wir in der Feste erwarten. Auch Wagen wurden angefordert, die unsere Liebsten an sichere Zufluchtsorte bringen sollen, ob sie zu gehen wünschen oder nicht.« Aurion sah Laurelin herausfordernd an, doch diese erwiderte den Blick nicht, sondern hielt die Augen auf die gefalteten Hände gerichtet.

»Mein Gebieter«, sagte sie mit sanfter, aber unnachgiebiger Stimme, »ich kann nicht fliehen, während mein Fürst Galen noch den Dusterschlund durchstreift. Er ist mein Verlobter, aber noch mehr ist er mein Geliebter, und ich muss hier sein, wenn er zurückkehrt.«

»Aber Ihr müsst gehen, Laurelin«, sagte Prinz Igon, »denn vor allem anderen ist es Eure Pflicht, für das Wohlergehen des Volkes zu sorgen, und Eure Anwesenheit wird es in einer Zeit großer Not und Düsternis mit neuem Mut erfüllen.«

»Ihr sprecht, als ginge Pflichterfüllung über alles, Prinz Igon«, erwiderte Laurelin, »selbst über Liebe.«

»So ist es«, antwortete Igon, »selbst über Liebe; die Pflicht muss Vorrang vor allem haben.«

»Nein, Prinz Igon«, warf Gildor ein, »ohne Euch widersprechen zu wollen, würde ich doch meinen, dass Ehre über alles gehen sollte, wenngleich jedes der drei – Liebe, Pflichterfüllung, Ehre – im Schmelztiegel des Lebens von den beiden anderen ausgeglichen werden muss.«

»Wie dem auch sei«, sagte König Aurion und griff sich oberhalb der Augenklappe an die Stirn, »wenn die Wagen eintreffen, werden wir Flüchtlingstrecks zusammenstellen, um die Alten, die Lahmen und Schwachen, die Frauen und Kinder von hier wegzubringen, und zwar einschließlich Euch, meiner zukünftigen Tochter.« Laurelin wollte widersprechen, doch der König hob die Hand. »Ich verfüge das als königlichen Erlass, denn ich kann keinen Krieg wagen, bei dem die Hilflosen und Unschuldigen inmitten des Kampfes in der Falle sitzen. Ich kann meine Krieger nicht in die Schlacht schicken, wenn sie ein Auge auf den Feind haben und das andere auf ihre Liebsten, denn das ist der sichere Weg ins Verderben.

Eines kann ich jedoch tun, obwohl es gegen mein besseres Wissen geschieht: Ihr dürft Eure Abreise bis zur allerletzten Karawane hinausschieben, mit dieser aber müsst Ihr aufbrechen, denn ich werde Euch nicht in die Hände des Feindes fallen lassen.« Der Gedanke, Laurelin könnte sich in den Fängen Modrus befinden, ließ Tuck erschaudern, und er kämpfte vergeblich gegen die Vorstellung an.

»Doch nun, meine Freunde«, wandte sich König Aurion an Fürst Gildor und die Wurrlinge, »müsst Ihr meinen Sohn, Prinzessin Laurelin und mich entschuldigen, denn heute ist der letzte Markttag, bevor die gesamte Stadt evakuiert wird – vorausgesetzt, die verflixten Wagen kommen jemals an. Wir drei müssen uns unbedingt auf dem Basar sehen lassen, weil das, wie es Prinz Igon so treffend ausdrückte, unsere Pflicht ist. Das Volk erwartet, seinen guten König Aurion Rotaug zu Gesicht zu bekommen – und auch den hübschen Prinzen und seine künftige Herrin.«

»Ach, das ist also die Erklärung!«, platzte Tuck heraus und schlug auf den Tisch. »Oh... äh...« Er war verlegen. »Wir haben uns nämlich über die vielen Leute auf dem

Marktplatz gewundert, wo doch die Stadt halb verlassen wirkte. Nun habt Ihr unsere Frage beantwortet: Es ist der *letzte* Markttag für einige Zeit, wie ich vermute... eine Art Volksfest, könnte man sagen, wenn es auch ein düsterer Anlass ist, den Ihr feiert.«

»Und noch düsterere Tage stehen uns bevor, fürchte ich«, erwiderte der König seufzend und erhob sich, was auch alle Übrigen zum Aufstehen veranlasste. Er wandte sich an Fürst Gildor und die drei Waerlinga. »Ich danke Euch für die Neuigkeiten, mag es auch schlimme Kunde sein. Wir werden uns in den kommenden Tagen noch sprechen. Prinzessin.« Er streckte den Arm aus, den Laurelin ergriff. Dann führte er sie, gefolgt von den Hofdamen der Prinzessin, aus dem Saal.

»Wir treffen uns am Tor«, rief ihnen Igon nach und drehte sich zu den Wurrlingen um. »Aber zuerst muss ich Euch in die Kaserne zurückbringen. Hat man Euch schon untergebracht, Fürst Gildor?«

»Ja, der König hat mir die grünen Gemächer überlassen«, antwortete der Elf »Ich begleite Euch, denn wir haben den gleichen Weg.«

Beim Frühstück am nächsten Morgen schnatterte die Wurrlingskompanie wieder wie die Elstern, denn sie hatten viel zu bereden. Tuck, Danner und Patrel hatten am Vortag nach der Rückkehr vom König ausführlich alle anderen unterrichtet, und die Neuigkeiten, die sie erzählten, befeuerten den Kessel der Spekulationen. Doch obwohl das Erz, das sie schmolzen, von hoher Qualität war, wurde für jeden reinen Barren auch viel Schlacke produziert. Der drohende Krieg beherrschte alle Gedanken, und die Gespräche kehrten stets zu ihm zurück, wie Eisen zu einem Magneten.

Patrels Mahl wurde von einem Pagen unterbrochen, der ihn zu Marschall Vidron bat. Wie schon beim letzten Mal nahm Patrel Danner und Tuck mit. Erneut wurden sie durch das Labyrinth der Korridore geführt, doch dieses Mal achtete Tuck besser auf ihren Weg und erkannte manche Stellen wieder. Sie stiegen einen der Türme hinauf und durften auf einer Bank vor dem Quartier des Königsgenerals Platz nehmen. Hinter der Tür waren zornige Stimmen zu vernehmen, gedämpft zwar, aber klar verständlich.

»Nein, sage ich!«, schrie eine Stimme. »Ich darf Euch daran erinnern, dass ich und meine Männer nicht Eurem Befehl unterstehen. Vielmehr erhalte ich meine Anweisungen direkt vom König und von niemandem sonst. Wir sind nur auf eine Pflicht eingeschworen, nämlich die Person des Hochkönigs zu schützen. Ich werde keine Leute von dieser Aufgabe abziehen und sie Eurem Befehl unterstellen, Feldmarschall.«

»Und ich sage Euch, Hauptmann Jarriel, die Sache ist bereits entschieden«, donnerte Marschall Vidron. »Ihr werdet vierzig Mann von der Bewachung der Feste Challerain entbinden, die unter meinem Befehl ins Feld ziehen.«

»Und dann? Soll ich die vierzig Mann durch diese Würstchen ersetzen? Diese Winzlinge?«, entgegnete Hauptmann Jarriel. »Ebenso gut könnt ihr den König gleich an Modru persönlich ausliefern, denn was sollen mir diese halben Portionen bei einem Angriff nützen!«

»He, der redet über uns!«, rief Danner zornig aus und sprang auf die Beine; hätten ihn Tuck und Patrel nicht zurückgehalten, er wäre in den Raum gestürmt.

»Darf ich Euch daran erinnern«, dröhnte Vidron, »dass dieses Volk berühmt ist ob seiner außergewöhnlichen Dienste für die Krone. Oder habt ihr seine Rolle in der Geschichte des Bannkrieges, des Großen Krieges, vergessen, als wir uns zuletzt dem Feind in Gron gegenübersahen, demselben Feind wie jetzt, möchte ich hinzufügen.«

»Pah! Kamingeschichten und Legenden! Es kümmert mich nicht, welche Märchen über diese Leute ihr glauben mögt, denn ich beabsichtige, die Angelegenheit mit dem

König selbst zu klären. Dann werden wir ja sehen!« Die Tür wurde aufgerissen, ein Krieger im rot-goldenen Wappenrock der königlichen Garde marschierte wütend an den Wurrlingen vorbei und verschwand auf der Treppe des Turms.

Nicht minder wütend marschierte Danner durch die offene Tür hinein ins Quartier des Feldmarschalls, in seinem Gefolge Patrel und Tuck. Vidron saß auf der Bettkante und zog sich gerade einen Stiefel über; in seiner Nähe drückte sich ein Offiziersbursche herum.

»Würstchen und Winzlinge sind wir also?«, fragte Danner. »Und wer war dieser Possenreißer?«

Der Königsgeneral betrachtete einen Augenblick das Schauspiel eines wutschnaubenden Wurrlings: breitbeinig hingepflanzt, die Fäuste in die Hüften gestemmt, das Kinn trotzig vorgereckt, alle drei Fuß und sieben Zoll bebend vor Zorn. Und dann brach Vidron in Gelächter aus, ließ sich rücklings aufs Bett fallen, den einen Fuß erst halb im Stiefel. Schallende Lachsalven brachen aus ihm heraus, und jedes Mal, wenn er sich zu beherrschen versuchte, ging es von vorne los. Tuck, dann Patrel und schließlich sogar Danner konnten nicht anders – auch sie begannen zu lachen. Schließlich rappelte Vidron sich auf. »Bei den Gebeinen von Schlomp, jedes Mal, wenn ich euch drei treffe, vertreibt Humor den Zorn aus meinem Herzen. Es kommt nicht alle Tage vor, dass ich von einem wütenden Waldan ins Gebet genommen werde, und das noch dazu in meiner eigenen Höhle. Ach, aber ihr seid Balsam für meine Seele.«

»Und Ihr für unsere, Herr«, entgegnete Patrel. »Doch Danners Fragen bleiben, und ich füge eine weitere hinzu: Warum habt ihr uns rufen lassen?«

Vidron zog sich ächzend den Stiefel vollends über den Fuß und stand auf. Der Bursche hielt ihm die Jacke hin, und der Feldmarschall schlüpfte hinein. »Nun, meine Kleinen, lasst Euch unterrichten, der ›Possenreißer‹ ist Hauptmann Jarriel. Seine Kompanie bewacht die Feste, will heißen die Burg selbst, und schützt die Person des Königs. Er ist ein treuer Mann, den ich mit Freuden unter meinem Befehl hätte, aber er will eigensinnig nur einen möglichen Weg sehen, seinen dienstlichen Anforderungen nachzukommen. Er lehnt die Aufgabe, die ich für eure Dorngängerkompanie vorgesehen habe, aufgrund seines Pflichtgefühls ab, doch hätte er nur zugehört, dann hätte ich ihm gesagt, dass der Vorschlag von König Aurion persönlich stammt.«

»Und was, bitte schön, sollen wir ›Würstchen und Winzlinge‹ demnach tun?«, fragte Patrel und lächelte.

»Na, in der Feste patrouillieren. Den König bewachen. Von den Zinnen der Burg Ausschau halten«, antwortete Vidron.

»Nun aber mal langsam«, wandte Danner ein. »Wir sind hier, um gegen Modru zu kämpfen, nicht um uns hinter den Mauern einer abgelegenen Burg zu verstecken.«

»Ach, so gern wir alle diesen Feind stellen würden, nicht jeder von uns kann es tun«, erwiderte Vidron. »Merkt Euch, Danner: Glaubt nicht, es gibt nur einen Weg zur Erfüllung einer Pflicht, denn damit wärt Ihr der gleiche Possenreißer wie Jarriel. Und beachtet auch dieses: Dadurch, dass Eure Waldfolckkompanie die Burg bewacht, werden vierzig Männer frei, um gegen den Feind ins Feld zu rücken, und vierzig Menschen auf Pferden kommen schneller und weiter voran als vierzig Waldana auf Ponys. Dagegen sind vierzig Waldana auf Burgwache, mit ihren scharfen Augen und ihrem Geschick im Umgang mit dem Bogen, genauso gut, nein, besser als vierzig Menschen mit derselben Aufgabe. So einfach ist das.«

Danner wollte dieses Argument offenbar nicht gelten lassen, bis sich Patrel einschaltete. »Gut gesprochen, Marschall Vidron, und wenn ich Euch recht verstanden habe, hat es der König so befohlen, richtig?« Als Vidron nickte, fuhr Patrel fort: »Dann ist die Angelegenheit entschieden. Bei wem sollen wir uns zum Dienst melden und wann?«

»Na, bei Hauptmann Jarriel natürlich, und zwar gleich heute Vormittag«, antwortete Vidron und zog an einer Glockenschnur. »Aber, aber, bevor ihr Einwände erhebt – Jarriel ist ein gerechter Mann, nur ein wenig starrsinnig. Versucht es mit ihm. Sollte es unerträglich werden, gebt Euch noch mehr Mühe – dann kommt zu mir. Bis dahin werde ich ohnehin wieder etwas zu Lachen brauchen. Ah, hier kommt Euer Page.«

Voller böser Ahnungen verließen die Wurrlinge das Quartier von Marschall Vidron und folgten dem Pagen zu Hauptmann Jarriels Kommandoposten, der im Zentrum der Burg an der Kreuzung zweier Hauptkorridore lag. Sie mussten ein wenig warten, denn Hauptmann Jarriel war nicht da.

»Vielleicht ist er bei König Aurion«, mutmaßte Tuck, aber das ließ sich unmöglich feststellen. Schließlich traf der Hauptmann ein und ließ die Wurrlinge zu sich kommen. Tuck erwartete einen wütenden Wortwechsel zwischen Danner und dem Mann, aber gemäß Vidrons Einschätzung sprach Hauptmann Jarriel nur vom Dienst für den König und behandelte die Wurrlinge, als hätte der Streit nie stattgefunden.

Ein Page erhielt den Auftrag, den Angehörigen der Waerlingkompanie alle Winkel und Ecken der Burg zu zeigen. Sie mussten mit deren Grundriss vertraut werden, zumindest mit den wichtigsten Korridoren und Räumen, sowie mit den Wällen und Brustwehren. Dann würden sie ihren Dienst an der Seite der Männer der Burgwache beginnen.

An diesem Tag wie auch am folgenden verbrachten sie jede freie Minute damit, sich die Umgebung der Burg einzuprägen. Am zweiten Tag besuchten sie außerdem die Waffenschmiede des Königs, wo man Maß für ihre Harnische nahm. Diese bestanden aus sich überlappenden Scheiben aus gekochtem Leder, die an einem wattierten Wams befestigt waren, und wurden während der Bewachung der Festungswälle als Rüstung getragen. Am dritten Tag wurde Tucks Gruppe zur Bewachung der Nordmauer eingeteilt, während Danner den südlichen Schutzwall übernahm.

»Ha!«, bellte Argo, als sie die Rampe an der Rückseite der Bastion hinaufstiegen und auf die Wallbank hinter der mit Zinnen besetzten Brustwehr kamen. »Ich habe es schon einmal gesagt, und ich sage es wieder: Diese Mauern wurden nicht gebaut, damit Wurrlinge auf ihnen patrouillieren. Cor, über die Mauerzacken kann ich nicht mal drüberschauen, und durch die Schießscharten sehe ich nur hinaus, wenn ich auf dem Waffensockel entlanggehe.«

»Aber was würdest du denn auch sehen?«, fragte Finn und beantwortete seine Frage gleich selbst: »Nichts, außer dieser schwarzen Wand da draußen, und wer will die schon sehen? Nein, wir sind hier, um die Horde zu federn, falls sie versuchen sollte, über diese Mauern zu klettern.« Finn ging zu einer Reihe Pechnasen und spähte durch die Löcher, durch die sie Pfeile regnen lassen würden, falls der Feind versuchen sollte, die Wälle zu erstürmen.

Tuck verteilte die Jungbokker entlang des steinernen Vorhangs; sie lösten die Männer bei der Bewachung der nördlichen Mauer ab. Wie Argo gesagt hatte, gingen sie auf dem Waffensockel entlang, um ins Land hinausschauen zu können. Und weit im Norden ragte drohend die Dunkelheit auf.

Zwar wanderte die Sonne über den Himmel, doch ansonsten schien die Zeit stillzustehen, denn nichts bewegte sich auf den verschneiten Ebenen jenseits der Vorberge. Es schien, als hielte das Land den Atem an und wartete... wartete. Und Tucks Blick zog es immerfort zum Dusterschlund.

Zur Hälfte der Wache kam Patrel, um das Mittagsmahl gemeinsam mit Tuck einzunehmen. Als sie beim Essen saßen, sagte Tuck: »Ich muss ständig an Hauptmann Darbys Worte an der Spindelfurt denken, als er nach Freiwilligen fragte, die dem Ruf des Königs folgen wollten. ›Werdet ihr entlang des Dornwalls patrouillieren oder auf den Wällen der Feste Challerain?‹ sagte er. Damals wusste ich nicht, wie prophetisch seine Worte waren, aber jetzt bin hier, genau auf den Wällen, von denen er gesprochen hat.«

»Vielleicht steckt in jedem von uns etwas von einem Seher«, erwiderte Patrel und biss von seinem Brot ab. Er kaute nachdenklich. »Die Kunst besteht darin, zu wissen, welche Worte prophetisch sind und welche nicht.«

Sie aßen schweigend und blickten aufs Land hinaus. »Ach, diese schwarze Wand da draußen sieht so gefährlich aus«, sagte Patrel schließlich. »Und wer weiß, was in der Dunkelheit dahinter lauert. Aber eines müssen wir tun: Lass deine Bokker heute Abend und in jeder dienstfreien Minute, die sie erübrigen können, Pfeile befiedern, denn es könnte sein, dass wir irgendwann so viele davon brauchen wie nur möglich.« Tuck nickte wortlos, und Patrel beobachtete das düstere Land.

Die Sonne setzte ihren langsamen Lauf über den Himmel fort, und am späten Nachmittag kamen Prinzessin Laurelin und eine ihrer Hofdamen zum nördlichen Wall. Die Prinzessin schaute weit über den Winterschnee hinaus, ihre Augen suchten die Ränder der unheilvollen schwarzen Wand, des fernen Dusterschlunds ab. Sie war in einen dunkelblauen Umhang gehüllt und hatte die Kapuze hochgeschlagen, sodass ihr liebliches Gesicht verdeckt war; nur eine einzelne Locke ihres flachsfarbenen Haars schaute heraus. Sie schien zu zittern, und Tuck fragte sich, ob der kalte Stein sie frösteln ließ oder die schemenhafte Düsternis am Horizont.

»Prinzessin«, sprach er sie an, »ein Stück weiter entlang der Mauer brennt ein wärmendes Holzkohlefeuer, und der Blick nach Norden ist derselbe.« Er führte sie und ihre Hofdame zu dem Behälter, in dem die heißen Kohlen brannten.

Laurelin wärmte sich auf und trat dann an eine nahe Schießscharte. Lange schaute sie hinaus, und Tuck stand auf dem Sockel neben ihr und blickte ebenfalls nach Norden. Schließlich begann die Prinzessin zu sprechen. »Es gab Zeiten, glücklichere als heute, da man an klaren Tagen eine flache Hügelkette dort im Norden erkennen konnte. Die Silberhügel nannte sie mein Fürst Galen. Wir standen oft auf ebendiesem Wall hier und sprachen davon, allein in einem Häuschen an einem Bach in den Wäldern dort zu leben. Tagträumereien. Jetzt sind die Silberhügel nicht mehr zu sehen, weil diese fürchterliche Schwärze sie verschluckt hat. Doch ich weiß, dass sie noch da sind, hinter der dunklen Wand, genau wie mein Liebster.« Laurelin drehte sich um und ging mit ihrer Hofdame zurück zu der schmalen Brücke, die in die Burg führte. Tuck sagte nichts und sah ihr traurig hinterher. Und hinten im Norden wartete das Land in gespenstischer Stille.

Am nächsten Tag, bei Sonnenuntergang, kam Laurelin erneut zu ihrer abendlichen Andacht an den Nordwall und suchte bis zur Dämmerung die Ebenen und den Horizont ab, während Tuck ruhig neben ihr stand.

Lange Augenblicke verstrichen, und auf den Ebenen kehrten keine Krieger heim. Schließlich sagte Laurelin: »Ach, wie ungern halte ich über die Grabhügel toter Helden hinweg Ausschau nach meinem Gebieter. Er ist auf gefährlicher Mission, und an Gräbern vorbeizublicken bedeutet nichts Gutes.«

»Gräber, Prinzessin?«, fragte Tuck, und in seiner Stimme lag Verwunderung.

»Ja, Herr Tuck, Gräber.« Laurelin zeigte hinab auf die flachen Hügel nahe dem Nordwall. »Seht ihr diesen Ring von umgestürzten Steinen, der dort aus dem Schnee ragt? Er befindet sich in der Mitte der Grabhügel von Adligen und Kriegern, die in früheren Kriegen fielen.«

Tuck schaute genauer hin und sah in der zunehmenden Dunkelheit schneebedeckte runde Hügel. Doch sein Blick wurde zur Mitte dieser Hügel gezogen, wo eine Anzahl uralter Steine wild durcheinanderlagen – hohe Steine, die einst senkrecht gestanden und einen Kreis gebildet hatten. Und in der Mitte des Kreises... »Prinzessin, was ist das in der Mitte des Steinringes?«

»Eine Gruft, Herr Tuck, eine Gruft. Im Sommer verdeckt sie ein Gewirr von Ranken und im Winter ein Laken aus Schnee.« Laurelins Blick wurde nachdenklich. »Fürst Galen war einmal mit mir dort und hat sie mir gezeigt. Es ist das uralte Grab von Othran dem Seher, sagt die Legende, Othran, der aus dem Meer kam, ein Überlebender von Atala, dem unwiederbringlich verlorenen. Aber das ist nur eine Legende, und niemand weiß es genau. Doch die verwitterten Schnitzereien im Stein sind geheimnisvolle Runen aus einer alten Zeit, und nur die Wächter von Lian sollen sie angeblich gelesen haben, denn sie sind kundig in Sprachen und Schriften.«

»Runen?«, platzte Tuck heraus, den das Geheimnis einer untergegangenen Sprache in seinen Bann zog.

»Ja.« Laurelin dachte kurz nach. »Mein Fürst Galen sagt, dort gibt es eine alte Inschrift:

> *Bewahr den roten Pfeil*
> *Bis zur bestimmten dunklen Stund'*
> *Die Klinge trotzt dem Wächter*
> *Aus dem schleimigen, schwarzen Schlund.*

Dies sind die Worte, welche die Elfen angeblich auf jenem Stein dort entziffert haben.«

»Was bedeuten sie?«, fragte Tuck. »*Roter Pfeil, Wächter, die bestimmte dunkle Stund'?*«

»Das kann ich nicht sagen«, erwiderte Laurelin lachend, »denn es ist ein Rätsel, das mein Wissen übersteigt. Ihr wollt eine Frage von mir beantwortet haben, Herr Tuck, an der sich die Weisen die Zähne ausbeißen, seit die Elfen vor langer Zeit die Gruft entdeckt haben, seit Menschen dieses Land besiedelten und beschlossen, ihre Gräber um dieses alte Grabmal herum anzulegen, das damals schon verfallen war, weil sie hofften, der Geist des mystischen Sehers von Atala würde den Schatten ihrer eigenen gefallenen Helden den Weg zeigen.«

Tuck sah staunend hinab, während Laurelin die alte Geschichte fortspann. Langsam senkte sich die Dämmerung auf die flachen Vorberge, und als die Prinzessin zu reden aufhörte, hüllte Dunkelheit das Land ein. Schließlich wünschte Laurelin eine gute Nacht und verschwand in der Burg. Tuck sah ihr nach, bevor sein Blick erneut in die Dunkelheit schweifte, wo der verfallene Steinring stand. Und er dachte über das Rätsel der eingemeißelten Runen nach, über die Worte aus einer längst vergessenen Sprache.

Am dritten Abend sah Laurelin zu Tuck hinab und fragte den kleinen Wurrling: »Habt Ihr eine Liebste? Oh, Ihr müsst wohl eine haben, denn mir scheint, ich sehe das Geschenk von einem Schatz an Eurem Hals?«

Tuck tastete nach Merrilis silbernem Medaillon und zog das Kettchen über den Kopf. »Ja, Prinzessin«, antwortete er, »nur heißt ein Schatz in den Sieben Tälern ›Maid‹, ich meine, so würde ich sie nennen, und sie würde mich ›Bokker‹ rufen. So heißt ein Schatz bei uns Wurrlingen. Es stimmt, das ist ein Andenken meiner Maid, sie hat es mir an dem Tag geschenkt, an dem ich mein Heimatdorf Waldsenken verließ.« Tuck reichte ihr das Medaillon samt Kette.

»Ach, wie schön das ist, Tuck. Eine alte Arbeit. Vielleicht sogar aus Xian.« Laurelin drückte auf ein verborgenes Häkchen, und das Medaillon sprang auf. Tuck war völlig perplex, denn obwohl er das Medaillon häufig in die Hand nahm, hatte er nicht gewusst, dass es sich auch öffnen ließ.

»Sie ist wirklich sehr hübsch«, sagte Laurelin, nachdem sie das Bild genau betrachtet hatte. »Wie heißt sie?«

»Merrili«, antwortete Tuck, und seine Hände zitterten, so sehr verlangte es ihn, das Medaillon wiederzubekommen und das Porträt darin zu sehen.

»Ein hübscher Name.« Laurelin sah zum düsteren Norden hin. »Mein Fürst Galen trägt ein goldenes Medaillon von mir am Herzen, doch enthält es kein Porträt, nur eine Locke von meinem Haar. Es muss wohl so sein, dass Krieger zu allen Zeiten und in allen Ländern die Medaillons ihrer Liebsten auf der Brust getragen haben. Und wenn keine Medaillons, dann sind es andere Unterpfänder, welche Soldaten in die Gefahr begleiten, um sie an eine Liebe, an Heim und Herd oder etwas anderes zu erinnern, das ihrem Herzen teuer ist.« Laurelin ließ Tucks silbernes Medaillon zuschnappen, legte es in seine zitternden Hände und blickte erneut über die winterlichen Ebenen.

Tuck fummelte ungeduldig an dem Medallion herum und fand schließlich heraus, dass man es öffnete, indem man auf die Verankerung des Kettchens drückte. *Klick!* Die Flügel des Medaillons klappten in seiner Hand auf – links verspiegeltes Silber und rechts ein Miniaturporträt von... es war tatsächlich Merrili! *Ach, wie schön bist du, meine schwarzhaarige Maid!* All seine Einsamkeit, seine Sehnsucht nach stillen Abenden vor dem Kamin in der *Wurzel* und seine Liebe zu Merrili wallten dort auf dem kalten Granit der Festungsmauer in ihm auf, und seine Augen füllten sich mit Tränen.

»Ach, Herr Tuck, Ihr müsst sie sehr vermissen«, sagte die Prinzessin.

Tuck verdrückte die Tränen und sah zu Laurelin auf; ihre traurigen grauen Augen begegneten seinen blauen. »Ja, das ist wahr. Und mir war gar nicht bewusst, wie sehr ich sie vermisse, bis ich jetzt eben ihr Porträt sah.« Tuck trat verlegen von einem Bein aufs andere. »Bevor Ihr das Medaillon geöffnet habt, wusste ich nämlich nicht, dass sie die ganze Zeit bei mir war, heimlich, direkt über meinem Herzen.«

Laurelins Lachen klang hell wie silberne Glocken im Wind, und Tuck lächelte. »Aber wusstet Ihr das denn nicht, Herr Tuck?«, fragte die Prinzessin. »Wir Frauen und Maiden üben unsere geheimen Zauber aus, um in den Herzen unserer Männer oder Bokker zu bleiben.« Und sie lachten beide.

Noch im schwindenden Tageslicht und nachts im Schein der Kerzen betrachtete Tuck wieder und wieder Merrilis Abbild, denn nun schien sie ihm näher zu sein, und es war, als könnte er sich nicht an ihr satt sehen. Die Jungbokker seiner Gruppe lächelten, wenn sie ihn das Medaillon anstarren sahen, Danner hingegen schnaubte nur. »Pah! Verliebter Träumer!«

Als Laurelin am folgenden Nachmittag zum Nordwall kam, lag eine tiefe Traurigkeit auf ihr, und sie suchte verzweifelt den trüben Horizont ab.

»Ihr scheint mir ... beunruhigt zu sein, Prinzessin.« Tuck blickte auf die verschneiten Ebenen hinaus.

»Habt Ihr es denn nicht gehört, Herr Tuck?« Laurelin wandte ihm den Blick zu, ihre grauen Augen waren glanzlos. »Gestern Abend sind die Wagen angekommen. Eine erste Karawane fährt bereits in diesem Augenblick nach Süden, und eine zweite wird eben gebildet. Täglich wird sich ein Zug mit Frauen und Kindern, Alten und Gebrechlichen auf den Weg machen, bis wir alle fort sind. Und mein Liebster streift weit im Norden umher, und ich fürchte, ich werde ihn nicht wieder sehen, ehe ich den letzten Wagen des allerletzten Zuges besteigen muss.«

»Und wann könnte es so weit sein, Prinzessin?« Tuck drehte sich zu Laurelin um, deren Gesicht unter der Kapuze verborgen war.

»Am ersten Tag des Julfestes«, sagte Laurelin verzweifelt. »An diesem Tag werde ich außerdem neunzehn.«

»Nein, so etwas!«, rief Tuck aus. »Am letzten Tag des Julfests hat meine Merrili Geburtstag, und es ist ein ganz besonderer. Sie wird zwanzig, und sie ist dann nicht länger eine Maid, sondern wird eine Jungmamme. Aber, ach, weder sie noch Ihr habt viel Grund zur Fröhlichkeit.«

»Hochkönig Aurion hat mir nur noch einen Tag des Wachens nach heute Abend gewährt. Aber an meinem Geburtstag, dem kürzesten Tag des Jahres – der erste Jultag, übermorgen –, fährt die letzte Wagenkolonne in Richtung Süden ab, nach Pellar. Und ich werde mit ihr fahren, nach Caer Pendwyr.« Die Prinzessin sah niedergeschlagen aus.

»Ai-oi! Aber es ist trotz allem Euer Geburtstag«, versuchte Tuck sie aufzuheitern. »Und zumindest das können wir feiern, auch wenn ich kein Geschenk für Euch habe, nichts außer einem Lächeln jedenfalls.«

Zaghaft erwiderte die Prinzessin das Lächeln und strich sich eine lose Locke aus dem Gesicht. »Eure Anwesenheit allein ist Geschenk genug, Herr Tuck. Ja, Eure Anwesenheit macht mich froh. Bitte kommt zu meinem Geburtstagsfest, morgen am Vorabend von Jul. Hochkönig Aurion gibt eine Feier im Bankettsaal, und alle Hauptleute sollen teilnehmen. Ach, aber das sind solch ernste Krieger, alle so freudlos, außer Vidron, Igon und natürlich dem Hochkönig selbst.«

»Aber Prinzessin«, protestierte Tuck, »ich bin kein Hauptmann. Danner und ich sind nur Leutnants. Hauptmann Patrel ist derjenige, den Ihr einladen solltet.«

»Unsinn!« Laurelin warf den Kopf in den Nacken. »Ich lade ein, wer mir beliebt. Schließlich feiern wir *meinen* Geburtstag. Doch wenn es Euch glücklicher macht, lade ich alle drei ein – Hauptmann Patrel, Herrn Danner und Euch selbst, Herr Tuck.«

»Aber wir haben nichts anzuziehen, außer unseren groben Kleidern, weder feines Wams noch schimmernden Helm oder...« Laurelin unterbrach Tucks Einwände, indem sie mit dem Fuß aufstampfte.

»Keine Widerrede, mein Herr!«, rief sie aus, und ihre bedrückte Stimmung war einer belustigten Entschlossenheit gewichen. Ein Lächeln spielte um ihre Mundwinkel, ihre Augen funkelten, und sie verfiel in die steife Ausdrucksweise, wie sie bei Hofe herrschte. »Ich werde für die lästigen Einzelheiten Eurer Gewandung Sorge tragen. Schart Ihr nur Eure beiden Freunde morgen beim Wachwechsel um Euch. Ich werde Euch hier am Wall treffen, wie es meine Gewohnheit ist, und dann werden wir Euch drei ausstaffieren lassen, denn ich verfüge über geheime Kenntnis von Kleidung in genau Eurer Größe, doch einem Prinzen angemessen. Ich werde Euch für mein Fest einkleiden, sei es ein Abschieds- oder ein Geburtstagsfest oder schlicht eine Feier aus Anlass des bevorstehenden Jultags.«

Tuck warf resignierend die Arme in die Höhe und schickte sich ins Unvermeidliche, während die Prinzessin über den Gesichtsausdruck ihres winzigen, neu gewonnenen Vertrauten lachte. Dann erzählte Laurelin von Fürst Galen, und Tuck hörte zu, und Wurrling wie Prinzessin blickten über die Ebene, bis es so dunkel wurde, dass man nichts mehr sah.

Während der ersten Hälfte der nächsten Tagwache kam eine von Laurelins Hofdamen zuerst zu Tuck, darauf zu Danner und schließlich zu Patrel, um mit einer Schneiderelle bei ihnen Maß zu nehmen. Als sich die neugierigen Wurrlinge jedoch erkundigten, wozu die Zahlen benötigt würden, lächelte die Dame nur und antwortete nicht auf ihre Fragen.

Den restlichen Tag über waren die drei Zielscheibe von Hohn und Spott ihrer Wurrlingskameraden. »Hängt mir bloß die Daumen nich' inne Suppe, meine Bokker«, sagte

Dilbi. »Passt auf, was ihr tut und sagt, und steigt den Damen beim Tanzen nicht auf die Zehen«, erklärte Delber lachend. »Und wenn ihr Tee trinkt, dann spreizt eure kleinen Finger nicht ab«, warnte Argo. »Merkt euch – schön mit Messer und Gabel essen und nicht einfach mit euren Beißerchen reinhauen wie gewöhnliche Tiere«, fügte Sandor hinzu. Den ganzen Tag mussten sich Tuck, Danner und Patrel diese gutmütigen Spötteleien anhören, begleitet von rauem Gelächter.

Eine Stunde vor Sonnenuntergang kam Laurelin. Sie stand allein auf dem Wall und suchte nach Anzeichen für die Rückkehr ihres Verlobten. Lange suchte sie, aber wieder blieb ihre Wache erfolglos, denn die Ebenen lagen leer da, während große, flache Schatten sich auf dem fernen Grasland sammelten. Das sich verfinsternde Land schien am Rande des Verderbens zu schweben, doch nichts regte sich in der zunehmenden Düsternis. Als die Sonne vollständig hinter den Horizont sank, erschien die Wachablösung, und mit ihr Tuck, Danner und Patrel. Traurig beendete Laurelin ihre Wacht, denn dies war ihr letzter Abend. Der morgige Tag würde ihre Abreise nach Süden bringen, und wer würde dann nach ihrem Liebsten Ausschau halten? Sie sank auf einen Steinsims, schlug die Hände vors Gesicht und begann lautlos zu weinen.

Laurelin weinte, während Tuck, Danner und Patrel hilflos danebenstanden und nicht wussten, was sie tun sollten. Schließlich nahm Tuck ihre Hände in die seinen und sagte: »Seid unbesorgt, Prinzessin, denn solange ich kann, werde ich hierher kommen, um Euer Auge zu sein und an Eurer Stelle zu wachen. Und wenn Fürst Galen dann kommt, werde ich ihm von Eurer nicht endenden Liebe erzählen.« Und Laurelin riss Tuck an sich und weinte heftiger denn je. Er hielt sie umarmt und tröstete sie, während eine Träne über Patrels Wange lief und Danner in dumpfer Wut über die leblose Weite hinweg auf Modrus Wand starrte.

Nach einiger Zeit begannen Laurelins Tränen zu versiegen, sie sah die drei Wurrlinge an, dann schaute sie rasch wieder weg, als fürchtete sie, ihren Blicken zu begegnen. »Ich schäme mich wegen meines Gefühlsausbruchs, denn oft habe ich hören müssen, eine Prinzessin dürfe man nicht weinen sehen. Aber ich konnte einfach nicht anders. Oje, mir scheint, ich habe nicht einmal ein Taschentuch.«

Patrel trat vor und reichte ihr seines. »Ein Geschenk, Prinzessin, weil Ihr morgen Geburtstag habt.«

»Ich habe mich mit meinem Wehklagen eher benommen, als ginge es um eine Beerdigung«, sagte Laurelin, wischte sich die Tränen aus den Augen und schnäuzte sich sanft die Nase.

»In diesem Fall, Prinzessin, schlage ich vor, wir widmen die kommende Nacht dem Singen von Klageliedern«, scherzte Patrel, und Laurelin lachte über den absurden Einfall. »Wenn keine Klagelieder, dann lasst uns feiern, denn ich weiß, wo es heute Abend ein Fest gibt, auch wenn wir nichts als Lumpen anzuziehen haben.«

Wieder lachte Laurelin, dann stand sie auf, ergriff Patrels Hand und drehte ihn herum. »O ja, welch bescheidene Bettlerkluft ihr tragt«, krähte sie, »doch ich weiß, wo wir Abhilfe finden, und dann können wir vier uns vielleicht auf dieses Fest schleichen, von dem Ihr sprecht, ohne an der Tür abgewiesen zu werden. Kommt.« Und die Prinzessin führte die drei Wurrlinge geheimnisvoll lächelnd in die Burg, zu den ehemaligen Wohnquartieren der königlichen Familie, in einen vor langer Zeit aufgegebenen Raum. In diesem wartete ein Kammerdiener, der den drei Jungbokkern zu ihrer großen Überraschung zur Verfügung stehen sollte.

»Ich bin im Nu wieder da«, sagte Laurelin schalkhaft. Von fern ertönte ein Gong. »Macht schnell, denn die Gäste versammeln sich bereits, und wir möchten nicht zu spät zum Festmahl kommen.« Sie schlüpfte zur Tür hinaus und ließ die drei mit dem Kammerdiener zurück.

In einem angrenzenden Raum hatte man in großen Kupferwannen drei heiße Bäder vorbereitet, und die Wurrlinge planschten in der seifigen Lauge. Doch bald wurden sie von dem Diener wieder daraus vertrieben, der sie bat, sich zu beeilen und sich abzutrocknen, weil die Prinzessin beizeiten zurückkehren würde. Sie fanden weiche Seidenkleidung für sich vor – Strümpfe, Schuhe, mit Bändern versehene Hosen, blau für Tuck, scharlachrot für Danner, hellgrün für Patrel, und dazu passende Wämser –, und sie saß, als ob sie von den königlichen Schneidern für die drei genäht worden wäre. So vorzüglich diese Kleider waren, eine noch größere Überraschung wartete auf die Jungbokker und machte sie schier sprachlos: Der Kammerdiener bedachte sie mit Harnischen aus leichtem Kettenpanzer. Silbern war der von Tuck, mit bernsteinfarbenen Juwelen zwischen den Kettengliedern und einem mit Beryll und Jade besetzten Gürtel. Danners Rüstung war durchgehend schwarz bis auf den silber- und gagatfarbenen Gurt um die Mitte. Und Patrel erhielt einen goldenen Kettenpanzer, mit einem vergoldeten Gürtel: Gold auf Gold. Auch Helme trugen sie, schlichte aus Eisen und Leder für Tuck und Patrel, ein beschlagener schwarzer für Danner. Und zu guter Letzt erhielten sie von Elfen gefertigte Umhänge in demselben unbestimmbaren graugrünen Farbton, wie ihn Fürst Gildor trug.

Sie sahen einander mit vor Staunen offenen Mündern an. »Schau an«, sagte Danner, »wir sehen aus wie drei kleine Kriegerprinzen!«

»Genauso ist es«, vernahmen sie ein helles Lachen. Laurelin war zurückgekehrt, nunmehr in ein schlichtes, doch elegantes Kleid in hellem Blau gekleidet, das über einem weißen Oberteil bis auf den Boden fiel. Unter dem Saum lugten blaue Schuhe hervor. Ihr Haar zierten ineinander verschlungene Bänder, die auf jene abgestimmt waren, die kreuz und quer über das Mieder liefen. Ein kleiner silberner Stirnreif krönte ihr Haupt.

»Ihr seht tatsächlich wie kleine Prinzen aus«, sagte sie, »wie es sich jedoch ziemt für meine Eskorte, ihr drei Krieger.«

»Aber wie... woher?«, stammelte Tuck. Er streckte die Arme aus, drehte sich im Kreis und zeigte auf die Gewänder und Rüstungen an sich und seinen beiden Kameraden. »Ihr müsst mir die Lösung dieses Rätsels verraten, bevor ich platze!«

»Oho!«, lachte Laurelin. »Wir dürfen natürlich nicht zulassen, dass Ihr am Vorabend meines Geburtstages platzt. Des Rätsels Lösung ist ganz einfach. Eines vergangenen Tages zeigte mir mein Fürst Galen, wo zuerst er und dann Igon als Kinder gewohnt hatten. Dort, wusste ich, gab es Schränke mit Kleidung von Aurions Nachkommenschaft. Ich war fest überzeugt, dass manches davon Euch dreien passen würde, und ich habe mich nicht geirrt. Der glücklichste Zufall aber war, dass sich hier auch die Rüstungen der Kriegerprinzen befanden. Die silberne, die Ihr tragt, Herr Tuck, stammt aus Aurions eigener Kindheit und wurde ihm von seinen Vorfahren vererbt. Aus Silber ist sie und kostbar, dem Vernehmen nach die Arbeit von Zwergen aus alter Zeit. Und ich habe die silberne Rüstung auch für Euch ausgewählt, Herr Tuck, weil ihr das silberne Medaillon Eurer Maid bei Euch tragt.« Laurelin lächelte, während Tuck vor den beiden anderen errötete.

Die Prinzessin wandte sich an Danner. »Die schwarze Rüstung, Herr Danner, stammt aus Prinz Igons Kindheit. Sie wurde nur für ihn gefertigt, und zwar von den Zwergen von Minenburg, die unter dem Rimmengebirge in meinem Land Riamon leben. Man erzählt, der Gagat stamme aus einem Feuerberg im großen Ozean im Westen.«

Dann sagte Laurelin zu Patrel: »Eure goldene Rüstung, Hauptmann Patrel, wurde ebenfalls von Zwergen geschmiedet und stammt aus den Roten Höhlen in Valon. Mein Liebster, Prinz Galen, hat sie als Kind getragen, weshalb ich sie besonders in Ehren halte.«

Darauf wandte sie sich erneut an Tuck. »Ihr seht, das Rätsel ist hiermit gelöst, einfach, wie es war, und Ihr habt deshalb keinen Grund, zu platzen. Ihr tragt in der Tat Kleider und Rüstung von kleinen Prinzen, doch nie schmückten sie ein angemesseneres Trio.« Die Prinzessin entblößte lächelnd ihre weißen Zähne, und die Jungbokker strahlten zurück.

Wieder hörten sie einen fernen Gong schlagen. »Lasst uns nun gehen«, sagte Laurelin, »denn es ist an der Zeit. Hauptmann Patrel, Eure Hand, bitte.« Und so verließen sie die ehemaligen Quartiere und schritten über Korridore und Treppen hinab zum großen Festsaal: Hauptmann Patrel in goldener Rüstung, mit der wunderschönen, blau gewandeten Prinzessin Laurelin am Arm; rechts von Patrel Danner in seiner schwarzen Wehr, und links von Laurelin Tuck in der silbernen. Jeder der Wurrlinge trug einen Helm unter dem Arm, und von Patrels Seite baumelte ein silbernes Horn aus Valon an einem grün-weißen Gehenk. Und als sie durch das Hauptportal in den lang gestreckten Festsaal kamen, erhoben sich alle Gäste und murmelten erstaunt, manche ob der großen Schönheit der Prinzessin, andere wegen der Waerlingskrieger an ihrer Seite.

Sie durchmaßen die Saalfläche, bis sie vor den Stufen des Thronpodestes ankamen, und dort oben saß Aurion Rotaug; er trug scharlachrote und goldene Gewänder und war jeder Zoll der Hochkönig. Zu seiner Rechten standen der jugendliche Prinz Igon in Rot und Fürst Gildor in Grau. Links von Aurion stand Marschall Vidron in den grün-weißen Farben von Valon. Die Wurrlinge verbeugten sich tief, und Prinzessin Laurelin machte einen anmutigen Knicks. König Aurion erwiderte ihre Höflichkeitsbezeugungen, indem er den Kopf neigte; dann erhob er sich, trat zur Prinzessin hinab und nahm lächelnd ihre Hände.

Darauf wandte er sich an die Gäste. Seine Stimme war fest, und alle hörten seine Worte. »Heute ist der Vorabend der zwölf Jultage, eine Zeit des Feierns, denn sie markiert das Ende des alten Jahres und den Beginn eines neuen. Morgen bringt der erste Tag des Julfests den kürzesten Tag und die längste Nacht, das alte Jahr liegt im Sterben, und manche fassen dies als düsteres Omen in diesen bedrohlichen Zeiten auf. Euch allen jedoch sage ich: Der erste Jul ist auch eine Zeit des Neubeginns. Hört auf meine Worte: Auch wenn der zwölfte Jultag als der Beginn des neuen Jahres angesehen wird, so meine ich, dass der erste Jultag seinen wahren Anfang kennzeichnet, denn von nun an werden die Tage länger, das Land beginnt seinen langsamen Marsch auf den strahlenden Sommer zu, und das ist ein leuchtendes Zeichen der Hoffnung.

Doch der erste Tag des Julfests hat uns auch große Anmut und Schönheit gebracht – die Prinzessin Laurelin. Sollten unter Euch welche sein, die nach Zeichen Ausschau halten, so blicket auf diese Dame in Blau, und ihr werdet nicht anders können, als zu einer glücklichen Deutung zu gelangen.«

König Aurion führte die Prinzessin zu einem Thron an der Seite des Saals, wo sie flankiert von den gepanzerten Wurrlingen Platz nahm. An die Gäste gewandt, verkündete er darauf: »Lasst die Feierlichkeiten beginnen.« Und im Saal erhob sich solch großer Jubel, dass die Deckenbalken erzitterten.

Mit Schauspiel und Unterhaltung nahm das große Fest seinen Lauf, Jongleure und Ringer zeigten ihre Kunst, Tänzer, Gaukler und Taschenspieler. Diese und andere stolzierten der Reihe nach durch die Tür und drehten vor ihrem Auftritt jeweils eine Runde im Saal.

Als Nächstes kamen Diener herein, die große Schalen voller Essen trugen. Es gab gebratenes Schwein, Lamm, Rind und Geflügel, dazu Gemüse wie Karotten und Pastinak, Bohnen, Rotkohl und Erbsen, große Krüge voll schäumendem Bier und dunklem Met sowie Äpfel, Birnen und sogar jene seltsame scharfe und saftige neue Frucht aus Thyra.

Die Tische wurden gedeckt und ächzten unter dem Gewicht des Festmahls. Die Wurrlinge bekamen große Augen beim Anblick der Essensberge, denn sie waren zwar alle keine Kostverächter, aber noch nie hatten sie eine derart reichhaltige Tafel gesehen.

Aurion stand auf und führte Prinzessin Laurelin an den königlichen Tisch, und Prinz Igon, Fürst Gildor, Marschall Vidron sowie Tuck, Danner und Patrel begleiteten sie. Der König ließ Laurelin Platz nehmen, dann hob er ein Horn mit honigsüßem Met, und alle taten es ihm gleich. »Auf Jul und Prinzessin Laurelin!«, rief er, und im ganzen Saal hallte es: *Jul und Prinzessin Laurelin!* Und die Augen der jungen Dame glitzerten feucht, als sie das Zeichen zur Eröffnung des Festmahls gab.

Essen, Trinken und Unterhaltung nahmen Tucks Aufmerksamkeit gefangen, während der Abend vorrückte… und gute Gespräche ebenfalls.

»In meinem Heimatland Valon feiern wir dasselbe Fest«, sagte Marschall Vidron zu Tuck, während sie einem Jongleur zusahen. »Nur heißt es bei uns Yöl statt Jul. Aber das liegt daran, dass die alte Sprache, das Valur, noch immer viele Dinge bezeichnet, obwohl das Pellarion unsere Alltagssprache ist. Ach Valur, eine Sprache reich an Bedeutung, einst von vielen gesprochen, aber inzwischen nur noch meinen Landsleuten bekannt. Dennoch wird Valur ewig leben, denn es ist unsere Kriegssprache, die Kampfsprache der Harlingar, der Vanadurin, der Krieger der Weite!« Vidron hob seinen Becher zum Salut und trank einen kräftigen Schluck Met.

»Jul hatte schon viele Namen in vielen Zungen«, sagte Fürst Gildor, und seine Elfenaugen funkelten, »doch es waren immer dieselben zwölf Festtage im Winter. Und obwohl Tage, Monate und Jahre meinem Volk wenig bedeuten, sind uns doch Erinnerungen wichtig. Und so manche glückliche Erinnerung dreht sich um Jul, Yöl, Uol oder wie immer man es nennen mag. Ja, ich kann mich an eine Zeit wie diese erinnern, als es noch Gjöl hieß, und wir feierten, obwohl Modru auch damals das Land bedrohte.«

»Ihr könnt Euch *erinnern?*«, rief Danner aus, und leise Ehrfurcht schwang in seiner Stimme. »Aber das war... das war vor dem Bann, vor viertausend Jahren...« Seine Worte verloren sich in Staunen.

»Ja«, bekräftigte Gildor lächelnd und in sanftem Ton, »ich kann mich erinnern.«

Lautes Rufen wurde unter der Gästeschar laut, und während alle zwei Ringern zusahen, die auf der Mittelfläche kämpften, verstummten die Gespräche. Schließlich hob einer der jungen Soldaten den anderen hoch, drehte ihn herum und schleuderte ihn auf die Matte, wo er ihn nach unten drückte. Lautstarke Beifallsrufe hallten durch die Festversammlung.

»Wenn ich mich nicht irre«, sagte Aurion zur Prinzessin, »kommt dieser junge Mann, der Sieger, aus Thäl in Eurem Land. Ich habe ihn nämlich schon früher ringen sehen. Er verfügt über große Kraft und Beweglichkeit, wie viele in Riamon.«

Laurelin lächelte strahlend, doch hinter ihrem Blick verbarg sich Trauer. »Was für eine großartige Gesellschaft«, sagte sie zum König, »doch viele aus dieser fröhlichen Truppe werden morgen mit mir auf den Wagen sein.«

»Und ich reite mit der Eskorte«, sagte der junge Igon betrübt, »obwohl ich es für besser hielte, ich kehrte in den Dusterschlund zurück, um Galen gegen den Feind beizustehen.«

»Ich brauche dich in Pellar, mein Sohn«, erwiderte Aurion. »Du wirst nur bis Steinhöhen mit der Eskorte reiten, bis du außerhalb der Reichweite von Modrus Vulgs bist. Dann lässt du den Zug hinter dir und eilst mit sechs schnellen Begleitern nach Caer Pendwyr.«

»Ich werde Eurem Befehl gehorchen, Vater«, entgegnete Igon, nunmehr in förmlicher Hofsprache. »Wenngleich ich glaube, Ihr versucht nur, einen Eurer Erben vorübergehend in Sicherheit zu bringen.« König Aurion errötete, und er sah Vidron an wie einen Mitverschwörer. Prinz Igon fuhr fort: »Ich denke, andere, etwa Hauptmann Jarriel, könnten die mir zugeteilte Aufgabe ebenso gut, wenn nicht besser ausführen, wohingegen ich in bitterer Winternacht gekämpft und Feinde getötet habe, und darin liegt meine Eignung. Es mag ja sein, dass wir durch Zufall über den Feind gestolpert sind, doch ändert das nichts an der Tatsache, dass Galen und ich zusammen fünf von ihnen getötet haben. Zu dieser Aufgabe würde ich lieber zurückkehren: an Galens Seite dem Feinde trotzen.«

»Du sagst, andere könnten die Aufgabe erfüllen, die ich dir zugeteilt habe, Sohn«, erwiderte Aurion mit steinerner Miene, »und du nennst Hauptmann Jarriel, weil du weißt, dass ich ihn als deinen Berater nach Süden schicke. Doch sage ich dir dieses: Hauptmann Jarriel kann nicht bewirken, dass die eifersüchtigen Generäle der rivalisierenden Fraktionen von ihren kleinlichen Streitereien ablassen. Nur ein Mitglied der königlichen Familie kann den Willen der Armeen mit der Entschlossenheit und Einigkeit befeuern, die nötig sind, Modrus Horde zu stellen und zu bekämpfen. Denn das ist die Aufgabe, die ich dir abverlange: die Truppen zu sammeln und mit ihnen zu mir zurückzukehren.«

»Das Kommando über diese Armee sollte Galens Aufgabe sein, Vater, nicht meine, denn er ist zehn Jahre älter als ich«, entgegnete Igon.

»Er ist aber nicht hier!«, brauste der König mit lauter Stimme auf und schlug mit der flachen Hand auf den Tisch, dass die Becher schwankten. Doch dann wurde sein Blick weicher und seine Rede so höflich wie die seines Sohnes. »Ach, mein Sohn, in deinen Adern fließt dasselbe Blut wie in meinen, jedoch ist deines hitziger aufgrund deiner Jugend. Ich weiß, du möchtest dich aufmachen zu deinem Bruder und dem Feind entgegentreten, denn es ist schwer, diesem Verlangen zu widerstehen. Du wirst deine Ungeduld für dieses Mal hintanstellen und erfahren, dass es einer königlichen Hand bedarf, um meine Heerscharen geschwind nach Norden zu führen. Du weißt, dass die ersten Herolde vom Vulg gemeuchelt wurden, mag sein auch, die zweiten, und langsam nur verbreitet sich die Nachricht übers Land. Deshalb hat die Truppenerhebung noch nicht richtig begonnen, und es ist nun fünf vor zwölf in unserer Not. Du, Galen oder ich selbst – einer muss sich aufmachen und mit jenen wiederkehren, die den Feind überwältigen werden,« König Aurion legte Igon die Hand auf den Arm. »Das Schicksal hat es so gefügt, dass du es bist, der mein Heer sammeln muss, denn Galen ist im Norden, und ich muss hierbleiben, um ins Feld zu rücken, wenn Modru kommt. Dies also ist meine Forderung an dich: Schaffe mir mein Heer herbei.«

Der junge Mann senkte das Haupt vor dem König und legte seine freie Hand auf Aurions. »Vater, ich stehe zu Eurer Verfügung«, beugte er sich Aurions Argumentation. Und der König stand auf, zog Igon in die Höhe und umarmte ihn, worauf beide ein Horn Met leerten.

Nun wandte sich Prinz Igon an die Prinzessin. »Wie es aussieht, Prinzessin Laurelin, werden wir Reisegefährten sein, zumindest für eine Weile. Hört nun meine Worte: Ich schwöre hiermit einen heiligen Eid, auf unserer Reise nach Steinhöhen sicher über Euch zu wachen; möge der Feind in Gron sich vorsehen.«

Laurelin lächelte strahlend zu ihm empor. »Es freut mich sehr, Euch als Beschützer zu haben, Prinz Igon, wenngleich ich wünschte, keiner von uns müsste diese Reise antreten.«

Das Fest ging weiter. Ein Taschenspieler ließ zum Ergötzen aller Gäste Tauben aus Tüchern erscheinen und Blumen aus leeren Röhren. Dann kam einer, der Schwerter schluckte – was bei Tuck ein flaues Gefühl im Magen auslöste – und Messer mit bewundernswertem Geschick warf. Schließlich trat ein Harfenspieler auf, aber sein Lied handelte von verlorener Liebe und ging traurig ans Herz. Patrel sah Laurelin an und bemerkte, dass Tränen auf ihren Wimpern glänzten, und er stieß Tuck und Danner an, die ihre Traurigkeit ebenfalls sahen.

Der kleine, golden gewandete Wurrling trank daraufhin einen kräftigen Schluck Bier und rief den Musiker zu sich. »Hast du auch eine Laute?«, fragte er. »Gut! Darf ich sie mir borgen?«

Und schon hielt er eine vorzügliche Laute in Händen und wandte sich an die Prinzessin.

»Prinzessin, es ist beinahe Mitternacht, und in wenigen Augenblicken werdet Ihr neunzehn. Wir von den Sieben Tälern haben kein Geschenk für Euch an diesem Vorabend Eures Geburtstags, doch es gibt ein fröhliches Lied, ein Liedchen eigentlich nur, das Euch vielleicht aufheitern wird. Es heißt Der *fröhliche Gesell im Siebental,* und praktisch jeder Wurrling in den Sieben Tälern kennt es sowie den dazugehörigen Tanz. Ich schlage vor, Tuck, Danner und ich bringen es als Geschenk für Euch dar.«

Tuck und Danner waren wie vom schrecklichen Donner gerührt.

Hatte Patrel tatsächlich vorgeschlagen, dass sie – sie – vor all diesen Kriegern ein schlichtes Wurrlingslied singen sollten?

»Patrel!«, zischte Danner, »das kann nicht dein Ernst sein. Es ist wohl kaum die Zeit noch der Ort für ein solches Liedchen.«

»Unsinn!«, röhrte Vidron ausgelassen. »Es gibt keine bessere Zeit für ein fröhliches Lied als jetzt.«

»O ja, bitte«, flehte die Prinzessin an Tuck und Danner gewandt. »Ich habe Aufheiterung bitter nötig.«

Tuck sah in die bittenden Augen der Prinzessin und

konnte nicht Nein sagen, und ebenso wenig konnte es offenbar Danner. Und so stiegen sie nach einem gehörigen Schluck Met höchst widerwillig auf die Mittelfläche hinab und traten nach vorn.

König Aurion persönlich bat um Ruhe, und die Gäste verstummten. Patrel zupfte die Saiten an und stimmte die Laute, dann flüsterte er den beiden anderen zu: »Gebt euer Bestes.« Auf ihr Nicken hin begannen seine Finger über die Saiten zu fliegen. Und eine derart heitere und lebhafte Melodie erklang, dass sie sofort Fußwippen und Fingerschnippen in Gang setzte, und die Wurrlinge hoben kräftig zu singen an:

O fidel-di hei, fidel-di ho
Fidel-di hai ha hi.
Schnickl-di dei, Schnickl-di do,
Schnickl-di dong dei di.

Es war einst ein fröhlicher Gesell,
Der kam ins Siebental.
Sein Rock war rot, sein Pferd braun und gelb,
Und Handschuh hatt' er drei an der Zahl.

Das Pferd war klein, seine Beine war'n lang,
Sie schleiften auf der Erd'.
Wenn der Klepper müde wurd', stieg er nicht ab,
Er lief einfach über ihm her.

Brüllendes Gelächter erhob sich in der Gesellschaft, und an dieser Stelle tanzten Tuck und Danner in ihrer silbernen und schwarzen Rüstung eine schlichte aber exakte Gigue zum Rhythmus des Liedes, wobei sie sich entgegengesetzt im Kreis bewegten und gelegentlich die Arme einhakten.

O – ho ho ho und ha ha ha
Higgl di ho hei hi.

Har har har, ja, ja, ja,
Giggl di schnick, schnack, schnie.
Er trug sieben Ringe, zeigte lustige Dinge,
Ließ Feuerwerkskörper knallen.
Orange war sein Beinkleid, seine Schuhe waren grün,
»Ein Jahrmarkt«, rief er, »gefällt allen!«

Er spielt' eine Laute, die hatte sechs Saiten,
Und sang so fröhlich dazu.
Seine Stimme brach ein, er quiekt' wie ein Schwein,
Das brachte ihn nicht aus der Ruh.

Wiederum johlten die Hauptleute ausgelassen und schlugen mit ihren Metkelchen auf den Tisch. Laurelin und Igon liefen Hand in Hand auf die Tanzfläche und schlossen sich Tuck und Danner bei ihrer Gigue an. Hin und her, vor und zurück tanzten sie und strahlten übers ganze Gesicht. Blau, Rot, Silber und Schwarz drehten sich und schritten zu den Klängen, die Gold spielte. Und die Gesellschaft spendete donnernden Beifall.

O – Har, har, har, fa la la la,
Niggl-di ha ho hi.
Ho ho ho, tra la la la,
Giggl-di dum da di.

Er verschwand unter Blitzen und lautem Zischen,
Und in einem Wölkchen Rauch.
Hinterließ uns sein Ross, seine Laute, sein Kleid,
Und ein paar Scherze auch.

Und seither gibt es im Siebental
Ein Fest in jedem Jahr.
Mit Feuerwerk, Tanz und froher Musik
Und einem bunten Basar.

O – Fidel-di dum, ro ro ro,
Ha ha-ha, ho ha hi.
Didel di dum, didel di do,
Tralala, Lalali – Hei!

Und mit diesem letzten *Hei!* ließ Patrel die Saiten der Laute schwirren, und der Tanz stoppte; die vier Tänzer fielen sich lachend um den Hals und keuchten vor Erschöpfung. Ein tosender, wilder Jubel brach aus, es wurde gepfiffen, mit den Füßen getrampelt, geklatscht und mit den Bechern auf die Tische geschlagen.

Marschall Vidron brüllte vor Lachen, während König Aurion mit seinem Kelch trommelte und Fürst Gildor klatschte.

Laurelin und Igon, Danner, Tuck und Patrel verbeugten sich voreinander und vor dem Publikum, und Laurelins Augen funkelten vor Glück.

Doch in diesem Augenblick geschah es: Bum, bum, bum, buum!

Die mächtigen Türflügel flogen mit einem markerschütterndem Knall auf, der wie der Ruf des Schicksals durch den Festsaal hallte, und ein schmutzstarrender Krieger stapfte in Windeseile herein, aus einer klaffenden Wunde am linken Arm blutend.

Lächelnde Gesichter wandten sich ihm zu, aber jegliche Fröhlichkeit floh vor seinem festen Schritt. Stille sauste klirrend herab, wie der Hieb einer Axt auf Stein, und die einzigen Geräusche waren die harten Tritte des Mannes auf seinem langen Weg durch den Saal. Und als der Soldat an den Wurrlingen, Laurelin und Igon vorbeikam und auf den König zuschritt, wurde Tuck von einer schrecklichen Ahnung überwältigt, und er fühlte sich wie am Boden festgenagelt.

Alle Augen blickten unverwandt auf den Krieger, der nun vor dem Thronpodest stand. Er schlug sich mit der rechten

Faust ans Herz und beugte vor dem König das Knie. Blut tropfte auf den Steinboden. Und in dem lastenden Schweigen hörten alle Anwesenden seine Worte: »Majestät, an diesem düstren Julabend bringe ich Euch Kunde von Fürst Galen, meinem Herrn, doch sind es unheilvolle Neuigkeiten: Der Dusterschlund schiebt sich in unsre Richtung, die schwarze Wand bewegt sich auf die Feste Challerain zu. Und in der Winternacht, die dem Dusterschlund folgt, marschiert die gierige Horde. Der Krieg mit Modru hat begonnen.«

FÜNFTES KAPITEL

Die schwarze Flut

Großer Aufruhr machte sich im Saal breit, und vergeblich fuhren Hände an leere Gürtel, denn alle waren unbewaffnet zum Fest erschienen. Zornige Rufe wurden laut, geballte Fäuste schlugen wütend auf Tische, und manch Anwesender raufte sich die Haare. Tucks Herz schlug heftig in der Brust, eine Eiseskälte fuhr ihm in die Adern, und aus seinem verwirrten Geist erhob sich ein Gedanke über alle anderen: *Er kommt!*

Auf ein Zeichen Aurions hin stieß ein Haushofmeister dreimal einen kräftigen Stab auf den Boden, und der Klang durchschnitt das Getöse. Schließlich kehrte wieder Ruhe im Saal ein, und der König bat den Krieger fortzufahren.

»Eure Majestät, erst vor fünf Stunden kehrte ich aus dem Dusterschlund zurück«, erklärte er. »Zwei von uns beauftragte Fürst Galen, die Nachricht zu überbringen. Drei Pferde hatte jeder von uns, und alle ritten wir sie, bis sie zusammenbrachen. Doch sind nur ich und mein letztes Ross ans Ziel gelangt, denn mein Kamerad wurde unterwegs vom Vulg getötet und ich selbst verletzt.«

»Modrus dreckige Hunde!«, spie Aurion hervor. Er hatte die Fäuste geballt, und der scharlachrote Flicken auf seinem linken Auge schien Zorneswellen auszusenden. Wütende Rufe erfüllten den Saal.

»Du meine Güte, Euer Arm!« Laurelins Stimme klang besorgt, und sie stürzte an die Seite des Soldaten. Sanft fasste sie ihn am Arm und rief durch den Tumult nach einem Heiler, und ein nahe stehender Page machte sich eilends auf, einen zu suchen.

Die Erstarrung, die Tuck erfasst hatte, wich von ihm, und

er lief, um Laurelin zu helfen. Gemeinsam schnitten sie den Ärmel des Kriegers mit dem Dolch des Mannes ab und legten eine lange, hässliche Risswunde frei. »Diesen Kratzer habe ich am Tor der ersten Mauer bekommen«, stöhnte der Soldat, nahm dankbar ein Horn voll Met von Patrel entgegen und leerte es in einem Zug. Danner füllte aus einem Krug nach. »Nanu, ihr seid ja Waerlinga!«, rief der Mann aus, der jetzt erst sah, dass er von Angehörigen des Kleinen Volks versorgt wurde.

Erneut tönte das Hämmern des haushofmeisterlichen Stabes durch den Lärm, und langsam kehrte Ruhe ein. »Wie heißt Ihr, Krieger?«, fragte Aurion, während Igon an die Seite seines Vaters trat.

»Haddon, Majestät«, antwortete der Soldat.

»Gut gemacht, Haddon! Ihr habt wichtige Nachrichten gebracht, wenn sie auch grausam sind. Sagt mir dies: Wie viel Zeit bleibt uns noch, ehe die schwarze Wand über die Feste Challerain kommt?«

»Vielleicht zwei Tage, höchstens drei«, antwortete Haddon, und im Saal erhob sich grimmiges Murmeln.

»Dann müssen wir unsere Vorhaben zum Abschluss bringen«, rief Aurion in die Versammlung, und alle verstummten. »Es ist die Mitte der Nacht. Der erste Tag des Julfests bricht im Reich an, und Prinzessin Laurelin tritt in ihr neunzehntes Lebensjahr. Gute Zeiten liegen hinter uns, und bessere noch stehen bevor, doch dazwischen werden Tage der Trübsal fallen. Modrus Horde drängt nach Süden. Hier, an diesen Mauern, muss sie aufgehalten werden. Geht nun zu Bett und ruht, denn wir müssen im Vollbesitz unserer Kräfte sein, wenn wir diesem Feind begegnen.« Aurion griff zu einem Kelch auf dem Tisch und hob ihn empor. »Hál!«, rief er in der alten Sprache des Nordens. »*Heah Adoni cnawen ure weg!*« (Heil! Der große Adon kennt unsren Weg!)

Die Versammelten erhoben ihrerseits Hörner und Becher.

Hál! Aurion ure Cyning! (Heil Aurion, unserem König!) Und alle leerten ihre Kelche bis auf den Grund, als der Page zurückkehrte, in seinem Schlepptau ein schläfriger Heiler, noch mit der Nachtmütze auf dem Kopf. Doch alle Müdigkeit wich aus seinem Blick, als er die Wunde untersuchte.

»Ein Vulgbiss?« Die Stimme des Heilers verriet Bestürzung. »Welch üble Nachricht. Wir müssen diesen Krieger auf ein Feldbett schaffen. Das Fieber hat eingesetzt, und wir brauchen Decken, heißes Wasser, einen Breiumschlag aus Gwynthymian und...« Er verfiel in ein Murmeln, während er in seinem Medizinbeutel kramte. Laurelin schickte Pagen los, um zu holen, was der Heiler benötigte.

Mit dem Heiler und den Wurrlingen im Gefolge führte die Prinzessin den Krieger durch eine Nebentür hinter den Wandbehängen auf der Rückseite des Throns. Die Tür führte in einen Alkoven, in dem es einen Diwan, einen Kamin und mehrere Sessel gab. Man befreite Haddon von Umhang, Rüstung, Wams und Polsterung und ließ ihn sich niederlegen, wenngleich er einwandte, er sei zu schmutzig für die Liege. Ein Page brachte heißes Wasser, und der Heiler wusch die Wunde, während Laurelin mit Haddon sprach.

»Ist mein Fürst Galen wohlauf?«, fragte sie.

»Ja, Herrin«, antwortete Haddon, und Stolz schwang in seiner Stimme mit. »Er hat die Kraft von zwei Männern und den Mut von zehn. Und klug ist er, schlau wie ein Fuchs, denn in gar manche seiner Fallen ist der Feind zu seinem Leid getappt.«

»Hat er gesagt, wann er vielleicht hierher in die Feste zurückkehren wird?« Laurelin füllte ein Becken mit Wasser und tauschte es gegen das erste aus, das inzwischen von Blut rot gefärbt war.

»Nein, Prinzessin.« Haddons Stirn glänzte nun feucht vor Schweiß. »Er stört die Horde von den Flanken her und versucht so, ihre Kräfte abzulenken. Doch es sind so viele, und er hat mittlerweile weniger als hundert Mann in seinen Reihen. Wir wurden als Kundschafter ausgesandt, nicht um einer Armee entgegenzutreten, jedoch glaube ich nicht, dass er zurück in die Feste fliehen wird.« Laurelins helle Augen trübten sich, als sie diese Nachricht hörte.

Die Tür ging auf, und herein trat Aurion, gefolgt von Igon, Gildor und Vidron. Während Gildor den Heiler beiseite nahm und leise mit ihm sprach, setzte sich Aurion in einen Sessel neben dem Diwan.

»Wie viele schickt Modru gegen uns ins Feld?«, fragte der König und blickte forschend in Haddons Gesicht, das nun vom Fieber gerötet war.

»Sie sind ohne Zahl, Majestät«, antwortete Haddon mit kraftloser Stimme, beinahe flüsternd. Ein Kälteschauer ließ den Körper des Kundschafters erbeben, dennoch sprach er leise weiter. »Majestät... und Ghola... Ghola reiten in ihren Reihen.«

»Guula!«, schrie Vidron, und seine Miene war grimmig.

»Meint ihr Ghule?«, fragte Patrel.

»Ja, Waldan«, antwortete der Marschall. »Ein fürchterlicher Feind: mannshoch, mit leblosen schwarzen Augen und der bleichen Haut von Toten. Grausam im Kampf, buchstäblich nicht umzubringen; sie nehmen furchtbare Wunden hin, ohne zu bluten oder zu fallen. Der Sage nach können sie nur auf einige wenige Arten getötet werden: eine tödliche Wunde mit einer Klinge aus reinem Silber, ein Holzpflock ins Herz, Feuer, Enthaupten oder Abtrennen der Glieder oder durch die Sonne. Sie sind geschickt im Umgang mit Waffen und über jedes Maß grausam. Sie reiten auf Hélrössern in die Schlacht, die Pferden ähneln, aber mit Klumphufen und haarlosen Schwänzen.« Vidron verstummte, strich sich über den Silberbart und dachte angestrengt nach.

Der Heiler kam mit einem Kelch, der einen Schlaftrunk enthielt. »Er muss ruhen, Majestät, sonst wird er sterben.

Und wir müssen die Wunde ausbrennen, andernfalls fällt er in schäumende Raserei. Auch ein Breiumschlag, welcher das Fieber zieht, ist nötig, damit es sich nicht ungehindert in seinen Adern ausbreitet, falls es das nicht bereits tut.«

Als Tuck den Heiler hörte, wanderten seine Gedanken zurück zu der furchterfüllten Nacht auf der Krähenruh, jener Nacht, in der Hob am Biss des Vulgs starb, und er begriff nun, dass sie damals nicht die Mittel zur Verfügung hatten, den Jungbokker am Leben zu erhalten; doch nahm diese Erkenntnis nichts von der Bitternis, die Tuck empfand.

Der König nickte dem Heiler zu, und man flößte Haddon den Schlaftrunk ein. Die Augen des Kriegers wurden langsam glasig, doch er blieb noch lange genug wach, um den König zu sich zu winken. Aurion beugte sich hinab, um Haddons leises Flüstern hören zu können, und er lauschte aufmerksam. Schließlich fielen dem Mann die Augen zu, und er sagte nichts mehr.

Während Gildor einen glühenden Dolch aus dem Feuer zog, fragte Igon: »Was hat er gesagt, Vater?«

Der König drehte sich müde um. »Er sagte ›Rukha, Lokha, Ogrus‹.«

Man hörte einen Schrei und roch versengtes Fleisch, als Gildor den rot glühenden Dolch an die Wunde setzte, während der Heiler einen Thymianumschlag vorbereitete und Laurelin über Haddons Schmerz weinte.

»Rukhs, Hlöks und Ogrus?«, stellte Delber die Frage, die alle Wurrlinge der Kompanie im Sinn hatten.

»Und Ghule«, ergänzte Argo. »Vergiss die Ghule nicht.«

»Ich wusste es! Ich wusste es einfach!«, rief Sandor aus. »Diese schwarze Wand stand wie ein böses Schicksal dort am Horizont. Man spürte es förmlich in der Luft, wie kurz vor einem Sturm. Und jetzt kommt Modru schließlich.«

Die gesamte Kompanie murmelte zustimmend, denn jeder einzelne Wurrling hatte die Bedrohung gespürt, die über das Land kroch. Und nun, in den frühen Morgenstunden, waren Tuck, Danner und Patrel gekommen, um ihnen die grausame Nachricht zu überbringen.

»Einen Augenblick, Bokker«, sagte Patrel über das Stimmengewirr hinweg. Als Ruhe eingekehrt war, fuhr er fort: »Ich habe euch jetzt von den Ghulen und ihren rattenschwänzigen Hélrössern erzählt, so wie Vidron sie uns beschrieben hat, nur dass er sie Guula nannte, während sie bei Gildor Ghûlka heißen. Aber lasst mich noch berichten, was die beiden über Rukhs, Hlöks und Ogrus zu sagen wussten.« Erneut erhob sich leises Gemurmel in den Reihen der Kompanie, bis Patrel durch Heben der Hände um Ruhe bat.

»Wie es aussieht, waren die Dinge, die man uns früher erzählt hat, größtenteils richtig«, sagte Patrel in die Stille hinein. »Der Rukh ist ein, zwei Handbreit größer als wir, und im Gegensatz zu den leichenblassen Ghulen ist er schwarz wie die Nacht. Er hat Säbelbeine und hagere Arme. Seine Ohren sehen aus wie Fledermausflügel, und er hat die Augen einer Giftschlange – gelb und schlitzartig. Breitmäulig ist er, mit lückenhaften, spitzen Zähnen. Er ist nicht sonderlich geschickt im Umgang mit Waffen, aber Gildor sagt, das braucht er auch gar nicht zu sein, weil es so viele von diesen Wesen gibt. Sie fallen einfach wie ein Schwarm über dich her und besiegen dich durch ihre schiere Zahl. Vidron nennt sie Rutcha und Goblins, bei Gildor heißen sie Rucha; aber tödlich sind sie unter jedem Namen.«

Patrel hielt inne, und über den neuerlich aufkommenden Tumult hinweg rief Dilbi: »Womit kämpfen sie, Danner? Hat Gildor etwas darüber gesagt?«

»Hauptsächlich mit Knüppeln und Hämmern. Mit Schlagwaffen, sagte er«, antwortete Danner. »Die Ghule benutzen Speere und Säbel, die Rukhs Schlagwaffen, einige verwenden allerdings auch Bogen, dazu Pfeile mit schwarzen Schäften. Hlöks führen normalerweise Krummsäbel und Streitkolben, und die Ogrus kämpfen meist mit langen Stangen. Natürlich benutzen alle auch andere Waffen – Peitschen, Messer, Würgeseile, Sicheln, Morgensterne, was du willst –, aber hauptsächlich bleiben sie bei denen, die ich zuerst genannt habe.«

»Gildor sagt, die Waffen mit einer Schneide oder einer Spitze können auch vergiftet sein«, ergänzte Tuck. Ein leises Grollen machte sich breit.

»Ja, ein kleiner Kratzer von so einer Waffe kann dich Tage später erledigen, wenn er nicht umgehend behandelt wird«, bestätigte Danner.

»Was ist mit den Hlöks und den Ogrus?«, fragte Argo. »Wie sehen die aus?«

»Der Hlök hat Menschengröße, wie der Ghul auch«, antwortete Patrel. »In ihrem Aussehen unterscheiden sie sich jedoch. Der Hlök ähnelt eher dem Rukh, er ist dunkel, mit Vipernaugen und Ohren wie Fledermausflügel. Seine Beine sind gerade und seine Arme kräftig. Anders als sein kleiner Doppelgänger geht der Hlök geschickt mit Waffen um, und er ist schlau. Und grausam. Es gibt nicht so viele Hlöks wie Rukhs, aber die Hlöks befehligen die Einheiten der Ruhks und erhalten ihrerseits die Befehle von den Ghulen.«

»Und wer sagt den Ogrus, was sie tun sollen?«, fragte Finn. »Und wie sehen sie überhaupt aus?«

»Wer sie kommandiert, hat Gildor nicht gesagt«, antwortete Patrel. »Ob es Ghule sind, Hlöks oder irgendwer sonst – wir haben nichts darüber gehört. Aber eins hat er gesagt: Trolle – so nennt Gildor die Ogrus – sind gewaltig groß, Riesen-Rukhs, sagen manche, zehn bis zwölf Fuß hoch. Sie besitzen eine steinartige Haut, aber mit Schuppen und von grünlicher Farbe. Mit herkömmlichen Waffen kann man Ogrus normalerweise nicht verletzen, und die einzigen sicheren Methoden, sie zu töten, sind, einen großen Stein auf sie fallen zu lassen, sie von einer Klippe zu stoßen oder sie mit ›besonderen Schwertern‹ zu durchbohren – so hat Gildor sie genannt: ›besondere Schwerter‹. Aber ich glaube, er meinte ›Zauberschwert‹; als ich ihn gefragt habe, schien er allerdings nicht zu wissen, was das Wort ›Zauber‹ bedeutet.«

»Er sagte, manchmal kann man einen Ogru durch einen Stich ins Auge, in die Leiste oder den Mund töten«, fügte Tuck hinzu. »Ach ja, und man weiß, dass fünfzig oder mehr Zwerge sich einmal zu einem Trollkommando zusammengetan und einen Ogru mit Äxten in Stücke gehauen haben, allerdings unter fürchterlich hohen Verlusten aufseiten der Zwerge.«

»Nanu«, sagte Finn, »wenn gewöhnliche Waffen einen Ogru nicht verletzen, wie kommt es dann, dass ihn Zwergenäxte töten?«

»Das weiß ich nicht«, erwiderte Tuck. »Vielleicht sind Zwergenäxte ›besondere Waffen‹.«

»Nein«, meinte Danner. »Ich glaube, sie wissen nur, wohin sie schlagen müssen.«

»Wie auch immer, Bokker, das ist alles, was Gildor und Vidron uns erzählt haben«, schloss Patrel. »Wir müssen nichts weiter tun als warten, dann können wir uns selbst ein Bild machen, denn sie kommen alle: Vulgs, Rukhs, Hlöks, Ogrus, Ghule – wir werden an der Seite der Menschen gegen sie kämpfen. Bis dahin aber werden noch einige Tage vergehen, und für den Augenblick sollten wir erst einmal etwas schlafen, denn unsere Wache auf den Wällen beginnt in wenigen Stunden, und unsere Augen müssen in der nächsten Zeit noch schärfer sein als sonst.«

Und so begaben sich alle in ihre Feldbetten, doch viele konnten nicht schlafen. Vergebens warfen sie sich von einer Seite auf die andere, und gelegentlich richteten sie sich auf, um Tuck in einer Ecke bei Kerzenschein in sein Tagebuch schreiben zu sehen.

Am Morgen zogen die Wurrlinge in einer kalten, grauen Dämmerung auf die Wälle. Nordwärts wandten sie den Blick, doch der finstre Himmel war zu trüb und das Frühlicht zu schwach, als dass sie die Wand des Dusterschlunds hätten sehen können. Nachdem die Wachen auf dem Bollwerk eingeteilt waren, übernahmen Delber und Sandor das Kommando, während sich Tuck, Danner und Patrel in die Burg begaben, um die Prinzessin aufzusuchen. Sie kamen, um ihr Lebewohl zu sagen, denn es war der Tag ihrer Abreise. Die Kleider, die sie zu ihrem Geburtstagsfest getragen hatten, und auch die Rüstungen nahmen sie mit, um sie zurückzugeben. Sie fanden Laurelin in ihren Gemächern, wo sie sich ein letztes Mal umsah, bevor sie aufbrechen würde.

»Was soll das!«, rief sie aus., »Wenn Ihr je eine Rüstung nötig hattet, dann jetzt, da der Krieg vor der Tür steht.«

»Aber Prinzessin«, widersprach Patrel, »diese Kettenhemden sind kostbar, Erbstücke des Hauses Aurion. Wir dürfen sie nicht nehmen. Sie müssen zurückgegeben werden.«

»Nein«, ließ sich die Stimme des Königs vernehmen, der hinter den dreien in Laurelins Salon trat. »Die Prinzessin hat recht. Meine Königswachen brauchen eine Rüstung. Schon jetzt wartet die Lederpanzerung, die in den letzten Tagen für Eure Kompanie hergestellt wurde, in meinen Waffenkammern auf ihre Benutzer. Und auch wenn ich nicht an die von den Zwergen gefertigten Rüstungen meiner Jugend oder die meiner Söhne gedacht habe, so hat sich doch Prinzessin Laurelin daran erinnert. Sie hat nicht nur recht, weil Ihr Schutz braucht, sondern auch, weil Ihr der Hauptmann und die Leutnants der Kompanie des Kleinen Volks seid, und es wird meinen Männern leichter fallen, einen Waerling in Gold, Silber oder Schwarz ausfindig zu machen, um ihm meine Befehle zu übermitteln. Ihr werdet die Harnische deshalb behalten.« Er hob die Hand, um ihren Einwänden zuvorzukommen. »Wenn Ihr einem Geschenk nicht zustimmen wollt, so könnt Ihr Euch doch sicherlich nicht widersetzen, wenn wir es eine Leihgabe nennen. Behaltet also die Rüstungen und, ach ja, auch die Kleidung, bis ich sie persönlich zurückfordere. Und sollte ich das niemals tun, so mögen sie in Euren Händen bleiben oder im Besitz derer, denen Ihr vertraut. Dies ist ein Befehl, deshalb widersprecht nicht.« Die Wurrlinge beugten sich dem Willen des Königs.

Die Prinzessin lächelte aus strahlenden Augen. »Ach, kleidet Euch doch bitte wieder so wie gestern Abend, denn das war eine Zeit des Glücks, und ich wünsche mir, dass Ihr so ausgestattet von mir Abschied nehmt.«

Und so geschah es, dass die drei Wurrlinge im grauen Morgen erneut mit Rüstung und Umhängen, mit Helmen, leuchtenden Hosen und weichen Wämsern ausstaffiert wurden – silbern und blau, golden und hellgrün, scharlachrot und schwarz. Unter einem wolkenverhangenen Himmel standen sie in dem Hof beim großen Westtor, als der verwundete Haddon vorsichtig in den ersten von zwei Wagen verfrachtet wurde, die auf dem Pflaster warteten. Prinz Igon stand neben seinem Pferd Rost, an seiner Seite der finstere Hauptmann Jarriel, der die Zügel eines braunen Rosses in den Händen hielt. König Aurion und der silberbärtige Vidron waren ebenso anwesend wie Gildor, der Elfenfürst. Ganz zuletzt kam Prinzessin Laurelin.

»Steht Igon mit Eurem Rat so gut zur Seite, wie Ihr es bei mir tun würdet«, sagte Aurion zu Jarriel, und der Hauptmann legte die geballte Faust aufs Herz.

Nun umarmte König Aurion seinen Sohn. »Sammle mein Heer, Sohn, aber vergiss nicht deinen Schwert-Eid gegenüber Prinzessin Laurelin.« Darauf zog Igon sein Schwert, küsste das Heft und hob die Klinge in Richtung der Prinzessin. Laurelin lächelte, neigte den Kopf und nahm lgons Schwur an, sie wohlbehalten nach Steinhöhen zu führen.

Dann verabschiedete sich die Prinzessin von allen: Sie

umarmte König Aurion, küsste ihn auf die Wange und gebot ihm, Modru zu besiegen und dafür zu sorgen, dass ihrem Prinz Galen nichts geschah. Von Fürst Gildor erbat sie nur, er möge dem Hochkönig dienen, bis der Krieg beendet sei, und Gildor nickte lächelnd. Zu Marschall Vidron sagte sie nichts, sondern umarmte ihn besonders innig, denn er war wie ein Vater zu ihr gewesen in diesem Land so fern ihrer Heimat Riamon, und Tuck sah zu seinem Erstaunen eine glitzernde Träne über die Wange des rauen Kriegers in den Silberbart laufen. Hauptmann Patrel bezeichnete sie als den Sänger ihres Hofes, und Danner lächelte sie zu und nannte ihn ihren Tänzer. Zuletzt wandte sie sich an Tuck, küsste auch ihn und flüsterte ihm zu: »Eines Tages hoffe ich, Eure Merrili aus dem silbernen Medaillon kennenzulernen, so wie ich wünschte, dass Ihr und mein geliebter Fürst Galen irgendwann miteinander bekannt werden könntet, denn mir dünkt, Ihr wäret lustige Kumpane. Passt auf Euch auf, mein kleiner Freund.«

Darauf wurde Laurelin von Prinz Igon zum letzten Wagen geleitet und stieg ein. Auf ein Zeichen Aurions hin zog man die Fallgitter hoch, und das große Westtor öffnete sich. Mit einem Ruck an den Zügeln und einem Zuruf an die Gespanne setzten die Kutscher langsam die Wagen in Bewegung; die eisenbeschlagenen Räder klapperten lautstark über die Platten und Pflastersteine, als sie durch das Portal fuhren. Igon folgte auf Rost, der ungeduldig tänzelte und sich aufbäumte, und zuletzt kam Hauptmann Jarriel auf dem Braunen. Außerhalb des Tors schloss sich die Begleitmannschaft an, und dann ging es langsam den Berg Challerain hinab, zur letzten Flüchtlingskarawane, die an seinem Fuß wartete.

Zurück blieben Wurrlinge, Menschen sowie der Elf und winkten zum Abschied. Tucks letzter Blick auf Laurelin war ein trauriger, denn zwar erwiderte sie sein Winken, doch er sah auch, dass sie weinte. Und dann senkten sich unter dem Klappern des Getriebes und dem Knirschen von Metall die Fallgitter herab, die Tore fielen klirrend zu, und Tuck blieb noch lange stehen und starrte auf das dunkle Eisen.

Schließlich bestiegen die drei Wurrlinge die Brustwehr und standen lange in Begleitung von Danners Gruppe auf dem südlichen Wall. Sie sahen dem Wagenzug nach, der die Feste in Richtung Süden verließ und durch die Vorberge zu den Ebenen dahinter fuhr. Und allen war das Herz schwer, denn es schien, als wäre ein Glanz aus ihrem Leben verschwunden, und zurück blieben nur kalter, öder Stein, graues Eisen und kahle, unbevölkerte Ebenen unter einem bleiernen Himmel.

So standen sie, als Finn zu ihnen kam. »Ach, da seid ihr ja«, sagte er. »Hab ich euch endlich gefunden. Ihr solltet lieber kommen, Patrel, Tuck und Danner, kommt zum Nordwall und seht euch Modrus schwarze Wand an. Sie wächst.«

»Sie wächst?«, stieß Patrel hervor. »Das müssen wir sehen.«

Eilig marschierten sie das zinnenbewehrte Bollwerk entlang und hatten bald den Nordwall erreicht. Sie stellten sich auf den Waffensockel und spähten durch die Schießscharten nach Norden. Tucks Herz vollführte vor Schreck einen Sprung, und das Blut hämmerte in seinen Schläfen, denn Modrus bedrohliche Wand des Dusterschlunds schien noch einmal um die Hälfte höher zu sein, als er sie zuletzt gesehen hatte.

»Ruft Marschall Vidron«, sagte Patrel, ohne den Blick von der wachsenden Dunkelheit abzuwenden.

»Schon geschehen, Hauptmann«, entgegnete Finn. »Er ist an der Bastion des Mittelwalls.«

»Dann kommt«, befahl Patrel Tuck und Danner, stieg vom Sockel und marschierte zur Mitte des Bollwerks. Als sie zu Vidron gingen, schritt auch König Aurion zusammen mit Gildor gerade die nahe Rampe der Bastion herauf. Sie kamen an die Rückseite der Bastion, und wieder stiegen die Jungbokker auf den Sockel und blickten zu der schwarzen Wand am Horizont.

»Wieso wächst sie bloß?«, fragte Tuck schließlich.

»Sie *wächst* nicht, Tuck«, antwortete Danner. »Sie kommt näher.«

Natürlich!, dachte Tuck, überrascht, dass er nicht selbst darauf gekommen war. *Wie dumm ich doch sein kann. Kein Wunder, dass sie höher aufragt – sie bewegt sich auf uns zu. Haddon sagte ja, dass sie kommt, und genauso ist es!* Der König unterbrach Tucks Gedanken.

»Wie eine große, schwarze Flut kommt sie, die alles auf ihrem Weg ertränkt«, sagte Aurion. »Wie viel Zeit, denkt Ihr, haben wir noch, Marschall Vidron?«

»Zwei Tage vielleicht, auf keinen Fall mehr«, erwiderte der Mann aus Valon und strich sich über den Silberbart. »Modru kommt schnell.«

»Nein«, widersprach Gildor, »nicht Modru. Nur seine Speichellecker kommen, seine Horde, aber nicht er selbst.«

»*Wie?*«, brach es aus Patrel heraus. »Wollt Ihr etwa sagen, er ist nicht bei ihnen, er führt seine Armeen nicht an?«

»O nein, kleiner Freund, er führt sie sehr wohl, aber mittels einer schrecklichen Kraft, und er bleibt zu diesem Zweck in seinem Turm in Gron«, erklärte Gildor mit leiser Stimme.

Tuck erschauderte, wenngleich er nicht wusste, weshalb. Danner aber geiferte in Richtung Norden: »Modru, du feige Kröte, auch wenn du dich jetzt versteckst, eines Tages wirst du doch einem von uns gegenüberstehen, und diesen Kampf wirst du verlieren!« Dann wandte er dem Dusterschlund den Rücken zu, sprang vom Waffensockel herab und marschierte wütend zurück zu seiner Gruppe auf dem Südwall.

Fürst Gildor sah ihm nach. »Ei, das ist einer, der seiner Angst durch Zorn Luft macht, aber erzählt ihm nicht, dass ich das gesagt habe. In Kampfzeiten wird es gut sein, ihn an der Seite zu haben – falls es ihm gelingt, seine Leidenschaft zu bezähmen. Vereinzelt habe ich Krieger wie ihn schon früher gesehen, wenn auch nicht unter den Waerlinga: Je schwieriger die Aufgabe, desto kühner streben sie den Sieg an.«

Es stimmt, was Gildor über Danner sagt, dachte Tuck. *Je härter die Aufgabe, desto mehr strengt er sich an. Kühnheit, nennt es Gildor, aber meine Mamme nannte Danner kampfeslustig, und mein Vater hielt ihn für streitsüchtig.*

»Ja«, sagte Vidron, »auch ich habe Krieger gesehen, die Furcht in Wut verwandelten, aber gelegentlich kommt der Berserker über sie, und dann sind sie fürchterlich anzuschauen, denn dann kennen sie nichts als Töten. Sollte dies jedoch einem aus dem Waldfolck widerfahren, er würde es nicht überleben, weil sie derart klein sind.«

»Nein, Marschall Vidron«, entgegnete König Aurion. »Wenn einen Waerling kriegerische Raserei befiele, wenn er zum Schlächter würde, so glaube ich ebenfalls, dass er es nicht überlebte – aber nicht, weil er so klein ist, sondern weil er ist, was er ist, nämlich ein Waerling, und sollte er zum Schlächter werden, und sei es im Kampf, er könnte einfach nicht weiterleben danach.« Eine grausige Vorahnung überkam Tuck bei diesen Worten, und er blickte in die Richtung, in die Danner verschwunden war.

Den ganzen Vormittag über kamen Hauptleute wie Krieger zum Nordwall, um das Vorrücken des Dusterschlunds zu beobachten, und erbleichten angesichts der schrecklichen Schwärze, die sich von Horizont zu Horizont erstreckte und auf sie zuschob. Auch die Jungbokker aus Danners Gruppe erschienen abwechselnd am Nordwall; sie waren wie die Wurrlinge aus Tucks Mannschaft nun mit ihren neuen Harnischen aus Lederplatten ausgestattet. Sie sahen die dunkel aufragende Wand näher rücken. Manche ließen eine Bemerkung fallen, aber die meisten standen nur wortlos da und schauten lange, bevor sie kehrtmachten und auf ihre Posten zurückgingen.

»Es sieht wie eine große schwarze Welle aus«, bemerkte Dilbi, als er neben Tuck stand.

»König Aurion sagte etwas Ähnliches«, erwiderte Tuck. »Er nannte es eine schwarze Flut. Ich glaube allerdings, dass er Modrus Horde ebenso meinte wie den Dusterschlund.«

»Aurion Rotaug kann die Horde eine schwarze Flut nennen, wenn er mag, aber ich für meinen Teil glaube, die Elfen liegen richtig, wenn sie von Modrus Brut sprechen«, sagte Dilbi. Nach einer kurzen Pause fuhr er fort: »Ich kann's dir ja ruhig sagen, Tuck – wenn ich diese schwarze Wand anrücken sehe, wird mir ganz flau im Magen.«

Tuck warf ihm einen Blick zu und wandte den Kopf wieder in Richtung des Dunkels. »Mir auch, Dilbi, mir auch.«

Dilbi klopfte Tuck auf die Schulter. »Aber ob flau oder nicht, ich hoffe, das verdirbt uns nicht unsre Treffsicherheit«, sagte er, schaute noch eine Weile und stieg dann vom Sockel. »Ich mach mich dann mal wieder auf zum Südwall, damit ein anderer kommen und sich dieses schwarze Unheil ansehen kann.«

»Ich begleite dich«, sagte Tuck und sprang zu Dilbi hinab. »Ich habe Modrus Krebsgeschwür lange genug betrachtet. Vielleicht ist Laurelins Karawane noch in Sichtweite, obwohl ich wünschte, sie wäre schon seit Tagen tief im Süden, denn die Wand nähert sich rasch, und die Wagen kommen nur langsam voran.«

Also marschierten sie zum Südwall, wo Danner auf der Mauer stand und nach Süden blickte. Tuck stieg zu ihm hinauf und schaute ebenfalls südwärts. »Du liebe Güte!«, rief er erschrocken. »Sind sie denn noch nicht weiter?« Draußen auf der Ebene, scheinbar nur ein kurzes Stück hinter den Hügeln am Fuß des Berges Challerain, sah man deutlich die Karawane, wie sie sich einen langen Anstieg hinaufbewegte.

»So kriechen sie schon den ganzen Tag dahin«, knirschte Danner in ohnmächtigem Zorn durch die Zähne. »Ich sage mir ständig, sie kommen ganz gut voran, aber tief in meinem Innern glaube ich es nicht. Siehst du den Anstieg, den sie gerade hinauffahren? Das ist derselbe, den wir am letzten Tag zur Feste hinabgaloppiert sind. Wir haben einen ganzen Vormittag gebraucht, bis wir hier ankamen. Der Zug hat ungefähr dieselbe Zeit benötigt, um von hier bis dorthin zu gelangen. Aber ich schwöre dir, Tuck, mir scheinen sie langsam zu kriechen, während wir nur so geflogen sind.«

Sie standen da und sahen zu, wie sich der Wagentreck den Anstieg hinaufmühte. Tuck legte Danner den Arm um die Schulter. »Wären lauter Fremde in den Wagen, dann würde uns ihre Geschwindigkeit vielleicht angemessen erscheinen. Oder wenn der Dusterschlund nicht auf uns zukäme, wir würden die Karawane für schnell halten. Aber ich glaube, da im letzten Wagen jemand sitzt, der uns etwas bedeutet, sehen wir sie im Schneckentempo dahinschleichen.«

»Du hast natürlich recht«, sagte Danner, »aber es hilft nichts, wenn man es weiß.« Der größere der beiden Jungbokker sah den Wagen wiederum lange nach, dann schlug er mit der Faust auf den kalten grauen Stein. »Schneller, ihr Schlafmützen, schneller!«, zischte er durch zusammengebissene Zähne. Dann streifte er Tucks Arm von der Schulter, drehte sich um und setzte sich mit herabbaumelnden Beinen auf den Sims, den Rücken an der kalten Mauerzacke. Er wollte die Karawane nicht mehr sehen.

Eine halbe Stunde verging, eine ganze beinah, dann gesellte sich Patrel zu ihnen. Schließlich sagte Tuck: »Da fährt sie hin, über den Hügel, im letzten Wagen.« Danner rappelte sich hoch, und gemeinsam sahen die drei Laurelins

Wagen langsam hinter der fernen Kuppe verschwinden. Und die weiße Ebene lag reglos und leer vor ihnen.

Später standen Tuck und Patrel erneut auf der nördlichen Brustwehr, wo sie den Dusterschlund unausweichlich näher kommen sahen. Wiederholt hatten sie die Ränder der schwarzen Wand intensiv mit den Augen abgesucht, aber nichts Bemerkenswertes entdeckt, während das Dunkel sich südwärts über die Ebene auf sie zuschob. Tuck hoffte insgeheim, Fürst Galens Truppe über die Schneefläche auf die Feste Challerain zureiten zu sehen, denn er sehnte sich danach, den Prinzen kennenzulernen, der das Herz von Prinzessin Laurelin gewonnen hatte. Doch niemand kam, und wie Laurelin begann auch Tuck zu fürchten, dass etwas nicht in Ordnung war. Er sagte sich, dass Haddon, der Bote, noch vor weniger als einem Tag Fürst Galen lebend und wohlauf gesehen hatte. *Ist wirklich erst so wenig Zeit vergangen?*, fragte er sich. *Weniger als ein Tag, seit wir ein großes Geburtstagsfest gefeiert haben? Ach, es scheint, als läge diese glückliche Zeit Jahre zurück und als drohe diese näher rückende Wand schon immer, und nicht erst seit einem einzigen, trostlosen Tag.*

»Ai-oi!« Patrels Ausruf der Verwunderung unterbrach Tucks Gedankengang. »Sieh mal, Tuck, dort am Fuß des Dunkels. Was ist das?«

Lange spähte Tuck hinab, doch die Entfernung und das schwindende Licht der untergehenden Sonne hinter den Wolken ließen ihn nicht klar sehen. »Es sieht aus, als ob ... als ob der Schnee entlang des Fußes der schwarzen Wand *brodeln* würde.«

»Ja«, stimmte Patrel zu. »Brodeln oder sich schnell drehen, ich kann es nicht genau sagen.«

»Er wirbelt, glaub ich, jetzt, da du es sagst«, bestätigte Tuck. »Aber was könnte das verursachen? Meinst du, es könnte ein Wind sein?«

Patrel brummte nur etwas, die Nacht brach herein, und sie sahen nichts mehr. Müde marschierten die Wurrlinge schließlich in ihr Quartier, nachdem sie als Burgwache abgelöst worden waren.

Am folgenden Morgen war die große schwarze Wand weniger als zehn Meilen entfernt und rückte immer näher. Jedes Mal, wenn Tuck das drohend aufragende Dunkel ansah, stockte ihm der Atem, und er zweifelte an seinem Mut. *Werde ich stark genug sein, wenn es über diese Wälle hereinbricht, oder werde ich schreiend davonrennen?*
Nun konnten sie auch erkennen, dass ein heftiger Wind auf der gesamten Vorderseite des Dusterschlunds blies, als würde die Luft vor der heranrückenden Wand gewaltsam hergeschoben oder umgepflügt. Wie ein sturmgepeitschter Ozean, der sich an einer riesigen schwarzen Mole bricht, wurden brodelnde, wirbelnde Schneewolken hoch in die Luft geschleudert. Im Dusterschlund selbst stieg die Schwärze von der Ebene auf, sie war am dunkelsten in Bodennähe und wurde nach oben hin immer blasser. Doch erstreckte sie sich weit in den Himmel, bis man sie kaum mehr sah, vielleicht eine Meile oder höher. Und obwohl es ein klarer Tag war und die Sonne golden schien, sah es aus, als würde ihr Licht *verzehrt*, wenn es auf die schwarze Wand traf, verschluckt von einem finsteren Ungeheuer.
Aurion, Gildor, Vidron und der Kriegsstab kamen häufig an die Brustwehr, doch weder vermochte ihr Blick den wirbelnden Schnee oder das aufragende Dunkel zu durchdringen, noch tauchte irgendetwas aus der tiefschwarzen Wand auf.

Die Sonne stand im Zenit, als der Dusterschlund zuletzt den Berg Challerain erreichte. Tuck stand mit verschränkten Armen auf der Brustwehr und beobachtete angstvoll, wie die schwarze Wand heranraste. Vor ihr stürmte der heulende Wind, und mit ihm kam der wirbelnde Schnee. Die Burgwache wurde durchgeschüttelt und geohrfeigt von dem kreischenden Sturmwind am Rand des Dusterschlunds. Tuck zog den Elfenumhang fest um die Schultern und die Kapuze über den Kopf, aber noch immer trieb es ihm den Schnee in die vom Wind tränenden Augen. Die Sonne begann sich mit dem Heranstürmen der schwarzen Flut zu verdüstern, als würde eine finstre Nacht hereinbrechen, und doch war es gerade Mittag. Das Sonnenlicht schwand rasch, als der Dusterschlund die Feste Challerain verschlang; binnen eines Wimpernschlags war aus der Dämmerung tiefe Nacht geworden, obschon die Sonne hoch am Himmel stand.

Das schrille Heulen des Windes schwächte sich zu einem fernen Rauschen ab, als die schwarze Wand weiterzog, und dann verstummte auch dieses. Der aufgewirbelte Schnee senkte sich lautlos wieder herab auf Wälle und Untergrund. Tuck sah sich mit staunenden Augen um. Die Feste lag nun in tiefer Winternacht, und eine Kälte schlich sich übers Land, die einem die Glieder erstarren ließ. Am Himmel war die Scheibe der Sonne nur schwach zu erkennen, und auch das nur, wenn man genau wusste, wohin man blicken musste. Doch ein gespenstisches Licht, ein Schattenlicht, leuchtete aus dem Dunkel, wie von einem hellen Mond. Die Quelle des Lichts schien aber die Luft selbst zu sein, und nicht die Sonne, der Mond oder die Sterne. Tiefschwarze Schatten legten sich um die Füße von Felsvorsprüngen und sickerten zwischen die Bäume und Hügel, und nur mit größter Mühe vermochte man in diese Tümpel der Schwärze zu spähen. Und selbst draußen, wo das Land offener war, verlor sich die Sicht im Schattenlicht, schroff abgeschnitten von der gespenstischen Finsternis.

Tuck schritt auf dem Festungswall auf und ab und sagte: »Ruhig, Bokker, ruhig.« Doch ob er seine Gruppe aufmuntern wollte oder mit sich selbst sprach, das war nicht klar. Schließlich nahm er wieder seine Position auf der mittleren Bastion ein und starrte hinaus über die Vorberge. Es war eine merkwürdige Empfindung in den Augen, wenn er in den Dusterschlund spähte, als enthielte das Schattenlicht irgendwie eine neue Farbe, vielleicht ein tiefes Violett oder darüber hinaus. Er schaute in Richtung der verschneiten Ebenen; nur wenige Meilen konnte er ins Dunkel spähen, aber noch immer wurde er keiner Bewegung gewahr, ebenso wenig wie Patrel, der sich Tucks Wache anschloss.

Die schreckliche Kälte kroch bis ins Mark, und Tuck schickte jeweils fünf Leute seiner Gruppe ins Quartier, damit sie dort ihre gesteppten Daunensachen anziehen konnten. Patrel, der ebenfalls gegangen war, kam mit Tucks Kluft zurück, und der streifte schnell die Winterkleidung über die schlotternden Glieder.

»Enge Hosen und schimmernde Rüstung sind ja schön für Geburtstagsfeste, aber will man dieser kalten Winternacht trotzen, braucht es Eiderdaunen«, sagte Tuck, als er die Jacke über den silbernen Harnisch zog, den Elfenumhang wieder um die Schultern legte und die Kapuze hochschlug. Langsam kehrte die Wärme in seine Glieder zurück, und zusammen mit Patrel schaute er weiter in das kalte, dunkle Land hinaus.

Irgendwann wurden die Wurrlinge von den Männern der Burgwache abgelöst, obwohl niemand sagen konnte, wann die Sonne in der grimmigen Kälte untergegangen war, denn nur um die Mittagszeit war ihre Scheibe schwach zu sehen, und sie verblasste, wenn sich die Himmelskugel dem unsichtbaren Horizont entgegensenkte. Die Zeit wurde nun in Kerzenstrichen gemessen sowie mit Wasser- und Sanduhren, und obwohl es inzwischen Nacht sein musste, schienen weder Mond noch Sterne vom Himmel in den Dusterschlund. Doch noch immer war das raue Land zu Füßen der Burg in dem geisterhaften Schattenlicht zu sehen.

Nach unruhigem Schlaf erwachten die Wurrlinge an einem – wie Danner es ausdrückte – »dämmerungslosen ›Tag‹, falls man im Dusterschlund überhaupt von ›Tagen‹ sprechen kann – Fürst Gildor sagt, die Tage seien nun entschwunden, und die *Dunkelzeit* ist über uns gekommen.«

Furcht herrschte allenthalben in der Messe, und es wurde nur leise und voller Ingrimm gesprochen. Und nach dem Frühstück bezogen die Jungbokker neuerlich Posten auf den Wällen der Burg und sahen hinaus ins verdunkelte Land, hinaus ins Schattenlicht. Die Zeit schleppte sich träge dahin, und die Steine der Mauern wurden bitterkalt, denn die Winternacht hatte Hügel und Ebenen fest in ihrem harten Griff, Raureif legte sich auf die Feste Challerain, und Eis bedeckte die Zinnen und ließ sie frostig funkeln.

Wieder kam König Aurion mit Fürst Gildor zum nördlichen Wall; sie ritten auf Rössern mit Paradedecken und waren nun bewaffnet und gepanzert. Der König trug ein mächtiges Schwert am Gürtel und eine Lanze in der Hand. Fürst Gildor war mit einem leichteren Schwert und einem langen Elfenmesser bewaffnet. Sie waren in Kettenhemden gekleidet, und ihren Kopf bedeckten Stahlhelme. Der König trug Rot und Gold, Fürst Gildor Elfengrau. Die Pferde der beiden – der graue *Sturmwind* des Königs und *Leichtfuß*, der Braune mit der weißen Blesse, den Gildor ritt – tänzelten unruhig, aber sie standen still, als die Reiter abstiegen.

Die beiden schritten die Rampe hinauf zu Tuck und Patrel, und Aurion starrte in die gespenstische Dunkelheit, aber er konnte im Schattenlicht nur wenig erkennen.

»Wie weit könnt Ihr sehen, Fürst Gildor?«, fragte der Hochkönig.

»Bis zum fünften Anstieg, nicht weiter«, antwortete der Elf.

»Nun, das ist recht weit, in diesem eisigen Halbdunkel«, erwiderte König Aurion. »Meine Augen gelten als scharf unter den Menschen, doch sehe ich nur bis zum ersten, nein zum zweiten Anstieg. Vielleicht eine Meile weit, höchstens zwei.«

Aurion drehte sich zu Tuck um und blickte in die seltsamen, schräg stehenden Wurrlingsaugen, und selbst im Schattenlicht leuchteten sie saphirblau. »Wie weit seht Ihr, mein kleiner Freund?«

»Eure Majestät, ich sehe einen Hügel weiter nach Norden als Fürst Gildor und sogar noch ein kleines Stück darüber hinaus auf die Ebene, aber dahinter sehe ich nichts mehr als Dunkelheit«, antwortete Tuck.

»Ai!«, rief Gildor erstaunt. »Noch nie wurde das Sehvermögen der weitsichtigen Elfen übertroffen. Doch hier in diesem hinderlichen Dunkel geschieht es. Die Sehkraft Eurer sonderbaren Augen erweist sich in diesem Schattenlicht als stärker denn jene des Ersten Volks. Es heißt bei meiner Art wohl, dass Waerlinga Gaben besäßen, die man nicht leicht entdeckt, und ich muss feststellen, es ist wahr. Vielleicht ist an der Geschichte von Euren Utruni-Augen mehr dran, als ich dachte.«

»Utruni-Augen?«, fragte Tuck verwirrt. »Meint Ihr die Riesen?«

»Freilich«, antwortete Gildor. »Bei uns glaubt man, dass das Kleine Volk etwas von jedem anderen freien Volk in sich trägt – von Elfen, Zwergen, Menschen und Utruni. Und obwohl die Form der Waerlingsaugen dieselbe ist wie bei den Elfen, ähneln sie farblich den Juwelenaugen der Utruni.«

»Juwelenaugen? Die Riesen hatten Juwelenaugen?«, platzte Patrel heraus.

»Ja«, antwortete Gildor. »Augen wie große Edelsteine: An Rubin, Smaragd, Opal, Saphir, Bernstein, Jade und viele andere Edelsteine erinnerten ihre Augen. Einmal sah ich einen Utrun mit Diamantaugen.«

»Ihr habt einen *gesehen*? Einen *Utrun*?« Tuck war ver-

blüfft. »Aber ich dachte, die Riesen gibt es nicht mehr.«
»Nein, da irrt Ihr Euch.« Gildors grüne Augen blickten traurig. »Es sind zwar viele Jahre ins Land gegangen, seit ich zuletzt Utruni gesehen habe, aber sie existieren noch, tief im lebendigen Gestein von Mithgar, wo sie sich durch massiven Fels bewegen und in nimmermüder Fron das Land formen. O ja, sie leben, doch es ist unwahrscheinlich, dass sie uns Bewohnern der Oberfläche je wieder in unseren kleinlichen Auseinandersetzungen beistehen.«

»Ei!«, entfuhr es Patrel. »Gerade fällt's mir wieder ein: Es gibt eine uralte Wurrlingslegende, nach der wir von den Riesen abstammen.«

»Ach, aber nur die wenigsten glauben wohl an diese alte Geschichte«, sagte Tuck. »Ich meine, wie könnte das kleinste Volk ausgerechnet vom größten stammen?«

Gildor beantwortete Tucks Frage mit einer Gegenfrage: »Wer kennt den Willen Adons?« Der Elf hielt inne, bevor er fortfuhr: »Sagte ich nicht, dass Ihr von jedem der Hochvölker etwas in Euch tragt, selbst von den Utruni? Vielleicht ist das der Grund, weshalb Ihr in diesem Schattenlicht weiter seht als Elfen, denn auch die Utruni besitzen merkwürdige Augen.«

»Und Ihr meint, unsere Augen wären wie die ihren?«, fragte Patrel. »Augen wie Juwelen?«

»Nein, Hauptmann Patrel«, erwiderte Gildor, »ich meinte lediglich, dass der Farbton Eurer Augen an den der Utruni erinnert. Die klaren Augen der Waerlinga sind smaragdgrün, bernsteingolden oder saphirblau – nur diese drei leuchtenden Farben, wie ihr wohl wisst. Die Augen von Utruni besitzen sehr viel mehr Schattierungen, und sie scheinen tatsächlich aus den Edelsteinen zu bestehen, an die sie erinnern. Darüber hinaus sehen sie mithilfe eines anderen Lichts, als wir es tun, denn man sagt, sie könnten ein Stück weit durch massiven Fels sehen und wir seien nur unkörperliche Schatten für sie. Wie sie uns im Großen Krieg gegen Gyphon überhaupt bemerkten, das weiß nur Adon, allerdings heißt es in erhaltenen Bruchstücken ansonsten vergessener Legenden, dass wiederum Waerlinga eine nicht näher bekannte, aber entscheidende Rolle dabei spielten, die Hilfe der Riesen zu erlangen.«

»Sind sie wirklich so groß, wie ich gehört habe?«, fragte Tuck.

»Ich weiß nicht, was Ihr gehört habt, jedenfalls erreichen Erwachsene eine Höhe von zwölf bis siebzehn Fuß«, erwiderte Gildor. »Doch genug damit, wir könnten uns sicherlich tagelang über dieses sonderbare Volk unterhalten, und vielleicht haben wir eines Tages Gelegenheit, ausführlich über die Steinriesen zu sprechen, aber für den Augenblick müssen wir das beiseiteschieben und uns wieder diesem Krieg zuwenden.

König Aurion, ich denke, wir sollten uns die weitsichtigen Augen des Kleinen Volkes zunutze machen. Wir wissen nicht, wie weit die Augen der feindlichen Kräfte durch dieses von Modru gesandte Dunkel spähen können, doch sollten die Waerlinga weiter sehen als der Feind, würde uns das einen großen Vorteil verschaffen: den Vorteil, unsere Truppen außerhalb ihrer Sichtweite aufstellen zu können und sie in unsere Fallen laufen zu sehen. Dann könnten wir rasch und mit tödlicher Gewalt zuschlagen, indem wir sie aus dem Schutz ihrer selbst geschaffenen Trübe angreifen.«

König Aurion schlug sich mit der Faust in die offene Hand, und ein grimmiges Lächeln zog über seine gefurchte Miene. »Hai! Endlich ein Hoffnungsschimmer! Wenn Ihr recht habt, Fürst Gildor, wenn das Kleine Volk tatsächlich weiter blicken kann als die Augen des Feindes, dann werden die Waerlinga die Schlüsselrolle in unserer Taktik spielen, denn wir werden sie und ihre Augen auf unsere Truppen verteilen und auf die Horde herabstoßen wie Falken auf Kaninchen.«

»Psst!« Gildor hob plötzlich die Hand, er riss den Kopf

hoch und lauschte angestrengt. »Ich höre eine Trommel schlagen.« Mit einer raschen Bewegung zog er das Schwert aus der Scheide und reckte die Waffe empor, und *siehe da!*, in die Klinge war ein blutroter Juwel mit Runenschnitzereien eingelassen, *und tief im Innern des Steins pulsierte ein rubinrotes Licht!* »Mein Schwert *Wehe* flüstert mir zu, dass Böses naht«, sagte der Elf, sprang zum Wall und drehte den Kopf hierhin und dorthin, um festzustellen, woher das Trommelgeräusch kam. Auch Tuck und die anderen lauschten gespannt, doch hörten sie nichts. »Es kommt von Norden«, sagte Gildor schließlich. Lange Augenblicke vergingen, während deren das schwache Glimmen im Innern des Edelsteins beständig anwuchs. Tuck wusste, dass er eine der »besonderen« Elfenwaffen vor sich hatte, die das Haus Aurinor vor langer Zeit geschmiedet hatte. Und das Steinfeuer zeigte an, dass sich das Böse näherte, deshalb spähten alle ins Dunkel und lauschten angestrengt.

»Hoi!«, stieß Patrel hervor. »Jetzt höre ich es.«

Und auch Aurion hörte es. Zuletzt konnte Tuck den leisen Schlag einer fernen Trommel ausmachen: *Bum, bum, bum.* Ringsum auf den Wällen vernahmen nun auch andere das gleichmäßige Pochen: *Bum, bum, bum.* Langsam, sehr langsam, wurde der bleierne Pulsschlag lauter: *Bum, bum, bum!*

Und Tucks mittlerweile heftig klopfendes Herz hielt den Rhythmus: *Bum! Bum! Bum!*

»Sieh mal, Tuck!« Finns Ruf erschallte über dem unheilvollen Trommeln. »Dort, hinter den Hügeln!« *Bum! Bum!*

Tuck und Patrel spähten angestrengt nach Norden, Tuck schlug das Herz bis zum Hals, und das Blut rauschte in seinen Ohren. *Bum! Bum! Bum!*

»Was ist?«, schrie Aurion Rotaug, dessen Augen das trübe Dunkel nicht zu durchdringen vermochten. »Was seht ihr?« Doch die Wurrlinge antworteten nicht sogleich, sie wollten sich ihrer Worte sicher sein, ehe sie sprachen, und der Trommelschlag kam näher. *Bum! Bum! Bum!* Schließlich drehte sich Patrel um. »Modrus Horde«, sagte er mit Bitternis in der Stimme und einem wilden Blick in den grünen Augen. »Modrus Horde ist gekommen, und sie ist ohne Zahl!« *Bum! Bum! Bum!*

Und draußen auf der Ebene marschierten gewaltige Schlachtformationen auf die Feste Challerain zu, Reihe auf Reihe tauchte aus dem schwarzen Schattenlicht auf, wie eine große, finstere Flut, die sich über die verschneiten Fluren ergoss und sie mit Tausenden und Abertausenden von Modrus Räubern bedeckte. Voraus sprangen die bösartigen schwarzen Vulgs, und in den Reihen marschierten Rukhs und Hlöks. Leichenbleiche Ghule ritten auf Hélrössern inmitten der Horde, und alle bewegten sich zum Rhythmus einer großen Kriegstrommel. *Bum! Bum! Bum!*

Schon erreichten sie die Hügel und strömten auf die Feste zu, und nun konnte auch Gildor sie sehen, seine Augen funkelten im Schattenlicht, während er ihren Vormarsch beobachtete, und die rubinrote Flamme des Edelsteins flackerte in der Klinge des Elfenschwerts.

Bum! Bum! Bum!

König Aurion hielt angestrengt Ausschau und schlug in hilfloser Wut an den steinernen Vorhang. »Noch immer sehe ich sie nicht. Wie viele sind es? In welcher Formation marschieren sie? Welcher Art sind ihre Truppen?«

Patrel antwortete: »Tausende sehe ich. Ihre Zahl vermag ich nicht zu schätzen, doch immer noch kommen mehr aus dem Dusterschlund hinter ihnen. Sie marschieren auf breiter Front, vielleicht eine Meile breit. Die meisten scheinen Rukhs zu sein, dazwischen schreiten die größeren Hlöks, während jeder Hundertste ein berittener Ghul ist und die Vulgs sich vorn und an den Flanken tummeln.«

Aurion wurde aschfahl im Gesicht, als er diese bitteren Zahlen vernahm, denn seine eigenen Kräfte waren dürftig im Vergleich zur Horde. »Und gibt es noch weitere?«

»Nein, Majestät«, erwiderte Patrel. »Nur kommen immer mehr von ihnen aus dem Dunkel.«

Bum, bum! Bum, bum!

Auf den Trommelschlag antwortete ein mitreißender Ruf valonischer Hörner; Tuck blickte vom Wall hinab und sah, wie die Armee der Feste Challerain hinausmarschierte, um auf den Hügeln Stellung zu beziehen: voraus Pikeniere, hinter ihnen Bogenschützen, dann folgten Infanteristen mit Hellebarden, Schwertern und Streitäxten und am Ende Reiter aus Valon mit spitzen Lanzen.

»Aber Majestät«, protestierte Patrel, »die Feinde sind zu zahlreich und wir zu wenige für eine offene Schlacht. Wir verfügen nicht über ein Zehntel ihrer Stärke. Es wäre ein sinnloses Opfer, unsere Leute gegen diese gewaltige Schar antreten zu lassen.«

»Pah!«, knurrte Aurion. »Wenn ich sie nur sehen könnte, dann würde ich wissen, ob ich hart zuschlagen oder mich zurückziehen soll. Lieber würde ich wütend in ihre Reihen einfallen, als wie ein in die Enge getriebener Dachs zu kämpfen.« Er wandte sich fragend an Gildor.

»Ich glaube, Hauptmann Patrel hat recht, Majestät«, sagte der Elf und steckte sein flammendes Schwert zurück in die Scheide. Doch Aurion erwiderte nichts, und Tuck wurde von Verzweiflung ergriffen, als er die riesige Schlachtformation unausweichlich durch die Hügel auf die Truppen des Königs zumarschieren sah. Aber auch Tuck sagte nichts, wenngleich in seinen Augen Tränen der Qual standen.

Bum! Bum! Bum! Bum! Immer näher kam der Feind. Vidron schritt die Rampe empor und stellte sich neben den König. Endlich kam die Horde in Sichtweite der Menschen, und Aurion Rotaug erbleichte, als er die Schar in ihrer vollen Stärke sah. Stöhnend gab der Hochkönig Vidron ein Zeichen. »Lasst zum Rückzug blasen. Es sind zu viele für eine offene Schlacht.«

Vidron hob sein schwarzes Ochsenhorn an die Lippen, und ein gebieterischer Ruf durchschnitt die Luft: *Haan taa-ruu! Haan taa-ruu!* (Kehrt um! Kehrt um!) Aus der Truppe unten kam ein schwaches Hornsignal zurück. »Majestät«, knurrte Vidron, »Hagan stellt den Befehl infrage.«

Bum! Bum! Bum! Bum!

»Ach, Vidron, Eure valonischen Hauptleute sind tapfer, doch Tapferkeit allein reicht nicht aus, die Horde zu besiegen. Erst mit meinem gesammelten Heer kann ich auch nur daran denken, eine solche Macht herauszufordern, und mein Heer ist noch weit im Süden.« König Aurion sah müde aus. »Wir haben keine andere Wahl, als dem Plan des Kriegsrats zur Verteidigung der Mauern zu folgen.«

Haan taa-ruu! Haan taa-ruu!, forderte Vidrons schwarzes Horn. Langsam zog sich die Armee der Feste Challerain zurück, bis sie schließlich wieder innerhalb des ersten Walls war und die Tore sich hinter ihr schlossen.

Bum! Bum! Bum! Bum! Noch näher rückte die Horde, eine schwarze Flut. Nun erkannten die scharfen Wurrlingsaugen, dass es unter den Hlöks welche gab, die mit Peitschen aus Lederriemen auf die Rukhs einschlugen und sie vorwärts trieben.

Bum! Bum! Bum! Noch immer ergoss sich die riesige Horde aus der Dunkelheit, und manche trugen Standarten mit dem Siegel Modrus – ein brennender Ring, Scharlachrot auf Schwarz, das Zeichen des Sonnentodes. Und in der Nähe der Standarten ritten jeweils Ghule auf Hélrössern und trieben die Schar an. Sie rückten bis knapp außerhalb der Reichweite von Bogen an die erste Mauer heran, und auch mit Wurfgeschossen waren sie nicht zu erreichen.

Mit einem grässlichen Heulen, ähnlich dem eines Vulgs, ließ ein Ghul vorn in der Mitte die Hand in die Höhe schnellen und reckte den Säbel empor, und dasselbe Zeichen gaben alle anderen Ghule. Ein raues Blöken aus den Hörnern der Rukhs erklang, misstönend und heiser, und die Reihen der Horde teilten sich, wie eine Strömung, die sich um einen großen Felsen teilt, um nach Osten und Westen abzubiegen und dann wieder nach Süden zu fließen. Erneut zerriss das markerschütternde Geheul der Ghule die Luft, und als wären sie von einer lästigen Pflicht entbunden worden, entfernten sich die Vulgs von der Horde der Rukhs und stoben in Richtung Süden davon. Geschwind liefen sie, als folgten sie der Welle des Dusterschlunds, der das ferne Land verschlang. Zuletzt entschwanden ihre schwarzen Gestalten dem Blick der Wurrlinge, und die Untiere ließen Horde und Festung weit hinter sich. Und noch immer umrundete die Schar den Berg, um an der anderen Seite der Wälle wieder zusammenzuströmen.

Dann hämmerte die große Trommel noch einmal laut: BUM! BUM! BUM!, und verstummte.

Die Horde kam stockend zum Stehen, der Feste Challerain zugewandt, und als einziges Geräusch war der Wind zu hören, der durch die Zinnen der belagerten Bergstadt pfiff.

Eine Stunde verging, dann noch eine, und noch immer stand die Horde unbeweglich mit den Gesichtern zur Feste. Auf den Wällen lief der König auf und ab wie ein Löwe im Käfig, immer wieder hielt er an, um lange auf den schweigenden Feind hinabzublicken, bevor er weiterlief. Schließlich rief er Vidron und Gildor zu sich, und sie unterhielten sich leise. Nach einer Weile bat er Patrel hinzu.

Tuck, der in der Nähe stand, hörte die Worte des Königs. »Hauptmann Patrel, wir müssen das scharfe Sehvermögen der Waerlinga gleichmäßig auf meine Truppen verteilen, denn nur die merkwürdigen Edelsteinaugen Eures Volkes vermögen über einige Entfernung durch diese Düsternis zu sehen. Und auch wenn es bedeutet, dass Verwandte, Freunde, Stammesgenossen voneinander getrennt werden, muss ich dennoch verlangen, dass sich sämtliche Waerlinga an die Seite meiner Hauptleute stellen, mit einer Ausnahme: Ich wünsche, dass Ihr und Eure beiden Leutnants bei mir bleibt und an meinem Kriegsrat teilnehmt, denn wir werden Euch drei brauchen, damit Ihr uns als weitblickende Augen während der langen Tage dient, die vor uns liegen.«

Und so kam es, dass die Wurrlingskompanie des Königs auf die Armeen der Feste Challerain verteilt wurde und Tuck, Danner und Patrel sich dem Kriegsrat des Hochkönigs anschlossen. Doch wie es der König schon vorausgesehen hatte, fühlte sich das Kleine Volk zwar geehrt durch die besondere Rolle, die ihnen Aurion Rotaug zuwies, litt aber dennoch unter der Auflösung der Kompanie. Und Tuck war von dem Gefühl beherrscht, dass er die Jungbokker seiner Gruppe irgendwie im Stich ließ oder von ihnen verlassen wurde. Er empfand außerdem Schuldgefühle, weil er, Danner und Patrel möglicherweise beisammenblieben, während alle anderen allein unter Fremden sein würden, mit dem einzigen Trost, dass sich alle noch in der Feste Challerain befanden und sich von Zeit zu Zeit sehen konnten.

Fürst Gildor wandte sich an Patrel. »Hauptmann, wenn Ihr mein scharfsichtiger Kamerad sein wollt, dann werde ich Euch das Harfenspiel beibringen, während Ihr mir zeigt, wie man mit einer Laute umgeht.« Patrels Züge dehnten sich zu einem breiten Lächeln, und er nahm das Angebot des Elfen an, indem er den Kopf senkte.

König Aurion sah Marschall Vidron eindringlich an, als dieser bat: »Majestät, ich würde mich freuen, wenn Leutnant Danner an meiner Seite durch die Schwärze spähen würde.« Auf ein Nicken des Königs hin marschierte Vidron in Richtung Südwall, um sich auf die Suche nach Danner zu machen.

Und so geschah es, dass Tuck die Ehre zuteil wurde, seine weitsichtigen Augen in den Dienst des Hochkönigs zu stellen. »Kommt, kleiner Freund, begleitet mich, während ich Sturmwind in den Stall zurückbringe; Ihr könnt Fürst Gildors Leichtfuß führen«, sagte Aurion, worauf er und Tuck zu den Pferden hinabgingen, während Patrel und Gildor auf den Wällen zurückblieben.

»Majestät«, rief ein atemloser Herold, »Fürst Gildor sendet Nachricht: An der östlichen Flanke ist etwas im Gange.«

»Herr Tuck!«, rief der König, und der Jungbokker huschte aus der Box, in der sein graues Pony untergebracht war, eine Striegelbürste in der Hand. »Sputet Euch, wir gehen zum Ostwall«, bellte Aurion, und Tuck fuhr herum, legte die Bürste weg und griff nach seinem Mantel. Der Wurrling musste rennen, um den König einzuholen, der mit raschen Schritten den Hof überquerte. Dann ging es eine Rampe hinauf, zum mittleren Bereich des östlichen Bollwerks. Dort standen bereits Gildor und Patrel, während sich Danner und Vidron von Süden näherten.

»Da«, sagte Gildor.

Tuck sah einen großen Trupp Ghule, Hlöks und Rukhs im Osten, die nach Süden marschierten. Weit entfernt waren sie, gerade noch innerhalb der Sichtweite Gildors, und von ihrer fernen Wanderung drang kein Geräusch bis zu den Wällen. Wie ein düsterer, gleitender Schatten strömten sie im Geisterlicht über das Land. All das beschrieb Tuck für Aurion, während auch Vidron zuhörte, denn der Trupp befand sich jenseits des menschlichen Sehvermögens.

»Sandor hat sie vor etwa einer Stunde entdeckt«, erklärte Patrel. »Sie kamen aus dem Norden und bewegen sich in Richtung Süden, wohin sie aber gehen, vermag ich nicht zu sagen.«

»Vielleicht marschieren sie ins Weitimholz«, sagte Danner und ballte die Fäuste.

»Oder nach Steinhöhen.« Aurions Stimme klang bitter.

»Mag sein, sie haben entdeckt, dass Ardental eine Hochburg der Elfen ist«, meinte Gildor und umklammerte den Knauf seines Langmessers. »Vielleicht stoßen sie nach Osten vor, in die verborgene Schlucht von Talarin. Allerdings glaube ich, dass sie diese vom Grimmwall aus angreifen würden. Ja, es wird wohl Weitimholz oder Steinhöhen sein, wohin sie marschieren.«

Doch ob Wald, Dorf oder Tal – keiner von ihnen kannte das Ziel der Truppe; und Mensch, Elf und Wurrling standen stumm da, während die Bokker beobachteten, wie die ferne Horde wiederum lautlos in den unheilvollen Dusterschlund verschwand. Und als auch kein Wurrling sie mehr sehen konnte, sandte Aurion Boten aus, um seinen Kriegsrat einzuberufen. Während sich der König jedoch eben anschickte, in die Burg hinabzugehen, erklang *Bum!* die mächtige Trommel der Horde. *Bum!*, kam ein neuer Schlag, und Tuck erkannte vom Wall aus eine große Unruhe in den Reihen der Rukhs. Sein Herz machte einen erschrockenen Satz, und er legte geschwind einen Pfeil an die Sehne seines Bogens, ohne den Feind aus den Augen zu lassen. *Bum!*

»Pah! Sie brechen ins Lager auf«, knurrte Vidron nach einer Weile, »und nicht, um die Wälle da unten anzugreifen.« Der General des Königs steckte sein Schwert zurück in die Scheide, und nun erst nahm Tuck wahr, dass auch Patrel, Danner und Sandor einen Pfeil an die Sehne gelegt hatten. Jeder hier oben auf dem Festungswall hatte beim Klang der großen Trommel die eine oder andere Waffe gezückt. Schwerter und Dolche glitten mit metallischem Klirren zurück in ihre Scheiden, darunter auch Gildors *Wehe*. Als Tuck seinen Pfeil in den Köcher schob, überlegte er, ob sich die anderen wohl ebenso töricht vorkamen wie er selbst, denn auch wenn der Feind angegriffen hätte, wäre der Kampf nicht hier oben, am fünften Wall, entbrannt, sondern unten am ersten, beinahe tausend Fuß entfernt. *Bum!*

»Kommt«, sagte Aurion, »lasst uns Rat halten.« Sie stiegen hinab von der Brustwehr und gingen in die Feste, ihnen voraus Pagen, die mit Laternen den Weg leuchteten, denn das bleiche Schattenlicht des Dusterschlunds drang nicht bis in die Burg vor. Der König führte sie in einen Raum, in dessen Mitte ein großer Tisch mit schweren Sesseln stand; an den Wänden hingen Karten und Pläne. Dies war der Raum des Kriegsrats, tief im Innern der Burg, doch selbst hier war, wenn auch gedämpft, der langsame Schlag der Trommel zu hören.

Weitere Männer kamen hinzu: Hagan aus Valon, jung, stark, mit flachsblondem Haar; Medwyn aus Pellar, grauhaarig und krumm, aber mit hellen, wachen Augen; Overn aus Jugo, ein dicker Mann mit einem mächtigen schwarzen Bart und buschigen Augenbrauen; der junge Brill aus Wellen, hochgewachsen und schlank, der distanziert und in sich gekehrt wirkte, und von dem manche behaupteten, er sei ein Berserker; und Gann aus Riamon, schweigsam und reserviert, vielleicht der beste Stratege von allen. Ein bunt gemischter Haufen waren sie, doch Krieger alle, und zusammen mit Vidron und Gildor bildeten sie den Kriegsrat des Hochkönigs in der Feste Challerain. In diese Gesellschaft kamen Tuck, Danner und Patrel, und Tuck fühlte sich inmitten dieser Soldaten so fehl am Platz wie ein Kind in einem Ältestenrat. *Bum!* Alle setzten sich um den Tisch herum, auch die Jungbokker, denen nichts anderes übrig blieb, als sich auf die Armlehnen zu hocken, wenn sie über die glatte Fläche sehen und selbst gesehen werden wollten.

»Krieger«, begann König Aurion, »wir sehen harten Zeiten entgegen.« *Bum!* »Der Feind ist uns an Stärke zehnfach überlegen und hat unsere Stellung umzingelt: Wir befinden uns im Belagerungszustand. Darüber hinaus ziehen weitere Kräfte Modrus in Richtung Süden, und wir können nichts tun, um sie aufzuhalten. Ich wünschte, ich wüsste, wo mein Heer steht oder wann es eintreffen wird. Mag sein, dass die Legion just in diesem Augenblick nach Norden marschiert, doch wir wissen es nicht, denn Modrus Köter fangen unsere Boten ab, und vielleicht hat die Sammlung der Truppen noch gar nicht begonnen. Keine Nachricht hat uns aus Süden erreicht, und solange die Horde unsere Mauern umzingelt, wird uns auch keine erreichen, es sei denn, das Heer selbst brächte sie.

Bei unserem letzten Zusammentreffen entschieden wir uns für zwei Strategien, die jeweils von der Stärke des Feindes abhingen: Nach der ersten wollten wir ins Feld ziehen und unsere Truppen gegen Modrus schicken; gemäß der zweiten würden wir diese Mauern verteidigen und halten, bis die Legion eintrifft. Nun ist der Feind gekommen, und seine zahlenmäßige Überlegenheit scheint uns kaum eine Wahl zu lassen, als die Wälle zu verteidigen, denn wir sind von einer gewaltigen Horde eingekreist, und sie wird gewiss angreifen.« *Bum!*

»Ich habe Euch kommen lassen, um zu fragen, ob wir tatsächlich nichts weiter tun können, als zu warten, bis der Feind zuschlägt. Hat jemand eine Schwäche in der Horde entdeckt, die wir zu unserem Vorteil nutzen können? Haben wir eine andere Möglichkeit als die Wälle der Feste Challerain zu verteidigen? Ich warte auf Euren Rat.«

Lange sprach niemand, und schließlich erhob sich Tuck widerstrebend und bekam das Wort erteilt. »Es tut mir leid, Majestät, weil ich so dumm bin, aber ich habe eine Frage: Warum hat der Feind noch nicht angegriffen? Worauf warten sie?«

Der König sah Fürst Gildor an. »Wir kennen die Gedanken des Feindes in Gron nicht«, erklärte dieser, »und auch nicht die genaue Aufstellung seiner Kräfte. Doch zweifellos wartet die Horde da draußen auf etwas.« *Bum!* »Ich weiß nicht, worauf, aber es wird nichts Gutes sein, dessen könnt Ihr gewiss sein.«

Fürst Gildor verstummte, und Tuck spürte ein Frösteln, das ihm bis ins Mark drang.

»Wie lange können wir aushalten? Was Essen und Trinken betrifft, meine ich«, wollte Patrel wissen.

»Vielleicht sechs Monate, länger nicht«, antwortete der dicke Overn. »Falls wir sie von den Bollwerken zurückschlagen können.«

»Wird uns das nicht schwer fallen?«, unterbrach Danner. »Ich meine, unsere Krieger werden weit über die Wälle verteilt sein. Es sieht aus, als könnten die Feinde überall durchbrechen.«

»Ja, Herr Danner, da habt Ihr recht«, erwiderte Medwyn aus Pellar. »Es wird schwierig werden, besonders bei den unteren Mauern. Tatsächlich erwarten wir sogar, dass diese Wälle fallen.« *Bum!*

»*Wie?*«, brach es aus Patrel heraus. »Ihr *erwartet*, dass sie fallen?«

»Ganz recht«, entgegnete Medwyn, »denn die unteren Mauern erstrecken sich um den Fuß des Berges, und wir sind zu wenige, um eine solche Strecke gegen eine so riesige Horde zu verteidigen. Doch je höher wir den Berg hinaufkommen, desto weniger Mauerlänge haben wir zu verteidigen. Deshalb vervielfacht sich unsere Stärke praktisch, während wir nach und nach auf höher gelegene Wälle zurückweichen, weil die zu verteidigende Linie kleiner wird. Stellt es Euch so vor: Einige wenige, kräftige Krieger genügen, um einen schmalen Durchgang zu halten – etwa eine Brücke oder einen Pass –, weil unabhängig von der Größe der feindlichen Armee stets nur eine kleine Zahl gleichzeitig angreifen kann. Deshalb vermag eine Gruppe einer ganzen Legion zu trotzen, so wie wir der Horde trotzen werden – auch wenn wir dafür bis zum allerletzten Wall zurückweichen müssten.« *Bum!*

Wieder gefror Tuck das Blut in den Adern, und im Geiste sah er Horden von Räubern die Wälle der Festung überfluten. *Bum!*

»Aber Majestät, ich verstehe nicht«, sagte Patrel. »Ihr

wollt aussichtslose Schlachten auf den unteren Wällen schlagen und Euch immer weiter nach oben zurückziehen, bis wir zuletzt nur noch die Burg verteidigen, wo wir es möglicherweise schaffen, dieser schrecklichen Horde zu widerstehen. Aber für wie lange? Höchstens sechs Monate, denn dann gehen unsere Vorräte zur Neige. Vielleicht begreife ich den Plan ja nicht richtig, Majestät, aber mir scheint es, als würden wir den Kopf in eine Schlinge stecken, die der Feind geknüpft hat, und er wird sie zusammenziehen, bis wir ersticken.« *Bum!*

»Nein, Hauptmann Patrel«, antwortete Aurion, »Ihr versteht den Plan vollkommen, denn genau dieses ist unsere Strategie, unser Weg zum Sieg.«

»Was?«, platzte Danner heraus. Er sprang mit gerötetem Gesicht auf und schüttelte Tucks Hand ab, der ihn zurückhalten wollte. »Ein Weg zum Sieg, sagt Ihr? Einen Weg ins Verderben nenne ich es! Ich bin dafür, ihre Reihen anzugreifen und so viele von ihnen zu töten wie möglich. Wenn wir schon sterben müssen, dann wenigstens nicht eingeschlossen wie in die Enge getriebene Ratten!«

Die Augen des jungen Brill funkelten leidenschaftlich, ebenso wie die von Hagan und Vidron. Diese Krieger schienen Danners Ansicht zu teilen, denn seine Strategie entsprach ihrer kühnen Natur.

Gann von Riamon jedoch hielt ruhig dagegen: »Und was, Herr Danner, wird uns ein solcher Zug einbringen?«

»Nun... wir...«, stotterte Danner, »wir werden viele von diesem Gezücht mit uns nehmen. Zwar werden wir sterben, aber wir werden eine gewaltige Spur in ihren Reihen hinterlassen.« *Bum!*

»Und was dann?« Ganns Tonfall war kühl.

»Was dann, fragt Ihr? Was dann?« Danner knirschte wütend mit den Zähnen. »Nichts! Nichts weiter! Wir werden tot sein, aber mit uns viele Feinde. Und wir werden den Tod von Kriegern gestorben sein.«

»So ist es«, sagte Gann und erhob sich. »Und genau darin liegt der Fehler Eures Plans. Ihr sprecht Euch für einen Ausfall und eine ruhmreiche Schlacht gegen die Horde aus. Doch Ihr erkennt selbst, dass ein solcher Kurs nur ins Reich des Todes führt. Vielleicht werden wir stark sein, und auf jeden, der auf unserer Seite fällt, kommen zwei oder gar drei getötete Feinde. Bedenkt jedoch: Wenn wir alle Euren ›Kriegertod‹ gestorben sind – und jeder von uns seinen Teil an Feinden mit hinab in die Dunkelheit genommen hat –, *dann steht da draußen immer noch eine riesige Horde, eine Horde, die dann ungehindert plündernd nach Süden ziehen«*, Ganns Faust landete krachend auf dem Tisch, *»und alles zermalmen kann, was sich ihr in den Weg stellt.«* Bum!

Gann ließ den Blick um den Tisch schweifen, und Tuck wurde klar, dass der Mann ebenso zu Vidron, Hagan und dem jungen Brill sprach wie zu Danner. »Angriff? Nein, sage ich, denn dieser Weg führt dazu, dass die Horde frei umherschweifen und das Land verwüsten kann. Die Feste Challerain verteidigen? Ja, sage ich, denn damit binden wir den Feind hier. Und wenn das Heer kommt, wird es die Horde sein, die in der Falle sitzt, nicht wir.« Gann nahm wieder Platz, und Danners sprühende Bernsteinaugen wichen den kalten grauen des Mannes aus, denn der Wurrling erkannte sehr wohl die klare Logik in Ganns Argumentation. Dennoch schien Danner nicht bereit zu sein, die vorgeschlagene Taktik gutzuheißen, denn sie ging ihm gegen den Strich.

»Ach, Winzling«, knurrte Hagan mit tiefer Stimme, »wir im Kriegsrat dachten zwar, dass die Horde groß sein könnte, doch wir haben nicht mit der gewaltigen Masse gerechnet, die dann kam. Wir haben über diese und andere Pläne viele Male debattiert. Ich weiß, wie Ihr fühlt, denn ich spüre, wir beide sind uns in diesen Dingen ähnlich. Es wurmt einen, immer in der Defensive, auf dem Rückzug zu sein. Angriff! Das ist unsere Antwort auf die Misslichkeiten des Lebens. Angriff!«

Tuck war überrascht von Hagans scharfer Einsicht in Danners Wesen, denn Tuck wusste, der Mann hatte *recht*. Danner griff in der Tat an, wenn er sich den Misslichkeiten des Lebens gegenübersah, sei es Angst, Ärger, eine abweichende Ansicht oder irgendeine andere Widrigkeit. Kam Danner etwas in die Quere, griff er an. Er tat es sogar dann noch, wenn es zu unerwünschten Resultaten führte. Warum Tuck das bisher nie aufgefallen war, wusste er selbst nicht, denn es schien ihm nun so offensichtlich. Es hatte zweier absolut Fremder bedurft – zuvor schon Gildor und nun Hagan –, um Tuck diese Wahrheit über Danners Natur zu offenbaren, und er glaubte nicht, dass einer der beiden je erfahren würde, wie klar ihre Sicht gewesen war.

Tucks Gedanken wurden gewaltsam zu ihrem eigentlichen Problem zurückgelenkt, da sich Vidron nun zu Wort meldete: »Ja, Ganns Worte klingen wahr, und seine Taktik wirkt vernünftig, denn wir halten diese Horde, ohne uns zu bewegen, hier an einem stark befestigten Ort auf. Wir besetzen das höher gelegene Gelände, und unsere Verteidigungsanlagen sind gewaltig. Es gibt jedoch folgende Probleme bei diesem Plan: Erstens könnte es uns möglicherweise misslingen, die Mauern gegen diese Übermacht zu halten. Zweites, selbst wenn wir sie halten, kommt womöglich unsere Legion nicht früh genug oder nicht in ausreichender Stärke, um die Horde zu besiegen. Und drittens und letztens lässt Modru vielleicht noch weitere Scharen über das Land schwärmen, die ebenso groß oder noch größer sind als diese hier – eine kleinere ist bereits in Richtung Osten vorbeigezogen, wie Ihr wohl wisst. Drei Dinge also habe ich genannt, und wenn eines oder mehrere davon zutreffen, dann ist diese Strategie nicht die beste, auch wenn es zu spät sein mag, etwas zu ändern.«

»Pfui!«, schnaubte Medwyn und machte Anstalten, aufzustehen, doch Aurion Rotaug hob die Hand, und der Mann aus Pellar blieb widerstrebend sitzen.

»Lasst uns nicht von Neuem in dieses Hornissennest aus Plänen und Gegenplänen stoßen«, sagte der König, »denn zu viele Male wurden wir von den Stacheln des Streits gestochen. Der Balsam der Logik vermag hier kaum die Leidenschaft zu zügeln, denn es gibt zu viele Unbekannte, und der beste Weg ist nicht klar erkennbar.

Stattdessen frage ich dieses, denn Ihr alle habt die Zahl unsrer Feinde gesehen, und sie ist gewaltig: Gibt es noch etwas, das wir tun können, nun, da wir wissen, was uns bevorsteht? Fällt jemandem ein Plan ein, den wir nicht bereits verworfen haben?« Der König schaute langsam in die Runde und ließ den Blick auf jedem Einzelnen ruhen: Gildor, Vidron, Gann, Overn, Medwyn, der junge Brill, Hagan, Patrel, Danner und zuletzt Tuck. Alle schüttelten den Kopf, und Tuck fühlte sich irgendwie als Versager, als er an der Reihe war. *Bum!*

»Dann ist dieser Kriegsrat beendet.« Aurion stand auf, doch bevor er hinausging, wandte er sich an die Wurrlinge: »Herr Tuck, bringt Eure Habseligkeiten in meine Gemächer, denn ich möchte Euch an meiner Seite haben, falls ich Augen brauche, die durch den Dusterschlund sehen. Hauptmann Patrel, Ihr bleibt in Fürst Gildors Quartier, und Ihr, Herr Danner, bei Marschall Vidron. Ich gehe wieder hinaus zu den Wällen.«

Als die drei Jungbokker die Kaserne betraten, stellten sie fest, dass sie als Letzte ihre Habseligkeiten in andere Quartiere verlegten. Der Saal lag leer und still da, verlassen, beinahe verloren. Tuck raffte Bettzeug und Gepäck zusammen und sah sich noch einmal ausgiebig um. Kein fröhliches Wurrlingsgeschnatter drang an seine Ohren, und kein lächelnder Jungbokkerblick begegnete seinem. Ein großes

Gefühl der Einsamkeit stieg in ihm auf, und in seinen saphirblauen Augen standen Tränen. Wortlos drehte er sich um und ging schweren Schritts zur Eingangstür, an seiner Seite Danner und Patrel. Und als das Trio den Hof überquerte, schaute keiner von ihnen zurück.

Tuck ging allein zu den Gemächern des Königs, eine mitgeführte Laterne leuchtete ihm den Weg. Er stellte seine Sachen neben einem Sofa im Vorzimmer ab, das er als sein Feldbett auserkor. Als er auf die Mauern zurückkehrte, traf er den König am westlichen Ende des Nordwalls an. Vidron und Danner waren ebenfalls dort, dazu Argo, der inzwischen der jeweils diensthabenden Kompanie der Burgwache zugeteilt war. Als Tuck die Rampe hinaufkam, sah er, dass alle Augen angestrengt nach Norden blickten, und es herrschte große Aufregung.

»Was gibt es?«, fragte Tuck, als er die anderen erreicht hatte.

»Da draußen, Tuck, sieh nur«, sagte Argo und deutete weit nach Nordwesten. »Gerade noch sichtbar. Ich kann es nicht genau erkennen. Was ist das?« *Bum!*

Tuck schaute und erkannte zunächst nichts. Er forschte angestrengt, sah aber noch immer nichts als das ferne Dunkel. Als er gerade sagen wollte, dass er nichts bemerkte, fiel ihm ein Flackern ins Auge, und genau am Rande seines Gesichtsfeldes sah er ... Bewegung, aber was sich da bewegte, vermochte er nicht zu sagen.

»Versuch es aus den Augenwinkeln«, schlug Danner einen alten Trick für nächtliches Sehen vor.

»Ich weiß nicht«, sagte Tuck nach einiger Zeit. »Es könnten ... Pferde sein. Ein Trupp Berittener, die sich schnell bewegen.«

»Siehst du!«, krähte Argo. »Ich hab's dir gesagt! Das glaube ich nämlich auch, aber Danner meint nein.«

»Ich sagte nur, dass man es auf diese Entfernung nicht

feststellen kann«, brummte Danner. »Abgesehen davon könnten es genauso gut Hélrösser sein.«

»Was immer es ist, es ist weg, verschwunden im Dusterschlund«, rief König Aurion in neuerlicher hilfloser Enttäuschung, weil er die Düsternis nicht durchdringen konnte. »*Ach!*« Er schlug mit der Faust auf den Stein. Dann beherrschte er seinen Zorn, drehte sich zu Argo um und befahl: »Gebt die Nachricht an Euer Volk weiter. Sie sollen den Rand der Dunkelheit nach diesem und anderen Zeichen absuchen. Vielleicht sieht irgendein Waerling, was wir nicht sehen konnten, und dann werden wir wissen, ob es gut oder schlecht für uns ist.« *Bum!*

Als Tuck müde in sein Bett im Vorzimmer des Königs kroch, ließ die große Rukhen-Trommel noch immer mit bleiernem Schlag den Puls der wartenden Horde ertönen, doch worauf sie wartete, das vermochte er nicht zu sagen. In Tucks Kopf wirbelten die Ereignisse des Tages durcheinander, und trotz seiner Erschöpfung konnte er sich nicht vorstellen, wie er in der vom Feind umstellten Feste und bei dem dumpfen Hämmern einer großen Trommel Schlaf finden sollte. Doch Augenblicke später war er fest eingeschlummert und wachte erst wieder auf, als sich schließlich auch Aurion auf dem Weg ins Bett müde durch das Vorzimmer schleppte. Die ganze Nacht lang erfüllten flüchtige Blicke auf schnelle Reiter Tucks Träume, sie tauchten aus fernen Schatten auf und verschwanden wieder, doch ob es sich um Menschen auf Pferden oder um Ghule auf Hélrössern handelte, das konnte er nicht feststellen. Und irgendwo schlug eine mächtige, schwere Glocke ein furchtbares Klagelied: *Bum! Bum! Bum!*

Noch zweimal, bevor Tuck auf die Wälle zurückkehrte, wurde am Rande der Dunkelheit, an der äußersten Grenze des Sehvermögens von Wurrlingen, Bewegung ausgemacht –

doch wer sie verursachte, konnte niemand feststellen. Diese und andere Dinge brachte man dem König zur Kenntnis, während er zusammen mit Vidron, Gildor und anderen Mitgliedern des Kriegsrates frühstückte. Zorn huschte über die Züge des Königs, als ein Bote mit der Nachricht kam, dass die Rukha nunmehr die Grabhügel entlang des Nordwalls plünderten. »Wenn für nichts anderes, werden sie dafür büßen«, sagte er bitter, und Tuck erschauderte bei dem Gedanken, dass das Gezücht in den Grabstätten toter Helden und Adliger herumwühlte.

Um sich von den Grabräubern abzulenken, begann Tuck ein Gespräch mit Danner. »Letzte Nacht habe ich von Reitern im Dunkel geträumt, aber ob es Menschen oder Ghule waren, konnte ich nicht feststellen.«

»Mich haben keine Träume gequält. Ich habe geschlafen wie ein Toter«, erwiderte Danner.

»Ich bin in der Nacht ständig aufgewacht«, warf Patrel ein, »und jedes Mal, wenn ich aufgeschaut habe, saß Gildor in einem Sessel am Fenster und strich leise über seine Harfe. Als ich ihn darauf ansprach, meinte er, ich solle mir keine Sorgen machen, der Schlaf von Elfen sei ›anders‹ – aber wie er nun ist, das hat er nicht gesagt.«

»Was er wohl gemeint hat mit ›anders‹?«, überlegte Danner, aber bevor sie weitersprechen konnten, war es an der Zeit, aufzubrechen.

Sie erhoben sich vom Tisch und streiften ihre Wintersachen über, dann marschierten sie durch die Korridore und hinaus auf die Pflastersteine. Als sie an die kalte Luft kamen, war Tuck froh über seine behagliche Kleidung aus Eiderdaunen, auch wenn sie seine strahlende Silberrüstung verbarg, denn er fand, nur ein Narr würde Wärme gegen Befriedigung der Eitelkeit tauschen.

Auf dem Weg zu den Festungswällen sagte Danner zu Tuck: »Ich habe über unsere missliche Lage nachgedacht. Worauf alles hinausläuft, ist der Umstand, dass die Horde noch immer wartet ... und niemand weiß auf wen oder was. Und unsere Kräfte stehen zur Verteidigung der Mauern bereit, und lassen sich zurückfallen, bis wir in diesem ... steinernen Grab in der Falle sitzen. Das gefällt mir nicht, Tuck, das gefällt mir ganz und gar nicht – darauf warten, eingeschlossen zu werden. Gib mir stattdessen die Freiheit der Sümpfe, Wiesen und Wälder der Sieben Täler, und die Horde wird eher verrotten, als mich dort zu besiegen.«

»Ich bin ganz deiner Ansicht, Danner«, erwiderte Tuck. »Dieses Warten ist schrecklich. Wir tun scheinbar nichts weiter, als zu warten, über den Feind hinweg in die Dunkelheit dahinter zu spähen und von diesem Wall zu jenem zu stürzen, weil irgendetwas – das alles sein kann – im Halbdunkel aufflackert, und die ganze Zeit warten und warten wir, bis der Feind losschlägt. Ich fühle mich ebenfalls gelähmt und eingeschlossen, und wir haben erst *einen* Dunkeltag hinter uns. Was sollen wir bloß tun, wenn sie Wochen oder Monate da draußen stehen? Wir werden den Verstand verlieren, so sieht es aus. Aber lass mich auf eines hinweisen: Wir *warten* nicht, bis wir eingeschlossen sind, sondern wir *sind* bereits eingeschlossen. Jetzt haben wir keine andere Wahl mehr, als Ganns Strategie zu folgen und zu hoffen, dass sie aufgeht. Indem wir hierbleiben, binden wir die Horde. Und wenn das Heer kommt, werden die Karten neu gemischt, denn dann ist es die Horde, die in der Falle sitzt.«

»Nur wenn das Heer in ausreichender Stärke kommt und wir die Feste Challerain so lange halten können«, erwiderte Patrel. »Wie der König sagte, wird selbst sein Heer Mühe haben, diese Horde zu besiegen. Und wie Vidron anmerkte, falls die Feste fallen sollte, kann die Horde ungehindert in südliche Richtung ziehen.« *Bum!*

Sie gingen weiter, und Tuck bemerkte, dass man auf den Wegen, Rampen und Wallgängen Asche ausgestreut hatte, denn Raureif und Frost machten das Gehen gefährlich. Es war bitterkalt, und zur Abwehr des eisigen Griffs wurden Kapuzen hochgeschlagen und Mäntel fest zugezogen.

Schließlich blickten sie hinab auf die Horde, und sie war groß und mächtig *(Bum!)* und umzingelte den Berg. Wieder überkam Tuck eine ahnungsvolle Furcht, als er die gewaltige Schlachtaufstellung sah. Doch der Feind hatte sich weder vor noch zurück bewegt, seit Tuck ihn zuletzt gesehen hatte. Er wartete. *Bum! Bum!*

»Ahh, diese grässliche Trommel!«, schrie Danner voller Zorn. »Wenn schon sonst nichts, würde ich diesen Trommler gern in sein eigenes Instrument stopfen und es zu einem Abschiedslied schlagen.«

Alle brachen in Gelächter aus, besonders Vidron, der die Vorstellung eines Rukhs in einer Trommel, auf die ein Waldan einhaut, überaus lustig fand.

Ihre gute Laune wurde durch einen Schrei Patrels unterbrochen. »Ai-oi! Was ist das? Ein Feuer. Da brennt etwas.«

Weit im Norden, vorläufig nur für Wurrlingsaugen sichtbar, loderte ein Feuerschein. Noch während sie zuschauten, stiegen die Flammen in die Höhe, wurden heller und sandten ihr Licht durch den Dusterschlund. Noch höher sprang das Feuer. *Bum!*

»Seht!«, rief Tuck. »Um das Feuer herum jagen Reiter.« Als Umrisse vor den Flammen konnten die Wurrlinge berittene Streitkräfte ausmachen, die im Kampf hin und her wogten, doch wer gegen wen kämpfte, vermochten sie nicht festzustellen.

»Ai! Jetzt sehe ich das Feuer auch«, sagte Fürst Gildor, »aber keine Reiter.« Verbittert starrten der König, Vidron und andere Männer auf den Wällen mit ihrer menschlichen Sehkraft nach Norden, als versuchten sie, das trübe Dunkel mit reiner Willenskraft zu durchdringen. Doch sie sahen nichts als Schatten.

»Welche Größe haben die Streitkräfte?«, bellte König Aurion. »Sind es Menschen oder Ghule?«

»Das kann ich nicht sagen«, erwiderte Patrel, »denn wir sehen nur flüchtige Umrisse.«

Noch höher sprangen die Flammen, noch heller leuchteten sie. »Es brennt hoch wie ein Turm«, berichtete Danner, »wie ein Turm, wo vorher keiner stand.«

»Holla!«, schrie Vidron. »Jetzt sehe ich das Feuer auch – aber sehr schwach, wie eine weit entfernte Kerze in einem düsteren Nebel.«

»Oder eine verlöschende Kohle im Herd«, keuchte Aurion, der nun endlich ebenfalls einen schwachen Feuerschein wahrnahm.

»Psst!«, mahnte Gildor. »Horcht, da unten.«

Das Blöken von Rukhen-Hörnern mischte sich mit den rauen Rufen von Ghulen, und in der Horde brach große Unruhe aus. Tuck sah Ghule auf den Rücken von Hélrössern springen und zu den Hornsignalen reiten, wo sie sich zu einer wogenden Schar sammelten. Und dann jagten sie mit einem grässlichen Schrei in Richtung Norden davon, auf das lodernde Feuer zu.

»Sie reiten, als wollten sie etwas verteidigen oder einem Feind den Weg abschneiden«, sagte Vidron. »Was ist mit den anderen Reitern, denen am Feuer?«

»Sie sind weg«, entgegnete Patrel, »einfach verschwunden.« *Bum!*

Und Tuck erkannte, dass Patrel recht hatte. Denn alles, was er sah, war ein fernes Lodern, das sich in die Dunkelheit emporschlängelte, und nicht länger jagten die wogenden Silhouetten vor den Flammen hin und her. Tuck blickte zum König hinauf, der in Gedanken versunken schien. Und im selben Augenblick war es, als würde ein plötzliches Begreifen über Aurion Rotaugs Züge huschen; er schlug sich mit der Faust in die Handfläche, und ein hämisches »*Ha!*« brach aus ihm heraus. Woran er aber gedacht hatte, das sagte er nicht, sondern wandte seinen Blick erneut dem schwachen roten Schein zu.

Unten sprengten die Ghule durch die Winternacht nach Norden. Schnell ritten sie, im Nu durchquerten sie die vorgelagerten Hügel und hatten die Ebene erreicht, und nicht lange, dann waren sie außer Sichtweite der Wurrlinge in den Dusterschlund geritten und eilten auf ein fernes Feuer zu, das wie ein einsamer Leuchtturm aus dem alles trübenden dunklen Nebel schien. Die Krieger beobachteten weiter, und die Flammen wurden schwächer, aber zuletzt sahen sie die Umrisse der Ghule vor dem schwindenden Feuerschein eintreffen. *Bum!*

»Ich sehe es nicht mehr«, brummt Vidron, und auch der König murrte, denn das Feuer war jetzt zu schwach, als dass es ein menschliches Auge noch ausmachen konnte. Die Wurrlinge und Fürst Gildor jedoch beobachteten weiter, wie das Licht langsam erstarb. Schließlich wandte sich auch der Elf ab, und bald darauf die Wurrlinge, denn nun sahen auch ihre edelsteinfarbenen Augen das Feuer nicht mehr.

»Was glaubt Ihr, war das?«, fragte Patrel.

»Vielleicht…«, begann Gildor, unterbrach sich aber sofort. »Psst! Da kommt etwas.« Einmal mehr erwies sich das Gehör des Elfen als schärfer denn jenes von Mensch oder Wurrling, denn diese hörten nichts. Wieder sprang Gildor auf den Wall und lauschte angestrengt, indem er den Kopf bald hierhin, bald dorthin drehte. »Ich kann nicht sagen, was es ist, doch ich spüre, es ist böse.« *Bum!*

»Dort!«, schrie Danner und deutete nach vorne. »Da ragt etwas aus dem Dunkel.«

»Was ist es?« Vidrons Stimme klang grimmig. »Was fällt über uns her?«

»Schaut, genau vor uns!«, rief Tuck. »Ogrus! Das müssen Ogrus sein!«

Und draußen auf der Ebene schleppten sich schwerfällig riesige Ogrus heran, und sie zerrten an überaus starken Seilen – auf großen, quietschenden Rädern, die sich an eisernen Achsen drehten, zogen sie einen mächtigen Sturmbock sowie Katapulte und gigantische Belagerungstürme hinter sich her.

»Ai!«, rief Gildor, als er die Neuigkeit vernahm. »Nun wissen wir, worauf die Horde wartet – auf die Belagerungsmaschinen, die sie für einen Angriff auf die Feste brauchen. Was für ein unheilvoller Tag!« *Bum!*

König Aurion starrte in den Dusterschlund hinein, und obgleich er nunmehr das Mahlen der Räder und das Quietschen der Achsen hörte, erkannte er noch immer nichts. »Herr Tuck, was seht Ihr jetzt?«

»Gruppen von Ogrus ziehen weiterhin die Maschinen in unsere Richtung«, antwortete Tuck. »Vorne rücken sie mit einem großen Sturmbock an, als Nächstes kommen drei Katapulte. Aber dahinter sehe ich vier… nein, fünf riesige Türme, jeder so hoch, dass er die Wälle überragt. Um sie herum reitet eine Eskorte von Ghulen.« *Bum!*

Das Gesicht des Königs wirkte blass im Schattenlicht, doch der Ausdruck in seinen Augen war entschlossener denn je.

»He!«, rief Danner. »Das muss es gewesen sein, das haben wir draußen auf der Ebene brennen sehen.« Tuck schaute nur verständnislos, deshalb erklärte es Danner, gereizt, weil sein Freund es nicht von selbst begriff. »Die Türme, Tuck, die Türme. Was wir brennen sahen, muss einer von ihnen gewesen sein.« Dann trat ein verwirrter Ausdruck auf sein Gesicht. »Aber wer sollte ihn angezündet haben? Die Ogrus sicherlich nicht, denn sie würden nicht ihre eigene Vernichtungsmaschine abfackeln.«

»Prinz Galen!«, platzte Tuck heraus, für den sich die Puzzleteile plötzlich zusammenfügten.

»Jawohl«, sagte Aurion Rotaug, und seine Miene drückte wilden Stolz aus. »Mein Sohn Galen und seine Begleiter haben diese Tat vollbracht, sie haben aus dem Schutz der vom Feind in Gron selbst geschaffenen, widerlichen Dunkelheit zugeschlagen und Modrus feige Deckung gegen seine Lakaien gewandt, und dann sind sie wieder mit der Finsternis verschmolzen, ehe der Feind zurückschlagen konnte.«

»Dann müssen die Silhouetten, die wir vor dem brennenden Turm gesehen haben, Fürst Galen und seine Männer gewesen sein«, sagte Tuck. »Und außerdem glaube ich jetzt, dass es sich bei den fernen Reitern, auf die wir flüchtige Blicke erhaschten, als sie an der Grenze unseres Sehvermögens auftauchten, ebenfalls um Prinz Galens Leute handelte.«

»So ist es.« Gildor nickte, denn er hatte gespürt, dass die Gestalten, welche nur die Wurrlinge in der Ferne sehen konnten, keine Feinde waren, wenngleich er nichts gesagt hatte.

»Wie viele Türme sie wohl außerhalb unserer Sichtweite verbrannt haben mögen?«, überlegte Tuck.

»Das wissen wir nicht, doch wünschte ich, es wären fünf mehr gewesen«, erwiderte Patrel und neigte den Kopf in Richtung der fünf hohen Türme, die knarrend auf die Festung zurollten.

Der König rief Herolde herbei und sagte zu ihnen: »Die Maschinen des Feindes sind eingetroffen, und nun werden Modrus Speichellecker den Angriff auf die Mauern der Festung beginnen. Begebt euch zu allen Kompanien und stellt sicher, dass sie ihre letzten Vorbereitungen abschließen, denn lange wird die Horde nicht mehr warten.« Und als die Boten fortgeeilt waren, wandte sich Aurion Rotaug an die Wurrlinge. »Wie ich hörte, seid Ihr unvergleichliche Bogenschützen. Habt Ihr genügend Pfeile für die kommenden Tage?« *Bum!*

»Majestät«, entgegnete Patrel, »gar manches Geschoss haben wir befiedert, denn die Pfeile der Menschen sind zu lang für unsere kleinen Bogen – wenngleich wir sie notfalls benutzen könnten. Sowohl auf Wache als auch in der freien Zeit haben wir kaum anderes getan, doch ist die Horde derart zahlreich, dass ich wünschte, wir hätten die zehnfache Menge.«

»Wir müssen einfach dafür sorgen, dass jeder einzelne Pfeil trifft«, bemerkte Tuck, »denn wie mein Ausbilder, der alte Barlo, sagen würde: ›Die Pfeile, die sich verirrn, kannst du genauso gut verliern.‹«

»Hm«, meinte Gildor, »da hatte Euer Ausbilder zweifellos recht.«

»Majestät!«, rief Vidron. »Schaut! Jetzt sehe ich sie aus der Dunkelheit kommen.«

Nun endlich rumpelten die Belagerungsmaschinen in Sichtweite der Menschen, und Marschall Vidron schüttelte bekümmert den Kopf, denn sie waren gewaltig und sinnreich ausgestattet, jene zu beschützen, die sie benutzten. Immer näher krochen sie mit quietschenden Achsen – Sturmbock, Türme, Katapulte.

»Ai! Was für ein verderbliches Gift ist dieser Sturmbock!«, rief Gildor und zeigte auf die große Belagerungsramme. Nun sahen alle, dass sie über einen mächtigen Eisenkopf in der Form einer geballten Faust verfügte, der am Ende eines massiven Holzbalkens befestigt war. »Er heißt der ›Wältiger‹ und es war ein schwarzer Tag, an dem er durch die Tore des untergegangenen Duellin brach. Ich hatte geglaubt, er sei im Großen Krieg zerstört worden, doch es scheint nun, als seien böse Zeichen wieder über uns gekommen.« *Bum!*

Auch wenn Gildor in erster Linie der Sturmbock in Schrecken zu versetzen schien, so waren es vor allem die Belagerungstürme, die Tuck Angst machten. Hoch waren sie, massiv und mit Messing und Eisen verkleidet. Es war Tuck ein Rätsel, wie Fürst Galens Kompanie einen von ihnen in Brand hatte setzen können. Allerdings, im Innern waren sie aus Holz: Plattformen, ein Gerüst mit Leitern, die nach oben führten, Rampen, die man auf die belagerten Bollwerke fallen lassen konnte – als Brücken, über die der Feind einströmte.

»Nur gut, dass die Burg aus Stein ist«, sagte Vidron, »aber ich fürchte, die Katapulte werden sich als das Verderben der unteren Stadt erweisen, denn diese fürchterlichen Maschinen werden Feuer schleudern, und vieles wird bis auf die Grundmauern niederbrennen.« *Bum!*

Vidrons Worte ließen Tuck erkennen, dass jeder von ihnen ein anderes Gerät als das unheilbringendste ansah: Sturmbock, Turm oder Schleuder. Tuck fragte sich, ob Menschen, Elfen und Wurrlinge – oder auch andere Völker – ein und dieselbe Szene stets durch die Augen des eigenen Volkes sahen oder ob etwa jede einzelne Person ihre Sicht der Dinge hatte. Tuck konnte es nicht sagen, denn er wusste, dass bereits einzelne Wurrlinge ein gegebenes Ereignis unterschiedlich wahrnahmen, er vermutete jedoch, dass außerdem jedem Volk eine eigene Sichtweise zu eigen war.

Langsam wurden die Belagerungstürme und Katapulte von den gewaltigen Ogrus an bestimmte Stellen gezogen, die rund um den Berg verteilt waren, während sie *Wältiger*, den großen Sturmbock, auf das Nordtor richteten. Die Rukhen-Trommel hämmerte weiter *(Bum! Bum! Bum!)*, und die Mannschaften der Horde machten ihre Waffen bereit: Die Rukhs schwangen hauptsächlich Knüppel und Kriegshämmer, dazu Sicheln und lange Dolche. Dreschflegel und Krummsäbel, bösartig und scharf, waren die Waffen der Hlöks. Die Ghule auf ihren Hélrössern trugen spitze Lanzen oder ebenfalls gebogene Säbel. Und mit ihren Riesenhänden umklammerten die Ogrus mächtige Kampfstangen.

Doch die Horde griff nicht an. Stattdessen erschallte das Blöken eines Horns, und zwei Gestalten ritten auf Hélrössern vor, während ein Rukh mit der Todessonnen-Standarte neben ihnen hersprang. Sie näherten sich geschwind dem Nordtor.

»Sie kommen, um zu verhandeln«, sagte Fürst Gildor.

»Dann werde ich ihnen entgegengehen«, erwiderte Aurion und wandte sich der Rampe zu.

»Dem muss ich widersprechen, Majestät!«, rief Vidron. »Das sind zwei Berittene. Es handelt sich um eine Falle, um Euch herauszulocken.«

Aurion sah Gildor an, der seinerseits lange mit seinen scharfen Augen auf das Feld hinausblickte. »Einer ist kein Ghûlk«, erklärte er schließlich, »und er trägt keine Waffe.«

»Dann ist er Modrus Bote und spricht für den Bösen«, sagte Aurion, »und der Ghol ist seine Eskorte.«

»Lasst mich an Eurer Stelle gehen, Majestät.« Vidron beugte ein Knie und streckte dem König das Heft seines Schwertes entgegen. »Und wenn das nicht, dann an Eurer Seite.«

»Nein, Rossmarschall«, erwiderte Aurion Rotaug. »Steckt Euer Schwert weg, bis Ihr es zur Verteidigung dieser Mauern braucht. Diese Sache muss ich alleine unternehmen, denn ich war zu lange hier eingeschlossen – und ich würde gern ein paar Worte mit Modrus Marionetten wechseln.«

»Aber Majestät, ich flehe Euch an, nehmt einen von uns mit.« Vidrons Hand beschrieb einen weiten Bogen über sämtliche Krieger auf dem Festungswall.

Aurion blickte sich um. »Ich werde scharfe Augen an meiner Seite brauchen – Herr Tuck, Ihr sollt meine Farben tragen.« Und während Vidron noch entsetzt dreinschaute, schritt der König bereits die Rampe hinab, und ein kleiner Wurrling trippelte eilends hinter ihm her, um Schritt zu halten.

Und so kam es, dass Tuck Sunderbank als Begleiter des Königs ausgewählt wurde. Er eilte zum Stall, sattelte sein graues Pony und ritt mit Aurion aus der Burg, wobei der

Jungbokker die Farben des Hochkönigs trug: ein goldener Greif, aufsteigend auf scharlachrotem Feld.

Sie ritten den Berg hinab, durch die Tore der oberen Wälle. Schließlich kamen sie zum Nordtor des ersten Walls, und Aurion befahl dem Wurrling, seinen Bogen und den Köcher mit Pfeilen der Torwache zu übergeben, denn für Standartenträger bei Unterhandlungen ist es Ehrenpflicht, keine Waffen mitzuführen, da man andernfalls Verrat vermuten würde.

Ein kleines Seitentor wurde geöffnet, und die beiden ritten hinaus: Aurion auf dem grauen Sturmwind, der tänzelte und sich aufbäumte, und Tuck auf einem kleinen grauen Pony, das gleichmütig neben dem Schlachtross einherstapfte. Und von dem Stab, den der Bokker hielt, wehten Scharlachrot und Gold. Als sie Modrus Gesandten näher kamen, ließ ihr Anblick das Blut in Tucks Adern gefrieren.

In dem Rukh erkannte er Gildors Beschreibung wieder: dunkel, mit dürren Armen und krummen Beinen, spitze, weit auseinanderstehende Zähne, Fledermausohren, gelbe Vipernaugen – ein, zwei Handbreit größer als ein Wurrling. Trotz des abstoßenden Aussehens des Rukhs empfand Tuck keine Furcht; nur die Standarte mit der Todessonne, die im gefrorenen Schnee steckte, gab dem Bokker zu denken.

Der Ghul hingegen ließ das Herz des Wurrlings heftig pochen: Weiß wie ein Leichnam war er, mit ausdruckslosen, toten, schwarzen Augen. Wie eine Wunde durchschnitt ein roter Mund das bleiche Gesicht, und an den blassen Händen saßen lange Greiffinger. Groß war er, wie ein Mensch, doch war dieses bösartige Wesen, das schwarz gekleidet auf einer pferdeartigen Kreatur saß, kein Mensch.

Was die Hélrösser anging, so war Tuck auf die unförmigen Hufe vorbereitet, doch als die langen Rattenschwänze ausschlugen, sah der Bokker, dass sie schuppig waren; und in den Augen der Tiere saßen schlitzförmige Pupillen. Worauf jedoch weder Tuck und sein graues Pony noch Sturmwind vorbereitet waren, war die widerliche Ausdünstung der Kreaturen, ein fauliger Gestank, bei dem Tuck würgen musste und der sein Pony und Aurions Pferd scheuen und nervös zurückweichen ließ. Nur die feste Hand von Wurrling und König hinderte ihre Reittiere daran, davonzujagen.

Zuletzt fiel Tucks Blick auf den dritten Emissär: ein Mensch, dunkel, wie die Leute aus Hyree oder Kistan. Doch er wirkte sonderbar, denn aus seinem Mundwinkel lief Speichel, sein Kiefer hing schlaff herab, und aus seinen leeren, ausdruckslosen Augen sprach nicht ein Funken von Intelligenz.

All das sah Tuck, als sie sich Modrus Trio näherten, das auf halbem Weg zwischen der Horde und dem Nordtor wartete. Der Wurrling und der König ritten, bis sie die abstoßenden Gesandten erreicht hatten. Der Ghul blickte von einem zum anderen, und als seine toten schwarzen Augen kurz Tucks saphirblaue trafen, fuhr diesem die Angst in die Glieder. Dann wandte sich der Ghul an Modrus Boten und sprach mit einer schrecklichen Stimme – *So würden sich Tote anhören,* dachte Tuck – ein einziges Wort in der rauen, sabbernden Shik-Sprache: »Gulgok!«

Die leblosen Züge des schwarzen Mannes zuckten, ein Ausdruck äußerster Bösartigkeit füllte seine Augen, und seine Lippen verzogen sich zu einem grausamen, höhnischen Fletschen. Tuck schrie auf und hob abwehrend die Hand, und der König erbleichte, denn eine große Feindseligkeit traf die beiden wie ein Hieb. Und schaudernd hörte Tuck darauf die Stimme des Mannes, denn sie klang wie das Zischen von Grubennattern.

»Aurion Rotaug, Euch hatte ich nicht erwartet«, sagte die Stimme hämisch, und die bösartigen Augen funkelten, als sie zu Tuck wanderten. »Und Ihr seid sogar so freundlich, meine anderen Feinde mit Euch in die Falle zu ziehen.«

Tuck spürte, wie sich seine Nackenhaare aufstellten, und er hielt den Stab so fest umklammert, dass seine Knöchel weiß hervortraten.

Der scheußliche Blick wanderte zurück zum König. »Seht Euch um, Ihr Narr. Seht mit Eurem schwachen Auge die Macht, die gekommen ist, Euch zu unterwerfen, und denkt nicht daran, Euch zu widersetzen. Folgende große Gunst biete ich Euch an: Legt Eure Waffen nieder, ergebt Euch auf der Stelle, und Ihr dürft als Sklave weiterleben und mir den Rest Eurer Tage dienen. Denkt darüber nach mit der Klugheit, für die man Euch rühmt, denn ihr werdet keine zweite Gelegenheit bekommen. Aber Ihr müsst jetzt wählen, denn die Zeit rinnt rasch durch Eure Finger. Wofür entscheidet Ihr Euch, Sklaverei oder Tod?« Die zischelnde Stimme verstummte, und spöttische Augen blickten aus der hämischen Fratze.

»Pah!«, stieß Aurion hervor. »Dieses sagt Eurem schändlichen Gebieter Modru: König Aurion wählt die Freiheit!«

Ein markerschütternder Wutschrei drang aus dem finsteren Emissär, und purer Hass schlug Tuck entgegen wie eine lebendige, niederträchtige Kraft. »Dann, Rotaug, habt Ihr den Tod gewählt!«, schrie die Stimme, und der grausame Mund kreischte in der widerlichen Slûck-Sprache dem Ghul und dem Rukh einen Befehl zu: »*Gluktu!*«

Der Ghul schwang einen Krummsäbel und trieb sein Hélross vorwärts, während der Rukh gleichzeitig an seinem Umhang nestelte, einen verborgenen Bogen zum Vorschein brachte und an einem Pfeil mit schwarzem Schaft fummelte, um ihn auf den König zu richten.

»*Verrat!*«, rief Tuck, gab seinem Pony die Sporen und ritt auf den Rukh zu. Aus den Augenwinkeln sah er noch, wie König Aurion das funkelnde Schwert zog und Sturmwind antrieb. Doch dann beherrschte nur noch der Rukh Tucks Blick, denn der finstere Wurm hatte seinen schwarzen Pfeil auf den König gerichtet, und von der Pfeilspitze tropfte eine tückische Absonderung. Tuck hob die Standarte und ließ sie krachend auf den Schädel des Rukhs niedersausen, als das Pony vorbeiraste, und so groß war die Wucht des Schlages, dass die Stange entzweibrach und Tuck nur noch einen gesplitterten Schaft in der Hand hielt. Der schwarze Pfeil zischte weit am Ziel vorbei, während der Rukh tot zu Boden stürzte – mit zerschmettertem Schädel und gebrochenem Hals.

Tuck wendete rasch das Pony, er hörte das Klirren von Schwert auf Säbel, und dann sah er den Kampf. Der Ghul war geschickt, denn seine Klinge durchbrach Aurions Deckung und fuhr über das Kettenhemd des Königs. Doch wiederum sah Tuck nicht mehr, denn er ritt sein Pony zwischen das kämpfende Paar und den anderen Abgesandten, sodass er gegebenenfalls einen Angriff des dritten Feindes abwehren konnte. Doch das Hélross rührte sich nicht, und als Tuck nach oben in die Fratze des Mannes blickte, *waren die Augen tot, der Mund schlaff und die Miene erneut völlig geistlos.*

Klirrend trafen Schwert und Krummsäbel aufeinander, und plötzlich fand die Klinge des Königs ihr Ziel und brachte dem Ghul eine tiefe, klaffende Wunde bei, doch der Feind blutete nicht und kämpfte weiter, als wäre er unverletzt. *Zing!* Nun sauste der Säbel auf den Unterarm des Königs, und Blut quoll hervor. *Zack!* Wieder saß ein Schwertstreich Aurions, wieder klaffte das Fleisch des Ghuls, doch er kämpfte, als wäre nichts geschehen.

»Sein Gaul!«, rief Tuck, und Aurions Schwert durchtrennte die Kehle des Hélrosses. Schwarzes Blut ergoss sich aus der stürzenden Kreatur, und der Ghul wurde herabgeschleudert. Tuck hörte, wie Knochen brachen, doch der Ghul erhob sich, als wäre noch alles heil, und hieb mit dem Säbel zu Aurion hinauf, der den Schlag aber mit seiner Klinge parierte. Nun stieß der Ghul ein durchdringendes Geheul aus, und ähnliche Schreie antworteten aus der

Horde. Aus ihren Reihen brausten Hélrösser mit Ghulen darauf heran. Tuck sah sie, gab seinem Pony verzweifelt die Sporen und griff den Ghul an, wobei er den zersplitterten Flaggenstock benutzte wie eine Lanze, so wie er es bei Prinz Igon auf dem Übungsplatz gesehen hatte. Vorwärts raste das Pony. Mit einem grässlichen Geräusch drang der spitze Schaft dem Ghul in den Rücken, durchbohrte den Oberkörper und trat aus der Brust wieder heraus. Der ruckartige Aufprall schleuderte Tuck über die Hinterpausche auf den gefrorenen Boden, während das Pony weiterrannte.

Benommen hörte der Wurrling, wie der König seinen Namen rief. Er rappelte sich mühsam auf, nur um im selben Augenblick von den Beinen gerissen zu werden und bäuchlings vor Aurion Rotaug auf Sturmwinds Widerrist zu landen.

Tuck bekam keine Luft, während das graue Pferd des Königs zum Nordtor stürmte, und der hämmernde Galopp ließ ihn würgen und sein Frühstück verlieren. Von Ghulen verfolgt, rasten sie zum Portal, aber Sturmwind ließ sich nicht einholen, und sie flogen unter einem Baldachin aus Pfeilen dahin, die von den Wällen auf die Verfolger abgeschossen wurden. Unter Wutgeheul brachen die Ghule die Jagd ab, als Sturmwind durch den Nebeneingang ritt, dicht gefolgt von Tucks frei laufendem Pony.

»Er hat sie getötet! Alle beide hat er getötet!«, rief Hogarth, der Hauptmann der Torwache, und ein triumphierendes Lächeln lag auf seinem Gesicht, als er Tuck von Sturmwinds Rücken auf den Boden zog. Doch Tuck konnte nicht stehen, er sank vornüber auf die Knie, hielt sich mit beiden Händen den Leib und rang keuchend nach Luft. Er bemerkte, dass er weinte. Aurion sprang neben ihm vom Pferd.

»Ihm ist die Luft weggeblieben«, sagte Aurion. »Geht

zur Seite.« Und der König hielt den Wurrling an den Schultern, während dieser keuchte und weinte und vom Wall donnernder Jubel der Verteidiger erscholl.

Schließlich hatte Tuck seine Atmung wieder unter Kontrolle, und bald darauf hörte auch das Weinen auf. So leise, dass nur der Wurrling es hören konnte, sagte der König: »Herr Tuck, Ihr müsst auf den Wall steigen, sodass Euch alle sehen können. In diesen düsteren Zeiten tun Helden bitter Not, damit sie uns allen neuen Mut geben.«

»Aber Majestät, ich bin doch kein Held«, erwiderte Tuck.

Der König sah den Wurrling erstaunt an. »Kein Held, sagt Ihr? Nun, ob Ihr Euch wie ein Held fühlt oder nicht, Ihr seid einer, und wir brauchen Euch. Deshalb kommt nun und steigt mit mir auf die Brustwehr hinauf.«

Und so begaben sich König und Wurrling die Rampe hinauf zu den Zinnen über dem Nordtor, und alle Männer brachen in laute Lobrufe aus. Tuck blickte hinaus aufs Feld. Von dem dritten Abgesandten war nichts zu sehen, aber nahe dem Kadaver des Hélrosses lagen ein Rukh mit zertrümmertem Schädel und ein aufgespießter Ghul im Schnee, beide von Tucks Hand getötet. Doch Tuck fühlte den Stolz nicht, den die jubelnden Männer für ihn empfanden; stattdessen erfüllte ihn ein namenloses Grauen. Denn es ist eine Sache, einen zähnefletschenden Vulg mit dem Pfeil zu erlegen, wie er es an der Spindelfurt getan hatte, und eine völlig andere, Wesen zu töten, die auf zwei Beinen gehen, Kleidung tragen und eine Sprache sprechen. Auch hatte er sie auf äußerst gewalttätige Weise getötet – zerschmettert, durchbohrt. Der Anblick seiner Opfer verursachte ihm Übelkeit.

Doch ein anderer Anblick da draußen auf dem Feld überbot seinen Schrecken noch und erfüllte ihn mit tiefer Furcht: *O bitte, lass es kein böses Vorzeichen sein,* dachte er, als er dort, wo der Rukh es aufgepflanzt hatte, das Zeichen der Todessonne stehen sah, und darunter lag zerknüllt im Schnee die rot-goldene Standarte König Aurions.

Tuck schüttelte den Kopf, um die unheilvollen Gedanken zu verscheuchen, und bemerkte, dass jemand mit ihm sprach.

»Das war knapp!«, sagte Corbi Platt und gab dem Wurrlingshelden Bogen und Köcher zurück. Corbi war ein Jungbokker aus Tucks ehemaliger Gruppe, der nun für das Nordtor eingeteilt war. Und er gestikulierte in Richtung der getöteten Feinde. »Das waren zwei für die Sieben Täler, Tuck, und einer von ihnen war ein *Ghul!*«

»Holz durchs Herz«, sagte Hogarth, »das hat den Ghol umgebracht – Pfählung. Und das war auch gut so, denn König Aurion hatte nicht die Zeit, ihn zu zerstückeln, da die anderen Ghola schon heranstürmten. Hoi! Wirklich ein kunstvoller Lanzenstoß, Herr Tuck.«

»Es war nicht so, als hätte ich es *geplant* – den Ghul mit Holz aufzuspießen, meine ich«, erklärte Tuck. »Er war einfach da, und ich hatte den Schaft in der Hand, und dann ist es eben geschehen.«

»Doch hättet Ihr nicht gehandelt, dann wären wir beide nun eine Beute der Krähen, und nicht die anderen da draußen«, sagte Aurion und legte dem Waerling eine Hand auf die Schulter. »Ihr seid ein vorzüglicher Ritter, mein kleiner Freund.«

»Aber ich wurde vom Pony geworfen!«, rief Tuck aus. »Ich bin kein Ritter.«

»Na ja«, meinte Hogarth, »Ihr müsst einfach noch lernen, Euch in die Steigbügel zu stemmen und die Schenkel fest an Euer Reittier zu pressen.«

»Nein, vielen Dank! Von nun an halte ich mich an das, was ich kann.« Tuck schwenkte seinen Bogen, und die Männer auf dem Wall brachen erneut in Hochrufe auf den kleinen Krieger aus. Doch der Jubel wurde jäh vom Feind unterbrochen. *Bum! Bum! Bum!* Die große Rukhen-Trommel verfiel in einen hämmernden Rhythmus, und die rauen Hörner blökten.

»Majestät, sie schaffen die Wurfschleudern nach vorn«, rief Hogarth.

»Sie beginnen den Angriff«, sagte Aurion. »Gebt das Zeichen, dass sich unsere eigenen Katapulte bereithalten sollen.«

Rahn! Hogarth blies auf seinem Ochsenhorn, und eine Signalflagge wurde gehisst.

Draußen auf dem Feld sah Tuck die riesigen Ogrus eins der Katapulte nach vorn rollen. Es näherte sich langsam dem Nordtor. Vom Ost- und Westtor kam die Nachricht, dass die beiden anderen Wurfschleudern ebenfalls an den ersten Wall heranrückten. Dahinter kamen weitere Ogrus, die Wagen zogen. Während die Trolle die mächtigen Maschinen in Position zerrten, überfiel Tuck große Angst, denn er wusste aus Vidrons Worten, dass es sich um fürchterliche Waffen handelte.

»O nein, schaut, wo sie stehen bleiben«, stöhnte Hogarth.

»Wieso, was ist?«, rief Tuck beunruhigt, ohne zu wissen, weshalb.

»Unsere Wurfschleudern verfügen nicht über eine solche Reichweite«, antwortete Hogarth und deutete zu den königlichen Katapulten hinauf, die zwischen der ersten und zweiten Mauer standen. »Wir können ihr Feuer nicht erwidern, weil wir sie nicht erreichen.« *Bum! Bum! Bum!*, hämmerte die Rukhen-Trommel.

Durch den pulsierenden Trommelschlag hindurch erklang das ferne Klappern von Getrieberädern, und der Wurfarm eines Katapults wurde nach unten gekurbelt und mit einer schwarzen Kugel aus einem der Wagen beladen. Ein Rukh mit einer Fackel setzte das Geschoss in Brand, und auf den Schrei eines Hlöks hin schnellte der Arm nach oben und schleuderte einen lodernden Ball aus Pech und Schwefel in hohem Bogen über die Mauer, wo er krachend in einem der Gebäude einschlug. Feuer spritzte nach allen Seiten, und Rauch stieg in die Luft. Krieger eilten herbei, um den Brand zu löschen, aber in unmittelbarer Nähe barst eine weitere Feuerkugel, und die Flammen wüteten. Wieder und wieder krachten die lodernden Geschosse auf die Stadt, auf Ziegeldächer und Holzwände, und überall spritzte und tropfte die brennbare Flüssigkeit. Soldaten stürzten hierhin und dorthin, um die Flammen zu ersticken. Doch der brennende Schwefel und das Pech hafteten zäh an dem entflammten Holz und breiteten sich in Feuerbächen rasch weiter aus. Und wo die Flammen gelöscht waren, loderten sie sofort wieder auf, wenn das Feuer von anderen Stellen übersprang.

Ein Geschoss nach dem anderen sauste herab und verschlimmerte das Feuer, die wütenden Flammen nahmen zu, fanden Nahrung in den Läden und Häusern entlang der Straßen und überzogen die ganze Stadt. Im Süden und Westen stieg der Rauch von weiteren Bränden auf, wo die dort stehende große Wurfmaschine ihre tödliche Fracht in die jeweiligen Viertel der Feste Challerain schleuderte. Und das dritte Katapult des Feindes ließ Feuer auf die östliche Flanke der Stadt regnen. *Wumm! Wuusch!* Die rauchenden Bälle segelten durch die Luft, bevor sie zerplatzten. *Womm! Tschack!*, tönte es ein ums andere Mal von den Katapulten, wenn sie ihren feurigen Niederschlag auf die schutzlose Feste schleuderten. Überall am Berg wütete das Feuer hemmungslos, es sprang von einem Gebäude auf das nächste über, von einer Straße zur anderen, und die Feuer aus dem Norden rasten auf jene zu, die im Osten und Westen tobten. Schwarzer Rauch quoll empor und ließ die Krieger würgen und husten. Die Hitze nahm ihnen den Atem, denn die Luft versengte die Lungen, und viele brachen zusammen. Die Gestürzten wurden von ihren erschöpften Kameraden aus dem Inferno weggetragen, doch andere starben, weil sie vom Feuersturm eingeschlossen waren.

Stunden vergingen, und noch immer schleuderten die Belagerungsmaschinen Modrus ihren funkenstiebenden Tod auf die Stadt, in der man das zischende Geräusch der Katapultarme im Tosen der Flammen längst nicht mehr hörte. Die Antwort aus den Wurfschleudern des Königs erreichte ihr Ziel nicht, und die Männer auf dem Wall weinten in hilfloser Wut, denn die Stadt brannte, und sie konnten nichts tun, um sie zu retten. Ungehindert schlugen die Geschosse ein, und orangerötliche Flammensäulen warfen zuckende Schatten in die Dunkelheit des Dusterschlunds. Die Werke von Jahrhunderten menschlicher Existenz auf dem Berg Challerain fielen dem unersättlichen Feuer zum Opfer. Tuck erinnerte sich an Vidrons Worte, und nun wusste der Wurrling, wie schrecklich diese Waffe in der Tat war, denn die altehrwürdige Stadt der Feste Challerain wurde dem Erdboden gleichgemacht.

Und so brannte die Stadt, die großen Maschinen warfen Tod und Verderben bis fast an den vierten Wall. Als für den König ersichtlich war, dass es kein Mittel gegen das Wüten der Flammen gab, befahl er, dem Feuer ungehindert seinen Lauf zu lassen, denn die Krieger mussten sich für die bevorstehende Schlacht schonen. Und so sahen sie zwei düstre Tage lang zu, wie ein Großteil dessen verbrannte, was ihnen lieb und teuer war, und sie weinten über so viel Zerstörung. Die Horde vor den Mauern johlte höhnisch und ausgelassen und schwenkte ihre Waffen, aber sie unternahm keinen Versuch, die Festungswälle anzugreifen. Die Feinde wussten, dass die Brände an der Kraft und Moral der Verteidiger zehrten, und sie warteten, bis ihr Wille an einem Tiefpunkt angelangt war. Und während des ganzen Brandes, bis zu dem Zeitpunkt, da schließlich nur noch verkohlte Reste, Asche und dünne, giftige Rauchsäulen von der einst stolzen Stadt übrig waren, tönte die große Trommel. *Bum!*

Der helle Klang eiliger Schritte auf glattem Stein riss Tuck aus dem Schlaf. Ein Krieger der königlichen Garde ging mit einer Laterne in der Hand an der Liege des Wurrlings vorbei ins Gemach des Königs. Schlaftrunken setzte sich Tuck auf und rieb sich die Augen; nichts wäre ihm lieber gewesen, als sofort wieder in einen erschöpften Schlummer zu sinken. Doch was er dann hörte, ließ ihn auf einen Schlag vollends wach werden.

»Majestät«, verkündete der Krieger mit grimmiger Stimme, »draußen herrscht Bewegung, als wollten sie angreifen!«

Rasch legte Tuck die Unterpolsterung und darüber die silberne Rüstung an, er schlüpfte in Stiefel und Daunenkleidung. Als er seinen Elfenumhang über die Schulter warf und nach Bogen und Köcher griff, schritt der König ins Vorzimmer, gürtete sein Schwert und setzte den Helm auf.

»Kommt!«, befahl Aurion und folgte raschen Schrittes dem Krieger mit der Laterne, während Tuck hinter beiden herrannte und sich im Laufen seine schlichte Stahlkappe über den Kopf stülpte.

Als Tuck im Stall sein Pony sattelte, gesellten sich auch Danner und Patrel mit Vidron und Gildor zu ihnen, doch für mehr, als einander Glück zu wünschen, hatten sie keine Zeit. Dann saßen der König und Tuck auf und überquerten eilends und unter Hufgeklapper den Hof.

Sie ritten zwischen den verkohlten Ruinen nach unten, und auf ihrer gewundenen Route war Tucks Grauschimmel ebenso schnell wie Aurions Sturmwind. Schließlich näherten sich König und Wurrling dem Nordtor der ersten Mauer und ritten inmitten von Soldaten, die auf das Bollwerk zurannten. Woher diese Krieger kamen, wo sie untergebracht waren, wusste Tuck nicht, denn die meisten Gebäude waren verbrannt. Doch sie waren da und strömten zur Verteidigung des äußersten Walls, und die Hauptleute unter ihnen riefen Befehle. Doch über ihr Rufen hinweg hörte Tuck das Schmettern des Rukhen-Horns und den Schlag der Trommel. *Bum! Bum!* Der Angriff hatte begonnen.

Nachdem der König auf den Festungswall gestiegen war, schaute er mit grimmigem Blick auf die schwärmende Horde hinunter, und Tuck stockte der Atem, als er das Gewimmel sah: Langsam kamen sie, eine schwarze Flut, die im blassen Schattenlicht über das Land wogte. Im Vordergrund schwankte der mächtige, von Trollen gezogene Belagerungsturm auf die Mauer zu, die riesigen Räder quietschten, die Ogrus bewegten sich unter einem mit Eisen verkleideten Feuerschild. Am Ende kamen die Ghule, die hinter den Reihen des Haufens auf und ab ritten. In brodelnden Scharen strömten die Rukhs und Hlöks herbei, und für Tuck schienen sie ohne Zahl zu sein – sie erstreckten sich weiter, als sein Blick reichte, in einem großen Bogen, der den Berg gänzlich umschloss. Direkt vor Tuck aber, genau auf das Nordtor gerichtet, zog die Eisenfaust von Wältiger, dem mächtigen Sturmbock, seinen Blick an.

Mit zitternden Händen wühlte Tuck in seinen Pfeilen, er schämte sich, andere könnten seine Angst sehen. Doch falls der Hochkönig oder wer immer etwas bemerkte, so sagte niemand ein Wort.

»Was liegt außerhalb meiner Sichtweite?«, wandte sich Aurion fragend an Tuck.

Der Wurrling musste erst einmal tief durchatmen, bevor er sprechen konnte. »Nichts, Majestät, bis zur Grenze meines Sehvermögens.« Darauf drehten sie sich um und beobachteten das Vorrücken des Feindes.

Gelegentlich wurden einzelne Pfeile vom Wall abgeschossen, um die Entfernung der Horde abzuschätzen. Schließlich ertönte ein Signal, und die Wurfschleudern der Feste katapultierten brennende Geschosse auf den heranrückenden Haufen. Die lodernden Flugkörper schlugen vor dem Feind auf dem Boden auf, und gewaltige Feuerschwalle spritzten und griffen nach der wimmelnden Horde. Rukhs schreckten zurück, aber die fauchenden Hlöks zwischen ihnen peitschten sie weiter vorwärts.

Immer näher krochen der Turm und der große Sturmbock, die nun das Ziel der königlichen Katapulte waren, doch das Feuer spritzte ohne jede Wirkung auf die Eisen- und Messingverkleidungen. Unaufhaltsam rückten sie heran.

Mit Tuck im Schlepptau schritt Aurion den Wall auf und ab und sprach den Verteidigern Mut zu. Was die Wurrlinge betraf, die über sämtliche Kompanien des Königs verteilt waren, so befanden sich nur wenige hier in diesem Abschnitt der ersten Mauer. Zu diesen aber sprach Tuck ein paar wenige Worte. Er fragte sich, ob sie ebenso viel Angst hatten wie er selbst, und erhielt als Antwort ein grimmiges Lächeln. *Wenn Danner hier wäre, würde er Schmähungen zu den Rukhs hinunterbrüllen,* dachte Tuck, *und Patrel würde genau wissen, was er den Bokkern sagen musste.* Aber diese beiden hatten an anderer Stelle Dienst, bei Vidron und Gildor, die den Angriff im Osten und Westen zurückwerfen sollten. Deshalb blieb es Tuck allein überlassen, den Mut der Jungbokker am Nordtor zu stärken.

Bum! Bum! Bum! Bum! Inzwischen war die Horde so nahe am Wall, dass die Katapulte des Königs sie nicht mehr treffen konnten. Wie Maden wimmelte und brodelte der Schwarm vorwärts, und in ihrer Mitte trugen sie Sturmleitern. Vorwärts wälzte sich der mächtige Widder, vorwärts rollte der hohe Turm. Nun waren die gewichtigen Ogrus in all ihrer fürchterlichen Kraft zu sehen, und Tuck stockte der Atem, wenn er sie ansah, denn sie waren riesig.

Der König gab ein weiteres Signal, und zischend flogen Pfeilsalven los und regneten auf den Feind hinab. Die Rukhs rissen Schilde hoch, um sich gegen die tödlichen Geschosse zu wappnen. Doch viele fanden ihr Ziel, und schreiend stürzten Rukhs zu Boden. Die steinerne Haut der Ogrus aber durchdrangen die Pfeile nicht, und Turm wie Sturmbock rollten weiter.

Nun blökten Rukhen-Hörner, und die Horde brach in einen endlosen Schrei ohne Worte aus. Sie rannte auf den Wall zu, und ihre Pfeile mit den schwarzen Schäften zischten in die Reihen der Verteidiger; durchbohrt stürzten Männer zu Boden. Schließlich erreichte der heulende Haufen den ersten Wall. Sturmleitern wurden angelegt und erklommen. Greifklauen mit Seilen daran landeten klirrend auf den Zinnen, und Rukhs schwärmten nach oben. Schreiende Männer sprangen vor, um die Leitern und Haken zu lösen, den Pfeilen trotzend, die ihnen entgegenflogen. Der große Turm rollte weiter, er war nun schon fast an der Mauer, und der Sturmbock attackierte das Nordtor. *Wumm! Wumm!* Die Eisenfaust wurde gegen das Portal getrieben, und die Torflügel erbebten unter den gewaltigen Schlägen. Aus den Pechnasen gossen die Verteidiger brennendes Öl auf die Ogrus hinab, doch der Feuerschild wehrte die entflammte Flüssigkeit ab und ließ sie zur Seite spritzen. Auch Fußangeln regnete es aus den Mauerscharten, doch Rukhs mit Reisigbesen fegten die tückischen Dornen beiseite, und die Trolle traten nicht darauf.

Tuck stellte sich auf den Waffensockel und zielte durch eine Schießscharte; einen tödlichen Pfeil nach dem anderen ließ er auf den Feind los, auf die Bogenschützen der Rukhs, und er schoss nicht daneben. *Die Pfeile, die sich verirrn, kannst du genauso gut verliern,* gingen ihm die Worte des alten Barlo durch den Kopf. Und während er spannte, zielte und seine todbringenden Geschosse abfeuerte, bemerkte Tuck, dass er ruhig wie ein Fels blieb, seine Angst war verschwunden, nun, da das Warten ein Ende hatte.

Zuletzt erreichte auch der große Belagerungsturm den Wall, und eine Rampe fiel polternd auf die Mauerzacken hinab. Unter heiserem Schreien und Fauchen stürmten dunkle Rukhs und Hölks darüber hinweg auf die Brustwehr zu, sie schwangen Knüppel und Krummsäbel, Streithämmer und Sicheln. Ihnen in den Weg stellten sich brüllende Männer mit langen Piken und funkelnden Schwertern, mit Streitäxten und rohen Keulen. Schlachtrufe, Flüche und Todesschreie zerrissen die Luft. Rukhs und Hlöks wurden getötet, aber auch Soldaten des Königs; sie fielen von der Rampe und stürzten von der Front des Bollwerks. Hier kämpfte Aurion Rotaug, sein Schwert wütete unter den Feinden und richtete große Zerstörung an, und noch hatte kein Feind den Fuß auf die Steine des Walls gesetzt.

Wumm! Wumm! Der Sturmbock donnerte gegen das Tor, und Tucks Pfeile sausten zischend ins Ziel. Plötzlich erfasste der Blick des Wurrlings eine flüchtige Bewegung im Dusterschlund, und als Tuck aufblickte, sah er einen Trupp von zwanzig Reitern im vollen Galopp auf den Wall zu jagen. Wie sie so weit kommen konnten, ohne dass er sie bemerkt hatte, wusste er nicht. Doch hier waren sie, und hier griffen sie an, und ihre Pferde waren schnell. Die vorderen Reiter jagten hinter einem Krieger auf einem tiefschwarzen Ross her und führten Tongefäße mit sich, die mit Stricken zusammengebunden waren, während die hinteren brennende Fackeln in der Hand hielten. Sie rasten auf den Belagerungsturm zu, und der Feind bemerkte ihr Kommen nicht, bis sie vorbeidonnerten und die Gefäße über dem Kopf schwangen. Sie sprengten von hinten an den Turm heran und schleuderten die Töpfe durch die offene Rückseite, wo sie zerplatzten, und eine klebrige schwarze Flüssigkeit spritzte über die Balken und lief an den Holzwänden hinab. Die Reiter hinter ihnen warfen ihre brennenden Fackeln, und eine gewaltige Flamme schoss aus dem Turm auf. Im Nu loderte ein verheerendes Feuer, und Tuck schrie in wilder Freude: »*Hei, Krieger!*« Rukhs und Hlöks im Turm brüllten in den Qualen des Feuertodes, und einige sprangen heraus und liefen kreischend als lebende Fackeln herum.

Die Männer auf den Pferden wendeten und ritten durch die Reihen der Feinde, doch einige von ihnen fielen den schwarzen Pfeilen der Rukhs zum Opfer. Tuck ließ Geschoss um Geschoss auf den Feind niedergehen, aber dennoch töteten die Rukhs weitere Reiter, und Tuck weinte, als er sie fallen sah.

Doch rund zehn von ihnen brachen durch und jagten in die Finsternis davon, verfolgt von Ghulen auf Hélrössern. Dann konnte Tuck nicht länger zusehen, denn neue Sturmleitern krachten gegen den Wall. Feindliche Bogenschützen töteten Männer, und der große Sturmbock rammte das Tor. *Wumm! Wumm!*

Tuck spannte, zielte und ließ los, ein ums andere Mal, während seine menschlichen Mitstreiter fluchten und mit langen Stangen die Leitern wegschoben. Andere wieder schleuderten Steine und ließen Fußangeln, Feuer und Pfeile auf die Horde niedergehen. Und die ganze Zeit über loderten die Flammen des brennenden Belagerungsturms tosend in den verdüsterten Himmel.

Doch zahlreich war die Horde, und der Verteidiger waren nur wenige, und so überwanden hier und dort einzelne Gruppen von Rukhs und Hlöks den Wall, und es brachen wilde Handgemenge aus. Und von den mächtigen Trollen angetrieben, erschütterte der große Sturmbock das Tor: *Wumm! Wumm!* Zuerst brach eine Angel, dann gab eine zweite unter Wältigers vibrierender Eisenfaust nach. Das äußere Tor begann einzustürzen, und von anderer Stelle kam die Nachricht, dass der Feind über den Festungswall strömte.

»Zurück!«, rief der König, und sein Befehl breitete sich über die gesamte Verteidigungslinie aus. Tuck folgte Aurion die Rampe hinab, wo sie auf ihre Gäule stiegen und inmitten der zurückeilenden Verteidiger zum zweiten Wall ritten. Der Schlachtplan der Feste Challerain trat in das zweite Stadium.

Auf ihrem Rückzug blickte sich Tuck um und sah höhnisch johlende Rukhs und Hlöks das steinerne Bollwerk erklettern und die Tore schließlich unter dem mächtigen Ansturm von Wältiger zu Bruch gehen. Bleiche Ghule auf Hélrössern ritten vor der schwarzen Flut der Horde durch die Maueröffnung, und Modrus Standarte mit der Todessonne wurde auf dem Wall über dem zerstörten Nordtor aufgepflanzt.

»Auf einem schwarzen Streitross, sagt Ihr?« Der König stand auf dem zweiten Wall und sah zu, wie der Belagerungsturm in Flammen aufging, ein grimmiges Lächeln im Gesicht.

»Jawohl, Majestät«, antwortete Tuck und befiederte einen neuen Pfeil. »Schnell war er, und seine Männer waren tapfer, und er führte sie auf einem Pferd, das schwärzer war als die Nacht, so schwarz wie Gagatstein.«

»Ha! Das habt Ihr gut getroffen, denn es heißt *Gagat*, und kein Pferd ist schwärzer.« Aurion schlug sich mit der Faust in die Handfläche. »Ach, ich wünschte, ich hätte es mit eigenen Augen sehen können. Es hätte meinem Herzen gutgetan, Zeuge dieses mutigen Vorstoßes zu sein. Doch ich musste mich im Schwertkampf der Feinde auf der Rampe erwehren.«

»Wer reitet den Schwarzen?«, fragte Tuck und prüfte einen weiteren Pfeilschaft. Er glaubte, die Antwort des Königs bereits zu kennen, wartete jedoch auf Aurions Bestätigung.

»Galen ist es, der Gagat reitet.« Stolz stand in den Zügen des Königs. »Kein Krieger kommt ihm im Kampf gleich.«

Das war also Fürst Galen, dachte Tuck, *der Fürst Galen meiner Prinzessin Laurelin.* Tucks Hand wanderte zu dem silbernen Medaillon an seinem Hals, und eine ganze Weile saß er still und gedankenverloren da.

»Seht, nun heben sie Wältiger über den ersten Wall.« Die Stimme des Königs riss Tuck aus seinen Gedanken, er stand auf und blickte über die verkohlten Ruinen der unteren Stadt hinweg zu der Stelle, wo die gewaltigen Ogrus an dicken Tauen zogen, um den Sturmbock über das erste Bollwerk zu hieven. Der riesige Schlegel war zu lang, als dass man ihn durch den gewundenen Durchgang des Nordtors schaffen konnte – oder durch irgendein anderes Portal.

Tuck sah einen Augenblick zu, dann wanderte sein Blick zu dem brennenden Turm. »Was ist mit den übrigen Türmen, Majestät? Wird man sie ebenfalls über den Wall befördern?«

»Nein, Tuck, dafür sind sie zu groß und zu schwer, selbst für das Volk der Trolle«, entgegnete der König. »Außerdem haben wir Nachricht erhalten, dass nur noch ein Turm übrig ist; alle anderen sind in Flammen aufgegangen wie dieser hier. Sie wurden von Galens Leuten alle zur gleichen Zeit in Brand gesteckt; mein Sohn hat seine Truppe zu diesem Zweck aufgeteilt.« Aurions Gesicht wurde ernst. »Sie zahlten einen hohen Preis dafür, denn vielleicht höchstens dreißig Leute konnten insgesamt entkommen, und auch diese wurden von Ghola verfolgt. Niemand hier weiß um ihr Schicksal. Doch Galen ist gerissen und wird die Verfolger hoffentlich überlisten.«

Tuck freute sich zu hören, dass die Türme in den bevorstehenden Kämpfen keine Rolle mehr spielen würden, doch er sorgte sich um das Schicksal von Fürst Galens Männern. Er trat von der Brustwehr und setzte sich mit dem Rücken zum Wall.

»Ihr solltet nun ausruhen, kleiner Freund« sagte Aurion, »denn bald schon werden sie Wältiger wieder zusammengesetzt haben, und dann beginnt der Kampf um diesen Wall hier.«

»Ja, Majestät«, antwortete Tuck, »aber ich muss unbedingt vorher noch einige Schäfte befiedern, denn ich habe fast alle anderen verbraucht, und wie ich schon sagte, sind die Pfeile von Menschen für Wurrlinge zu lang, auch wenn sie im Notfall verwendbar wären.«

Während der König von dannen schritt, arbeiteten Tucks Finger fieberhaft, und ein Schaft nach dem anderen wurde zurechtgeschnitten und mit Federn versehen. Dann befestigte er sorgfältig Eisenspitzen an den Geschossen. In der Burg gab es zwar noch einen Vorrat an Pfeilen, den die Wurrlinge in den letzten Tagen angelegt hatten, aber Tuck war klar, dass sie diese später noch brauchen würden, deshalb fertigte er neue. Und so sehr war er in seine Arbeit vertieft, dass er gar nicht bemerkte, wie die Zeit verging. Darum wusste er auch nicht, wie lange er schon dort saß, als er von fern das Zischen der feindlichen Wurfschleudern hörte. Noch zweimal ertönte es, aber Tuck schaute nicht von seiner Arbeit auf. Dann jedoch hörte er die gequälten Schreie von Männern, und als er schließlich den Kopf hob, bot sich seinen Augen ein grauenhafter Anblick: Die Horde der Rukhs hatte die Leichname der gefallenen Menschen enthauptet und in Stücke gehackt, und nun ließ das Katapult die verstümmelten Überreste auf die Verteidiger herabregnen. Immer wieder sauste der Wurfarm der großen Schleuder in die Höhe, und weinende Krieger stolperten durch die Asche der verbrannten Stadt, um einzusammeln, was von ihren schrecklich entstellten Kameraden noch übrig war, die mit lippenlosen Mündern das Grinsen des Todes zeigten.

Tuck wandte das Gesicht zur steinernen Mauer und weinte die hilflosen Tränen eines verirrten Kindes, und noch immer schleuderte das Katapult.

»Haltet Euch bereit. Sie kommen.« Aurions Stimme klang verbittert, während der Schwarm durch die verkohlten Ruinen der unteren Stadt auf den zweiten Schutzwall zubrandete. Das Geheul von Ghulen und die wortlosen Schreie von Rukhs und Hlöks ertönten. Wieder bewegte sich Wältiger knarrend auf ein Tor zu – das Nordtor des zweiten Walls – und wieder standen der König und Tuck an der Stelle, auf die der Sturmbock zustrebte. Erneut kam die Horde in die Reichweite der Bogen, doch die Verteidiger warteten noch, denn sie wussten, dass sie keinen Pfeil vergeuden durften.

Langsam zog sich der eiserne Ring der Feinde zusammen, und schließlich griffen die Truppen der Rukhs unter Heulen und Geschrei an. Von den Zinnen flogen nun die Pfeile, und die schwarzen Schäfte der Rukhs antworteten. Sturmleitern klatschten gegen die Mauer, Greifklauen krallten sich in den Stein, und der Feind kletterte nach oben. Männer schoben mit Stangen und hackten mit Äxten, um die Leitern zu Fall zu bringen, und Rukhs stürzten schreiend in die Tiefe und prallten auf den gefrorenen, steinharten Untergrund.

Wumm! Wumm! Der mächtige Wältiger rammte das Portal. Zischend strömte brennendes Öl unter dem Tor hervor, doch die entflammte Flüssigkeit wurde von einer Sperre aus Eisenplatten zur Seite gelenkt, welche die Rukhs zu genau diesem Zweck vor dem Sturmbock auf dem Pflaster errichtet hatten. Und die Ogrus trieben die gewaltige Eisenfaust wieder und wieder gegen das Tor.

Hier und dort schwärmten bereits Rukhs und Hlöks auf den Wall, Schwert traf auf Krummsäbel, Pike auf Speer, Hämmer und Äxte krachten aufeinander, und das Klirren von Stahl auf Stahl erhob sich zwischen Schlachtrufen und Flüchen, dem Stöhnen und Keuchen eines heftigen Kampfes. Der Klang des Todes brach sich Bahn.

Unerbittlich schoss Tuck Pfeil um Pfeil ab, und mit jedem fiel getroffen ein Rukh. Die Zahl derer, die er getötet hatte, wuchs, doch wie viele es waren, wusste er nicht, denn er hatte nicht gezählt. Doch nicht einmal hatte er sein Ziel verfehlt, und inzwischen waren beinahe sechzig

Pfeile verbraucht – fünfunddreißig am ersten Wall. Doch er hielt sich nicht mit solchen Gedanken auf, denn hätte er es getan, wäre ihm übel geworden vor Entsetzen. Stattdessen legte er seine Pfeile an die Sehne, zielte und schoss – anlegen, zielen, schießen, immer wieder mit mechanischer Präzision. Nach der Zahl seiner Opfer war Tuck der weitaus wirkungsvollste Krieger auf diesem Abschnitt des Walls, dieser winzige Wurrling, der von den Menschen so deutlich überragt wurde. Wären mehr Angehörige des Kleinen Volks dabei gewesen als diese vierzig weit verstreuten, so hätte das Ergebnis des Kampfes an diesem Wall durchaus anders aussehen können. Doch es waren nicht mehr dabei, und bald strömte die schwarze Flut der Rukhs auch über diese Mauer und durch das zertrümmerte Tor, und die Verteidiger zogen sich auf das dritte Bollwerk zurück.

Erschöpft sank Tuck gegen die Burgmauer. Er war über alle Maßen müde, denn er hatte für die Dauer von zwei Dunkeltagen nicht mehr geschlafen. Viermal hatten die Verteidiger gegen die Horde gekämpft, und jedes Mal hatte der Feind gewonnen, denn er war zu groß an Zahl und die Streitmacht des Königs zu klein. Vier Tore lagen zertrümmert hinter ihnen, vier Wälle waren überrannt worden. Tausende von Rukhs waren gefallen, doch Zehntausende übrig geblieben. Jede Schlacht war heftig gewesen, mit jedem Wall wurde verbissener gekämpft, denn General Ganns Strategie erwies sich als richtig: Je höher sie den Berg hinaufkamen, desto kürzer war die Linie, die es zu verteidigen galt, und desto dichter standen die Truppen des Königs. Doch ob sie durchhalten würden, ließ sich nicht sagen, denn die Männer des Königs zählten mittlerweile weniger als dreitausend, und sie sahen sich einer Horde von der zehnfachen Stärke gegenüber. Und dieser Haufen stand nun vor dem letzten Wall, Wältigers Eisenfaust zielte auf das Westtor, und die Verteidiger dahinter rüsteten sich für einen letzten Ansturm.

Tuck hatte einmal kurz Danner gesehen und später auch Patrel, und er war froh, dass die beiden noch lebten, denn zwölf vom Kleinen Volk waren gefallen, und er hatte nicht gewusst, wer noch am Leben war. Sie lächelten sich matt zu, die Gesichter abgehärmt vor Erschöpfung, doch dann wurden sie im Gewoge des Kampfes wieder auseinandergerissen.

Erneut ertönte das Blöken der Hörner, wieder der dumpfe Schlag der Trommel, und dann setzte sich die schwarze Horde in Bewegung: Der fünfte Angriff begann. Tuck stützte sich müde auf die Mauerbrüstung und beobachtete mit grimmigem Blick, wie sie anrückten und die Räder von Wältiger, von mächtigen Trollen geschoben, über das Kopfsteinpflaster rumpelten. Die Taktik der Horde war die gleiche wie bisher: Sie rückten langsam vor, bis sie in Reichweite der Bogen kamen, dann stießen die Ghule lang gezogene Schreie aus, worauf Rukhs und Hlöks brüllend und mit Sturmleitern und Greifklauen ausgerüstet durch den Pfeilhagel stürmten und die Ramme auf das Tor zusteuerte.

Erneut schlugen Leitern gegen Stein und die Haken verbissen sich in Zinnen und Mauerzacken. Die Luft war vom Zischen des Todes erfüllt, während Pfeil um Pfeil mit dumpfem Laut in Fleisch drang und Rukhs wie Menschen tot oder verwundet zu Boden stürzten. Tuck bewegte sich langsam entlang des Walls und suchte sich feindliche Bogenschützen aus, denn diese brachten den Tod aus großer Entfernung, und Tuck war in der Lage, ihnen Einhalt zu gebieten.

Womm! Womm! Wältiger krachte gegen das Westtor, die Eisenfaust hämmerte Einlass heischend an das eiserne Portal. Doch dieses Mal hatten die Männer eine Ogru-Falle aufgebaut: Sie hatten die Pflastersteine vor dem Tor mit Öl getränkt, und dieses wurde nun entzündet. *Wuusch!* Das Feuer loderte schlagartig auf, und schwarzer Rauch quoll unter dem Schilddach hervor, unter dem die Flammen wüteten. Die Trolle rannten vor Schmerz brüllend davon, sie schlugen nach dem Feuer, das an ihren Schuppen haftete, und vergaßen den Sturmbock. Viele traten in die Dornen der Fußangeln, heulten in großer Qual auf und konnten anschließend kaum noch humpeln. Von den Tortürmen wurden große Felsbrocken geschleudert, sie fielen auf die Ogrus, töteten drei der zwölf Fuß hohen Ungeheuer und brachen zwei weiteren die Knochen.

Wütend ritten die Ghule auf ihren Hélrössern heran, schlugen auf die Ogrus ein und trieben die Ungetüme zurück, um Wältiger aus dem Feuer zu holen. Doch die Flammen loderten bereits zu heftig, und die Trolle konnten sich ihm nicht nähern. Der Sturmbock wurde aufgegeben; in diesem Kampf würde Wältigers Eisenfaust nicht mehr zum Einsatz kommen.

Auf den Wällen tobte eine verzweifelte Schlacht. Mensch, Hlök, Wurrling, Rukh und Elf: Alle kämpften mit Waffen oder bloßen Händen auf Leben und Tod, sie schlugen, traten, stachen, stießen, hackten, schmetterten, bissen und warfen sich gegenseitig von den Zinnen. Kriegsgeschrei und anderes Gebrüll zerriss die Luft, auch warnende Rufe, die ungehört blieben. Der scharfe Klang von Stahl, der auf Stahl trifft, war zu hören, das Krachen brechender Knochen, das Klirren von Eisen auf Stein und der dumpfe Laut, mit dem eine Klinge in Fleisch dringt. Doch von alldem nahm Tuck nichts wahr. Für ihn gab es nur das Geräusch des Pfeils, der von der Sehne schnellt; ansonsten achtete er kaum auf die Laute des Krieges. Auch sah er nicht, wie der junge Brill vorübertobte, weit ausholend sein mächtiges Schwert schwang und eine gewaltige Bresche in die Reihen der Rukhs schlug, die er im Dutzend abschlachtete – der Rausch des Tötens hatte ihn erfasst.

Und schließlich wurde die Horde zurückgeworfen! Zum ersten Mal gelang es ihnen nicht, die Wälle zu erstürmen! Unter dem rauen Blöken der Rukhen-Hörner zog sich der Schwarm vom fünften Bollwerk zurück.

Die Verteidiger sanken auf den Wallgängen nieder, unsagbar erschöpft von diesem »Sieg«. König Aurion ließ eine Zählung durchführen, und es zeigte sich, dass weniger als tausend Männer überlebt hatten, davon viele verwundet; von den Wurrlingen lebten nur noch neunzehn. Auf dem Westwall wurde der Kriegsrat einberufen, und auch im Rat waren nur wenige Überlebende verblieben: Vidron, Gildor und der junge Brill. Gann, Medwyn, Hagan und Overn – sie alle waren gefallen. Danner war noch am Leben und auch Patrel, wenngleich an der Hand verletzt.

»Dem nächsten Angriff werden wir nicht mehr standhalten«, sagte Aurion. »Sie sind zu viele und wir zu wenige. Ich bitte um Beratung, auch wenn uns nur wenig Hoffnung bleibt.«

Vidron sprach aus, was sein Herz bewegte: »Wir dürfen nicht zulassen, dass Ihr fallt, Majestät. Doch ich glaube, es gibt nur einen Weg, ein solches Ende zu verhindern: Wir müssen Modrus eisernen Ring durchbrechen und die Burg aufgeben. O ja, wohl hatten wir gehofft, die Festung zu halten und die Horde hier zu binden, bis das Heer eintrifft, doch diese Hoffnung ist erloschen, verschluckt von der Dunkelheit. Doch auch nach dem Scheitern dieses Plans gibt es noch eine Möglichkeit, den Vormarsch des Feindes nach Süden zu verlangsamen: Wir müssen nur die Taktik von Prinz Galen übernehmen – an einer schwachen Stelle mit aller Kraft zuschlagen und wieder mit der Finsternis verschmelzen, ehe der Feind zurückschlagen kann. Doch dazu müssen wir uns als Erstes aus dieser Falle befreien.«

Vidron verstummte. Aurion blickte seine Berater an, und sie zeigten durch Kopfnicken ihre Zustimmung zu Vidrons

Worten. Darauf wandte sich der König wieder an seinen General. »Fahrt fort, Feldmarschall.«

»Folgendes müssen wir nach meinem Dafürhalten tun: Wenn die Horde das nächste Mal an den Wällen emporzuklettern beginnt, müssen wir einen Ausfall aus dem Westtor unternehmen, durch ihre Reihen brechen und den Berg hinabeilen. Dann suchen wir das Weite im Dunkel der Ebene.« Vidron blickte jedem einzeln ins Gesicht. »Und so werden wir vorgehen: Innerhalb der Burgmauern gibt es genügend Pferde für eine berittene Truppe, die wir brauchen, um uns alle zu den westlichen Stallungen durchzuschlagen, wo die Männer, die zu Fuß sind, sich Rösser besorgen können. Wenn wir dann alle über Pferde verfügen, fliehen wir in die vom Feind selbst geschaffene Dunkelheit.«

»Aber Rossmarschall«, wandte der junge Brill ein, »wir wissen nicht mit Bestimmtheit, ob von den Pferden im Weststall noch welche leben. Die niederträchtigen Rukha könnten sie in ihrer Bosheit alle abgeschlachtet haben.«

»Nein, Brill«, entgegnete Vidron, »die Rutcha werden sie nicht aus reiner Bosheit töten. *Zlye pozhirately koneny!* Sie essen Pferdefleisch, die Schändlichen, und werden die Rösser schonen, um sich den Bauch mit ihnen vollzuschlagen.« Vidrons Augen funkelten zornig, denn zwischen den Männern aus Valon und ihren Reittieren besteht ein besonderes Band, und die Vorstellung von Rutcha, die Pferde in Stücke rissen, brachte sein Blut vor Wut in Wallung.

»Ob die Rösser leben oder getötet wurden«, warf Gildor ein, »ändert nichts daran, dass uns kaum eine Wahl bleibt. Entweder wir verteidigen die Wälle ein letztes Mal und sterben bei dem Versuch, oder wir versuchen, den Ring der *Rûpt* zu durchbrechen. Falls die Pferde im Weststall noch leben und wir sie erreichen, dann werden einige von uns den Kampf weiterführen können. Falls die Pferde tot sind oder wir sie nicht erreichen, dann werden wir kämpfend sterben, aber auch viele der Feinde werden fallen.« Gildor verstummte, und alle Augen wandten sich dem König zu.

Aurion Rotaug blickte jedem Einzelnen prüfend ins Gesicht. »So liegen also drei mögliche Geschicke vor uns: auf den Wällen zu sterben, in leeren Ställen zu sterben oder auf Pferden die Freiheit zu gewinnen. Von diesen dreien lässt uns nur eines die Möglichkeit, weiter gegen Modru zu kämpfen, und dieses werden wir anstreben. *Maeg Adoni laenan strengthu to ure earms!* Möge Adon unseren Armen Kraft verleihen! Vidron, wir werden nach Eurem verzweifelten Plan vorgehen.«

Als Tuck diese Worte hörte, atmete er aus und merkte nun erst, dass er die Luft angehalten hatte.

»Ja, ich weiß, es handelt sich um einen verzweifelten Plan«, antwortete Vidron, »aber ich sehe keinen anderen Weg. Die Berittenen unter uns müssen auf den Rössern kämpfen, die innerhalb der Burgmauern untergebracht sind, und das schändliche Volk, die *Wrg*, zurückhalten, bis alle unsere Kameraden mit Pferden versehen sind. Dann müssen wir fliehen, den Nordhang hinab, durch die zerstörten Tore und auf und davon.«

»Wieso den Nordhang?«, fragte Danner. »Warum nicht die Südseite hinunter und direkt in befreundete Länder?«

»Weil nur die zerstörten Tore mit Sicherheit offen sind«, erwiderte Vidron. »Die anderen könnten geschlossen und bewacht sein. Doch Ihr habt mich auf einen Gedanken gebracht. Wir müssen einen Treffpunkt vereinbaren, falls wir getrennt werden. Was schlagt Ihr vor?«

»Wie wäre es im Süden mit den Schlachtenhügeln?«, meinte Danner. »Oder sogar Steinhöhen.«

»Jawohl!«, stimmte König Aurion zu. »Erst die Schlachtenhügel und dann Steinhöhen, denn das ist die Richtung, die wir einschlagen müssen, um Verbündete zu sammeln.«

»Einen Augenblick!«, rief Tuck. »Wurrlinge können nicht auf Pferden reiten! Aber halt, unsere Ponys stehen ja hier in den Burgstallungen, und sie sind schnell – schneller als das Madenvolk zu Fuß.«

»Aber nicht schneller als Hélrösser«, sagte der junge Brill. »Ihr werdet hinter Kriegern auf Pferden mitreiten müssen.«

»Dann könnt ihr nicht kämpfen«, brauste Danner auf, »und wir auch nicht!«

»Lasst uns auf unseren Ponys wenigstens bis zum ersten Wall reiten«, schlug Patrel vor. »Durch den Schutt sind sie ebenso schnell wie Pferde. Dort steigen wir dann, wenn der Kampf vorüber ist, hinter Männer auf leichtfüßige Rösser, um uns forttragen zu lassen.«.

»Noch besser wäre es«, sagte Aurion, »wenn Ihr, das Kleine Volk, bei unserem Ausfall diejenigen wärt, die vorausjagen, um die Ställe zu sichern, während wir den Feind lange genug hinhalten, bis die Fußtruppen bei Euch sind.« Der König blickte in die Runde. »Gibt es noch etwas? Fürst Gildor, Ihr habt weise gesprochen, doch nun wirkt Ihr besorgt.«

»Ja, König Aurion«, entgegnete der Elf, »ich bin in der Tat besorgt, aber aus keinem erkennbaren Grund, sondern aus einem Gefühl heraus. Eine düstre Vorahnung wirft einen Schatten auf meine Seele, doch ich vermag nicht zu sagen, was dieses Gefühl zu bedeuten hat. Nur so viel: Nehmt Euch in Acht, Aurion, denn hinter jenem Tor spüre ich ein großes Übel lauern, ein Übel, das über die Horde vor unserer Tür hinausgeht, und ich glaube, es verkündet Unheil für Euch.«

Eine furchtbare Kälte griff nach Tucks Herz, als er Gildors Worte hörte, denn auch der Wurrling spürte, dass ein grausames Geschick sie erwartete. Doch abgesehen von einer vagen Vorahnung konnte auch er keinen Grund für sein Unbehagen nennen.

»So sei es«, sagte Aurion. »Von nun an bestimmt das Schicksal über uns.«

Und somit war die Angelegenheit entschieden. Man wollte Vidrons Plan in die Tat umsetzen, da jede andere Handlungsweise den sicheren Tod bedeutete. Die Nachricht wurde verbreitet, und alle überlebenden Verteidiger bereiteten sich auf die Flucht vor, indem sie sich geräuschlos in den Innenhof beim Westtor zurückzogen. Und während sich die Kräfte des Königs sammelten, wurden Befehle unter den Mannschaften ausgegeben, und die Planung in letzter Minute ging weiter. Man verbreitete Mitteilungen wie: »Achtet auf die Fußangeln« oder »Hütet euch vor vergifteten Klingen« und andere Ratschläge dieser Art, während sich alle für die verzweifelte, letzte Chance rüsteten.

Die Pferde in den Burgstallungen hatte man mit Sattel und Zaumzeug versehen – es waren nicht mehr als vielleicht einhundert Rösser –, und neben ihnen standen Krieger, Männer aus Valon größtenteils, die als die besten Reiter aller Reiche galten. Auch Fußtruppen füllten den Innenhof und hielten ihre Waffen für den kühnen Angriff bereit. Unter ihnen waren die Wurrlinge, nur noch neunzehn an der Zahl, von denen jeder ein Pony bei sich hatte. Andere Ponys streiften führerlos umher, Tiere von getöteten Jungbokkern; sie würden mit dem Rest mitlaufen und zur Verwirrung des Feindes beitragen.

Vor dem Tor loderte noch immer der Sturmbock, doch die Flammen, die auf dem Pflaster gewütet hatten, waren verschwunden, da das Öl bereits verbrannt war. Weiter unten am Hang umringte die riesige Horde die Burg. Und so standen alle eine ganze Ewigkeit still, wie es schien – drinnen die grimmig blickenden Krieger des Königs, draußen die schändliche Rukhen-Horde Modrus.

Schließlich vernahm man das raue Lärmen von Hörnern, dazu den dumpfen Schlag der Trommel, und Männer auf den Zinnen gaben das Zeichen, dass der Ansturm des Feindes begonnen hatte. Krieger bemannten das Westtor, bereit, das Portal weit aufzureißen. Männer stiegen in Sättel und legten Lanzen in Halterungen an den Steigbügeln, ein Dickicht aus Speeren, das hin und her wogte. Dann stand die Reiterkolonne bereit, mit König Aurion und Rossmarschall Vidron an der Spitze und Fürst Gildor mit dem funkelnden Schwert *Wehe* sowie dem jungen Brill an seiner Seite gleich dahinter. Ganz am Ende saßen die Wurrlinge auf ihren Ponys, ihre inzwischen kostbaren Pfeile schussbereit, da die Köcher fast leer waren. Männer zu Fuß hielten Schwerter und Piken in der Hand, einige auch Streitäxte, und ganz vereinzelt waren sie mit Langbogen ausgerüstet. Und sie alle hörten den Schlag der großen Trommel, als die Horde näher rückte. *Bum! Bum! Bum!*

Nun ertönte das Heulen der Ghule, gefolgt vom heiseren Gebrüll der Rukhs und Hlöks, und Tuck sah vor seinem geistigen Auge die finstere Horde auf die Wälle zurennen. Ruthen-Pfeile mit schwarzen Schäften zischten durch die Luft und krachten gegen die Mauerzacken oder flogen zwischen den Zinnen hindurch auf die Brustwehren. Die Verteidiger hörten die Sturmleitern gegen den Stein schlagen. Greifklauen verhakten sich in den Mauerzacken. Doch der König rührte noch keine Hand und beobachtete die Wächter in den Burgtürmen.

Tuck beobachtete ebenfalls und wartete klopfenden Herzens auf das Signal. In Scharen schwärmten die Rukhs die Leitern empor und kletterten die geknoteten Seile hinauf; schwarze Finger griffen über den Rand der Brustwehr, dahinter folgten Eisenhelme.

Jetzt! Endlich erfolgte das Zeichen, und die Wachposten beeilten sich, von den Türmen zu kommen, während die Tore weit aufgerissen wurden. Und dann stürmten die Krieger mit wildem Geschrei aus der Burg, die Reiter voran mit gesenkten Speeren. Die Wurrlinge auf ihren Ponys jagten hinterdrein, Männer rannten und brüllten, führerlose Ponys rasten verwirrt und wie von Sinnen umher. Als Tuck aus dem Tor sprengte, vorbei an dem brennenden Wältiger, sah er verblüffte Rukhen-Gesichter, sah, wie sie die Zähne fletschten, und dann war er an ihnen vorüber, und sein Pony raste im gestreckten Galopp den Hang hinab zu den fernen Ställen.

Vor Tuck teilte sich die Kolonne, die Pferde wendeten nach links und rechts, als Flankenschutz für die Fußsoldaten. Die Wurrlinge aber stürmten geradeaus weiter abwärts, denn sie hatten den Auftrag, die Ställe zu sichern, bis die Männer ohne Pferde eintrafen. Über das Getrampel der rennenden Ponys hinweg hörte Tuck die wütenden Schreie der berittenen Ghule, doch dann kam sein Ross wieder auf eine Straße, und er jagte auf ihr den felsigen Steilhang hinab, und das einzige Geräusch, das er noch wahrnahm, war das Klappern der Hufe auf dem Kopfsteinpflaster.

Auf einem weiteren flachen Hang ein Stück tiefer befanden sich die großen westlichen Stallungen, und hinter ihnen fiel das Gelände steil bis zum vierten Wall ab. Nun donnerten die Wurrlinge bereits auf die Scheunen und Pferdegatter zu. Tuck warf einen flüchtigen Blick über die Schulter und sah, dass die ersten Männer zu Fuß hinter ihm die Straße herabkamen, und oben auf der Kuppe zeichneten sich als Silhouetten gegen das Schattenlicht die berittenen Krieger ab, welche die Fußtruppen schützten und von denen einige noch in Gefechte mit dem Feind verwickelt waren. In ihrer Mitte sah Tuck Gildors brennendes Schwert rot aufleuchten.

Der Wurrling wandte den Blick wieder nach vorn, wo die Ställe lagen, und er wie seine Kameraden gaben den Ponys noch einmal die Sporen und rasten quer über den Hang auf sie zu. Einige wenige Pferde waren in den äußeren Gehegen zu erkennen, aber auch einige Kadaver, und Tuck betete darum, dass in den Ställen noch lebende Pferde standen.

Und dann waren sie an den niedrigen Pferdeunterkünften angelangt, brachten die Ponys abrupt zum Stehen und sprangen in den Schnee. Paarweise und in Dreiergruppen schwärmten die Wurrlinge aus und liefen lautlos zwischen den Gebäuden umher; die Juwelenaugen wachsam und mit eingelegten Pfeilen huschten sie durch das Schattenlicht zu den schwarzen Öffnungen der Stalltüren.

Tuck flitzte mit Wilro auf den Fersen durch einen Eingang, sie schlüpften behände um den Türrahmen und duckten sich ins Dunkel; ihre Augen suchten die Boxen ab, und sie waren bereit, jeden von Modrus Brut abzuschlachten, der ihnen womöglich auflauerte. Stille. Finsternis. *Ist hier nichts?* Langsam schlichen sie den Gang entlang. *Bamm! Bamm!* Zwei donnernde Geräusche ertönten plötzlich von links, und Tucks Herz machte einen Satz, während er gleichzeitig in die Hocke ging, den Bogen bis zum Anschlag gespannt und den Pfeil in die Dunkelheit gerichtet, wo sich ein verängstigtes Pferd aufbäumte. In seiner Furcht hatte es gegen die Wand geschlagen; nun wich es in eine Ecke zurück und stand zitternd da. Es verdrehte die Augen, sodass man das Weiße sah, und es keuchte und schnaubte, als wollte es seine Nüstern von einem schrecklichen Geruch befreien. Langsam ließen Tuck und Wilro die Bogen sinken und wunderten sich, weshalb das Tier so verängstigt war.

»Ssst!« Wilro winkte Tuck zu sich. »Da«, flüsterte er und deutete zu einer anderen Box. Tuck schaute und wandte die Augen rasch wieder ab, denn der Anblick war grässlich – die Überreste von Pferden lagen verstreut im nassen, blutgetränkten Stroh, mit aus dem Kadaver gefetzten Keulen und klaffenden Löchern im Fleisch, als hätten Fangzähne und Klauen die Tiere in Stücke gerissen.

»Vidron hatte recht«, keuchte Tuck. »Das ist das Werk von Rukhs. Sie essen Pferdefleisch. Wir müssen weiter, und zwar schnell. Die Menschen werden bald da sein.«

Sie drängten weiter, vorbei an der Reihe der Stallboxen; manche waren leer, in den meisten standen verängstigte Pferde, und aus einigen stieg der Gestank zerfleischter und teilweise verzehrter Pferdekadaver.

Sie waren beinahe am Ende des Scheune angekommen, als sie ein Stück voraus ein grässliches Reißen und Fetzen und dazu ein widerliches Schmatzen vernahmen. Und dann hörten sie auch ein raues Lachen und leise, mahlende Worte.

»*Guk klur gog bleagh*«, sagte eine kehlige Stimme in der scheußlichen Slûk-Sprache, einem im Madenvolk üblichen Idiom.

»Jo. Solln die blöden Scheißer die Hütte vom Hochkönig knacken, wir lassen uns derweil ein blutiges Mahl schmecken«, erwiderte eine zweite Stimme in einer verzerrten Version der Gemeinsprache, die Tuck kaum wiedererkannte.

Erneut hörten sie das reißende Geräusch und das Schmatzen von Lippen. Tuck und Wilro schlichen ein Stück voran und sahen zwei Rukhs, die neben einem getöteten Pferd kauerten, mit großen Fleischbrocken in den Klauenhänden, die blutverschmierten Gesichter in den baumelnden Lappen vergraben. Sie bissen, kauten und schlangen das rohe Fleisch in ihren Schlund und hielten nur inne, um sich das Blut abzuschlecken, das von ihren Fingern tropfte und ihnen an den Armen hinablief.

Pifft! Tschock! Tucks Pfeil traf den linken Rukh, während Wilros in den auf der rechten Seite drang, die beiden taumelten rückwärts und waren tot, bevor sie gegen die Wand schlugen und leblos zu Boden sanken.

Als Wilro in die Box trat, um sich zu vergewissern, dass die beiden nicht mehr lebten, sprang ein dritter Rukh hinter einem Heuverschlag hervor, wo er unbemerkt gekauert hatte. Mit einem rauen Schrei ließ er eine Eisenkeule auf Wilros Kopf krachen, und der Jungbokker fiel. Tuck schrie wütend auf, sprang vor und stieß einen Pfeil wie einen Dolch in den Rücken des Rukhs. Dieser wirbelte herum, schlug nach Tuck und warf den Wurrling ins Stroh, dann schritt er zähnefletschend und mit erhobener Keule auf ihn zu; doch plötzlich trat ein überraschter Ausdruck in seine schwärzlichen Züge, er tastete an seinen Rücken und versuchte den Pfeil zu erwischen, bevor er tot neben Tuck niederstürzte.

Tuck krabbelte zu Wilros lebloser Gestalt, doch auch der Jungbokker war tot, er hatte den Keulenhieb nicht überlebt. In diesem Augenblick hörte der Wurrling, wie Männer im Laufschritt in das Stallgebäude kamen, und er hörte ihre Rufe. Tieftraurig schloss Tuck Wilros Augen und legte ihm die Hände auf die Brust. »*Thuna glath, Fral Wilro*«, flüsterte er in der alten Wurrlingssprache, »Geh in Frieden, Freund Wilro.« Dann stand er auf und gesellte sich zu den Männern, denn die Unbarmherzigkeit des Kampfes lässt keine Zeit, die Toten zu betrauern.

»*Schnell! Auf die Rösser! Der König ist in großer Bedrängnis!*«, hörte Tuck eine Stimme rufen, und er rannte zwischen den Männern hindurch, die ihre Pferde sattelten und zäumten, und weiter auf der Rückseite des Stalls hinaus zu seinem Pony.

Tuck sah zu der Pflastersteinstraße hinauf, die den Steilhang hinabführte. Auf halber Höhe tobte eine wilde Schlacht zwischen den berittenen Männern des Königs und den Ghulen auf Hélrössern. Während Tucks Saphiraugen nach dem König forschten, erschienen weitere Ghule oben auf der Klippe und ritten auf das Handgemenge zu, während dunkle Truppen der Rukhs Steine auf die Menschen hinabschleuderten und Pfeile mit schwarzen Schäften auf sie niedergehen ließen. Langsam wichen die Reiter zurück, wobei sie um jeden Fuß Boden kämpften, und unter den Letzten, die wichen, war der König auf Sturmwind. Und das Getümmel war fürchterlich, denn sie fochten auf Leben und Tod. In der kurzen Zeit, die Tuck zuschaute, stürzten ein Ghul und ein Mann, mit Hélross und Pferd, im Kampf verkeilt, von der Straße die Steilwand hinab. Und von den Klippen krachten Felsbrocken auf die Männer.

»Yahoi! Yahoi!«, schrie Tuck einen altertümlichen Ruf zu den Waffen, sprang in den Sattel und gab seinem Pony die Sporen. Während er den Hang hinaufjagte, schlossen sich ihm Danner und Patrel sowie weitere Wurrlinge an, die den Schlachtruf vernommen hatten.

Sie preschten zum Fuß der Steilwand und sprangen in den Schnee. »Auf die Bogenschützen dort oben!«, rief Patrel. »Und auf die Steinewerfer ebenfalls!« Und die Wurrlinge schossen ihre tödlichen Pfeile auf die Rukhs oben auf der Klippe ab, wobei sie sorgfältig zielten, denn ihre Ziele waren weit entfernt – achtzig Fuß oder mehr –, und ihre Pfeile gingen zur Neige. Doch hatte Patrel das richtige Ziel angegeben, denn die schwarzen Pfeile und die herabgeschleuderten Steinbrocken forderten einen hohen Tribut unter den Männern, und nur die Wurrlinge konnten den tödlichen Regen von oben eindämmen.

Pfeil auf Pfeil flog zischend nach oben, und selbst auf diese Entfernung trafen sie. Die Rukhs zogen sich vom Rand der Klippe zurück, und der Niederschlag von Steinen und Geschossen ebbte merklich ab. Doch zähnefletschende Hlöks hieben mit Peitschen auf die schwarzen Kreaturen ein, und erneut kamen die Rukhs nach vorn. Zu ihnen gesellten sich die gewaltigen Ogrus und schleuderten mächtige Felsbrocken, und der tödliche Steinhagel setzte wieder ein. Nun zischten die schwarzen Pfeile auch in die Reihen der Wurrlinge, manche fanden ihr Ziel, und etliche Jungbokker fielen. Tucks Pfeile waren verbraucht, aber er schnappte sich den Köcher eines getöteten Kameraden und ließ sechs weitere Pfeile auf den Feind los, bevor auch dieser Vorrat erschöpft war. Darauf begann er die schwarzen Schäfte der Rukhs aus der Erde zu pflücken und richtete sie auf den Gegner. Und dann war er von trampelnden Pferden und schreienden Männern umringt, die von den Ställen kamen und unter dem Klang von Hörnern nun ebenfalls in die Schlacht stürmten.

Die Leute des Königs wendeten nun ihre Rösser auf der schmalen Kopfsteinpflasterstraße und jagten abwärts, denn sämtliche Männer – die rund fünfhundert, die noch lebten – waren inzwischen beritten, und ihre wilde Flucht den Berg hinab und durch die zerstörten Tore konnte beginnen. Tuck sprang wieder in den Sattel, und mit ihm trieben alle Wurrlinge, von denen nur noch zwölf übrig waren, ihre Ponys in rasendem Tempo den Nordhang hinab durch ein Spalier von Bogenschützen der Rukhs, denen vier weitere Angehörige des Kleinen Volks zum Opfer fielen. Tuck, Danner und Patrel aber blieben am Leben, sie passierten gemeinsam das zertrümmerte Nordtor des vierten Walls und galoppierten durch den Schutt und die Asche der verbrannten Stadt auf den steilen, gewundenen Straßen nach unten. Und hinter ihnen kamen die Männer auf Pferden, in ihrem Rücken die Ghule auf Hélrössern, die einzelne Reiter überholten und mit Speeren und Krummsäbeln niedermachten, während andere Soldaten des Königs wendeten und sich ihnen entgegenstellten.

Inmitten der brandgeschwärzten Skelette der Ruinen jagten sie durch das dritte und das zweite Tor, und die Asche stob auf von den fliegenden Hufen. Schon stürmten sie auf das erste Tor zu, das letzte, bevor sie auf den Vorbergen und der Ebene dahinter in Freiheit sein würden. *Hier müssen wir hinter Männern aufsitzen,* dachte Tuck, *denn wenn wir die krummen Wege erst verlassen haben, sind unsere Ponys nicht mehr schnell genug.* Und dann kam das Nordtor des ersten Walls in Sicht, und Tuck stockte entsetzt der Atem, und er hielt sein Pony abrupt an, denn dort standen Reihe um Reihe höhnisch grinsende Ghule auf ihren Hélrössern.

Nun ritt der König heran, er bremste Sturmwinds Galopp und brachte das Pferd schließlich zum Stehen. Bei aller Verzweiflung sah Tuck mit Freude, dass der König noch lebte. Ihm folgten Gildor, Vidron, der junge Brill und dreihundert weitere, und alle hielten ihre Rösser an, die weiße Atemwolken in die kalte Luft bliesen. Und dahinter rissen die sie verfolgenden Ghule hart an den Zügeln und stimmten ein Siegesgeschrei an – denn die Männer saßen in der Falle.

Vor dem Tor wartete inmitten der reglosen Ghule der Abgesandte mit den ausdruckslosen Augen auf einem Hélross. Er wurde nun von einem der Ghule nach vorn gebracht, bis er dem König gegenüberstand. Erneut zuckte das Gesicht des Boten, und dann starrte das Böse den Königstruppen entgegen. Plötzlich endeten die Jubelrufe, und Tuck hörte Gildor schwer atmen. Der Elf trieb sein Pferd nach vorn und hob das Schwert *Wehe* hoch in die Luft. Rubinrotes Feuer brach aus der Klinge, und die Ghule schreckten vor dem Licht zurück. Doch der Abgesandte fauchte einen heiseren Befehl –*Schlat!* –, und die Reihen blieben geschlossen.

Dann ertönte das Zischen der grässlichen Natternstimme über die Ruinen hinweg. »Du hattest die Wahl, Aurion Rotaug, doch du hast meine Gnade verschmäht. Du unternahmst es, dich mir entgegenzustellen und zu gewinnen, doch der Preis, den du errungen hast, heißt Tod!«

Der junge Brill begann zu zittern, sein Mund schäumte, und er verdrehte die Augen, bis man nur noch das Weiße sah, da ihn die Raserei des Kriegers gepackt hatte. Mit einem unartikulierten Wutschrei gab er seinem Pferd die Sporen und jagte den Hang hinab auf den Abgesandten zu.

»*Gluktu!*«, schrie die grässliche Stimme, und der Ghul an der Seite des Boten trieb sein Hélross an. Ghul und Mann rasten aufeinander zu, und der Klang der Hufe hallte vom Pflaster wider. Der junge Brill holte mit seinem mächtigen Schwert von oben aus und führte es mit unvergleichlicher Wut nach unten. Die Funken stoben, als die Klinge auf den Helm traf, und er hieb den Ghul vom Scheitel bis zum Schritt entzwei; doch auch der Ghul hatte zugeschlagen, sein Säbel durchtrennte den Hals des jungen Brill, und beide fielen tot zu Boden.

Es war, als wäre ein Damm gebrochen, denn Menschen wie Ghule stießen gleichermaßen Wutschreie aus und sprengten aufeinander zu, um sich in einem gewaltigen Zusammenprall von Waffen zu begegnen, und Tucks Pony wurde in dem Ansturm mitgerissen. Noch inmitten des Stroms hörte Tuck Danners hasserfüllten Schrei, und ein Pfeil zischte durch die Luft und traf den Abgesandten mitten in die Stirn, drang in sein Hirn und warf ihn rückwärts aus dem Sattel auf den gefrorenen Boden. Und dann wurde Tuck fortgetragen, und rings um ihn wütete die Schlacht, und Todesschreie erfüllten die Luft. Tuck war ohne Waffen, und er versuchte, zum Tor zu reiten, aber dort versperrten Ghule den Weg und kämpften gegen die Männer des Königs. Schwerter und Säbel klirrten aufeinander, und Klingen drangen mit einem schmatzenden Geräusch in Fleisch. Doch nur Gildors Schwert *Wehe* schien eine Wirkung zu erzielen, denn wo es zuschlug, fielen Ghule, und schwarzes Blut spritzte aus ihnen hervor. Die Schwerter der Männer hingegen hackten in das bleiche Fleisch und öffneten klaffende Wunden, doch die Ghule bluteten nicht, sondern kämpften unbeeindruckt weiter, ihrerseits Männer fällend.

Enthaupten! Holz durchs Herz! Feuer! Silberklinge! Tuck dachte fieberhaft nach. *Das sind die Möglichkeiten, Ghule zu töten. Nicht durch einfache Schwertwunden oder Messerschnitte. Wir sind verloren, wenn es uns nicht gelingt, zu fliehen.* Wieder drängte er durch das Schlachtgetümmel, aber das Tor war noch immer versperrt... doch halt! Die Truppen der Ghule machten kehrt, wie um einem neuen Feind zu begegnen. Und da war in der Tat eine neue Bedrohung! Denn durch die Reihen derer, die das Nordtor bewachten, brach ein Trupp von Männern, vielleicht dreißig an der Zahl, sie trieben die Ghule auseinander, schrien und schleuderten Öl und Fackeln auf den Feind. Flammen loderten auf, und Ghule heulten, Hélrösser schossen brennend davon. Und angeführt wurden die Männer von einem grau gekleideten Krieger auf einem gagatschwarzen Streitross: Prinz Galen!

»Jetzt!«, rief er. »Der Weg ist frei!«, Er wendete den schwarzen Hengst, um einen Ghulsäbel mit seinem Stahlschwert abzuwehren.

Tuck trieb sein Pony vorwärts und duckte sich zugleich unter einem Hieb von feindlichem Eisen weg. Dann stürmte er durch das Tor, und andere rasten hinter ihm her.

Auch Danner galoppierte auf die Öffnung zu, aber ein durchgehendes Hélross rammte sein Pony; der Jungbokker wurde aufs Pflaster geschleudert, und sein Reittier floh vor dem Gestank der Bestie. Der Wurrling rappelte sich auf. Er hörte einen Schrei – »Danner!« –, drehte sich um und sah Patrel auf sich zusteuern, vorgebeugt, um ihn aufzunehmen. Danner streckte den Arm aus und ergriff Patrels Hand – die verwundete –, dann schwang er sich hinter ihm auf das Pony, und sie preschten zum Tor hinaus. Andere strömten hinter ihnen nach draußen.

Als Tuck außerhalb der Wälle auftauchte, rannte sein Ross nur ein kurzes Stück nach Norden, bevor die Schlacht neu auflebte und rings um ihn tobte. Er wurde zurückgedrängt und wieder nach vorn, und er schaute sich um und sah... »Mein König! Mein König!« Aurion war auf allen Seiten von Ghulen und Hélrössern umzingelt. Sturmwind bäumte sich auf, schlug aus und wieherte herausfordernd. Gildor gab Leichtfuß die Sporen, trieb ihn zum Schauplatz des Kampfes, und mit dem roten *Wehe* mähte er auf dem Weg dorthin reihenweise Feinde nieder.

Auch Tuck versuchte, zum König zu reiten, obwohl der Wurrling keine Waffe besaß. Doch Aurion Rotaug wurde im Getümmel der Schlacht fortgerissen und Tucks Pony von Pferden wie Hélrössern gleichermaßen hin und her gestoßen, bis fluchende Männer und heulende Ghule ihn an den Rand eines Abgrunds trieben. Und ehe er einen neuen Anlauf in Richtung des Königs nehmen konnte, schlug eine der widerlichen, weißen Leichengestalten mit pfeifender Klinge nach Tuck und verfehlte zwar den Wurrling, hieb jedoch tief in den Hals des Ponys. Das Tier taumelte vorwärts und brach tot zusammen, wobei es mit Tuck in die Schwärze der steilwandigen Schlucht stürzte. Tuck wurde im Fallen von dem toten Pony geschleudert und polterte über Strauch und Stein, und hinter ihm rutschte Schnee in die Tiefe. Dann schlug er mit dem Kopf irgendwo an, verlor das Bewusstsein, und der Lärm der Schlacht über ihm erreichte sein Ohr nicht mehr.

Als Tuck wieder zu sich kam, wusste er nicht, wie viel Zeit seit seinem Sturz vergangen war, doch der Gefechtslärm war verstummt. Stattdessen hörte er von fern Rukhs in der abscheulichen Slûk-Sprache brabbeln, sie bewegten sich auf dem Boden der Schlucht auf ihn zu, und er sah von Weitem das Licht der Fackeln, die sie in die Höhe hielten. Er hörte außerdem ein weiteres Geräusch, näher bei ihm – Hufe! – Ghule, dachte er und rappelte sich hoch. *Sie suchen nach Überlebenden! Versteck dich! Ich muss mich verstecken!* Er sah sich fieberhaft nach einem Versteck um, doch alles, was er sah, waren sein totes Pony und sein Bogen, der unweit im Schnee lag. Er hob ihn auf und floh lautlos auf dem Grund der Schlucht in nördlicher Richtung, während hinter ihm die Geräusche von Hufen und Rukhs näher kamen.

Die Schlucht verengte sich nun und stieg an, und Tuck rannte nach oben, bis er ins Schattenlicht hinauskam. Er befand sich inmitten der runden Grabhügel der Feste Challerain. Er lief ein kurzes Stück zwischen ihnen und gelangte an einen großen Kreis mit umgestürzten Steinen. *Othrans Grabmal!* Er eilte in die Mitte des Kreises und blieb vor einer niedrigen Steinruine stehen, die von schneebeladenen Ranken bedeckt war. Plündernde Rukhs hatten die Tür herausgerissen und zur Seite geworfen. Dort hinein floh Tuck und stolperte drei Stufen hinter dem Eingang hinab. Nun sah er im Schattenlicht, das durch die Öffnung fiel, ein Grab in der Mitte eines glatten Marmorbodens. Auch dieses hatte das niederträchtige Volk geschändet. Der steinerne Deckel war herabgeworfen worden, und Urnen und Truhen sahen aus wie von einem Streithammer zerschmettert.

Draußen kam das Geschrei der Rukhs immer näher, und Tucks Saphiraugen suchten in dem Halbdunkel verzweifelt das Durcheinander ab, entdeckten aber nichts, womit er sich verteidigen konnte. *Doch halt! Das Grab!* Rasch trat er an den Sarkophag, den die Räuber zertrümmert hatten. Das Schattenlicht des Dusterschlunds schien blass hinein und beleuchtete die Totenbahre. Dort lagen im Staub der Zeiten die vergilbten Gebeine des toten Sehers, zerschmettert wie von einer Rukhen-Keule, und leere Augenhöhlen starrten Tuck aus dem grinsenden Schädel an. Uralte Reste eines priesterlichen Gewandes klebten an dem Skelett, und eine schlichte, aber leere Messerscheide war um die Mitte gegürtet. Die fleischlosen Arme waren über den Rippen wie zur Ruhe gekreuzt, doch die Knochenfinger beider Hände umklammerten je eine Waffe. Sie schienen zeremonieller Natur zu sein, doch handelte es sich nichtsdestoweniger um Waffen: zum einen das Langmesser eines Menschen, glänzend und scharf, wiewohl vor einer Ewigkeit ins Grab gelegt; in die silberne Schneide waren goldene Runen geritzt – die Grabschänder hatten es nicht geraubt, da es eine Klinge aus dem untergegangenen Atala war, und Rukhs hielten eine Berührung mit ihr nicht aus. Es war jedoch die andere Waffe, die Tuck sofort an sich riss: ein Pfeil, klein, gerade und matt rot, aus einem fremden, leichten Metall gefertigt – doch er passte zu dem Bogen des Wurrlings, als hätte er Äonen darauf gewartet, von ihm benutzt zu werden.

Das Geschrei kam nun näher, und Tuck legte den Pfeil an die Sehne. *Wenn sie mich entdecken, wird wenigstens einer von ihnen vor mir sterben.* Dann schlüpfte er in den Schatten hinter dem Sarkophag. Leises Hufgetrappel war nun zu hören, und eine Gestalt, die durch den Eingang kam und ein Ross führte, verdunkelte das Schattenlicht. Ein Ghul! Tuck spannte den Bogen bis zum Anschlag, er zielte auf die dunkle Gestalt und wartete, bis diese sich in das gespenstische Licht bewegte, damit er sie gewiss nicht verfehle.

Die rauen Stimmen wurden sehr laut, als die Rukhs draußen vorbeizogen, und ihre Fackeln, mit denen sie die Finsternis absuchten, flackerten. Und im unsteten Licht, das in die Grabkammer schien, richtete Tuck sein bebendes Ziel neu aus, bereit, seinen zischenden Tod auf die Schatten vor dem Eingang loszulassen. Denn dort im Licht sah Tuck eine weiße Hand, die den Griff eines zerbrochenen Schwertes umklammerte, und als sich die Gestalt vorbeugte, um zu den vorbeiziehenden Rukhs hinauszuspähen, baumelte ein goldenes Medaillon von seinem Hals, das im schwindenden Fackelschein glänzte. Und hinter dem Mann stand ein gagatschwarzes Ross.

SECHSTES KAPITEL

Die lange Verfolgung

Fürst Galen!«, flüsterte Tuck, und der Mann fuhr herum, ging in die Hocke und hielt das zerbrochene Schwert wie ein Messer vor sich. Tuck ließ den Bogen sinken. »Fürst Galen«, keuchte er, »ich bin ein Freund.«

Lange Augenblicke verstrichen. Draußen zogen die Rukhs von dannen, und ihre Geräusche waren nur noch schwach wahrnehmbar. Schließlich sprach der Mann: »Ein Freund, sagst du, und doch bist du von der Größe eines Rukhs. Kannst du beweisen, dass das keine Finte des Bösen ist?«

»Eine Finte!«, zischte Tuck wutentbrannt. »Ich bin Tuck Sunderbank, ein Wurrling aus den Sieben Tälern und kein Rukh!« Der Jungbokker trat vor ins Schattenlicht, und seine Saphiraugen blitzen zornig.

»Ein *Waerling!*« Galen ließ den Stumpf seines Schwerts sinken. »Verzeiht mir, Herr Tuck, aber dies ist eine Zeit des Misstrauens.«

Auch Gagat staunte über diesen kleinen Grabgefährten, er rührte sich, senkte den Kopf und beschnupperte den Winzling. Trotz Tucks Zorn schien er mit dem Jungbokker einverstanden zu sein.

»Du meine Güte!«, rief Tuck plötzlich völlig verändert und sank schreckensbleich zu Boden.

»Herr Tuck, seid Ihr verletzt?« Sofort kniete der Prinz an der Seite des Wurrlings nieder.

»Nein, Majestät, nicht verletzt«, antwortete Tuck leise und erschüttert. »Mir kam nur eben zu Bewusstsein, dass ich Euch beinahe als vermeintlichen Ghul erschossen härte.«

»Nun, dann sind wir ja quitt«, erwiderte Galen lächelnd, »denn ich hielt Euch fälschlicherweise für einen Rukh. Nicht eben die glücklichste Art, eine Bekanntschaft zu beginnen, würde ich meinen.«

»Nein, Majestät, das kann man nicht behaupten.« Tuck brachte ein mattes Lächeln zu Stande und deutete dann auf Gagat. »Wäre nicht Euer schwarzes Ross gewesen und das goldene Medaillon mit Laurelins Locke an Eurem Herzen –«

»Laurelin!« Galen packte Tuck unsanft an den Schultern. »Ist sie in Sicherheit?« Die Anspannung in Galens Stimme ließ die Luft förmlich knistern.

Schmerz lag in Tucks Stimme, als er antwortete: »Majestät, sie hat die Feste in Begleitung von Prinz Igon, Hauptmann Jarriel und einer berittenen Eskorte verlassen. Sie fuhr in einem Wagen mit Ziel Steinhöhen oder weiter nach Süden; das war vor einer Woche, wenn ich richtig gezählt habe – einen Tag, ehe der Dusterschlund über den Berg Challerain hereinbrach.«

Der Prinz ließ Tucks Arm los und stand auf, und der Wurrling schüttelte sich erleichtert. »Verzeiht mir, Herr Tuck«, sagte Galen müde. »Ich wollte Euch nicht wehtun, und ich war grob zu Euch, aber das ist die erste Nachricht, die ich von meiner Liebsten erhalten habe.« Fürst Galen streckte die Hand nach unten, Tuck ergriff sie und wurde auf die Beine gezogen. »Was für ein Glück, dass ich jemanden getroffen habe, der mir von ihr erzählen konnte«, sagte Galen.

»Ihr hattet mehr Glück, als Ihr ahnt, Majestät«, entgegnete Tuck und nahm seinen Bogen zur Hand, »denn hätte ich Eure Herzensdame nicht kennengelernt, und hätte sie mir nicht von Eurem Medaillon erzählt, und hätte Euer Vater nicht von Gagat, Eurem schwarzen Pferd, gesprochen ... Ihr wärt zweifellos von diesem Pfeil durchbohrt worden, den ich dort hinten in dem Grab gefunden habe.« Tuck hielt Galen das Geschoss hin, damit er es in Ruhe betrachten konnte.

»Ist das Euer einziger Pfeil?«, fragte der Prinz. Auf Tucks Nicken hin hielt Galen sein Schwert in die Höhe, dessen Klinge kurz hinter dem Griff abgebrochen war. »Dann besitzen wir beide nicht eben viel, womit wir dem Feind entgegentreten könnten: eine zerbrochene Klinge und einen einzelnen Pfeil.«

»Nein, Prinz Galen, hier ist noch eine Waffe«, sagte Tuck und trat an den Sarkophag. »Nämlich diese glänzende Schneide.« Der Jungbokker löste die runenverzierte Klinge aus dem jahrhundertelangen Griff von Othran, dem Seher. In Tucks Hand wirkte sie wie ein Wurrlingsschwert, doch an Fürst Galen übergeben, wurde sie zum Langmesser eines Menschen.

»Holla, das ist aber eine scharfe Schneide!«, rief Galen, nachdem er sie mit dem Daumen geprüft hatte. »Diese Kraftrunen, ich kann sie nicht lesen, doch sie sehen aus, als wären sie Atalanisch, die vergessene Sprache eines untergegangenen Reiches. Dann wäre dies eine Klinge aus Atalar; sie sind berühmt für ihre Wirkung im Kampf gegen das Böse.« Er wollte das Messer an Tuck zurückgeben.

»Nein, Fürst Galen.« Tuck weigerte sich, es zu nehmen. »Behaltet die Klinge, und nehmt auch die Scheide, die im Grab liegt, denn ich bin im Schwertkampf ungeübt und würde mich sehr wahrscheinlich nur selbst verletzen. Dies hier, der Bogen, das ist meine Waffe. Außerdem sind wir somit beide bewaffnet – wenn ich allerdings die Wahl hätte, wäre Euer Stahl länger und mein Köcher voll.«

Galen ging zu dem zerstörten Grab und nahm die schmucklose Scheide von Othrans Seite. Als der Prinz sie sich umgürtete, sah Tuck, welche Ähnlichkeit Galen sowohl mit seinem Vater Aurion als auch mit Igon, seinem Bruder, hatte. Er war Mitte zwanzig, mit aller Ausdauer und Schnelligkeit der Jugend, aber auch mit großer Kraft ausgestattet. Hochgewachsen war er, wie sein Vater, sechs Fuß, vielleicht noch einen Zoll mehr. Sein Haar war dunkelbraun wie Igons, und seine Augen waren ebenfalls stahlgrau, wenngleich sie im Schattenlicht schwarz wirkten. Er trug graue, mit Gänsedaunen gefütterte Kleidung, und auch sein Mantel war grau. Auf seinem Kopf saß ein Helm aus Leder und Stahl, und an seiner Hüfte hing nun ein Langmesser. Er band die Scheide seines Schwerts an Gagats Sattel und drehte sich zu Tuck um. »Wisst Ihr etwas von Plänen, wo sich die Leute des Königs sammeln?«

»An den Schlachtenhügeln und dann in Steinhöhen«, antwortete Tuck. Der Wurrling runzelte besorgt die Stirn. »Prinz Galen, ist der König denn wohlauf? Kam er frei? Als ich ihn zuletzt sah, wurde er von allen Seiten bedrängt, doch ich weiß nicht, welchen Ausgang der Kampf nahm, denn ich wurde in jene Schlucht da hinten geworfen.«

Der Ausdruck auf Galens Gesicht war schmerzhaft anzuschauen. »Ich weiß nicht, welches Geschick meinen Vater traf, Herr Tuck. Wir wurden im Kampf getrennt, und ich sah ihn nicht wieder. Doch mein Herz ist stets voll Hoffnung, auch wenn das, was ich sah, nichts Gutes verhieß. Es waren der Ghola zu viele. Ich wurde zur Seite gezwungen, und mein Schwert zerbrach, als es durch einen Gholenhelm fuhr. Doch ehe ich mir eine neue Waffe aus der Hand eines Getöteten nehmen konnte, gelang der verbliebenen Streitmacht der Menschen der Durchbruch; viele wurden in alle Richtungen zerstreut, die meisten allerdings ritten so schnell sie konnten nach Osten. Doch Sturmwind mit dem König auf seinem Rücken konnte ich nirgendwo sehen. Ich lenkte Gagat in die Schlucht, um zu warten, bis ich ebenfalls fortreiten konnte, aber dann kamen die Rukha und suchten, und ich führte das Pferd in die Krypta, in der wir jetzt sind. Mehr kann ich zum Verbleib meines Vaters nicht sagen.«

Tuck sank das Herz ob dieser ungewissen Nachricht.

»Auch wenn ich nur kurze Zeit das weit blickende Auge des Königs war, liebe ich ihn doch sehr, denn er ist zwar ein großer Führer, aber in vielerlei Hinsicht war er auch wie ein Vater zu mir.«

»Sein weit blickendes Auge?« Galen sah ihn verwirrt an. »Das klingt nach einer Geschichte, die erzählt werden will, doch könnt Ihr es tun, während wir nach Süden reiten, denn wir müssen fort von hier. Dieser Ort wimmelt von Rukhas, und sie könnten jederzeit wiederkommen.«

Also spähten sie hinaus ins Schattenlicht und führten Gagat zwischen den verlassenen Grabhügeln hindurch. Dann stiegen sie auf und ritten leise in nordwestliche Richtung, der Wurrling rittlings hinter dem Mann. Bewaffnet waren sie mit einem einzigen Pfeil sowie einer Klinge aus Atala – und mit ihrem Mut. Heimlich und auf gewundenen Pfaden, die Prinz Galen kannte, arbeiteten sie sich langsam durch die Ausläufer der vorgelagerten Hügel um den Berg Challerain herum, erst in westlicher Richtung und schließlich nach Süden. Zuletzt ließen sie den ausgebrannten, verkohlten Koloss der Feste Challerain und die zerstörte Stadt hinter sich, und Prinz und Dorngänger ritten den Schlachtenhügeln entgegen.

»Dann habt Ihr nach meiner Zählung mit Eurem kleinen Bogen also siebzig, achtzig oder gar mehr von dem Gewürm getötet!« Fürst Galen kippte mit seinem Stuhl nach hinten und sah seinen juwelenäugigen Gefährten erstaunt an. Flackerndes Kerzenlicht warf zuckende Schatten auf Tuck, der stumm nickte, betroffen von der bloßen Zahl. Der Prinz beugte sich vor, brach noch ein Stück von dem altbackenen Brot auf dem Tisch ab und biss hungrig hinein.

Sie waren stundenlang südwärts über das Grasland geritten und dabei mitunter auch, der Poststraße folgend, nach Westen abgeschweift. Nach Erreichen der Ebenen hatte Tuck vor Galen auf dem Pferd Platz genommen, und die scharfen Augen des Wurrlings hatten stets wachsam nach einer Bewegung des Feindes Ausschau gehalten. Sie hatten jedoch keine gesehen, auch wenn Tuck einmal glaubte, einen fernen Schrei über dem Hämmern von Gagats Hufen zu hören. Sein forschender Blick aber fand nur sanft gewelltes Flachland und schwarze Dickichte im düstren Schattenlicht, und der Ruf, wenn es denn einer gewesen war, wiederholte sich im weiteren Verlauf ihres Rittes nicht. Gagat, das schwarze Ross, war schnell und kräftig, aber auch das beste Pferd braucht einmal eine Pause und muss gefüttert und getränkt werden. Schließlich waren sie zu einem verlassenen Gehöft gekommen, und dort hatten sie Getreide, Wasser und einen Stall mit Heu gefunden.

Tuck und Galen hatten das Haus betreten. Klein war es und bestand lediglich aus zwei Räumen – einer Küche und einem zweiten Zimmer –, und die Betten standen im Dachboden darüber. Nachdem sie die Fensterläden geschlossen hatten, damit kein Licht nach draußen drang, zündeten sie eine Kerze an und entdeckten einen kärglichen Vorrat an Lebensmitteln – altes Brot, getrocknete Bohnen, eine Büchse Tee, das war alles. Darauf entfachten sie ein kleines Feuer im Herd und brachten einen Topf Wasser zum Sieden, mit dem sie Tee machten und die Bohnen kochten. Und nun verzehrten die beiden Reisenden ihr armseliges Mahl, als handelte es sich um einen üppigen Festschmaus. Ihr Gespräch aber drehte sich um den Winterkrieg, wie dieser Kampf mit Modru inzwischen genannt wurde.

»Als Igon und ich zum ersten Mal in den Dusterschlund kamen, weil Vater uns losgeschickt hatte, um festzustellen, was es mit dieser Wand auf sich hatte, da wussten wir nichts darüber, was die Dunkelheit enthielt. Draußen war es ein Tag mitten im Sommer, und wir ritten in Begleitung von vier Gardisten durch die Winde am Rand der schwarzen Wand und hinein ins Schattenlicht.« Galen tunkte den letzten Rest Bohnen mit einem Stück Brot auf. »Es war, als ritten wir in eine Winternacht, das Land war von Schnee bedeckt, und unsere Augen waren voller Staunen. Wir ritten zurück in den warmen Tag, Igon und ich nahmen den Männern unserer Eskorte Umhänge, Wämser und Hosen ab und schickten sie halb entkleidet nach Hause. Nunmehr gegen die Kälte gewappnet, drangen wir beide erneut durch die schwarze Wand in die Winternacht, diesmal entschlossen, sie zu erkunden.

Zwei Dustertage lang ritten wir in dieser schwarzen Umklammerung und sahen kein anderes lebendes Wesen. Am dritten Tag aber, als wir gerade einen gewundenen Hohlweg durchquerten, bogen wir um eine Ecke und sahen uns plötzlich einer Gruppe des verblüfften Gewürms gegenüber. Igon legte ohne zu zögern seine Lanze an und spießte einen Rukh auf, ehe auch nur einer von ihnen einen Schritt machen konnte. Mein Bruder wird einmal ein großer Krieger, wenn er erst voll ausgewachsen ist!

Es war ein kurzer, heftiger Kampf. Igon fällte insgesamt drei Rukha, während ich nur einen Rukh und einen Lökh tötete. Das restliche Gewürm machte kehrt und rannte weg, sie krabbelten die Wände des Hohlwegs hinauf, und so flohen sechs oder sieben vor unserem Zugriff.

Wir ritten unverzüglich zurück, um den König zu warnen, denn dies war eine wichtige Neuigkeit: Rukha und Lökha streiften innerhalb des Dunkels übers Land. Nicht einmal eine Stunde nach dem Kampf kamen wir durch die schwarze Wand nach draußen, und die Sonne stand hoch am Himmel. Da wussten wir, dass Adons Bann im Dusterschlund nicht galt und die grausamen Geschöpfe der Nacht, Modrus Speichellecker, sein Versprechen nicht traf.

Mein Vater war zornig auf mich, weil ich die Gardisten nach Hause geschickt und Igon – ›Ein Kind noch!‹ – in tödliche Gefahr gebracht hatte, doch war der König auch stolz auf das, was wir getan hatten, und er trug mir auf, eine

Streitmacht von Kriegern in die Winternacht zu führen und nach Anzeichen Ausschau zu halten, dass sich Modrus alte Horde aufs Neue sammelte. Einhundert Männer begleiteten mich, Igon aber war nicht darunter, was ihn sehr verbitterte, denn er wäre gern an meiner Seite geritten. Doch vielleicht tat mein Vater recht daran, ihn vom Dusterschlund fernzuhalten, denn bereits siebzig meiner Männer waren vor der letzten Schlacht gegen die Ghola an der Feste gefallen, und mindestens die Hälfte der Verbliebenen wurde in diesem abschließenden Gefecht getötet. Und wofür haben sie alle ihr Leben gegeben? Mag sein für nichts, denn die Feste Challerain ist gefallen, und die Horde kann ungehindert nach Süden ausschwärmen.« Der Prinz schwenkte mit bitterer Miene die Reste seines Tees auf dem Boden der Tasse und schüttete ihn dann ins Feuer, dass es zischte und spuckte. »Ach, aber ich bin müde. Wir wollen ein wenig schlafen.«

»Ihr schlaft, Fürst Galen, und ich halte die erste Wache, denn ich muss noch etwas erledigen«, sagte Tuck und zog das Tagebuch aus der Tasche.

»Aha.« Galen lächelte. »Das Tagebuch, von dem Ihr gesprochen habt. Vielleicht werde ich Euch eines Tages bitten, es zu einer Geschichte der Waerlinga im Winterkrieg umzuschreiben, eines Tages, wenn der Kampf vorbei ist. Aber jetzt ist es Zeit zum Schlafen.«

Der Prinz kletterte hinauf auf den Boden und schlief ein, während er zusah, wie der Stift des Winzlings im Kerzenlicht langsam über eine Seite kroch und eine Spur von Worten zurückließ.

Am folgenden Dustertag nahmen sie den Rest von Brot und Bohnen sowie Getreide für Gagat mit und drangen weiter nach Südwesten vor. Im Lauf des Tages kamen sie zu einem weiteren verlassenen Hof; dieser war mit Trümmern übersät, als hätte ein Kampf stattgefunden, und Tuck wurde an die Zerstörung erinnert, welche die Vulgs in Arlo und Willa Hucks Bauernhaus an der Zweifurtenstraße in den Sieben Tälern angerichtet hatten. Das schien so lange her zu sein, und doch waren erst sieben Wochen vergangen seit damals, als Hob und Tarpi noch lebten – und Danner und Patrel auch. *Schluss damit!*, schalt sich Tuck zornig. *Danner und Patrel leben deines Wissens ja noch.*

Galen fand Essen in den Trümmern – getrocknetes Wildbret und ein paar Rüben.

Und weiter ritten sie, viele Stunden lang, immer nach Südwesten. Schließlich hielten sie an, um im Windschatten eines Gehölzes zu lagern, wo sie sich an ein kleines Feuer kauerten, dessen Licht vom Buschwerk abgeschirmt wurde.

Schon bald, nachdem sie ihren Ritt wieder aufgenommen hatten, kamen die Ausläufer der Schlachtenhügel in Sicht – zuerst für Tuck und schließlich auch für Galen. Sie ritten an den Hügeln entlang und dann die Poststraße hinauf, die nach Westen abbog. Meilen blieben unter Gagats Hufen zurück, und Mann wie Wurrling stiegen oft ab und gingen zu Fuß, um dem Ross Erholung zu gönnen, und wenn sie selbst ihr Mahl einnahmen, fütterten sie Gagat mit Getreide.

Sie waren rund sechs Stunden geritten und hatten fast zwanzig Meilen zurückgelegt, als sie um einen Hügel bogen und Tuck ein Stück voraus verschwommene Umrisse sah.

»Fürst Galen, da steht etwas auf der Straße«, sagte er ruhig.

Galen zügelte Gagat. »Sagt an, Herr Tuck.«

»Es bewegt sich nicht und sieht aus wie... ein Wagen.« Tuck spähte angestrengt. »Ich sehe kein Gespann, nichts von irgendwelchen Leuten.«

»Setzt Euch hinter mich, Tuck, denn es könnte sein, dass wir auf den Feind treffen.« Wie vom Prinzen befohlen, schwang sich Tuck auf den hinteren Teil des Sattels, holte den Bogen von der Schulter nach vorn und lehnte sich seitlich hinaus, um sehen zu können. Galen schnippte mit den Zügeln, und Gagat setzte sich im Schritttempo in Bewegung. »Denkt daran, Tuck«, sagte Galen, »sollten dort Feinde sein, werden wir kämpfen oder fliehen. Falls wir kämpfen, rutscht Ihr geradewegs nach hinten vom Pferd auf den Boden und setzt Euren tödlichen Pfeil so ein, dass er den meisten Nutzen bringt. Aber vergesst nicht, dass wir zusammen nur ein Langmesser und einen einzigen Pfeil besitzen; es könnte deshalb besser sein, wenn wir fliehen. In diesem Fall haltet Euch gut fest, denn Gagat wird die Richtung wechseln und Sprünge machen, während er über die Landschaft fliegt.«

Als Gagat sie weiter um die Biegung trug, kamen noch mehr Wagen in Sicht. Tuck erkannte nun, dass sie in Unordnung waren, einige standen auf der Straße, andere daneben, und alle schienen leer zu sein. Viele waren ausgebrannt, und einige lagen auf der Seite.

Jetzt konnte auch Galen sie sehen, und seine Stimme klang grimmig. »Das ist ein Wagenzug.« Tuck pochte das Herz laut in den Ohren.

Als sie näher kamen, sahen sie weitere Umrisse im Schnee liegen – Pferde, Männer ... tot, niedergestreckt. Tuck stieß einen leisen Schrei aus. »Fürst Galen! Seht! Ein totes Hélross.«

Galen ermunterte Gagat zu einem leichten Galopp, und sie überbrückten rasch die Entfernung. Sie kamen zum ersten der umgestürzten und ausgebrannten Wagen, stiegen ab und gingen zwischen den Getöteten umher, die von Klingen in Stücke gehackt und von Speeren durchbohrt worden waren. Frost und Reif bedeckte die gesamte Szenerie.

»Prinz Galen.« Tucks Stimme war voller Angst; er stand vor einem durchbohrten Krieger, dessen tote Augen durch eine Eisschicht in den Himmel starrten. Der zerbrochene

Schaft ragte aus dem Körper des Toten. »Das ist Hauptmann Jarriel, und dort liegt Haddon, Euer Bote. Majestät, das ist die Karawane von Prinzessin Laurelin!« Tuck brach in Tränen aus.

Lange suchten sie in dem grausigen Zug und schauten viele Schrecken. Tuck schwankte wie benommen und auf unsicheren Beinen durch das wüste Gemetzel, das sich beim Überfall auf die Karawane zugetragen hatte: Überall erschlagene Männer, wie auch Frauen und Alte; am schlimmsten aber waren die Kinder, manche noch Säuglinge in den Armen ihrer Mütter. Selbst die Rösser hatten sie getötet, in den Zugriemen abgeschlachtet.

Über die Täter bestand kein Zweifel, denn auch Ghule und Hélrösser waren niedergestreckt worden.

Doch weder Prinzessin Laurelin noch Prinz Igon fanden sich unter den Toten.

Galen hatte sich mit Jarriels Stahl neu bewaffnet. Und er füllte Tucks Köcher mit Pfeilen, die er in einem der Wagen entdeckte. Nun standen sie in der Mitte des Zuges, von wo eine deutliche Spur in östlicher Richtung durch den Schnee führte.

»Fünf Dustertage sind vergangen«, sagte Galen zerknirscht und mit leidvollem Blick, »und hier ist ihre Fährte. Nach Osten sind sie geritten, fort von diesem Blutbad.«

»Aber wo sind Prinzessin Laurelin und Prinz Igon?«, fragte Tuck.

»Ich weiß es nicht«, antwortete Galen, ohne den Blick von der Spur der Ghule abzuwenden. »Igon könnte mit Laurelin die Flucht gelungen sein; vielleicht sind sie südwärts nach Steinhöhen galoppiert, denn Rost ist nicht unter den getöteten Pferden. Oder aber sie sind, einer oder beide, Gefangene von Modrus Schlächtern.« Galen schlug mit der Faust in die offene Hand und knirschte wütend mit den Zähnen. »Doch ob frei oder gefangen – die einzige Spur liegt hier vor uns im Schnee, und obwohl sie alt ist, werden wir diese Mörder verfolgen. Wenn sie Laurelin oder Igon gefangen halten, werden wir einen Weg finden, sie zu befreien. Und dann wird es ein weiteres Gemetzel geben – nur werden ihm diesmal die Ghola zum Opfer fallen.«

Galen drehte sich rasch um und ging zu einem der Wagen. »Kommt, Tuck, wir müssen uns Proviant für eine lange Verfolgungsjagd suchen, denn sie haben einen Vorsprung von fünf Tagen, und wenn sie weiterfliehen, wird es eine endlose Jagd.« Galen wandte den Blick in die Richtung der Spur. »Wir werden diesen Schurken bis zu Modrus Eisernem Turm folgen, wenn es sein muss – das schwöre ich als Prinz des Reiches!« Er machte erneut kehrt und setze seinen Weg zu den Wagen fort.

So kam es, dass nach weniger als einer Stunde das schwarze Pferd auf den Spuren der Ghule nach Osten donnerte, die Satteltaschen gefüllt mit Getreide für Gagat und Hirsekeksen als Wegzehrung für Galen und Tuck. Mehr Essen hatte sie nicht dabei, denn wie Galen sagte: »Wir müssen Gagats Gewicht unbedingt in Grenzen halten, denn es könnte eine lange Jagd werden, und Lebensmittel wie Wildbret oder gar Bohnen haben mehr Masse und Gewicht und weniger Nährwert als diese faden Kekse. Unsere Hauptsorge wird sein, Wasser für Gagat zu finden, doch wenn wir genügend Schnee schmelzen, dürfte auch das gelöst sein.«

Die Trampelspur, die die Klumphufe der vielen Hélrösser im Schnee hinterlassen hatten, schlängelte sich zwischen den Schlachtenhügeln hin und her, aber sie führte unabänderlich nach Osten. Manche Stunde ritten Galen und Tuck, mal im leichten Galopp, mal im Trab und gelegentlich auch im Schritt, denn der Prinz variierte Gagats Gangart, aber stets so, dass er die Kräfte des schwarzen Rosses nicht überforderte.

Schließlich hielten sie an, um in einem geschützten Tal zu lagern. Gagat bekam Getreide, während Tuck einen Hirsekeks hinunterschlang. Auch wenn er nach kaum mehr als leicht gewürztem Mehl schmeckte, vertrieb er den Hunger des Wurrlings, denn, wie Tuck meinte, »die Hohlräume füllt er allemal.«

»Keine Angst, kleiner Freund, wir werden mit dieser Ration nicht hungern«, sagte Galen, der in einer Kupferpfanne über dem Feuer Schnee schmolz und selbst einen Keks verzehrte. »Diese Diät könnte uns sogar gut bekommen, allerdings wird sie uns rasch zum Halse heraushängen.«

Bald darauf legte sich Galen nieder, während Tuck die erste Wache übernahm. Während der Bokker Schnee für Gagat schmolz, schnitt er die Menschenpfeile für seinen Wurrlingsbogen zurecht. Und als Galen zu seiner Wache aufstand, fand er Tuck in einen Tagebucheintrag vertieft.

Wieder zogen sie durch das Schattenlicht des Dusterschlunds der Spur folgend ostwärts, und Tucks Juwelenaugen suchten das Land bis zur Grenze ihres Sehvermögens ab. Doch alles, was er sah, war die öde Weite der Winternacht, in die sie immer weiter vordrangen. Und auch wenn er es nicht erwähnte, wusste Tuck, dass dieser Dustertag der letzte Tag des Jahres war; morgen würde der zwölfte Jultag sein, Merrilis Geburtstag, der Beginn eines neuen Jahres – und in Mithgar herrschte Chaos.

Am folgenden Neujahrstag begann es zu schneien, und Galen zürnte gegen den düstren Himmel, denn die Spur der Ghule begann unter der Neuschneeschicht undeutlich zu werden.

Viele Stunden lang ritten sie weiter nach Osten durch dichtes Schneegestöber, bis sie die Ghulenfährte schließlich nicht mehr sehen konnten, doch Galen ritt immer weiter. Welcher Spur er aber folgte oder von welchen Zeichen er sich leiten ließ, das wusste Tuck nicht. Doch er spürte, dass sie sich nach Osten bewegten, denn Wurrlinge haben einen Sinn für solche Dinge.

Dann ragten vor ihnen im wirbelnden Schnee plötzlich dunkle Umrisse auf. *Bäume! Dichter Wald!* »Vor uns liegt ein Wald, Fürst Galen«, sagte Tuck, und seine Stimme klang gedämpft durch die fest zugezogene Kapuze.

»Ja, ich sehe ihn«, antwortete Galen, denn in dem dichten Schneegestöber war die Sicht des Wurrlings nicht besser als die des Menschen. »Ich glaube, das ist das Weitimholz.«

Das Weitimholz! Ein uraltes Siedlungsgebiet der Wurrlinge. Noch vor den Sieben Tälern besiedelt. In den letzten Tagen der *Wanderjahre* gegründet, gegen Ende der langen Heimkehr. Das Weitimholz, ein rauer Wald in der Wildnis nördlich von Harth und südlich von Rian, es lag nun starr im Winterkleid.

»Rutscht hinter mich, Tuck«, sagte Galen, »denn wir wissen nicht, was uns dort drinnen begegnen mag.«

Sie ritten in den kahlen Wald, und noch immer wirbelte der Schnee. Gagat musste nun im Schritttempo gehen, und er suchte sich vorsichtig einen Weg zwischen den Bäumen. Sie kamen an eine Gruppe Eichen und ritten durch sie hindurch auf eine Lichtung, doch ehe sie die offene Fläche überquert hatten, ertönte plötzlich ein Schrei.

»*Chelga!*«, hörte Tuck zu seinem Erstaunen, denn das war ein Befehl in der alten Sprache der Wurrlinge und bedeutete so viel wie: »Bleibt stehen und sagt, wer Ihr seid.«

»*Ellil!*« (Freunde!), rief Tuck und flüsterte drängend: »Haltet Gagat an, Prinz Galen, denn Augen und Pfeile meiner Artgenossen sind auf uns gerichtet.« Das schwarze Pferd kam zum Stehen.

»*Chelga!*«, ertönte der Befehl erneut, und Tuck rutschte nach hinten über den Schweif des Rosses zu Boden. Er trat vor, schlug seine Kapuze zurück und rief: »Ich bin Tuck Sunderbank, Dorngänger aus den Sieben Tälern, und mein

Begleiter ist Prinz Galen, der Sohn des Hochkönigs Aurion.«

»Na, dann einen guten Tag! Warum habt ihr das nicht gleich gesagt?«, kam die Stimme von hoch oben, und als Tuck hinaufschaute, sah er einen goldäugigen Jungbokker auf einem der mächtigen Äste einer Eiche entlanggehen. In einer Hand trug der Fremde einen Bogen mit eingelegtem Pfeil. »Soso, aus den Sieben Tälern bist du. Und Ihr, mein Herr, seid tatsächlich ein Spross von Rotaug persönlich?«

Tuck nickte, und Galen lachte, der erste fröhliche Klang, den Tuck seit Tagen hörte.

»Nun denn, ich heiße Baskin, und ich komme aus der Westlichtung, südlich von hier«, sagte der Jungbokker. »Wohin geht die Reise?«

»Herr Baskin«, antwortete Galen, »wir sind einer großen Streitmacht von Ghola auf der Spur. Sie flohen nach einem Gemetzel an Unschuldigen in Richtung Osten, vielleicht mit ein oder zwei Geiseln. Sie müssten vor etwa fünf Dunkeltagen hier durchgekommen sein. Habt Ihr etwas gesehen?«

»Nein, Edler Galen«, erwiderte Baskin. »Aber vor fünf Dunkeltagen sind wir in 'nen mächtigen Kampf mit Modrus Brut geraten. Ham ihnen auch ordentlich Prügel verpasst, jawohl, schnell zugeschlagen und dann wieder untergetaucht, sie kriegten uns nicht zu fassen. Drei Tage lang haben wir gekämpft – die Wurrlinge vom Weitimholz, die Menschen von Steinhöhen und die Elfen aus Arden. War 'n feines Bündnis, denn jetzt marschiert die Brut nach Osten, sie lecken ihre Wunden und lassen uns in Frieden.

Was aber die betrifft, hinter denen Ihr her seid, die könnten hier durchgekommen sein, ohne dass es jemand bemerkt hat. Vielleicht haben sie bei dem Kampf mitgemacht, obwohl ich das nicht mit Gewissheit sagen kann.« Baskin hielt nachdenklich inne. »Da fällt mir ein, falls sie zufällig jemand gesehen hat, dann hätte er es Hauptmann Arbagon gemeldet. Wenn in ungefähr einer Stunde meine Ablösung kommt, dann nehme ich Euch mit ins Lager meiner Gruppe, von wo Euch ein Führer dann zum Hauptmann bringt.«

Und so warteten sie, während Schnee aus dem dunklen Himmel zur Erde fiel. Solange Baskin Wache stand, saßen Tuck und Galen mit dem Rücken an der großen Eiche und dösten, denn sie waren sehr müde. Eine Stunde verging, dann eine zweite, und schließlich kam Baskins Ablösung auf einem kleinen braunen Pony herbeigeritten. Der Wurrling riss erstaunt die smaragdgrünen Augen auf, als er Tuck und Galen sah, aber kaum war er vorgestellt – er hieß Twillin –, holte Baskin auch schon sein eigenes Pony aus einem Versteck und führte die Fremden fort.

»Richtig, Hauptmann Arbagon ist der, den ihr braucht. Er ist nach Osten geritten, der scheußlichen Brut hinterher, um sicherzugehen, dass sie auf ihrer Flucht keine Mätzchen machen.« Das waren die Worte von Leutnant Pibb, dem Anführer des Trupps, der in dieser Gegend des Weitimholz Wache hielt. »Wenn Ihr Euch ausgeruht habt, führt Euch Baskin zu ihm, und falls jemand diejenigen gesehen hat, hinter denen Ihr her seid, dann weiß er es.«

»Arbagon wird Euch gefallen«, sagte Baskin, »denn er ist ein großer Bokkerkrieger. Man nennt ihn jetzt den Rukhtöter, weil er in der Schlacht so viele getötet hat. Und einmal ist er sogar auf einem Pferd ins Gefecht geritten – auf einem, das führerlos herumlief, weil sein Besitzer gefallen war. Arbagon ist so wütend geworden, dass er auf das Pferd rauf und damit in den Kampf geritten ist. Und das war ein richtiges Pferd, kein Pony. Der alte Arbagon muss ein fürchterlicher Anblick gewesen sein auf diesem Riesenvieh.«

Tuck schaute zu Gagat, der in der Nähe festgebunden

war, und fragte sich, wie ein Wurrling ein solch großes Tier wohl lenken konnte.

Mit der ersten warmen Mahlzeit seit über einer Woche im Bauch und in dem Wissen, dass ein Trupp Wurrlinge nicht weit entfernt Wache stand, schlief Tuck wie ein Toter. Allerdings erinnerte er sich undeutlich an einen unheilvollen Traum voller Bilder von Verfolgung und Furcht – doch ob er der Jäger war oder der Gejagte, das wusste er nicht mehr.

Irgendwann während sie schliefen, hörte es zu schneien auf. Doch die Spur der Ghule war seit Langem hoffnungslos verloren, und als Tuck aufwachte, war seine Zuversicht an einem Tiefpunkt angelangt. Denn falls Laurelin und Igon tatsächlich Gefangene waren, dann sah Tuck keine Möglichkeit, wie er und Galen sie finden sollten, auch nicht mit Arbagons Rat.

Nach dem Frühstück führte Baskin sie auf geheimen Pfaden durch den Winterwald. Tuck musste wieder vor Galen auf Gagat Platz nehmen, denn Pibbs Gruppe konnte kein Pony für ihn erübrigen.

Unterwegs variierten sie die Gangart der Rösser, und gelegentlich stiegen sie auch ab und gingen zu Fuß, denn die Reise zu Arbagons Lager war lang. Während einer dieser Fußmärsche erzählte ihnen Baskin von der Schlacht im Weitimholz, wobei seine Stimme bisweilen in den singenden Ton eines Barden verfiel. »Drei Tage lang kämpften wir und hatten viele Gefechte, wobei die Elfen im ersten davon Rukhs und Hlöks schnurstracks in eine Falle führten. Sie rannten geradewegs in die Schlucht, und wir warfen Steine und Felsbrocken auf sie hinab und ließen große Baumstämme hinunterrollen, von denen sie platt gequetscht wurden.

Aber sie waren zu viele, deshalb verkrochen wir uns in den Wald, und die Wurrlinge führten Menschen wie Elfen.

Auf unseren versteckten Pfaden gingen wir und verwischten unsere Spuren im Schnee – es sei denn, wir wollten, dass der Feind ihnen folgte.

In einer gewaltigen Schleife jagten sie hinter uns her, um am Ende dort wieder aus dem Wald herauszukommen, wo sie angefangen hatten. Ach, Ihr hättet ihr Wutgeheul hören sollen.

Sofort rannten sie wieder hinein in den Wald und schnurstracks in die nächste Falle, es ist kaum zu glauben. Diesmal kämpften wir mit Schwert, Pike und Pfeil, und ein großes Gemetzel fand statt unter der Rukhenbrut.

Schreiend rannten sie aus dem Wald in Sicherheit, denn sie verstanden nicht, zwischen den Bäumen zu kämpfen, wussten nicht, wie man sie als Schild und Schutz benutzt.

Und das war das Ende des ersten Tages.

Stundenlang leckten sie nun ihre Wunden, doch dann kamen die Ghule. Gar wütend heulten sie, mir gefror das Blut in den Adern, als ich es hörte.

Aufs Neue wagten sie sich in den Wald, doch diesmal krochen sie vorsichtig voran. Wir lösten uns vor ihnen auf wie Rauch, lockten sie in Baumfallen und Fallgruben, töteten sie mit Pfeilen aus Verstecken in sicherer Entfernung. Dennoch kamen sie voran, während wir uns zurückzogen.

Und das war das Ende des zweiten Tages.

Zuletzt führten wir sie zum großen Eichenlabyrinth, und sie spazierten ahnungslos hinein. Nun teilte sich ihre gewaltige Streitmacht, während sie in diesem Wald umherirrten.

Zersplittert waren sie nun in einzelne Gruppen, und wir fielen eine nach der anderen an und töteten sie, bis sie kreischend vor Angst Reißaus nahmen.

Nun wurden die Ghule sehr zornig, und sie sprengten in wilder Raserei in den Wald, auf schnellen, schwarzen Hélrössern. Hundert von ihnen rasten zwischen die Bäume, wo Männer mit langen Lanzen versteckt lagen. Dann sprangen die Männer auf, die Lanzen aber blieben gut in den Boden gestemmt. Es war zu spät für die Ghule, sie konnten nicht mehr abdrehen, und sie rasten mit voller Wucht in die großen Speere und wurden vom Holz aufgespießt. Elfen mit funkelnden Schwertern sprangen zwischen die Gefallenen und hackten sie ruck, zuck in Stücke. Hundert Ghule hatten wütend angegriffen, weniger als dreißig flohen ängstlich.

Und das war das Ende des dritten Tages.

Nach Osten zogen sie sich zurück, am Rande des Weitimholz marschierten sie an uns vorbei in Richtung der Signalberge.

Aberhunderte hatten wir niedergestreckt, aber auch wir blieben nicht ungeschoren, denn viele unserer Brüder waren gefallen – Menschen, Elfen und Wurrlinge gleichermaßen. Und ob wir noch einmal so kämpfen könnten, das weiß ich nicht, denn unser Blutzoll war beträchtlich.

Doch eines kann ich sagen: Der böse Modru wird es sich zweimal überlegen, ob er sich noch mal ins Weitimholz wagt, denn es wird ihn teuer zu stehen kommen, diese Lichtungen zu erobern.«

Mit diesen Worten sprang Baskin auf sein Pony, während Tuck und Galen ihr Pferd bestiegen, und sie ritten weiter durch den Wald. Tuck konnte nur staunen, welchen Sieg das Bündnis des Weitimholz errungen hatte.

Baskins Pony kam zwischen den Bäumen schnell voran, und sie legten beinahe dreißig Meilen zurück, ehe sie ihr Lager aufschlugen. Und die ganze Zeit sahen sie weder Wurrling, Mensch noch Elf, obwohl Tuck fühlte, dass sie in Sicherheit waren, als würde der dichte Wald selbst sie bewachen.

Schon bald nach ihrem Aufbruch am nächsten Morgen kamen sie ins Lager des Weitimholz-Bundes. Männer, Elfen und Wurrlinge waren dort versammelt, und alle sahen Tuck und Galen auf ihrem schwarzen Pferd neugierig an, als sie Baskins Pony zur Mitte des Lagerplatzes folgten.

Arbagon Morast, Bokker, Hauptmann der Wurrlinge, saß am Hauptfeuer. Er war klein, drei Zoll kleiner als Tuck, und hatte saphirblaue Augen und braunes Haar. Als er erfuhr, wen er in Galen vor sich hatte, schickte er Boten los, und bald darauf traf ein rundlicher Mann, Bockelmann Bräuer aus Steinhöhen, ein und kniete vor dem Prinzen nieder. Kurz danach kam ein hoch gewachsener Elf namens Inarion, einer der Wächter Lians aus Arden. Diese drei – Arbagon, Bockelmann und Inarion – waren die Befehlshaber des Weitimholz-Bundes.

»Das ist ja eine schlimme Neuigkeit, die ich nie im Leben erwartet hätte«, sagte Bockelmann Bräuer, der Inhaber des *Weißen Einhorns*, des Gasthofs von Steinhöhen. »Die Feste niedergebrannt und aufgegeben. Was wird Modru wohl als Nächstes tun?«

»Was es auch ist, ich denke, er wird sich vom Weitimholz fernhalten, nach der Tracht Prügel, die wir ihm verpasst haben.« Arbagon erhob sich zu seiner vollen Größe von drei Fuß und drei Zoll und holte Tuck eine neue Tasse Tee.

»Sei dir dessen nicht so sicher, kleiner Freund«, sagte Inarion leise, »denn wir sind ein Stachel in Modrus Fleisch, und er wird trachten, ihn herauszuziehen, wenn er sich mit voller Wucht auf uns stürzen kann. Wir hatten es nur mit einem Zehntel seiner Streitkraft zu tun, und die haben wir mit knapper Not abgewehrt.« Der Elf wandte sich an Tuck. »Unsere Gegner hier können nur ein Bruchteil der Horde gewesen sein, die Challerain eingenommen hat.«

»Vielleicht habt ihr gegen jene Streitmacht gekämpft, die wir in der Ferne nach Süden marschieren sahen«, vermutete Tuck und dachte zurück an den ersten Dunkeltag, an dem die Horde vor der Feste gestanden hatte.

»Ob Bruchteil oder ganze Horde, sie werden uns jedenfalls nicht aus diesen tiefen Wäldern vertreiben«, entgegnete Arbagon, »egal wie viele sie gegen uns ins Feld schicken.«

»Aber sie müssen ja gar nicht hinein und uns holen«, wandte Bockelmann ein. »Modru wird uns einfach aushungern. Tatsache ist, dass man in ewiger Winternacht nichts anbauen kann. Er muss einfach nur warten, bis uns das Essen ausgeht, dann sind wir erledigt.«

»Mag sein, dass du recht hast, Bockelmann«, erwiderte Arbagon, »vielleicht irrst du dich auch. Aber was nützt es, aus Modrus Sicht, Mithgar zu erobern, wenn du dir nicht eine Schar Sklaven einfängst, die dir zu Diensten sein muss? Und wie willst du die Sklaven behalten, wenn du keine Ernte reifen lässt, die ihre Körper nährt? Nach meiner Ansicht hat Modru einen Kniff auf Lager, wie er die Kälte verbannen kann, wenn er Mithgar in die Knie gezwungen hat. Und dann können wir auch wieder reichlich Nahrung ernten, die uns in unserem Kampf unterstützt.«

Inarion schüttelte den Kopf und lächelte Galen an. »Diese Debatte führen wir schon länger, und niemand weiß, was der Böse im Sinn hat. Ich glaube, Bockelmann hat recht damit, dass es Modru eine schändliche Freude sein wird, viele von uns hungern zu lassen, Krieger wie Unschuldige. Solange seine Macht das Land in eisiger Winternacht verharren lässt, wird auf den Feldern nichts gedeihen, denn es wird kein Frühjahr, keinen Sommer und keine herbstliche Ernte geben. Doch ich denke, der schlaue Arbagon hat ebenfalls ein gewichtiges Argument auf seiner Seite: Modru muss einen Plan haben, wie er uns seinem Willen unterwirft und in den endlosen Jahren der Sklaverei danach quält. Und das kann er nicht, wenn nichts wächst, das uns am Leben erhält.«

»In einem habt Ihr ohne Frage recht, Fürst Inarion«,

sagte Bockelmann. »Keiner von uns weiß, was Modru im Sinn hat.« Dann wandte er sich an den Hauptmann der Wurrlinge. »Wir müssen unsere Besucher nicht mit dieser Sache behelligen, Arbagon.« Nun richtete er den Blick auf Prinz Galen. »Baskin sagt, Ihr und Meister Tuck befindet Euch auf einer Suche, Majestät.«

»So ist es, Junker Bräuer«, antwortete Galen. »Wir folgen einer Streitmacht von Ghola, vielleicht hundert an der Zahl. Sie haben die Insassen eines Wagenzugs auf der Poststraße niedergemetzelt, bei den nördlichen Ausläufern der Schlachtenhügel. Von dort führt die Spur der Ghola nach Osten. Dieser Spur im Schnee sind wir gefolgt, aber das Unwetter vor zwei Dunkeltagen hat ihre Fährte verwischt, und wir kennen ihr Ziel nicht. Und meine Verlobte, Prinzessin Laurelin, sowie mein Bruder, Prinz Igon, werden möglicherweise von der räuberischen Brut als Geiseln gehalten.«

»Geiseln!«, platzten Bockelmann und Arbagon gleichzeitig heraus. Inarion schüttelte bedauernd den Kopf.

»Eine solche Streitmacht ist tatsächlich in Richtung Osten durchgezogen«, sagte der Elf, »am ersten Tag der Schlacht gegen das Gezücht. Ich war mit meiner Kompanie aus Arden gerade zu Pferd draußen auf der Ebene, bereit, vor der großen Streitmacht der *Rûpt* zu fliehen, um sie in die Falle zu locken, die wir im Wald aufgebaut hatten. Der Haufen Ghûlka, von dem Ihr redet, kam von Westen und ritt nach Osten. Ach, aber wir dachten nicht, dass sie Geiseln bei sich haben könnten, und so unternahmen wir nichts, um sie aufzuhalten. Noch als sie vorbeizogen, trat unser Plan in Kraft, und wir flohen nach Süden zum Wald und lockten das Gezücht hinter uns her.« Inarion verstummte.

»Ja«, bestätigte Arbagon. »Wachtposten der Wurrlinge haben sie andernorts ebenfalls gesehen. Unsere Augen folgten ihnen, während sie ostwärts vorüberzogen. Als wir sie vor fünf Tagen zuletzt sichteten, waren sie ein wenig in südöstliche Richtung abgedreht.«

»Was liegt im Süden und Osten?«, wollte Tuck wissen. »Welche Ziele?«

Arbagon sah Inarion an, bevor er sprach. »Da gibt es vieles: die Wilden Berge, Ödfurt, der Ödwald, Arden, ganz Rhonland, der Grimmwall... ach, das ist nur eine kleine Auswahl der möglichen Ziele. Wer weiß, wohin sie ziehen.«

Inarion dachte nach. »Zur Ödfurt und zum Ödwald dahinter würde ich vermuten. Das war vor der Säuberung eine wilde Gegend. Vielleicht trachten sie danach, sie wie in alten Zeiten zu einer Region des Schreckens zu machen.«

Arbagon deutete zu einem Pfad, der zwischen zwei mächtigen Kiefern hindurchlief. »Das wäre dann der Weg, dem Ihr folgen müsst, denn er führt durch diesen Wald zu den Signalbergen, und dahinter geht es über offenes Land zur Ödfurt am Fluss Caire.«

»Ha!«, unterbrach Bockelmann. »Haben die nördlichen Beobachtungsposten nicht auch von einem einzelnen Reiter berichtet, der gut einen Dunkeltag später auf derselben Route durchkam?«

»Mensch oder Ghol?« Prinz Galens Stimme klang angespannt.

»Das kann ich nicht sagen«, antwortete Arbagon. »Ghul, dachten wir, hätte aber auch ein Mensch sein können.«

Prinz Galen wandte sich an Tuck. »Herr Tuck, ich muss weiterreiten, und zwar bald. Es wäre besser für Euch, wenn Ihr hier bei Euren Verwandten im Weitimholz bliebet. Hier habt Ihr Essen, ein Dach über dem Kopf, Kameraden, die Euch beistehen, kurz, eine sichere Zuflucht. Ich hingegen reite hinter hundert Feinden her und...«

»Nein!« Tuck sprang auf und lehnte das Angebot vehement ab. »Ihr dürft mich nicht zurücklassen, denn ich liebe

Laurelin wie eine Schwester und Igon wie einen Bruder. Wenn sie Gefangene sind, werdet Ihr meinen Bogen brauchen.« Tränen stiegen in die Augen des Jungbokkers. »Wenn Ihr mir sagt, dass Gagat mein Gewicht nicht tragen kann, dann nehme ich ein Pony und reite hinterher. Und wenn ich kein Pony bekomme, laufe ich zu Fuß. Aber zu Fuß oder auf dem Pony, ich folge Euch, und wenn ich Tage zu spät komme. *Hlafor Galen, tuon nid legan mi hinda!*« (Fürst Galen, lasst mich nicht zurück!) Tuck wollte vor dem Prinzen niederknien, aber Galen hinderte ihn daran.

»Nein, Tuck«, antwortete Galen. »Gagat kann Euer Gewicht so gut wie meins tragen. Das ist nicht der Grund, warum ich will, dass Ihr bleibt. Aber ich folge hundert Ghola. Es wird ein beispielloses Wagnis werden, und ich möchte nicht, dass Ihr Euch in eine so widrige Lage begebt.«

»Darf ich Euch daran erinnern, Fürst Galen«, sagte Tuck grimmig und reckte seinen Bogen in die Luft, »dass ich damit mehr als achtzig Rukhs getötet habe? Kennt Ihr einen zweiten Krieger, der das von sich behaupten kann?«

»*Achtzig?*« Arbagons juwelenblaue Augen wurden weit vor Staunen, und Bockelmann schlug überrascht die Hand vor den Mund.

»Und ich dachte, ich hätte eine große Leistung vollbracht, weil ich acht getötet habe«, flüsterte Arbagon.

»Und ich neun«, ergänzte Bockelmann.

»Hai, Krieger!«, rief Inarion, sprang auf und ließ sein erhobenes Schwert aufblitzen; dann verbeugte er sich zur Verwunderung aller Anwesenden vor Tuck. Anschließend drehte er sich zum Prinzen um. »Ihr vergesst eines, Fürst Galen: Ihr *müsst* Herrn Tuck mitnehmen, weil Ihr die scharfen Wurrlingsaugen braucht, um einen Vorteil vor dem Feind zu haben.«

Bevor Inarion weitersprechen konnte, war aus südlicher Richtung ein großer Aufruhr zu vernehmen, und ein Elf kam zu Pferd ins Lager gesprengt, wo er das Tier abrupt anhielt. »Alor, Inarion!«, rief der Reiter vom Rücken des sich aufbäumenden Pferdes. »Das Gezücht dreht um! Sie greifen das Weitimholz südlich von hier von der Ostflanke an, von den Signalbergen aus!«

Hörner ertönten, und Mensch, Wurrling und Elf sprangen gleichzeitig auf. Lanzen wurden aufgehoben, Bogen und Schwerter ergriffen. Dann bestieg man Ponys und Pferde, und die Streitmacht sammelte sich rasch zum schnellen Ritt nach Süden, um dem Vorstoß des Feindes zu begegnen.

Inarion, der ein graues Ross führte, kam zu Galen. »Kämpft mit uns gegen den Feind, Prinz, oder bleibt, bis wir zurückkehren. Dann werden ich und andere uns Eurer Suche anschließen.«

»Nein, Fürst Inarion«, antwortete Galen. »Wir haben weder die Zeit zu bleiben, noch könnt Ihr Krieger für eine Verfolgung von Ghola erübrigen, die möglicherweise gar keine Geiseln festhalten. Ihr werdet alle zur Verfügung stehenden Kräfte brauchen, um den Feind zurückzuwerfen, der Euch nun bedrängt. Und in der Feste Challerain sind noch mehr von ihnen, und die werden nach Süden marschieren, um ihren schändlichen Brüdern zu helfen, und vielleicht über dieses Bollwerk herfallen. Nein, ich werde nicht warten, und ihr solltet keine Krieger zu Hilfe schicken. Es wird der Tag kommen, da wir Seite an Seite gegen Modru kämpfen, aber heute ist es noch nicht so weit.« Galen zog sein Schwert aus der Scheide und reckte es in die Höhe. »*Poeir be in thyne earms!*« (Möge dein Arm stark sein!)

Inarion fasste Galen kurz am Unterarm und sprang dann in den Sattel des Grauschimmels; das Pferd bäumte sich auf und stieß die Vorderhufe in die Luft. »Solltet Ihr Hilfe brauchen, schlagt Euch nach Arden durch«, rief der Elfenfürst und wendete das Pferd, um sich einer berittenen Truppe seiner Landsleute anzuschließen.

Arbagon Morast näherte sich auf einem Pony, und auch Baskin ritt noch einmal kurz herbei. »Viel Glück!«, rief der Hauptmann der Wurrlinge, und Bockelmann Bräuer, der auf einem Pferd saß, schwenkte zum Gruß seine Pike.

Fürst Inarion drehte sich ein letztes Mal zu Tuck und Galen um, er zeichnete eine Rune in die Luft und rief aus: »*Fian nath dairia!*« (Möge Euer Weg stets der gerade sein!)

Dann erschallte ein weiterer Ruf der Hörner, und der gefrorene Boden bebte unter dem Donnern der Hufe. Augenblicke später war das Lager leer bis auf Galen, Tuck und Gagat, und das schwarze Pferd warf den Kopf hin und her vor Verlangen, mit den anderen ins Gefecht zu reiten, während schwächer werdende Hornsignale durch den uralten Wald hallten. Bald darauf waren auch diese nicht mehr zu hören, und Stille kehrte ein.

Schließlich drehte sich Galen zu Tuck um. »Kommt, kleiner Freund, wir wollen nach Südosten reiten, mit nichts als der dürftigen Hoffnung, die Spur der Ghola wiederzufinden.«

Und so bestiegen sie Gagat und lenkten das schwarze Ross zum fernen Ödwald. Das Lager blieb verlassen und still zurück; nur die Kohlen spuckten und knisterten unter dem Schnee, den man zum Löschen über sie geworfen hatte.

Stundenlang ritten sie zwischen den altehrwürdigen Bäumen des Weitimholz auf dem Pfad, den ihnen Arbagon gewiesen hatte. Schließlich hörte der Forst auf, und sie ritten in die uralten Signalberge hinein, die sich südlich von Rian bis hinunter nach Harth erstreckten, eine Gebirgskette, die von Wind und Wasser so abgenagt war, dass sie nur mehr aus einer Reihe hoher, zerklüfteter Hügel bestand. Auf den höchsten dieser Erhebungen standen die Leuchttürme aus alter Zeit, inzwischen nur noch verfallene Steinruinen,

Überreste einer vergangenen Epoche. Auf den Türmen hatten die Signalfeuer gelodert und den Fortgang des Krieges angezeigt, damals, vor viertausend Jahren, als Gyphon mit Adon stritt. Nun wurde Mithgar erneut von einem bösen Feind bedrängt: Modru, der Diener Gyphons, verwüstete einmal mehr eine geplagte Welt. Doch die alten Leuchtfeuer brannten nicht, sie zeigten das Unheil nicht an, das diesmal auf dem Land lastete. Und selbst wenn man die alten Feuer wieder entfacht hätte, wäre der Ruf zu den Waffen vom Dusterschlund gedämpft worden, und das schwarze Schattenlicht hätte den Warnschrei erstickt, ehe er weitergegeben werden konnte. Diese Gedanken schrieb Tuck in sein Tagebuch, während er an dem kleinen Lagerfeuer in den Signalbergen saß und Wache hielt.

Galen weckte Tuck zu einem kargen Frühstück aus Hirse und Wasser; mittlerweile wusste der Wurrling, was der Prinz gemeint hatte, als er sagte, dass sie ihrer Wegzehrung bald überdrüssig sein würden. Dennoch aß er und blickte nachdenklich kauend im Schattenlicht zu den Hängen der umliegenden Hügel. Auch Gagat schien das ewig gleiche Getreide sattzuhaben, und Galen lächelte beide an.

»Ich weiß nicht, welchem von euch beiden sein Essen weniger schmeckt«, sagte der Prinz. »Doch das ist alles, was wir für viele Tage sehen werden, und ihr werdet euch beide ausschließlich von dieser Speise und der Erinnerung an frühere üppige Mahlzeiten ernähren müssen. Deshalb beißt in Euren geschmacklosen Keks, Tuck, und du, Gagat, mampfe dein ewiges Korn, und träumt von saftigem Braten und süßem Klee.«

»Im Augenblick«, brummte Tuck, »würde ich mich mit dem Klee schon begnügen.«

Prinz Galen brach in schallendes Gelächter aus, und Tuck stimmte mit ein. In vergnügter Stimmung brachen sie ihr Lager ab und setzten ihre düstere Mission fort.

Nach Osten ritten sie und steuerten gleichzeitig leicht nach Süden, bis sie die Signalberge durchquert hatten und auf die verschneiten Ebenen weit nördlich der Wilden Berge kamen. Ringsum senkte sich das Schattenlicht auf sie, und Tuck sah, so weit sein Auge zu blicken vermochte, nichts als öde Winternacht.

»Wenn Patrel hier wäre, würde uns eine fröhliche Melodie auf unserem Weg begleiten«, sagte Tuck, und dann verdüsterte sich seine Miene, und er runzelte die Stirn. »Ach, ich hoffe sehr, er konnte entkommen, und auch Danner und alle anderen aus den Sieben Tälern. Nicht viele von uns schafften es nämlich bis zu jener letzten Schlacht am Tor – ganze acht –, und ich fürchte, noch weniger kamen davon.«

»Ich kann nicht behaupten, dass ich Angehörige des Kleinen Volkes bei der Streitmacht hätte reiten sehen, welcher der Ausbruch gelang, noch andere, die sich vielleicht einzeln in alle Richtungen verstreuten«, räumte Galen ein. »Aber ich war so sehr in den Kampf verwickelt, dass ich keine Zeit hatte, mich umzuschauen.«

»Ach, ich glaube, ich könnte es nicht ertragen, wenn ich als Einziger überlebt hätte!« Tränen traten in Tucks Augen, und viele Meilen lang sprachen weder er noch Galen.

Schließlich schlugen sie erneut ein Lager auf, diesmal in einem Wäldchen auf einem sanft gewellten Hügel, rund fünfzig Meilen von der Ödfurt entfernt.

Am nächsten Tag setzten sie ihre Reise nach Osten fort. Das Land senkte sich allmählich zum Tal des Caire ab, und sie ritten lange voran, und als sie schließlich ihr Lager aufschlugen, hatten sie das Ufer des Flusses noch nicht erreicht, sondern hielten rund fünfzehn Meilen entfernt. Tuck konnte es kaum erwarten, an den Fluss zu kommen, doch sie mussten Gagats Kräfte unbedingt schonen, denn sie wussten nicht, wie lange ihre Verfolgungsjagd dauern würde. Bislang hatten sie von der Spur der Ghule nichts entdeckt, aber das beunruhigte Galen nicht. »Wenn sie zur

Ödfurt unterwegs sind, werden wir ihre Fährte dort wiederfinden, denn ich glaube, der Schnee hat ihre Spuren bis zum Fluss und vielleicht ein Stück weiter verdeckt. Selbst wenn sie hier vorbeigekommen wären und deutliche Spuren hinterlassen hätten, wüssten wir nicht, in welche Richtung wir ihnen folgen sollten, ob nach Norden oder Süden. Deshalb haben wir an der Furt die besten Aussichten, ihre Fährte zu entdecken und die Verfolgung wieder aufzunehmen.«

Drei Stunden nachdem sie das Lager abgebrochen hatten, erspähte Tuck die Bäume des Waldstreifens, der die Ufer des Caire säumte.

»Haltet nach einer Lücke in der Baumreihe Ausschau«, sagte Galen, »denn dort wird die Furt sein.«

Lange ließ Tuck den Blick schweifen, während Gagat dem Fluss entgegenstrebte. »Dort! Ganz links«, sagte er schließlich und deutete in die angegebene Richtung.

Sie ritten nun in nördlicher Richtung in das sanft abfallende Flusstal hinab, und jetzt erfassten auch Galens Augen das Waldland. Tuck forschte weiter nach einem Anzeichen für Leben, doch außer dem schwarzen Pferd und seinen Reitern bewegte sich weit und breit nichts.

Plötzlich zügelte Galen sein Ross, sprang auf den Boden und ging in die Knie. Tuck hüpfte ebenfalls hinab, denn dort im Schnee war die Spur eines einzelnen Reittieres zu erkennen, die in Ost-West-Richtung verlief.

»Pah! Die Spur ist Tage alt«, sagte Galen, »und derart vom Wind abgetragen, dass ich nicht feststellen kann, ob sie von einem Pferd oder einem Hélross stammt, nicht einmal ob sie nach Osten oder nach Westen führt oder ob überhaupt ein Reiter auf dem Tier saß. Wenn ich raten müsste, würde ich sagen, sie führt nach Osten, hinunter zur Furt.«

Tuck betrachtete die glatten, flachen Vertiefungen und

verstand nicht, wie Galen zu der Entscheidung für Osten kam.

Wieder auf Gagat, folgten sie der Spur durch den Schnee und erreichten schließlich die Furt. Hier war der Zugang zum Fluss flach und einfach, aber stromaufwärts und -abwärts fielen die Ufer steil zu dem gefrorenen Wasserlauf ab. Als das schwarze Pferd die windgepeitschte Oberfläche überquerte und die Hufe auf dem Eis hallten, musste Tuck unwillkürlich an das Ross des Herolds an der Spindelfurt denken, an die Tötung des Vulgs und den armen, ertrunkenen Tarpi. Sein Herz pochte heftig, solange Gagats Hufschlag auf dem Eis erklang, und er war sehr erleichtert, als sie das gegenüberliegende Ufer erreicht hatten.

Wieder stieg Galen ab und blickte angestrengt in den Schnee. Die Spur des einzelnen Pferdes drehte nach links, nach Osten mit einem leicht nördlichen Ausschlag. Galen starrte lange darauf, dann knurrte er: »Hier, Tuck, seht Ihr die leichten Dellen im Schnee? Sie sind breit verteilt und drehen ebenfalls nach Norden. Ich glaube, wir haben die Spur der Ghola vor uns, und es schneite noch, als sie hier durchkamen.«

Sie ritten weiter, und mit jeder Meile nach Osten wurde die Spur ausgeprägter. Nun war die Fährte des einzelnen Rosses nicht mehr auszumachen, denn sie verlor sich in den übrigen Spuren. Dennoch jauchzte Tucks Herz, denn sie hatten die Fährte der Ghule wiedergefunden.

»Vor uns liegt ein weiterer Wald, Fürst Galen«, sagte Tuck und spähte in den Dusterschlund, »und die Ghulenspur führt in ihn hinein.«

»Das ist der Ödwald, Tuck«, erwiderte Galen. »Dort werden wir unser Lager aufschlagen.«

Im Ödwald ein Lager aufschlagen? Tuck hatte undeutlich eine böse Vorahnung bei dem Gedanken, in diesem fürchterlichen Wald zu verweilen, denn dieses Hügelland mit seinen schwarzen Forsten war in alter Zeit eine höchst unheilvolle Gegend gewesen. Es gab reichlich Geschichten von einsamen Wanderern oder kleinen Reisegruppen, die auf Nimmerwiedersehen in den dunklen Wäldern verschwunden waren. Und Erzählungen von großen Karawanen und Gruppen bewaffneter Krieger, die grässliche Ungeheuer abgewehrt hatten, wobei viele ihr Leben ließen. Alle hatten dieses Land gemieden; bis auf jene, denen keine andere Wahl blieb, als es zu durchqueren, oder Abenteurer auf der Suche nach Ruhm, den sie freilich meist nicht mehr erlebten. Vor siebzig Jahren jedoch hatte es die Große Säuberung des Ödwalds durch die Wächter Lians gegeben, und seither wurden keine wilden Kreaturen mehr in dem Gebiet gesehen. Doch Tuck fragte sich, ob nun, da das Schattenlicht das Land verdüsterte, Modru die grauenhaften Ungeheuer vielleicht zur Rückkehr veranlasst hatte.

Inzwischen hatten sie den Wald erreicht, und Galen hielt, um zu lagern. Die ganze Zeit während Tucks Nachtwache ließ ihn das kleinste Geräusch von seinem Tagebuch hochfahren und in alle Richtungen nach einem Zeichen von Gefahr Ausschau halten. Doch als er an der Reihe war zu schlafen, sank er trotz seiner bösen Vorahnungen augenblicklich in einen tiefen, traumlosen Schlummer.

Es schien Tuck, als habe er sich kaum niedergelegt, als der Prinz an seiner Schulter rüttelte.

»Kommt, Tuck, wir müssen los«, sagte Galen, brachte dem Wurrling einen Keks und reichte ihm eine der ledernen Wasserflaschen.

Schlaftrunken und mit knackenden Gelenken kauerte sich Tuck ans Feuer, aß seinen Keks und sah dabei Gagat über seinem Getreide zu. »Hmpf«, brummte der Wurrling, »zu wenig Wärme, Essen, Trinken und Schlaf. Und wir sind ringsum von einem Wald umgeben, der im Ruf steht, voller Ungeheuer zu sein.« Dann verzog er den Mund zu einem schiefen Lächeln. »Aber so ist das Leben nun mal, was, Gagat?«

Das schwarze Pferd verdrehte die Augen in Richtung des Wurrlings und bewegte heftig den Kopf, worauf Tuck und Galen in Gelächter ausbrachen. Und während Tuck die Decken zusammenrollte und das Lagerfeuer mit Schnee löschte, nahm der Prinz Gagat den Futtersack ab und sattelte das Ross... Die Decken wurden hinter dem Sattel festgebunden, dann saßen die Krieger auf und machten sich erneut auf den Weg.

In den Ödwald hinein führte die Spur, und zwischen den schwarzen Bäumen bewegten sich die drei – Wurrling, Mensch und Pferd. Tuck ritt nun hinter dem Prinzen, denn der Bokker sah hier nicht mehr als Galen, und in diesem beengten Gelände konnte es überraschend zu einem Kampf kommen.

Die Fährte der Ghule bog nun genau nach Osten ab, und sie wurde immer klarer und deutlicher, denn der Wind drang nicht bis hierher vor, und neuer Schnee war nicht gefallen, seit die Hélrösser diesen Weg eingeschlagen hatten.

Immer weiter ritten sie durch den grimmigen Wald, und das Schattenlicht fiel düster zwischen die greifenden Äste. Stundenlang ritten sie, und manchmal gingen sie auch zu Fuß, immer dem östlichen Pfad nach. Schließlich ließen sie die Bäume hinter sich und gelangten ins Freie.

Zehn Meilen oder mehr zogen sie über eine große Lichtung, wo keine Bäume wuchsen, und Tuck saß nun auf Gagats Widerrist. Dann sah der Wurrling eine neue Baumreihe vor ihnen, da sie wiederum in den Ödwald kamen.

»Fürst Galen! Da vorne liegt etwas im Schnee!« Tuck schaute angestrengt, konnte aber nicht ausmachen, was es war. »Sonst ist nichts in der Nähe, nur ein zerknülltes Bündel auf dem Boden, genau am Waldrand.«

Gagat wurde angetrieben und überbrückte im leichten Galopp rasch die Entfernung. Nun sah es auch Galen. »Ein Körper, glaube ich.«

Schon waren sie dort, und Tuck erkannte, dass der Prinz

recht hatte. Galen brachte das Pferd zum Stehen, Tuck sprang hinab und lief mit wild klopfendem Herzen zu der Gestalt, die mit dem Gesicht nach unten im Schnee lag. Er ging in die Knie, streckte die zitternden Hände aus und fasste die Gestalt an der Schulter, und ihm war bange davor, was er entdecken würde. Dann wälzte er den Körper herum, so dass er das Gesicht sehen konnte.

»Iieehh!«, schrie er und taumelte zurück, denn er blickte in die toten, schwarzen Augen eines Ghuls.

»Er ist tot, Tuck, der Ghol ist tot, aber man sieht keine Spur von einer Waffe.« Galen stand auf und sah den Wurrling an. »Ich weiß nicht, wie er getötet wurde.«

»Cor, der hat mich aber erschreckt«, sagte Tuck. »Mein Herz rennt immer noch im Galopp. Ich weiß nicht, was ich erwartet habe, aber sicherlich keinen Ghul.« Tuck schaute auf das blasse Fleisch und den blutroten Schlitz von Mund, und er erschauderte. »Warum ist er hier? Was hat er hier gemacht?«, fragte der Wurrling, doch der Mann schüttelte nur schweigend den Kopf.

Galen untersuchte nun die Spuren, die nach Osten führten.

Unmittelbar hinter der ersten Reihe von Bäumen fand er die Aschenreste einer Feuerstelle, und überall darum herum war die Schneedecke niedergetrampelt.

»Hier haben sie gelagert«, sagte Galen, nahm einen verkohlten Ast aus dem erkalteten Feuer und hielt ihn an die Nase. »Verflucht«, schimpfte er und warf das Holz beiseite. »Wir haben nicht mehr als einen Tag aufgeholt, Tuck, wenn überhaupt so viel, denn dieses Feuer ist vier oder gar fünf Tage alt.« Galen entfernte sich ein paar Schritte und stand lange nachdenklich da. Zuletzt drehte er sich zu Tuck um. »Wenn wir nur mehr Rösser hätten, dann könnten wir schneller reiten. Doch hier müssen wir nun ebenfalls unser Lager aufschlagen, denn Gagat allein kann nicht ewig laufen. Er ist nicht aus Eisen, wie Durgans Fabelross. Dennoch hat er uns in diesen letzten zwölf Dunkeltagen beinahe vierhundert Meilen weit getragen, von der Feste Challerain bis zu diesem Ort des Schreckens, und es könnte sein, dass er noch einmal vierhundert laufen muss, ehe unsere Jagd beendet ist.«

Und so schlugen sie ihr Lager auf; bevor sich Fürst Galen aber schlafen legte, nahm er sein Schwert und ging hinaus auf die Lichtung, wo der Ghul lag. Als er zurückkam, war die Klinge schwarz vor Blut. »Ich habe sichergestellt, dass er unwiderruflich tot ist«, sagte Galen, und Tuck verstand und erschauderte.

Bald führte sie ihr Ritt nach Osten aus den Wäldern hinaus, und die Spur begann nach Norden zu drehen. »Sie schlagen den Weg in die Berge ein«, sagte Galen, »aber ob zur Rigga, zum Grimmwall oder zu den Gronspitzen kann ich nicht sagen, denn im Norden treffen sich alle drei dieser furchtbaren Gebirgsketten. Dort liegt auch der eisige Gruwenpass, bei den Elfen unter dem Namen Kregyn bekannt, und dieser führt hinein ins Land Gron, Modrus Reich von alters her.«

Weiter rasten sie, und die Meilen glitten unter Gagats gleichmäßigem Hufschlag dahin. Das Land begann anzusteigen, denn sie erreichten die ersten Ausläufer der noch unsichtbaren Gebirgskette vor ihnen.

Dreiunddreißig Meilen ritten sie, bevor sie erneut hielten, um ihr Lager aufzuschlagen, diesmal in einem kleinen Wäldchen am Granithang eines schemenhaft erkennbaren Berges.

Fürst Galen schlief gerade, und Tuck schrieb in sein Tagebuch, als der Wurrling aufblickte und zwei Elfen auf der anderen Seite des Feuers stehen sah. Ihre Schwerter funkelten im flackernden Licht.

»Was –?«, rief der Wurrling und sprang auf, und sein Ruf brachte auch Galen mit dem Schwert in der Hand auf die Beine.

»*Kest!*« (Halt!), bellte einer der Fremden und hielt seine Klinge kampfbereit, doch Galen hatte gesehen, dass es Elfen waren, und ließ seine Schwertspitze in den Schnee sinken. »Nehmt euch in Acht«, sagte der Elf, »die Pfeile der Lian sind auf euch gerichtet.«

»Aber nicht doch!«, rief Tuck und trat näher an den Feuerschein. »Wir sind Freunde!«

»Ein *Waerling!*«, keuchte der zweite Elf verblüfft.

Ihre Haltung lockerte sich ein wenig, dennoch ließen sie die Schwerter nicht sinken. »Wie heißt ihr, und in welchem Auftrag seid ihr hier?«

Galen übernahm die Vorstellung. »Mein Begleiter ist Herr Tuck Sunderbank, Waerling aus den Sieben Tälern, dem Land des Dornwalls. Er ist Dorngänger und ein Rukhtöter und dient in der Kompanie des Hochkönigs Aurion. Zurzeit reitet er als mein vertrauenswürdiger Begleiter; wir sind auf der Spur einer Bande niederträchtiger Ghola, die vor zehn Tagen Unschuldige gemeuchelt haben.«

»Und Euer Name?« Ein Elf hatte das Schwert inzwischen gesenkt.

»Ich bin Galen, Aurions Sohn«, antwortete der Prinz leise.

»Hai!« Die Elfen steckten ihre Klingen nun in die Scheide, und einer drehte sich um und machte Zeichen zu den Felswänden über ihnen. »Ich bin Duorn, und das ist Tillaron, und man hat uns geschickt, Euch zu töten, falls ihr dem Bösen dient, oder hereinzuholen, falls Ihr Freunde seid, denn Ihr lagert direkt auf unser Türschwelle.«

»Aber wie… ich habe euch nicht kommen hören«, stammelte Tuck und war offenbar über sich selbst empört. »Dieser Fels dort würde ja noch einen besseren Wächter abgeben als ich!«

»Ihr müsst Euch nicht schuldig fühlen, Winzling«, sagte Tillaron, »denn manchmal bewegen wir uns gerade so leise wie ein Waerling.« Und seine schräg stehenden Augen funkelten, während Tucks jämmerliches Lachen leise durch die Felsen hallte.

»Wer hat Euch geschickt, wenn Ihr uns holen sollt, und wohin gehen wir?«, fragte Prinz Galen.

»Hauptmann Alaria schickt uns«, antwortete Duorn. »Und wohin wir gehen – na, ins Ardental natürlich.«

»Arden?«, platzte Tuck heraus. »Dort hieß uns Fürst Inarion Hilfe suchen, falls wir welche brauchen. Fürst Gildor hat ebenfalls davon gesprochen. Aber ich dachte, Arden läge im Süden, in der Nähe der Kreuzlandstraße.«

»Ja, es liegt im Süden, Winzling«, antwortete Tillaron, »doch Arden erstreckt sich auch weit nach Norden, und von hier sind es nur ein paar Schritte – keine drei Meilen bis zu Unterkunft und warmem Essen.«

Also brachen sie das Lager ab, löschten das Feuer und die glühende Holzkohle mit Schnee. Dann gingen sie zu Fuß zu der zerklüfteten Steilwand; Gagat wurde geführt. Sie schritten geradewegs auf den blanken Fels zu, und Tuck wunderte sich über die eingeschlagene Richtung. Nun zwängten sie sich zwischen dicht stehenden Kiefern hindurch und in einen verborgenen Spalt im Felsen. Gagats Hufe hallten auf dem Stein, als sie in eine gewölbte Granithöhle geführt wurden, die Hände ausstreckend, denn sie konnten in der Dunkelheit nichts erkennen. »Tastet Euch mit der Hand an der Wand zu Eurer Linken entlang«, ertönte Duorns Stimme mit leisem Nachhall, »und fürchtet nicht um Eure Zehen oder Euer Haupt, denn der Boden ist glatt und die Decke hoch. Wir werden fünfhundert Schritte im Dunkeln gehen, denn ein Licht könnte von unfreundlichen Augen gesehen werden.«

Es waren nach Tucks Zählung fast neunhundert Schritte,

ehe sie aus dem Tunnel herauskamen, aber damit hatte er gerechnet, denn seine Schrittlänge war jener der hochgewachsenen Lian nicht ebenbürtig. Als sie in das Schattenlicht hinaustraten, sah Tuck eine tiefe Schlucht vor sich liegen, gesäumt von hohen Kiefern. Sie wuchsen üppig auf dem Boden zu beiden Seiten des Flusses, der nun in der Winterkälte erstarrt war.

Ein schmaler, steiler Pfad führte an der Wand der Schlucht zu den Kiefern hinab. Und zwischen die Bäume duckten sich mehrere lang gestreckte, flache Gebäude.

Als sie den Pfad hinabschritten, hörten sie das Horn eines Wachpostens, das die Ankunft der Fremden in der Schlucht verkündete. Hinab zu den Kiefern stiegen sie und gelangten schließlich zum zentralen Schutzgebäude. Ein Elf nahm Gagat und führte ihn weg, während Tuck und Galen nach drinnen geschoben wurden. Lebhafte Farben, Wärme und der Geruch nach Essen bestürmten Tucks Sinne, als sie den großen Gemeinschaftsraum betraten, wo gelbe Lampen sanft strahlten und Feuer in den Kaminen brannten. Muntere Elfen drehten sich um, als die Fremden eintraten, und Stille herrschte, als sich der Anführer der Elfen und seine Gemahlin erhoben, um sie zu begrüßen.

Tuck und Galen legten ihre Umhänge ab. Auch ihre daunengefütterte Oberbekleidung zogen sie aus. Und vor den Augen der Versammlung kamen zwei glänzende Krieger zum Vorschein, Tuck in einer silbernen Rüstung und Galen in einer leuchtend roten. Galen betrachtete den »kleinen Prinzen« und zeigte ein breites Lächeln, das erwidert wurde, da bisher jeder den anderen nur in unförmigen Daunen gesehen hatte, und nun wirkten sie eher wie Krieger.

Als sie zum Podest schritten, gab es erstauntes Gemurmel unter den Elfen, denn Besuche von Menschen in Arden waren schon selten genug, aber hier war sogar ein juwelenäugiger Waerling unter ihnen.

»Fürst Talarin«, sagte Duorn so laut, dass es alle hören

konnten, »ich bringe Euch Prinz Galen, König Aurions Sohn, und Herrn Tuck Sunderbank, Waerling aus den Sieben Tälern.«

Talarin verbeugte sich, eine hochgewachsene, schlanke Gestalt mit goldenem Haar und grünen Augen, in weiches Grau gekleidet. Er wandte den Kopf zu seiner Gemahlin. »Prinz Galen, Herr Tuck, das ist die schöne Rael.«

Tuck hob den Blick, und Staunen erfasste ihn, denn er hatte eine Schönheit vor sich, die an jene von Prinzessin Laurelin heranreichte. Schön und auch anmutig war Rael, doch während Laurelin weizenblondes Haar und hellgraue Augen hatte, waren Raels Locken golden und ihre Augen tiefblau. Sie war grün gekleidet und trug Schleifen im Haar, und als sie auf Tuck hinablächelte, strahlten seine saphirblauen Augen.

»Ihr müsst essen, trinken und einige Tage bei uns bleiben, um Euch von Eurer Reise auszuruhen«, sagte die Elfendame.

»Ach, Gnädigste, so gerne wir es wollten, wir können nicht«, entgegnete Galen. »Ja, heute Nacht werden wir vielleicht essen und trinken, uns aufwärmen und unter Eurem Schutz ruhen –«

»Und bitte auch ein Bad nehmen«, unterbrach Tuck mit heftigem Kopfnicken.

»Jawohl, und auch baden, wenn wir dürfen«, fuhr Galen lächelnd fort, »doch morgen müssen wir eiligst aufbrechen, denn wir sind auf der Fährte von Ghola und reiten nach Norden.«

»Auf der Fährte von Ghûlka?«, rief Talarin aus. »Prinz Galen, ehe Ihr Euch an die Tafel setzt, müsst Ihr Euch jemanden ansehen, denn es könnte Euer Unternehmen beeinflussen. Folgt mir.«

Talarin durchmaß mit raschen Schritten den Raum und ging mit Galen und Tuck im Gefolge hinaus in den Schnee. Während sie auf ein anderes Gebäude zusteuerten, hörte

Tuck, wie das Horn des Wachpostens eine weitere Ankunft verkündete, und als er aufblickte, sah er ein Pferd mit einem Elfen darauf, das geschwind den Pfad hinabgaloppierte.

Tucks Aufmerksamkeit wurde jedoch von den Worten Talarins beansprucht. »Wir fanden ihn vor drei Tagen, er lag verwundet und fiebernd im Schnee, eine Wunde auf der Stirn, vielleicht von einer vergifteten Klinge. Er wäre erfroren, wenn meine Streife nicht zufällig über ihn gestolpert wäre. Sein Pferd hatte ihn bis zum Eingang zur Schlucht getragen, nicht weit entfernt. Aber er war aus dem Sattel gefallen und lag zwischen den Felsen – niemand weiß, wie lange – und er war dem Tod nahe.

Doch auch er murmelte von Ghûlka, und nun tobt er manchmal im Fieber. Selbst wenn er noch nicht richtig aufgewacht ist, könntet ihr Neues von ihm erfahren.«

Talarin führte sie in das Gebäude und über einen Mittelgang mit vielen Türen. Tucks Herz raste, und er war erfüllt von einer starken, bösen Vorahnung. Vor ihnen ging eine Tür auf, und ein Heiler der Elfen trat auf den Gang. »Alor, Talarin«, grüßte er den Führer der Lian.

»Wie geht es dem Jungen?«, fragte Talarin.

»Sein Gesicht glüht vor Hitze, doch ich glaube, das Fieber lässt langsam nach, denn er ist oft bereits längere Zeit ohne Schüttelfrost, und er wird bald aufwachen.« Die Augen des Elfen huschten erstaunt über Tuck und Galen, doch er sprach weiter zu Talarin. »Er war dem Tod nahe und zittert vor Schwäche. Seine Kraft wird erst in etwa zwei Wochen zurückkehren, und auch das nur, wenn die von der Dara Rael angewandten Kräuter das Gift der Rûpt-Klinge herausspülen.«

»Ich möchte, dass Fürst Galen ihn sieht, denn es könnte seine Suche betreffen«, sagte Talarin, und der Heiler trat zur Seite und öffnete die Tür.

Tucks Puls hämmerte ihm in den Ohren, als sie leise den

von Kerzen beleuchteten Raum betraten. Ein junger Mann lag mit dem Gesicht zur Wand in einem Bett und weinte.

Galen sprach ihn leise und mit angsterfüllter Stimme an: »Igon.«

Und während Tucks Hoffnungen in sich zusammenstürzten, wandte Prinz Igon seinem Bruder das Gesicht zu. »Galen, ach, Galen«, weinte er, »sie haben Laurelin.«

Tuck saß wie benommen auf einer Bank an der Wand, während Fürst Galen Igon an sich gedrückt hielt, und allen dreien strömten Tränen übers Gesicht. Doch der Blick auf Galens Antlitz war schwer zu ertragen. Die Kerzen tauchten den Raum in ein weiches Gelb, und Fürst Talarins Augen, der an der Tür stand, funkelten in ihrem Licht. Dann aber ließ Galen seinen Bruder sanft wieder aufs Bett sinken und rief nach dem Heiler, denn Igons Fieber war neu aufgeflammt, und er hatte das Bewusstsein verloren.

Gerade als der Heiler ans Bett trat, hörte man gedämpft, wie jemand mit schnellen Schritten den Flur entlangkam, und Talarin trat aus dem Krankenzimmer. Tuck hörte flüsternde Stimmen hinter der Tür, dann kam Talarin zurück, und er hatte einen zweiten Elfen in schmutziger Reitkleidung bei sich. Tuck blickte auf. »*Fürst Gildor!*«

Galen schaute Gildor ausdruckslos an; der Elf hielt einen Gegenstand fest in der Hand.

»Ich bringe traurige Nachricht, König Galen.« Fürst Gildor streckte die Hand aus, die um den Gegenstand geschlossen war, und Galen hielt seine auf, um ihn entgegenzunehmen – es war eine scharlachrote Augenklappe. »Aurion Rotaug ist tot.«

Tuck saß wie versteinert da. Ihm war, als bekäme er keine Luft, und sein Blick war vor Tränen verschleiert.

Schließlich sagte Galen: »Mein Vater ist erschlagen, meine Verlobte ist verschleppt, und mein Bruder liegt von einer giftigen Klinge verwundet danieder. Und Modrus schwarze Flut überschwemmt das Land. Dies sind schlimme Zeiten für Mithgar, und vor harte Entscheidungen bin ich nun gestellt.«

»König Galen«, meldete sich Fürst Gildor zu Wort, »um ganz Mithgars willen müsst Ihr nach Süden reiten und das Heer gegen Modrus schreckliche Horde führen.«

»Nach Norden! Reite nach Norden!«, schrie Igon, der aus einem Fiebertraum schreckte und sich mit irrem Blick umsah. »Rette Prinzessin Laurelin!«

ANHANG

Anmerkungen zum Tagebuch

Anmerkung 1:
Die Quelle für diese Geschichte ist ein zerfleddertes Exemplar des *Buches des Raben,* ein unschätzbar glücklicher Fund aus der Zeit vor der *Teilung.*

Anmerkung 2:
Der Große Bannkrieg beendete die Zweite Epoche (2E) von Mithgar. Die Dritte Epoche (3E) begann mit dem Neujahrstag des folgenden Jahres. Auch diese Epoche ging schließlich zu Ende, und es begann die Vierte Epoche (4E). Die hier aufgezeichnete Geschichte begann im November des Jahres 4E2018. Obwohl sich dieses Abenteuer vier Jahrtausende nach dem Bannkrieg ereignet, liegen die Wurzeln des Ritterzugs direkt in den Geschehnissen jener früheren Zeit.

Anmerkung 3:
Die Erzählung ist voller Beispiele, in denen Zwerge, Elfen, Menschen und Wurrlinge in der Not des Augenblicks in ihren Muttersprachen reden; um dem Leser mühsame Übersetzungen zu ersparen, habe ich ihre Worte wo notwendig in Pellarion, die allgemein gebräuchliche Sprache Mithgars, übertragen. Manche Ausdrücke entziehen sich jedoch einer Übersetzung, diese habe ich unverändert gelassen. Andere Worte mögen fehlerhaft wirken, sind aber durchaus korrekt wiedergegeben.

Ein Wort über Wurrlinge

Bei nahezu allen menschlichen Rassen überall auf der Welt halten sich hartnäckig Legenden über kleine Leute: Zwerge, Elfen, Kobolde und so weiter. Es kann kaum ein Zweifel daran bestehen, dass viele dieser Geschichten aus dem kollektiven Gedächtnis der Menschheit über die *Alte Zeit* stammen... aus den uralten Tagen vor der *Teilung*. Einige dieser Legenden aber müssen eindeutig der Erinnerung der Menschheit an ein kleines Volk namens Wurrlinge entspringen.

Zur Stützung dieser These werden alle Jubeljahre einmal ein paar bruchstückhafte Zeugnisse ausgegraben, die uns einen flüchtigen Blick auf die Wahrheit hinter den Legenden erlauben. Doch zum unendlichen Verlust für die Menschheit wurden manche dieser Zeugnisse vernichtet, während andere unerkannt vor sich hin modern, selbst wenn jemand über sie gestolpert sein sollte. Denn es erfordert erschöpfende Prüfung durch einen in fremden Sprachen bewanderten Gelehrten – Sprachen wie etwa Pellarion –, ehe ein Schimmer ihrer wahren Bedeutung sichtbar wird.

Ein solches Zeugnis, das überlebt hat – und über das ein ausreichend beschlagener Gelehrter stolperte –, ist das *Buch des Raben;* ein zweites ist das *Schönberg-Tagebuch*. Aus diesen beiden Chroniken sowie aus einigen spärlichen weiteren Quellen, lässt sich ein auf Tatsachen beruhendes Bild des Kleinen Volkes zusammensetzen, und davon ausgehend können Rückschlüsse auf die Wurrlinge gezogen werden.

Sie sind ein kleines Volk, die Körpergröße der Erwachsenen reicht von drei bis vier Fuß. Manche Gelehrte vertreten die Ansicht, es könne kaum ein Zweifel daran bestehen, dass sie menschlichen Ursprungs sind, denn sie sind in jeder Beziehung wie Menschen – das heißt, keine Flügel, Hörner, Schwänze oder dergleichen –, und sie kommen in allen möglichen Größen und Farben vor, wie das Große Volk, die Menschen, auch, nur eben in verkleinertem Maßstab. Andere Gelehrte jedoch argumentieren, dass die Form der Wurrlingsohren – welche spitz sind –, die schräg stehenden, glänzenden Augen und eine längere Lebensspanne ein Indiz dafür seien, dass Elfenblut in ihren Adern fließe. Doch unterscheiden gerade die Augen sie von den Elfen: Zwar stehen sie schräg, und darin gleichen sich die beiden Völker; doch die Augen von Wurrlingen glänzen und sind feucht, und die Iris ist groß und von seltsamer Farbe: bernsteingolden, tiefblau wie Saphire oder hellgrün wie Smaragde.

Auf alle Fälle sind Wurrlinge flink und geschickt bei ihrer geringen Größe, und aufgrund ihrer Lebensweise finden sie sich hervorragend im Wald zurecht und wissen sehr gut über die Natur Bescheid. Und sie sind vorsichtig und wachsam und verdrücken sich lieber, wenn ein *Außerer* naht, bis sie Gewissheit über die Absichten des Fremden haben. Doch nicht immer weichen sie vor Eindringlingen zurück: Sollte einer aus dem Großen Volk unangekündigt auf eine Gruppe von Wurrlingen stoßen – etwa auf eine große Familienversammlung von Angehörigen der Othen, die lärmend in einem Moortümpel herumplanschen –, würde der *Außere* bemerken, dass plötzlich alle Wurrlinge ihn schweigend ansehen, wobei die Mammen (Frauen) und Alten mitsamt den an sie geklammerten Kleinen ruhig nach hinten wandern, und die Bokker (Männer) dem Fremden in der plötzlichen Stille frontal gegenüberstehen. Doch geschieht es nicht häufig, dass Wurrlinge überrascht werden, und deshalb bekommt man sie nur selten in den Wäldern,

Mooren, und Wildnissen zu Gesicht, es sei denn, sie wollen es so. Doch in ihren kleinen Dörfern und Behausungen unterscheiden sie sich kaum von »normalen« Leuten, denn sie pflegen mit *Außeren* freundlichen Umgang, solange man ihnen keinen Anlass zu einem anderen Verhalten gibt.

Aufgrund ihres vorsichtigen Wesens neigen Wurrlinge zu Kleidung, die sich nicht von der Umgebung abhebt, und bevorzugen Grün-, Grau- und Brauntöne. Und die Schuhe und Stiefel, die sie tragen, sind weich und verursachen kein Geräusch beim Gehen. Während der Jahrmarktszeit oder bei anderen Festlichkeiten jedoch kleiden sie sich in fröhliche, schreiende Farben – Scharlachrot, Orange, Gelb, Blau, Purpur –, sie blasen gern Hörner und schlagen Trommel, Gong und Zimbal und sind allgemein ausgelassen.

Zu den fröhlichsten, ausgelassensten Zeiten zählen jene, mit denen der Übergang von einem Wurrlingsalter in das nächste gefeiert wird, nicht nur die »gewöhnlichen« Geburtstagsfeste, sondern insbesondere diejenigen, an denen sich ein »Altersname« ändert: Kinder beiderlei Geschlechts bis zu zehn Jahren werden *Junges* genannt; von zehn bis zwanzig Jahren heißen die männlichen Kinder *Bürschchen* und die weiblichen *Maiden*. Von zwanzig bis dreißig heißen männliche Wurrlinge *Jungbokker* beziehungsweise weibliche *Jungmammen*. Mit dreißig Jahren werden Wurrlinge mündig oder volljährig und heißen von da an bis sechzig *Bokker oder Mamme,* was außerdem die allgemeinen Bezeichnungen für einen männlichen beziehungsweise weiblichen Wurrling sind. Mit sechzig werden sie zu *Altbokkern* bzw. *Altmammen* und jenseits der fünfundachtzig nennt man sie *Greiser* oder *Grume*. Und bei jedem dieser besonderen Geburtstagsfeste schlagen Trommeln, tuten Hörner, scheppern Becken und läuten Glocken; bunte Gewänder schmücken die Feiernden. Einmal im Jahr, am Langen Tag in der Jahrmarktszeit, erstrahlt ein Feuerwerk am Himmel, für alle, die im zurückliegenden Jahr Geburtstag oder

Jubiläum hatten – was natürlich auf ausnahmslos alle zutrifft –, besonders aber für diejenigen, die von einem Altersnamen in den nächsten gewechselt sind.

Sind Wurrlinge erst einmal über das Jugendalter hinaus, neigen sie zu Rundlichkeit, denn sie essen vier Mahlzeiten am Tag und an Festtagen fünf. Wie die Alten zu sagen pflegen: »Wurrlinge sind klein, und kleine Wesen brauchen zu ihrem Fortbestand eine Menge Nahrung. Schaut euch die Vögel und Mäuse an und besonders die Spitzmäuse: Sie alle verbringen den größten Teil ihrer wachen Zeit damit, fleißig Essen in sich hineinzustopfen. Deshalb brauchen wir vom Kleinen Volk mindestens vier Mahlzeiten am Tag, rein um zu überleben!«

Häusliches Leben und Dorfleben der Wurrlinge sind von ländlichem Frieden geprägt. Oft verbringt das Kleine Volk den Tag in Gemeinschaft: Die Mammen klatschen beim Nähen oder Einmachen, Bokker und Mammen treffen sich zum Pflanzen oder zur Ernte, zum Errichten oder Graben einer Behausung oder zu Familienfeiern im Freien – bei Letzteren handelt es sich stets um lautstarke Angelegenheiten, da Wurrlinge üblicherweise große Familien haben.

Bei »normalen« Mahlzeiten im häuslichen Rahmen scharen sich alle Mitglieder des Haushalts – seien sie Herr, Herrin, Nachkommen oder Diener – zu einer großen Versammlung rund um den Tisch, um gemeinsam zu tafeln und die Ereignisse des Tages zu besprechen. Doch bei Gastmählern kommen für gewöhnlich nur der Gehölzvorsteher, seine Familie und die Gäste an die Tafel des Vorstehers, um mit ihm zu speisen; selten nehmen andere Mitglieder des Gehölzes teil, und wenn, dann nur auf besondere Einladung des Familienoberhaupts. Vor allem wenn »offizielle Dinge« zu besprechen sind, entschuldigen sich die jüngeren Sprösslinge am Ende des Mahls höflich und lassen die Älteren allein mit den Besuchern zur Klärung ihrer »gewichtigen Angelegenheiten«.

Was den »Nabel« des Dorflebens betrifft, so gibt es in jedem Weiler wenigstens ein Gasthaus, meist mit gutem Bier – manche Gasthäuser stehen in dem Ruf, ein überdurchschnittlich gutes Bier auszuschenken; dort versammeln sich die Bokker, und insbesondere die Greiser, einige täglich, andere einmal die Woche, wieder andere noch seltener; sie kauen Altbekanntes durch und lauschen neuen Geschehnissen, sie spekulieren, was der Hochkönig in Pellar treibt, und reden darüber, in welchem Zustand die Dinge ganz allgemein inzwischen sind.

Es gibt vier Stämme nördlicher Wurrlinge: Siven, Othen, Quiren und Paren, die jeweils in Höhlen, Pfahlbauten im Moor, Baumhäusern oder steinernen Feldhäusern wohnen. (Vielleicht rühren die zähen Legenden von intelligenten Dachsen, Ottern, Eichhörnchen, Hasen und auch anderen Tieren von den Siedlungsgewohnheiten des Kleinen Volkes her.) Und Wurrlinge leben oder lebten in praktisch jedem Land der Welt, auch wenn zu allen Zeiten manche Länder viele Wurrlinge beherbergen und andere wenige oder gar keine. Es scheint in der Geschichte des Kleinen Volkes Wanderungen gegeben zu haben, allerdings zogen in jenen Tagen der *Wanderjahre* auch viele andere Völker über das Antlitz der Welt.

In der Zeit, in der sowohl das *Buch des Raben* als auch das *Schönberg-Tagebuch* entstanden, lebten die meisten nördlichen Wurrlinge in zwei Gegenden: dem Weitimholz, einem gestrüppreichen Wald in der Wildnis nördlich von Harth und südlich von Rian, oder in den Sieben Tälern, einem Land der Sümpfe, Wälder und Wiesen im Westen des Spindelflusses und nördlich des Flusses Wenden.

Die Sieben Täler, das weitaus größere dieser beiden Wurrlingsgebiete, wird gegen *Außere* durch eine furchterregende Barriere aus den Dornen des Spindeldorns geschützt, der in den Flusstälern überall im Land wächst. Dieses Gewirr aus lebenden Dolchen bildet einen wirksamen

Schutzschild rund um die Sieben Täler, der nur die Allerentschlossensten nicht zurückhält. Einige wenige Straßen führen in langen Dornentunneln durch diese Barriere hindurch, und in Friedenszeiten – welche die Regel sind – bewacht niemand diese Wege, und wer ins Land kommen möchte, kann dies tun. In Krisenzeiten jedoch stehen entlang der Straßen Bogenschützen der Wurrlinge hinter beweglichen Barrikaden aus Spindeldorn Wache, um Gewalttäter und anderes unangenehmes Volk draußen zu halten, während sie all denen Zutritt gewähren, die in einer berechtigten Angelegenheit kommen.

Jener kalte November des Jahres 4E2018, in dem diese Geschichte beginnt, war eine Krisenzeit.

KALENDER DES EISERNEN TURMS

Ereignisse der Zweiten Epoche

In den letzten Tagen der Zweiten Epoche fand der große Bannkrieg statt. Auf der Hohen Ebene obsiegte Adon über Gyphon, den Großen Bösen; auf der Mittelebene konnte das Glorreiche Bündnis durch einen unerwarteten Streich gewinnen und den niederträchtigen Modru auf Mithgar schlagen. Adon sprach seinen Bann über die Geschöpfe der Untargarda aus, die Gyphon im Krieg beigestanden hatten: Sie wurden auf alle Zeit aus dem Licht von Mithgars Sonne verbannt, und wer das Verbot übertrat, erlitt den Tod durch Verdorren. Gyphon, der Rache schwor, wurde jenseits der Sphären verbannt. Damit endete die Zweite Epoche, und die Dritte begann... Und so standen die Dinge für einige tausend Jahre bis zur Vierten Epoche.

Ereignisse der Vierten Epoche

4E1992 Patrel Binsenhaar wird nahe Mittwald, im Osttal der Sieben Täler geboren.
4E1995 Tuck Sunderbank kommt in Waldsenken, Osttal, zur Welt.
4E1996 Danner Brombeerdorn kommt in Waldsenken, Osttal, zur Welt.
4E1999 Merrili Holt erblickt in Waldsenken, Osttal, das Licht der Welt.
4E2013 Der Komet Drachenstern taucht am Himmel von Mithgar auf und stößt beinahe mit der Welt zusammen.

Riesige glühende Trümmer erhellen den nächtlichen Himmel, einige stürzen auf die Oberfläche. Viele sehen in dem haarigen Stern einen Vorboten kommenden Unheils.

Der Winterkrieg

4E2018

August: Ein kalter Monat. Im Nordtal der Sieben Täler werden Wölfe gesichtet. Oheim Erlbusch organisiert die Wolfspatrouillen der Dorngänger. Zum Ende des Monats gibt es einige Frosttage.

September: Oheim Erlbusch ernennt Hauptmann Alver zum Kommandanten der Dorngänger. Am Siebten des Monats fällt Schnee. Der alte Barlo beginnt in Waldsenken mit der Ausbildung von Bogenschützen und unterrichtet eine Gruppe von Dorngängerrekruten. Tuck und Danner gehören zu seinen Schülern. Gerüchte über ein düsteres Böses im Norden, wobei es sich angeblich um Modru handelt, erreichen die Sieben Täler.

Oktober: In den Sieben Tälern verschwinden mehrere Familien; niemand weiß etwas über ihren Verbleib. Die Kälte hat das Land im Griff. Schnee.

2. November: Barlos Bogenschützen beenden ihre Ausbildung. Tuck, Danner, Hob Banderle und Tarpi Wicklein werden als Rekruten der Dorngänger zur Vierten Kompanie Osttal eingeteilt und sollen die Spindelfurt bewachen.

9. November: Mit Patrel als Führer brechen Tuck, Danner, Hob und Tarpi zur Spindelfurt auf.

10. November: Die fünf machen auf Hucks Bauernhof Halt, doch die Besitzer sind verschwunden. Die Wurr-

linge finden Hinweise auf die bösartigen, wolfsähnlichen Vulgs, von denen die Hucks offenbar getötet wurden.
11. **November:** Vulgs greifen die Wurrlinge an der Krähenruh an. Hob wird getötet.
13. **November–5. Dezember:** Tuck, Danner und Tarpi nehmen ihren Dienst als Dorngänger in Patrels Kompanie auf; sie stehen Jenseitswache und reiten auf Wolfstreife. Am 3. Dezember passiert ein Flüchtlingstreck und bringt die Nachricht, dass sich Hochkönig Aurion in der Feste Challerain auf einen Krieg vorbereitet. Am 4. Dezember erscheint ein Herold des Königs mit dem Appell, sich in Challerain einzufinden. Ein Vulg-Angriff auf den Reiter endet damit, dass Mann, Pferd und Tarpi ertrinken. Tuck überlebt, weil Danner ihn rettet. Am 5. Dezember melden sich Tuck, Danner, Patrel und vierzig weitere Wurrlinge freiwillig zum Dienst für den König.
6.**–13. Dezember:** Die Wurrlinge reisen zur Feste Challerain. Am 13. Dezember begegnen Tuck, Danner und Patrel dort Prinz Igon und Prinzessin Laurelin, dem Elfenfürsten Gildor, Königsgeneral Vidron und Hochkönig Aurion. Die Wurrlinge erfahren vom Dusterschlund, einem unheimlichen Schattenlicht im Norden, wo die Sonne nicht scheint und Adons Bann nicht herrscht, weshalb schändliche Kreaturen frei umherschweifen.
14.**–20. Dezember:** Die Wurrlinge nehmen den Dienst als Burgwache auf. Tuck freundet sich mit Prinzessin Laurelin an und erfährt, dass sie mit Prinz Galen verlobt ist, der noch immer mit einer Gruppe Männer im Dusterschlund als Kundschafter unterwegs ist, um festzustellen, ob Modru seine üblen Horden aus alten Tagen wieder sammelt.

Tuck, Danner und Patrel nehmen am Vorabend des Geburtstags der Prinzessin an einem Fest teil; als sich die Feier ihrem Höhepunkt nähert, trifft ein verwundeter Krieger mit der Nachricht ein, dass der grässliche Dusterschlund begonnen hat, sich südwärts zu bewegen. Beginn des Winterkriegs.

21. Dezember: Erster Jultag: Prinzessin Laurelin verlässt die Feste Challerain mit dem letzten Flüchtlingszug, begleitet von Prinz Igon, der den Auftrag hat, das Heer des Königs unverzüglich von Pellar zur Feste Challerain zu führen.

22. Dezember: Zweiter Jultag: Der Dusterschlund bricht auf seinem Weg nach Süden über die Feste Challerain herein. Das gespenstische Schattenlicht trübt das Sehvermögen: Menschen sehen höchstens zwei Meilen weit über offenes Gelände, in Wäldern und Hügelland noch weniger. Elfen sehen etwa zweimal so weit wie Menschen. Wurrlinge sehen wie mittels einer neuen Farbe am weitesten von allen, bis zu fünf Meilen.

23. Dezember: Dritter Jultag: Die Wurrlingskompanie wird aufgelöst und über die Kompanien des Königs verteilt, damit die Augen der Wurrlinge für die Menschen sehen können.

An diesem Tag beginnt die Horde in einer Stärke von dreißigtausend die Belagerung der Feste.

24. Dezember: Vierter Jultag: Im Norden der Feste legen Galens Männer Feuer an einen Belagerungsturm, andere Sturmgeräte der Horde erreichen jedoch die Burg. Katapulte schleudern Feuer über die Wälle, und die Stadt brennt.

25. Dezember: Fünfter Jultag: Die Feste Challerain brennt noch immer.

26. Dezember: Sechster Jultag: Die Horde greift an. Der erste und zweite Wall der Feste Challerain fallen.

27. Dezember: Siebter Jultag: Der dritte und vierte Wall der Feste Challerain fallen.

Die Schlacht vom Weitimholz beginnt. Hier, in diesem gestrüppreichen Wald, schlägt ein Bündnis aus Menschen, Wurrlingen und Elfen eine weitere Horde Modrus zurück.

28. Dezember: Achter Jultag: Die Feste Challerain wird aufgegeben. Die Truppen des Königs versuchen einen Ausbruch. König Aurion wird getötet. Von den anderen getrennt, sucht Tuck auf seiner Flucht in einem alten Grab Schutz, wo er den roten Pfeil und die Klinge aus Atalar entdeckt. Zufällig kommt Prinz Galen ebenfalls in die Grabkammer. Sie fliehen gemeinsam nach Süden, zum vereinbarten Treffpunkt in Steinhöhen mit allen übrigen etwaigen Überlebenden.
Der zweite Tag der Schlacht vom Weitimholz bricht an.

29. Dezember: Neunter Jultag: Die Schlacht vom Weitimholz geht in ihren dritten Tag. Die Horde bricht den Kampf ab und marschiert südöstlich am Wald vorbei.

30. Dezember: Zehnter Jultag: Vorletzter Tag des Jahres. Tuck und Galen entdecken den überfallenen Wagenzug, vermuten, dass Laurelin entführt wurde, und machen sich auf die Suche.

4E2019

1. Januar: Zwölfter und letzter Jultag, Beginn des neuen Jahres: Schnee bedeckt die Spur von Laurelins Entführern. Tuck und Galen treffen im Weitimholz ein; sie bekommen Essen und Trinken und werden von Angehörigen des Weitimholz-Bundes bewacht.

2.–3. Januar: Auf der Suche nach Informationen über die Entführer reiten Tuck und Galen durch das Weitimholz und treffen die Führer des Bundes: Arbagon Morast (Wurrling), Bockelmann Bräuer (Mensch) und Fürst Inarion (Elf). Galen erfährt, dass die Ghule in Richtung Osten gezogen sind, möglicherweise auf dem Weg zum Ödwald. Tuck und Galen brechen zu diesem beklemmenden Wald auf.

5.–7. Januar: Tuck und Galen setzen die lange Verfolgungsjagd fort, sie überqueren am 6. die Ödfurt und nehmen die Spur von Laurelins Entführern wieder auf, die durch den Ödwald führt.

8. Januar: Tuck und Galen kommen ins Ardental, wo sie Fürst Talarin und Fürstin Rael kennen lernen, die Oberhäupter der Elfen in ihrer verborgenen Zuflucht. Fürst Talarin führt sie zu einem verwundeten Menschen, den die Elfen im Schnee gefunden haben. Es ist Prinz Igon, er liegt fiebernd danieder. Galen erhält endlich die Bestätigung, dass Laurelin tatsächlich gefangen ist. Fürst Gildor holt Galen ein und teilt ihm mit, dass König Aurion tot und er, Galen, nun Hochkönig ist. Galen muss sich zwischen Liebe und Pflicht entscheiden: die gefangene Prinzessin verfolgen oder das Heer in den Krieg führen.

Lieder, Inschriften und Deutungen

- Die Ermahnung des alten Barlo: *Die Pfeile, die sich verirrn, kannst du genauso gut verliern. (Kap. 1,5)*
- Wurrlingslied: *Wir sind Dorngänger (Kap. 2)*
- Trauerlied: *Es rollt die dunkle Flut... (Kap. 2)*
- Othrans Grabinschrift: *Bewahr den roten Pfeil... (Kap. 4)*
- Wurrlingslied: *Der fröhliche Gesell im Siebental (Kap. 4)*

Übersetzungen von Wörtern und Wendungen

Im *Buch des Raben* erscheinen viele Wörter und Ausdrücke aus anderen Sprachen als Pellarion, der Allgemeinsprache. Für an solchen Dingen Interessierte wurden sie in diesem Anhang gesammelt. Es kommt eine Reihe Sprachen vor:

    Châkur = Zwergensprache
    AHR = Alte Hochsprache von Riamon
    AP = Alte Sprache Pellars
    AR = Alte Sprache Rians
    Slûk = Sprache des Gezüchts
    Sylva = Elfensprache
    Twyll = Alte Sprache der Wurrlinge
    Valur = Alte Kriegssprache Valons

Die folgende Seite gibt einen Überblick über die häufigsten Begriffe, die sich in den verschiedenen Sprachen im *Buch des Raben* finden.

Wurrling (**Twyll**)	Valon (**Valur**)	Pellar (**Pellarion**)	Elf (**Sylva**)	Zwerg (**Châkur**)
Rukh	Rutch	Rukh	Ruch	Ükh
Rukhs	Rutcha	Rukha	Rucha	Ükhs
Rukhen	Rutchen	Rukken	Ruchen	Ükken
Hlök	Drökn	Lökh	Lok	Hrök
Hlöks	Drökha	Lökha	Loka	Hröks
Hlöken	Drökhen	Lökken	Loken	Hröken
Ghul	Guul	Ghol	Ghûlk	Khol
Ghule	Guula	Ghola	Ghûlka	Khols
Ghulen	Guulen	Gholen	Ghûlken	Kholen
Gargon	Gargon	Gargon	Gargon	Ghath
Gargonen	Gargona	Gargons	Gargoni	Ghaths
Ogru	Ogru	Troll	Troll	Troll
Madenvolk	Wrg	Yrm	Rûpt	Grg
Zwerg	Zwerg	Zwerg	Drimm	Châk
Zwerge	Zwerge	Zwerge	Drimma	Châkka
Zwergen	Zwergen	Zwergen	Drimmen	Châkka

Elf	Deva	Elf	Lian/ Dylvan*	Elf
Elfen	Deva'a	Elfen	Lian/ Dylvana	Elfen
Elfen	Deven	Elfen	Lianen/ Dylvanen	Elfen
Riese	Riese	Utrun	Utrun	Utrun
Riesen	Riesen	Utruni	Utruni	Utruni
Wurrling	Waldan	Waerling	Waerling	Waeran
Wurrlinge	Waldana	Waerlinga	Waerlinga	Waerans
Kleines Volk	Waldfolck	Kleines Volk		

Im Folgenden sind Wörter und Begriffe in der Originalsprache aufgelistet. Wo möglich, wurde eine direkte Übersetzung angegeben (); in anderen Fällen wurde die Übersetzung aus dem Zusammenhang im *Buch des Raben* abgeleitet { }. Ebenfalls aufgeführt ist der Name des Sprechers, falls bekannt [ ].

AR (Alte Sprache Rians)
Ahn! (Hornruf mit der Bedeutung: Fertig!) [Jarriell]
Ahn! Hahn! (Hornruf mit der Bedeutung: Versammelt euch!) [Jarriel]
Hál! Aurion ure cynig! (Heil, Aurion, unser König!) [Hauptleute der Feste Challerain]
Hál ! Heah Adoni cnawen ure weg! (Heil! Der große Adon kennt unsren Weg!) [Aurionl]
Rahn! (Hornsignal mit der Bedeutung: Macht euch bereit!) [Hogarth]

---

* Die Elfen bestehen aus zwei Stämmen: a) den Lian, den Ersten Elfen, und b) den Dylvana, den Waldelfen.

AP (Alte Sprache Pellars)
Maeg Adoni laenan strengthu to ure earms! (Möge Adon unseren Armen Kraft verleihen!) [Aurion]
Poeir be in thyne earms! (Möge dein Arm stark sein!) [Galen]

Rach! (nicht übersetzter Ausruf)
Untargarda (Unterwelten) [Galen]

Slûk (Sprache des Gezüchts)
Gluktu! (nicht übersetzt) [Gesandter] {Angriff!}
Guk klur gog bleagh. (nicht übersetzt) [Rukh] {Lieber essen als kämpfen}
Gulgok! (nicht übersetzt) [Ghulen-Gesandter] {Meister!}

Sylva (Elfensprache)
Alor (Herr, Fürst)
Dara (Dame, Fürstin) [Heiler]
Fian nath dairia! (Möge Euer Weg stets der gerade sein!) [Inarion]
Kest! (Halt!) [Duorn]
Kregyn (nicht übersetzt) [Gruwenpass]
Lianion (Erstes Land) [Talarin]

Twyll (alte Sprache der Wurrlinge)
Chelga! (Bleibt stehen und sagt, wer Ihr seid!) [Baskin]
Ellil! (Freunde!) [Tuck]
Hai roi! (nicht übersetzter Ausruf, wahrscheinlich ursprünglich Valur) [Bokker der Vierten Osttal-Kompanie]
Hlafor Galen, tuon nid legan mi hinda! (Fürst Galen, lasst mich nicht zurück!) [Tuck]
Taa-tahn! Taa-than! (Hornruf mit der Bedeutung: Schnell! Schnell!) [Patrel]

Vahir (alte Kriegssprache Valons)
Haan taa-ruu! (Hornruf mit der Bedeutung: Zurück!) [Vidron]
Waldfolck (Waldvolk)
Zlye pozhirately koneny! (Schändliche Pferdefleischfresser!) [Vidron]

GLOSSAR

A

Adon: die hohe Gottheit Mithgars. Auch genannt der Hohe, der Eine

Adonar: die Welt auf der Hohen Ebene, wo Adon wohnt. Auch genannt die Hohe Welt

Adons Bann: s. (der) Bann

Adons Versprechen: s. (der) Bann

Alor: (Sylva: Herr) Elfen-Titel, etwa »Fürst«

Altersname: bei Wurrlingen gebräuchliche Namen, um jeweils das generelle Lebensalter anzuzeigen. (siehe Anhang: *Ein Wort über Wurrlinge*)

Altbokker: männlicher Wurrling zwischen sechzig und fünfundachtzig Jahren

Altmamme: weiblicher Wurrling zwischen sechzig und fünfundachtzig Jahren

Alver: Hauptmann, Befehlshaber der Dorngänger während des Winterkriegs

Arbagon Morast: ein Wurrling aus dem Weitimholz. Führer des dortigen Kleinen Volkes im Winterkrieg

Arbin Gräber: ein Wurrling aus den Sieben Tälern. Angehöriger der Vierten Osttal-Kompanie und der Kompanie des Königs. Gefallen in der Feste Challerain

Arden(-Tal): ein bewaldetes Felsental im Norden von Rell. Heimat von Talarins Schar der Wächter Lians. Die geheime Zuflucht. Zwei verborgene Eingänge führen ins Tal: im Norden eine tunnelartige Höhle in der Arden-Wand, im Süden eine Straße unter und hinter den Ardenfällen

Argo: ein Wurrling aus den Sieben Tälern. Angehöriger der

Vierten Osttal und der Kompanie des Königs. Gefallen in der Feste Challerain

Arlo Huck: Wurrling aus den Sieben Tälern, Gatte von Willa Huck. Bauer im Osttal, zu Beginn des Winterkriegs von Vulgs getötet

Atala: Insel, die durch eine Katastrophe im Meer versank. Auch bekannt als das »vergessene Land«

Atalanisch: die geschriebene Sprache Atalas

Atala-Klinge: ein Langmesser aus dem vergessenen Land, das Tuck im Grab von Othran dem Seher findet

Aurion: Mensch aus Pellar; Hochkönig von Mithgar. Gefallen in der Schlacht um die Feste Challerain. Auch bekannt als Aurion Rotaug wegen einer scharlachroten Augenklappe, die er über einem im Gefecht erblindeten Auge trägt

Außerer: Begriff der Wurrlinge in den Sieben Tälern für jeden, der außerhalb des Dornwalls lebt

B

(der) Bann: Adons Verbannung aller Geschöpfe der Unterwelten aus dem Licht von Mithgars Sonne als Strafe für ihre Unterstützung Gyphons im Großen Krieg. Wer sich dem Bann widersetzt, den tötet das Tageslicht; die Körper schrumpfen zu ausgedörrten Hüllen und verwehen wie Staub. Auch bekannt als Adons Versprechen

Bannkrieg: s. (der) Große Krieg

Barlo: meist: der alte Barlo. Wurrling aus den Sieben Tälern. Ausbilder der Bogenschützen

Baskin: Wurrling aus dem Weitimholz. Mitglied des Weitimholz-Bundes

Bastheim: Wurrlingsdorf an der Querlandstraße im Osttal

(die) Bendels: Verwandte Tucks in Ostend

Berserker: von der Raserei befallener Kämpfer, nur durch schwere Verwundung aufzuhalten

Bert Sunderbank: Wurrling aus den Sieben Tälern, Gatte von Tulpe Sunderbank, Vater von Tuck

Bessie Holt: Mamme aus den Sieben Tälern, Gemahlin von Bringo Holt, Mutter von Merrili

Bingo Prachtl: Wurrling aus den Sieben Tälern. Angesehener Jäger zur Zeit des Winterkriegs

Bockelmann Bräuer: Mensch aus Steinhöhen. Inhaber des Gasthofs *Zum Weißen Einhorn*. Anführer der Menschen des Weitimholz-Bundes

Bokker: Altersname für einen männlichen Wurrling zwischen dreißig und sechzig. Auch generelle Bezeichnung für einen männlichen Wurrling

(der junge) Brill: Mensch aus Wellen, Hauptmann und Mitglied von Aurions Kriegsrat. Berserker. Gefallen in der Schlacht um die Feste Challerain

Bringo Holt: Wurrling aus den Sieben Tälern, Gatte von Bessie Holt, Vater von Merrili

Bringos Stall: Ponystall im Besitz von Bringo Holt

(die) Brut: s. Gezücht

Buch des Raben: auch: *Herrn Tuck Sunderbanks unvollendetes Tagebuch und sein Bericht vom Winterkrieg*. Chronik, die von Tuck und verschiedenen Schreibern über den Winterkrieg verfasst wurde

C

Caer Pendwyr: südliche Festung; Wintersitz und Hof des Hochkönigs auf der Insel Pendwyr in der Avagonsee

Caire: Fluss im Westen der Riggaberge

Challerain: s. Feste Challerain

Corbi Platt: Wurrling aus den Sieben Tälern. Mitglied der Vierten Osttal und der Kompanie des Königs. Gefallen in der Feste Challerain

D

Danner Brombeerdorn: Wurrling aus den Sieben Tälern, Dorngänger. Ein enger Gefährte Tucks

Dara: (Sylva: Dame) Titel der Elfen für Gemahlin eines Alor

Darby: Wurrling aus den Sieben Tälern; Hauptmann der Vierten Osttal-Kompanie im Winterkrieg

Delber: Wurrling aus den Sieben Tälern. Mitglied der Vierten Osttal und der Kompanie des Königs. Gefallen in der Feste Challerain

Dilbi: Wurrling aus den Sieben Tälern. Mitlied der Vierten Osttal und der Kompanie des Königs. Gefallen in der Feste Challerain

Dorngänger: Gruppen von Bogenschützen der Wurrlinge, die in Krisenzeiten an den Eingängen zu den Sieben Tälern Wache halten und nur hereinlassen, wer in einem berechtigten Anliegen kommt. D. gehen auch entlang des Dornwalls Patrouille, daher der Name

Dornwall: eine Barriere aus Dornen (s. Spindeldorn), welche die Sieben Täler schützt. Wo der Dorn nicht natürlich wächst, wurde er kultiviert, um den Wall zu schließen. Der D. ist vierzig bis fünfzig Fuß hoch und bis zehn Meilen breit

Dossis Obstgarten: Obstgarten im Westen von Waldsenken

Drachen: eines der Völker Mithgars. Es gibt zwei Stämme: Feuerdrachen und Kaltdrachen. Drachen sind gewaltige Geschöpfe und der Sprache mächtig. Zumeist besitzen sie Flügel und können fliegen. Für gewöhnlich leben sie in abgelegenen Höhlen; sie schlafen eintausend Jahre und bleiben dann zweitausend wach. Oft horten sie Schätze. Feuerdrachen speien Flammen. Kaltdrachen speien Säure, aber keine Flammen, denn sie waren einst Feuerdrachen, denen Adon als Bestrafung für ihre Unterstützung Gyphons im Großen Krieg das Feuer wegnahm. Kaltdrachen unterliegen dem Bann

Drachenstern: ein Komet, der beinahe mit Mithgar zusammengeprallt wäre

Düneburg: Dorf in den Sieben Tälern, am Oberlandweg im Nordtal gelegen

Durgans Fabelross: legendäres Pferd, angeblich aus Eisen;

unermesslich schnell, nie ermüdend. Ursprung unbekannt, die Sage stammt aber aus Pellar

Dusterschlund: gespenstisches Dunkel, von Modru im Winterkrieg über das Land gelegt, um Adons Bann zu unterlaufen

E

(zur) Einäugigen Krähe: Gasthaus in Waldsenken, auch nur: Zur Krähe

Eiserner Turm: Modrus Festung in der Ödnis von Gron

Elfen: eins der Völker von Adonar, von denen manche in Mithgar hausen. Besteht aus zwei Stämmen: Lian und Dylvana. Die Erwachsenen werden viereinhalb bis fünfeinhalb Fuß groß. Schlank, lebhaft, schnell, mit scharfen Sinnen ausgestattet; zurückhaltend, Waldbewohner, kunstfertig

Epoche: historischer Zeitraum auf Mithgar. Epochen werden durch welterschütternde Ereignisse bestimmt, die jeweils zum Ende einer E. und zum Beginn einer neuen führen. Zu Beginn des Winterkriegs zählte man die Vierte Epoche (4E) und das Jahr 2018: 4E2018

F

Farnburg: Dorf in der westlichen Ecke des Osttals, südlich der Querlandstraße

Feind in Gron: Bezeichnung für Modru

Feste Challerain: Festung und Stadt im Norden, im Land Rian; Sommersitz und Hof des Hochkönigs. Ort der Eröffnungsschlacht des Winterkriegs. Modrus Horde überwältigte die Verteidiger der Feste, brannte die Stadt nieder und tötete bis auf wenige Ausnahmen alle Krieger des Königs

Finius Handstolz: Wurrling aus den Sieben Tälern. Stellmacher (Wagner) von Lammdorf

Finn Wick: Wurrling aus den Sieben Tälern. Mitglied der

Vierten Osttal und der Kompanie des Königs. Gefallen in der Feste Challerain

Flaumdorf: Dorf im Osttal, nördlich der Querlandstraße

G

Gagat: Galens schwarzes Pferd

Galen: Mensch aus Pellar. Ältester Sohn von Aurion. Fürst und Prinz, wurde während des Winterkriegs Hochkönig

Gann: Mensch aus Riamon. General, Mitglied von König Aurions Kriegsrat. Gefallen in der Feste Challerain

Gemeinsprache: s. Pellarion

Geront Kwassel: Wurrling. Bürgermeister von Waldsenken zur Zeit des Winterkriegs

(das) Gezücht: Sammelname für alles Volk und alle Geschöpfe auf der Seite des Bösen, die in Mithgar leben, z.B. Rukhs, Hlöks, Ghule, Vulgs etc. Auch Madenvolk, Brut, Gewürm

Ghola: Pellarion für Ghule

Ghûlka: Elfenname für Ghule

Ghule: grausame Räuber; reiten auf Hélrössern. Sehr schwer zu töten. Auch genannt Leichenvolk, Kadaverleute

Gildor: (Sylva: Goldzweig) Elfenfürst, Krieger der Lian; Sohn von Talarin und Rael

Gloria Brombeerdorn: Mamme aus Waldsenken. Gattin von Hanlo Brombeerdorn, Mutter von Danner

(der) Glorreiche Bund: die Allianz von Elfen, Menschen, Riesen, Wurrlingen und Zwergen, die im Großen Krieg an der Seite Adons gegen Gyphon, Modru und das Gezücht kämpfte

Gorburgs Mühle: Getreidemühle in Waldsenken

Greiser: Name für einen Wurrling, der das fünfundachtzigste Lebensjahr überschritten hat

Grimmwall: ausgedehnte und hohe Gebirgskette in Mithgar, die von Nordost nach Südwest verläuft

Gron: Modrus Reich des Bösen. Öd und leer, ein großes, keilförmiges Stück Land zwischen den Gronspitzen im Osten, der Rigga im Westen und dem Nordmeer. Auch bekannt als die Ödnis von Gron
(die) Gronspitzen: Gebirgskette, die in Nord-Süd-Richtung vom Nordmeer zum Grimmwall verläuft
(der) Große Krieg: der Teil des Krieges zwischen Gyphon und Adon, der in Mithgar ausgefochten wurde. Auch genannt Bannkrieg oder Großer Bannkrieg
Große Leute: Bezeichnung der Wurrlinge für die Menschen
Grünwies: Weiler in den Sieben Tälern, östlich von Waldsenken
Grume: Wurrlingsmamme, die älter als fünfundachtzig Jahre ist
Gruwenpass: Bergpass zwischen Rhon und Gron, wo sich Gronspitzen und Rigga treffen
Guula: (Valur: Kadaverfeind) Valurwort für Ghule
Gyphon: der Hohe Vûlk, dessen Kampf gegen Adon um die Herrschaft über die Sphären auf Mithgar überschwappte. Gyphon verlor und wurde jenseits der Sphären verbannt. Im Winterkrieg griff er erneut nach der Herrschaft. Auch genannt der Große Böse, der Meister

H

Haddon: Mensch aus Rian, Krieger in Galens Hundertschaft. Der Bote, der verwundet die Nachricht in die Feste Challerain brachte, dass sich die schwarze Wand nach Süden bewegt. Beim Massaker der Ghule in Laurelins Wagenzug getötet
Hagan: Mensch aus Valon, Hauptmann, Mitglied von Aurions Kriegsrat. In der Feste Challerain gefallen
Hanlo Brombeerdorn: Wurrling, Gatte von Gloria Brombeerdorn, Vater von Danner
Harlan: Wurrling aus den Sieben Tälern, Bauer, dessen Gehöft an der Querlandstraße lag

Haus Aurinor: Zweig von waffenschmiedenden Lian-Elfen in Duellin, einer Stadt im untergegangenen Atala

Heiler: Arzt

Hélross: pferdeähnliche Kreatur mit Klumphufen, langen, schuppigen Schwänzen, gelben Augen und schlitzförmigen Pupillen. Stinkt bestialisch. Langsamer als Pferde, aber ausdauernder. Reittier der Ghule

Hlöks: bösartige, mannshohe und rukhähnliche Wesen; nicht so zahlreich wie Rukhs, beherrschen diese jedoch

Hob Banderle: Wurrling, Dorngänger, an der Krähenruh von Vulgs getötet

Hogarth: Mensch aus Rian, Krieger. Hauptmann der Torwache in der Feste Challerain. Dort selbst gefallen

Hohe Ebene: eine von drei Ebenen der Schöpfung, enthält die Hohen Welten

(der) Hochkönig: Lehnsherr des nördlichen Mithgar, dem alle anderen Könige Lehnstreue schwören. Hält Hof in Caer Pendwyr in Pellar und in der Feste Challerain in Rian

(die) Horde: auch: Modrus Horde; große Menge von Modrus Brut, die plündernd über das Land zieht

Horn von Valon: von den Zwergen stammendes Horn, das im Hort von Schlomp dem Wurm gefunden wurde. Es wurde über Generationen weitergegeben, bis es in Vidrons Besitz gelangte. Aus nicht erläuterten Gründen – vielleicht in einem plötzlichen Anfall von Großmut, wahrscheinlicher aber, weil das Horn danach strebte, seine Bestimmung zu erfüllen – schenkte Vidron es Patrel als Zeichen seines Amtes als Hauptmann. Patrel benutzte es im Winterkrieg, um Truppen in Bewegung zu setzen, ein großartigeres Geschick lag für das Instrument aber in künftigen Ereignissen. Auch bekannt als Reichshorn

I

Igon: Mensch aus Pellar. Jüngster Sohn Aurions. Fürst und Prinz des Reiches, Bruder von Galen

Inarion: Elfenfürst aus dem Ardental, Krieger. Führer der Weitimholz-Elfen im Winterkrieg

J

Jarriel: Mensch aus Rian. Hauptmann der Burgwache in der Feste Challerain. Von Ghulen beim Überfall auf Laurelins Wagenzug getötet

Jenseits der Sphären: nicht näher bekannter Verbannungsort Gyphons

Jenseitswache: Wachposten an den Eingängen zu den Sieben Tälern, die unliebsame Außere fernhalten sollen

Jul: zwölf Tage dauerndes Winterfest, beginnend am kürzesten Tag des Jahres (21. Dezember) und endend am ersten Tag des neuen Jahres

Jungbokker: männlicher Wurrling zwischen zwanzig und dreißig

Jungmamme: weiblicher Wurrling zwischen zwanzig und dreißig

K

Kaltdrachen: s. Drachen

Klausenbach: Wasserlauf in den Sieben Tälern; mündet in den Spindelfluss

Klausenwald: Wald in den Sieben Tälern, nördlich von Waldsenken

Kleines Volk: s. Wurrlinge

Kompanie des Königs: Name, den Patrels Dorngängereinheit von Hauptmann Darby erhielt, bevor sie zur Feste Challerain aufbrach, um dem Ruf des Königs zu folgen

König des Bachsteins: Spiel der Wurrlinge, bei dem es darum geht, die alleinige Position auf dem mittleren Stein des Übergangs über den Klausenbach zu behaupten. Danner Brombeerdorn zeichnete sich bei dem Spiel besonders aus

(die) Krähenruh: großer Felsenhügel an der Kreuzung der Zweifurtenstraße und des Oberlandwegs

L
Lammdorf: Weiler in den Sieben Tälern
Lauch: Dorf in den Sieben Tälern (Osttal), nördlich der Querlandstraße, am Dornwall gelegen
Laurelin: Mensch aus Riamon, Prinzessin. Verlobt mit Galen zur Zeit des Winterkriegs; wird von Modru gefangen genommen
Leichtfuß: das Pferd Gildors
Lian: einer von zwei Stämmen der Elfen (der andere sind die Dylvana). Auch das Erste Volk genannt

M
Madenvolk: Name der Wurrlinge für das Gezücht
Mamme: Altersname eines weiblichen Wurrlings zwischen dreißig und sechzig; auch generelle Bezeichnung für weibliche Wurrlinge
Medwyn: Mensch aus Pellar, Hauptmann, Mitglied von Audons Kriegsrat; in der Feste Challerain gefallen
Menschen: die Menschheit, wie wir sie kennen. Eins der freien Völker Mithgars. Verbündet mit Zwergen, Elfen, Wurrlingen
Merrili Holt: Wurrling, Tochter von Bringo und Bessie Holt, Angebetete von Tuck
Minenburg: wichtige Zwergenfestung im Rimmengebirge in Riamon
Mithgar: ein Ausdruck, der allgemein die Welt bezeichnet; im engeren Sinn auch die Reiche unter der Herrschaft des Hochkönigs
Mittelebene: eine der drei Ebenen der Schöpfung, enthält die Mittelwelten
Mittwald: Dorf in den Sieben Tälern, am südöstlichen Rand des Ostwalds gelegen

Modru: ein böser Zauberer, Diener Gyphons. Auch bekannt als der Feind, der Feind in Gron, der Böse im Norden

Moos: Dorf in den Sieben Tälern, südlich des Querlandwegs, im Osttal gelegen

N

Nachricht von Draußen: Ausdruck aus den Sieben Tälern, der Neuigkeiten meint, die man erst glaubt, wenn sie bestätigt werden

Nob Heuwald: Wurrling aus den Sieben Tälern, Kaufmann

Nordpfad: Feldweg, der in nördlicher Richtung aus Waldsenken durch den Klausenwald zur Zweifurtenstraße führt

Nordtal: eins der Sieben Täler

Nordwald: großer Wald im Nordtal

O

Oberlandweg: in Nordost-Südwest-Richtung verlaufende Straße zwischen den Sieben Tälern und der Poststraße

Ochsenhorn: schwarze Kriegshörner der Männer aus Valon; sie dienten zum Blasen von Signalen und stammten von wilden schwarzen Rindern

Ödfurt: Furt über den Fluss Caire zwischen der Wildnis nördlich der Wilden Berge und dem Ödwald in Rhon

Ödwald: Wald in Rhon, durch den die Querlandstraße verläuft. In diesem Wald sollen einst furchtbare Kreaturen gehaust haben, die während der Säuberung von den Elfen von Arden vertrieben wurden

Ogrus: (Twyll) böse Geschöpfe. Riesenhafte Rukhs, zwölf bis vierzehn Fuß groß. Stumpfsinnig, steinartige Haut, verfügen über gewaltige Kräfte; auch bekannt als Trolle

Oheim Erlbusch: Wurrling aus den Sieben Tälern. Früherer Hauptmann der Dorngänger und Greiser zur Zeit des Winterkriegs

Ostend: Dorf im Osttal, südlich der Querlandstraße, nahe des Spindel

Osttal: eine der Sieben Täler
Ostwald: großer Wald im Osttal
Othen: einer von vier nördlichen Stämmen der Wurrlinge. Othen wohnen traditionell in Pfahlbauten im Moor
Othran der Seher: Mensch aus Atala, dem versunkenen Land. In seinem Grab findet Tuck den roten Pfeil und die Klinge aus Atala
Othrans Grabmahl: runenverziertes Steingrab am Fuß des Berges Challerain, in dem die Überreste von Othran dem Seher ruhen
Overn: Mensch aus Jugo. Hauptmann, Mitglied von Aurions Kriegsrat; gefallen in der Feste Challerain

P
Paren: einer von vier nördlichen Stämmen der Wurrlinge. Paren wohnen traditionell in Steinhäusern auf Feldern und Wiesen
Patrel Binsenhaar: Wurrling aus den Sieben Tälern, Hauptmann der Kompanie des Königs und enger Gefährte Tucks
Pellar: ein Reich Mithgars, Sitz des Hochkönigs in Caer Pendwyr. Im Norden von Riamon und Valon begrenzt, im Westen von Jugo und im Süden und Osten von der Avagonsee
Pellarion: die allgemein gebräuchliche Sprache Mithgars; so genannt, weil sie ursprünglich die Sprache Pellars war; auch als Gemeinsprache bekannt
Pibb: Wurrling aus dem Weitimholz
Poststraße: die Straße zwischen Luren und der Feste Challerain

Q
Querlandstraße: eine Hauptverbindung Mithgars, verläuft in Ost-West-Richtung, westlich des Grimmwalls
Quiren: einer von vier nördlichen Stämmen der Wurrlinge. Quiren wohnen traditionell in Baumhäusern

R

Rael: Elfendame, Gemahlin von Talarin

Riamon: ein Reich Mithgars, das in zwei dünn besiedelte Königreiche unterteilt ist: Nordriamon und dessen Treuhandgebiet Südriamon. Im Norden begrenzt von Aven, im Osten von Garia, im Süden von Pellar und Valon und im Westen vom Grimmwall

Rian: ein Reich Mithgars. Im Norden begrenzt vom Nordmeer, im Osten vom Rimmengebirge, im Süden von der Wildnis oberhalb Harth und im Westen von der Dalaraebene

(die) Rigga: Gebirgskette zwischen Rian und Gron, die in Nord-Süd-Richtung vom Nordmeer zum Gruwenpass verläuft

Rossmarschall: der höchste Rang unter den Reichsmarschällen Valons. Dritter hinter dem König

Rost: Igons rotbraunes Pferd

Rotaug: s. Aurion

(der) rote Pfeil: aus einem rätselhaften, leichten Metall gefertigter roter Pfeil, den Tuck im Grab von Othran dem Seher findet

Rukhs: bösartige, koboldähnliche Geschöpfe, vier bis fünf Fuß groß; dunkel, spitze Zähne, Fledermausohren, dürre Arme und Beine, dumm und ungeschickt

Rukhtöter: Bezeichnung für jeden Krieger, der mehrere Rukhs getötet hat

Ruten: Hauptdorf der Sieben Täler, im Mitteltal gelegen; »Verwaltungssitz« der Sieben Täler

S

Sandor Pendler: Wurrling aus den Sieben Tälern. Mitglied der Vierten Osttal und der Kompanie des Königs; in der Feste Challerain gefallen

(die) Säuberung: der erfolgreiche Versuch der Wächter Lians, unheilvolle Geschöpfe aus dem Ödwald zu vertreiben

Schilfdorf: ein Weiler im Untertal

Schlachtenhügel: Hügelkette im Westen des Weitimholz. Im Großen Krieg wurde dort eine endlose Reihe von Schlachten geschlagen

Schattenlicht: das gespenstische Licht im Innern des Dusterschlunds

Schlomp der Wurm: Kaltdrache, aus dessen Hort das Horn von Valon stammt

(der) Schwarm: s. Horde

Schwerteid: Eid, den ein Krieger auf sein Schwert ablegt; verkörpert seine Ehre schlechthin und darf deshalb unter keinen Umständen gebrochen werden

(die) Sieben Täler: Siedlungsgebiet der Wurrlinge, das vom Dornwall umgeben ist; grenzt im Norden an Rian, im Osten an Harth, im Süden an Trellinath und im Westen an Wellen. Der Name kommt daher, dass das Land in sieben Bezirke eingeteilt ist, die jeweils nach einem Tal benannt sind: Nord-, Ost-, Süd- und Westtal, Mitteltal, Obertal, Untertal

Signalberge: bogenförmig von Nord nach Süd verlaufende Kette von kahlen, verwitterten, weit auseinanderliegenden Hügeln. Challerain ist der nördlichste von ihnen. Sie heißen so, weil über Leuchtfeuer auf ihren Kuppen wichtige Nachrichten verbreitet wurden

Siven: einer von vier Stämmen der nördlichen Wurrlinge. Siven wohnen traditionell in Höhlen, die sie in Talhänge graben

Slûk: widerwärtig klingende Sprache des Gezüchts, zuerst von Rukhs und Hlöks benutzt

(die) Sphären: alle Welten, Sterne, Kometen etc. aller drei Ebenen

(der) Spindel: Fluss, der die nördliche und östliche Grenze der Sieben Täler bildet. In seinem Tal wächst der

Spindeldorn: eisenhartes Dornengewächs von großer Dichte, das bis zu fünfzig Fuß hoch wird. Kommt natürlicherweise nur in den Sieben Tälern vor und dient als Grundlage des Dornwalls

Steinhöhen: Dorf in den südlichen Ausläufern der Schlachtenhügel, am westlichen Rand der Wildnis zwischen Rian und Harth. Liegt an der Kreuzung der Poststraße mit der Querlandstraße

Sturmwind: das graue Pferd Aurions

Sylva: (= unsere Zunge) Sprache der Elfen (verschiedene Ausdrücke finden sich im Anhang)

T

Talarin: Elfenfürst, Krieger der Lian, Gemahl von Rael. Führer der Streitkräfte im Ardental

Tante Utz: Hob Banderles Tante, die Küchenlieder sang

Tarpi Wicklein: Wurrling aus den Sieben Tälern, Dorngänger; einer von Tucks Kameraden. Bei einem Vulg-Angriff im Spindel ertrunken

Ted Kleeheu: Wurrling aus den Sieben Tälern; Kutscher

Thäl: die Hauptstadt von Nordriamon

Thälwald: Wald in Riamon

Thyra: südliches Reich Mithgars

Tillaron: Elf, Krieger der Lian. Angehöriger der Ardentalwache

Tobi Holder: Wurrling aus den Sieben Tälern, Kaufmann; reist oft nach Steinhöhen

Trolle: s. Ogrus

Tuck Sunderbank: Wurrling aus den Sieben Tälern, Dorngänger, Held des Winterkriegs. Verfasser des Tagebuchs, das als Grundlage für das *Buch des Raben* dient

Tulpe Sunderbank: Mamme aus den Sieben Tälern, Gattin von Bert Sunderbank, Mutter von Tuck

Twillin: Wurrling aus dem Weitimholz

Twyll: die alte Sprache der Wurrlinge

U

Untertal: das südöstlichste der Sieben Täler; bekannt für seinen Tabak

Utruni: (Sylva: Steinriesen) ein Volk Mithgars, auch bekannt als Riesen. Setzen sich aus drei Stämmen zusammen. Erwachsene werden zwölf bis siebzehn Fuß hoch; sanftmütig, scheu; leben im Gestein von Mithgar. Hüter des Steins. Formen das Land und sind in der Lage, sich durch massiven Fels zu bewegen. Besitzen juwelenartige Augen, mit deren Hilfe sie offenbar durch massiven Fels sehen können

V

Valon: ein Reich Mithgars, berühmt für sein saftiges Grasland und rassige Pferde; annähernd rund und in vier sogenannte Weiten (Abschnitte) eingeteilt

Valur: die alte Kriegssprache Valons

Vidron: Mensch aus Valon. Kommandeur der Armee in der Feste Challerain. Rossmarschall, Reichsmarschall, Feldmarschall. General des Königs

Vulgs: große, schwarze, wolfsähnliche Wesen. Giftiger Biss. Unterliegen dem Bann. Vulgs dienen als Kundschafter und Spurensucher, greifen aber auch an. Werden auch als Modrus Köter bezeichnet

Vûlks: eine Klasse böser Wesen mit besonderen Kräften; diese Kräfte reichen von denen Gyphons (der Adon nahezu ebenbürtig ist) bis zu der geringeren Wirkung von Ghulen

W

(die) Wächter Lians: Elfen, die Mithgar gegen das Böse schützen

Wältiger: ein mächtiger Sturmbock mit faustförmigem Eisenschlägel

Waerlinga: Sylva (Elfensprache) und Pellarion für Wurrlinge

Waldana: Valur für Wurrlinge

Waldfolck: anderer Name in Valur für Wurrlinge

Waldsenken: kleine Stadt in den Sieben Tälern, nördlich der Querlandstraße, in der westlichen Ecke des Osttals. Heimatort von Tuck und Danner

Wehe: ein Elfenschwert, vom Haus Aurinor in Duellin für den Einsatz im Großen Krieg geschmiedet. Wehe ist eine unter mehreren scharfen Waffen der Lian, die mit einem Edelstein in der Klinge ausgerüstet sind, der leuchtet, wenn sich das Böse nähert (Wehe leuchtet rot). Das Schwert wird im Winterkrieg von Gildor getragen

Weidental: Dorf in den Sieben Tälern, an der Querlandstraße gelegen

(Zum) Weißen Einhorn: Gasthaus in Steinhöhen

(das) Weitimholz: großer, gestrüppreicher Wald, ein Siedlungsgebiet von Wurrlingen. In der Wildnis nördlich von Harth und südlich von Rian gelegen

Wellen: ein Reich Mithgars, das im Osten an die Sieben Täler grenzt

(der) Wenden: Fluss, der die südliche und westliche Grenze der Sieben Täler bildet

Westtal: eines der Sieben Täler

(die) Wilden Berge: niedrige Kette unwirtlicher Berge in der Wildnis am Fluss Caire

Will Langzeh: Wurrling aus den Sieben Tälern. Stellvertretender Hilfswachtmeister

Willa Huck: Mamme aus den Sieben Tälern, Gattin von Arlo Huck. Zu Beginn des Winterkriegs von Vulgs getötet

Willi: Wurrling aus den Sieben Tälern. Tucks Vetter, der Tuck bei dessen Abreise zur Spindelfurt das leere Tagebuch schenkte

Wilro: Wurrling aus den Sieben Tälern. Angehöriger der Vierten Osttal und der Kompanie des Königs; gefallen in der Feste Challerain

Winterkrieg: der Krieg zwischen Modru und dem Bund; Winterkrieg genannt wegen der bitteren Kälte, unter der das Land innerhalb des Dusterschlunds lag

Wurrlinge: ein Volk Mithgars. Nähere Beschreibung im Anhang *Ein Wort über Wurrlinge*

(die) Wurzel: Name von Tucks Höhle in Waldsenken. So genannt, weil sie in der Wurzel der Talmulde liegt, die Waldsenken beherbergt

Z
Zweifurtenstraße: Nord-Süd-Verbindung der Sieben Täler zwischen Ruten (wo sie den Klausenbach durchquert) und der Spindelfurt

Das Werk einschließlich seiner Teile ist urheberrechtlich geschützt.
Jede Verwertung außerhalb des Urhebergesetzes ist ohne Zustimmung
des Verlages unzulässig und strafbar. Dies gilt insbesondere für
Vervielfältigungen, Übersetzungen, Mikroverfilmungen und die
Einspeicherung und Verarbeitung in elektronischen Systemen.

Genehmigte Lizenzausgabe 2007 für
Verlagsgruppe Weltbild GmbH,
Steinerne Furt, 86167 Augsburg
Copyright © 1984 by Dennis L. McKiernan
Copyright © 2001 der deutschsprachigen Ausgabe bei
Droemersche Verlagsanstalt Th. Knaur Nachf., München
4. Auflage 2008
Alle Rechte vorbehalten

Projektleitung: Julia Kotzschmar
Übersetzung: Fred Kinzel
Umschlaggestaltung: Hauptmann und Kompanie
Werbeagentur GmbH, München
Umschlagabbildung: Copyright © fotolia (Schwert),
Digitalstock (Hintergrund)
Satz: Uhl und Massopust GmbH, Aalen
Druck und Bindung: GGP Media GmbH, Pößneck

Gedruckt auf chlorfrei gebleichtem Papier

ISBN 978-3-89897-630-5